필경사 바틀비

필경사 바틀비

Bartleby, The Scrivener

허먼 멜빌 중단편집   윤희기 옮김

BARTLEBY, THE SCRIVENER (1853)
by HERMAN MELVILLE

이 책은 실로 꿰매어 제본하는 정통적인 사철 방식으로 만들어졌습니다.
사철 방식으로 제본된 책은 오랫동안 보관해도 손상되지 않습니다.

필경사 바틀비	7
총각들의 천국, 처녀들의 지옥	89
빈자(貧者)의 푸딩, 부자(富者)의 빵 부스러기	143
행복한 실패	175
빌리 버드	193
역자 해설 마음의 공명(共鳴) 울리기	369
허먼 멜빌 연보	379

필경사 바틀비
— 월 스트리트 이야기

나는 어지간히 나이를 먹은 사람이다. 직업 특성상 지난 30년에 걸쳐 재미있어 보이기도 하고 조금 기이하다고 할 수도 있는 사람들을 보통 이상으로 자주 접했다. 바로 법률 문서를 필사하는 사람들이다. 그런데 내가 아는 바로는 필경사들에 관해 쓴 글이 아직 하나도 없는 것 같다. 직업상으로도 그렇지만 개인적으로도 정말 많은 필경사를 알게 되었고, 그래서 기분만 내키면 그들이 어떤 사람들인지 잡다한 이야기를 들려줄 수도 있다. 내가 그런 이야기를 하면 심성이 고운 사람은 빙그레 웃으며 넘어가고, 정이 넘치는 사람은 감상에 젖어 눈물을 흘릴지도 모르겠다. 그런데 그런 이야기 가운데 다른 필경사들의 행적에 관한 이야기는 일단 접어 두고, 여기서는 바틀비라는 필경사의 삶에 관한 몇 가지 이야기만 들려줄 생각이다. 내가 직접 두 눈으로 보거나 누가 말해서 알게 된 필경사 가운데 바틀비가 가장 기이한 인물이기 때문이다. 사실 다른 필경사들은 할 수만 있다면 온갖 자료를 뒤져서라도 그들의 삶을 어느 정도 온전하게 그려 낼 수 있지만,

바틀비는 도저히 그럴 수가 없다. 이 인물과 관련된 자료가 존재하지 않아 그의 삶의 여정을 만족스럽게, 충분히 그려내기가 불가능하다는 것이 내 생각이다. 문학 측면에서 보면 이는 어떻게 해볼 도리가 없는 큰 손실이 아닐 수 없다. 바틀비는 그런 사람이었다. 내가 직접 겪고 눈으로 본 것을 제외하고는 그 어떤 것도 분명하게 확인할 수 없는 사람 가운데 하나가 바로 그였다. 그리고 그를 직접 겪고 눈으로 본 것마저 얼마 되지 않는다. 실제로 이 이야기 마지막에 소개할 분명치 않은 소문 하나를 빼면, 내가 두 눈 크게 뜨고 직접 목격한 너무나 놀라운 사실들, **그것이** 내가 바틀비에 대해 알고 있는 전부다.

바틀비가 내 앞에 처음 나타났을 때 어떤 모습이었는지 소개하기에 앞서, 내가 어떤 사람이고 내가 **고용한 사람들**은 어떤 사람인지, 내가 하는 일은 무엇이고 내 사무실은 어떻게 생겼는지, 그리고 사무실을 둘러싼 전반적인 주변 환경은 어떤지 등을 먼저 언급하는 것이 이야기 흐름상 좋겠다. 어느 정도 설명해야 이어서 소개할 주인공이 어떤 인물인지 제대로 알 수 있기 때문이다.

우선, 내 얘기부터 하자면, 나는 젊은 시절부터 지금까지 쭉 가장 편하게 사는 것이 최고라는 생각을 뼛속 깊이 새기고 살아왔다. 그런 확신이 있었기에, 내가 하는 일이 활기와 긴장감이 넘치고 때로는 야단법석을 치르며 한바탕 소동을 벌이는 것으로 유명한 직종임에도 그런 주변 상황 때문에 평정심을 잃은 적이 한 번도 없었다. 사실 나는 야망과 거리가 먼 변호사다. 배심원단 앞에서 침 튀기며 열심히 변론하거나 어떡해서든 대중의 갈채를 끌어내려고 노력한 적이 없다. 대신 아늑한 사무실에 물러나 앉아 차분하고 평온한 분위기에서 돈 많은 사람들의 채권이나 저당 증서, 부동산 권리증 등을 취급하며 짭짤하게 수익을 챙기는, 그런 변호사에 불과하다. 나를 아는 사람들이 이구동성으로 하는 말이 있다. 더없이 신중한 **안전 제일주의자**라고. 예를 들어 시에 대한 감각이나 열정 따위는 눈곱만큼도 찾아볼 수 없었던 고(故) 존 제이컵 애스터[1]는 내 장점 가운데 으뜸은 신중함이고, 그다음은 꼼꼼함이라고 주저 없이 시원스럽게 단언했었다. 내가 유명인사를 들먹이며 이런 말을 하는 것은 잘난 체하고 싶어서가 아니다. 다만 변호사 일을 하면서 고 존 제이컵 애스터의 일을 의뢰받아 처리하기도 했다는 사실을 그냥 있는 그대로 들려주고 싶어서다. 솔직히 그 사람의 이름을 자주 입에 올리는 편인데, 발음이 좋아서 그렇다. 입술을 동그랗게 오므리며 내는 소리가 좋고, 그 이름을 말할 때마다 금괴가 연상되어 더욱 그렇다. 여기에 거리낌 없이 한마디 덧붙이자면, 나는 고 존 제이컵 애스터가 나를 좋게 평가했다는 사실에 내심 기분이 좋다. 굳이 싫어할 이유가 없다.

이 길지 않은 이야기가 시작되기 얼마 전 상황을 잠깐 언급하고 넘어가야겠다. 지금이야 뉴욕주에서 사라지고 없지

---

[1] John Jacob Aster(1763~1848). 독일 태생의 미국 사업가. 모피 무역을 독점하고 뉴욕 맨해튼의 부동산 투자로 재산을 모은 미국 최초의 백만장자이자 예술 후원자로 알려진 인물이다. 이하 모든 주는 옮긴이의 주이다.

만, 나는 그 당시 형평법 법원[2]의 주사(主事)라고 하는 좋은 자리에 앉았다. 그 바람에 일의 양이 많이 늘어났지만, 일이 별로 힘들지 않으면서 보수도 꽤 두둑해 기분 좋았다. 나는 원래 거의 화를 내지 않는 사람이다. 더 나아가 부당하거나 무례한 행위에 대해 위험을 무릅쓰고 분개하는 일은 더더욱 조심하며 피하는 편이다. 그렇지만 여기서 나는, 이렇게 말하는 것이 너무 경솔하다면 여러분의 양해를 구하면서, 분명하게 밝혀 두고 싶은 것이 있다. 새로운 주 헌법에 따라 형평법 법원의 주사라는 직책을 인정사정 볼 것 없이 단번에 없애 버린 것은 너무 성급한 조치였다는 것이다. 사실 그 자리에 있으면서 평생 먹고살 걱정 하지 않아도 되겠다고 기대했는데, 불과 몇 년 만에 쫓겨났으니 그렇지 않겠는가. 섭섭해서 그냥 해본 말이다.

내 사무실은 월 스트리트 ○○번지에 있는 건물 2층에 있었다. 사무실 한쪽 끝에 서면 건물 꼭대기에서 밑바닥까지 뻥 뚫린 채광용 수직 공간 내부의 하얀 벽면이 마주 보였다. 하얀 벽을 마주 보는 이런 식의 전망은 무엇보다 지루한 느낌을 불러일으켰다. 풍경 화가들이 말하는 〈살아 있는 기운〉을 전혀 느낄 수 없기 때문이다. 한쪽은 그렇다 치고, 다른 쪽 끝에서 보는 전망 역시 다를 바 없었다. 그래도 어느 정도 대조를 이루는 것은, 그 방향의 창으로는 높은 벽돌 벽, 세월의 때가 묻은

---

2 영국 식민지 시절인 1701년에 처음 설립된 뉴욕의 형평법 법원은 미국이 독립한 후 폐쇄되었다가 뉴욕주 헌법에 따라 1777년에 다시 설치되어 운영되었지만, 1846년 주 헌법이 개정되어 1847년에 완전히 폐쇄되었다.

데다 늘 그늘이 뒤덮고 있어 거무스름하게 변색한 벽돌 벽이 훤히 내다보인다는 점이었다. 그렇다고 그 벽 안에 혹시 어떤 멋진 것이 있는지 살펴볼 요량으로 작은 망원경까지 들고 나올 필요는 없었다. 그 벽돌 벽이 내 사무실 창문에서 3미터도 채 안 되는 곳까지 여봐란듯이 바싹 다가와 있어 근시인 사람도 쉽게 들여다볼 수 있었기 때문이다. 사무실이 2층에 있는 데다 하늘 높이 치솟은 고층 건물들이 주변을 에워싸 그 벽돌 벽과 사무실 건물 벽 사이 공간은, 어떻게 보면 사각형의 거대한 지하 저수조와 흡사한 인상을 주었다.

바틀비가 등장하기 전에 나는 문서 필사를 담당하는 직원으로 두 사람을 채용했고, 앞날이 창창해 보이는 소년 하나를 사무실 사환으로 데리고 있었다. 직원 명부에 올라온 순서대로 말하면 첫째는 터키, 둘째는 니퍼스, 그리고 셋째는 진저 너트였다. 여간해선 인명부에서 찾아볼 수 없는 희한한 이름처럼 들릴지 모르겠는데, 사실은 세 사람이 서로서로 붙여 준 별명이었다. 아마 각자의 개성과 기질에 따라 붙인 별명 아니었나 싶다.[3] 직원 명부에 첫 번째로 올라와 있는 터키는 키가 작고 몸집이 뚱뚱한 영국인으로, 나이는 나와 비슷하게 예순이 코앞이었다. 그를 본 사람들은 이렇게 얘기할지도 모르겠다. 아침이면 불그레한 혈색을 띠면서 좋아 보이는 그의 얼굴이 점심 먹는 시간인 정오가 지나면 크리스마스에

---

3 〈터키Turkey〉는 칠면조, 〈니퍼스Nippers〉는 핀셋이나 집게 혹은 게의 집게발, 〈진저 너트Ginger Nut〉는 생강과자를 뜻한다. 서술자인 변호사가 채용한 직원 가운데 바틀비를 제외한 나머지 직원들을 별명으로 희화한 것은 산업화가 초래한 비인간화 현상을 암시하는 것으로도 볼 수 있다.

필경사 바틀비

석탄을 잔뜩 집어넣은 벽난로처럼 활활 타오른다고. 물론 그 시간 이후에는 서서히 시들해지지만, 시뻘겋게 달아오른 그의 얼굴은 오후 6시경까지 계속 이어지다가 그 후로는 더 이상 그런 얼굴을 볼 수 없었다. 이렇듯 태양과 함께 절정에 이르렀다가 태양과 함께 이우는 그의 얼굴은, 다음 날이면 어김없이 태양과 더불어 찬란하게 피어올라 정점에 다다른 다음 다시 스러지기를 반복했다. 나는 그동안 살면서 참으로 특이하다 싶을 정도로 우연히 겹쳐 일어나는 일을 많이 봐왔다. 그런데 그 가운데 다른 일들 못지않게 기이한 것은 벌겋게 번쩍거리는 터키의 얼굴이 최고로 빛나는 광채를 발산하는 그때, 바로 그 절정의 순간부터 남은 업무 시간 동안, 내가 보기에 그의 업무 능력이 심각할 정도로 떨어지기 시작한다는 사실이었다. 그 순간부터 그가 나 몰라라 하며 게으름을 피운다거나 업무에 넌더리를 내기 때문이 아니었다. 절대 그런 것이 아니었다. 문제는 아무도 감당할 수 없을 정도로 너무 혈기 왕성해지기 때문이었다. 그래서 딴사람이 된 것처럼 열을 내며 흥분하고, 허둥대고, 들떠 마구잡이로 행동하면서 실수를 저질렀다. 이를테면 잉크스탠드의 잉크병에 펜을 아무렇게나 담가 잉크를 찍어 대는 일이 허다했다. 내 문서에 생긴 잉크 자국은 죄다 그의 혈색이 절정에 달하는 정오 이후 그가 잉크를 떨어뜨려서 생긴 얼룩이었다. 제멋대로 행동하고 서류에 잉크나 떨어뜨리는 한심한 실수에 그친다면 그나마 다행이었다. 어떤 날은 더 심한 행동을 보이면서 정신 사나울 정도로 시끄럽게 굴기도 했다. 괜히 의자를 이리저리 움직여 기분 나쁜 소리를 내기도 하고, 모래통[4]의 모래를 쏟기도 하고, 펜을 손질한다고 나섰다가 제 성질을 이기지 못해 산산조각 내고는 느닷없이 화를 내며 바닥에 내버리기도 하고, 자리에서 일어나 책상 위로 몸을 구부려 서류를 정리한다고 여기저기 들쑤시기도 했다. 나이 든 사람이 점잖지 못하게 그러는 꼴을 보고 있으면 너무 딱해서 혀를 차지 않을 수 없었다. 물론 이렇게 야단법석을 떨 때도 그의 얼굴은 여지없이 무연탄에 역청탄[5]을 쌓아 올려 태우듯이 점점 더 화려하게 이글거리며 타올랐다. 터키는 이런 사람이었지만, 나한테 여러 가지 면에서 많은 도움이 되었으며, 정오 전까지는 업무 시간 내내 그 누구도 쉽게 따라오지 못할 정도로 아주 신속하게, 한눈팔지 않고 꾸준히 많은 일을 처리했다. 이런 까닭에 나는 그의 그 별난 행동들을 흔쾌히 눈감아 줄 수 있었다. 그래도 가끔은 눈살 찌푸리며 그러지 말라고 주의를 주기도 했지만, 그런 경우에도 되도록 부드럽게 타이르는 식이었다. 비록 오전에는 누구보다 점잖은 사람이지만, 아니 찾아보기 힘들 정도로 상냥하고 공손한 사람이지만, 오후에는 누가 건드리기라도 하면 입이 좀 거칠어지기 때문이었다. 무례하다고 할 정도로 말을 막 내뱉으니 어쩌겠는가. 다시 말하면, 오전에 뛰어난 업무 능력을 보이는 그를 좋게 평가하는 나로서는 계속 곁에 두기로 마음먹었지만, 다른 한편으로는 정오만 지나면 어디로 튈지 모르는 그의 행동 때문

---

4 예전에 잉크를 말리기 위해 뿌리던 모래를 담아 놓는 통.
5 휘발성 물질의 함유량이 많아 화력이 가장 높은 석탄.

에 여간 불편하지 않았다. 좋은 게 좋은 거라고 생각하는 나는 괜히 충고한다고 나섰다가 그의 입에서 험한 말이 나오게 하고 싶지 않았다. 그래도 어느 토요일(토요일이면 그의 증상이 더 심해진다) 정오에 아주 다정하게 다독이듯, 이제 나이도 있고 하니 일을 좀 줄여 보는 것이 어떻겠냐는 식으로 넌지시 그의 마음을 떠보기로 했다. 거두절미하고 정오가 지나면 굳이 사무실에 있을 필요 없으니 점심을 먹은 뒤 숙소로 가서 저녁 먹을 때까지 좀 편히 쉬는 것이 좋지 않겠냐는 뜻이었다. 그러나 대답은, 싫다는 거였다. 그는 오후에도 온 힘을 다해 일을 해야 한다고 고집을 부렸다. 그러면서 긴 자를 들어 사무실 한쪽 끝을 향해 흔들어 대면서, 오전에 자기가 하는 일이 도움이 된다면 오후 업무도 소홀히 할 수 없이 중요하다고 확신에 찬 목소리로 웅변하듯 주장하고 나섰다. 이렇게 말하는 동안 그의 얼굴은 어김없이 금방이라도 폭발할 듯 시뻘겋게 달아올랐다.

이때 터키가 말했다. 「변호사님, 이렇게 말씀드려도 될지 모르겠지만, 저는 제가 변호사님의 오른팔이라고 생각하며 일하고 있습니다. 오전에는 그저 휘하 병력을 집합시켜 종대로 정렬 배치할 뿐입니다. 하지만 오후에는 그러지 않습니다. 제가 선두에 서서 용감하게 적진을 향해 돌격 앞으로, 하는 거죠. 이렇게요!」 그러면서 그는 손에 든 자를 앞으로 힘차게 찌르듯 내밀었다.

「그렇더라도 터키, 그 잉크 얼룩은 좀…….」 나는 은근히 불만을 내비쳤다.

「맞습니다. 그런데 변호사님, 송구스럽지만 제 머리 좀 보시라고요! 계속 나이를 먹어 가고 있습니다. 한참 열 내며 일하는 오후에 잉크 한두 방울 떨어뜨렸다고 머리가 반백이 된 사람을 그처럼 호되게 몰아붙일 일은 아니죠. 그렇지 않습니까, 변호사님? 늙어 가는 사람이 잉크를 떨어뜨려 서류에 얼룩을 남겼다 하더라도 나이는 좀 존중해 주셔야죠. 죄송하지만 말이 나왔으니 드리는 말씀인데, 변호사님이나 저, **둘 다 같이 늙어 가는 처지** 아닌가요?」

이렇게 동료의식을 끌어내며 호소하는 데는 어쩔 도리가 없었다. 어쨌든 그가 오후에 일찍 퇴근할 의사가 없는 것은 분명했다. 별수 없이 나는 그가 오후에 사무실에서 일하더라도 그냥 내버려두기로 했지만, 오후에는 별로 중요하지 않은 서류들을 취급하게 해야겠다고 마음을 굳게 다졌다.

직원 명부에 두 번째로 올라와 있는 니퍼스는 안색이 누르스름하고 구레나룻을 길러서 그런지 전반적으로 해적 같은 인상을 풍기는 스물다섯 살쯤 된 청년이었다. 그를 보면 늘 야심과 소화 불량이라는 두 사악한 힘의 희생자라는 생각이 들었다. 그는 서류를 베끼는 단순한 일을 하는 직원이었다. 그런데 자기가 하는 일이 못마땅한지 가당치도 않게 법률 문서 원문을 작성하는 것과 같은 지극히 전문적인 분야에 속하는 업무까지 넘보며 손대려고 하는 데서 턱없는 야심이 잘 드러났다. 소화 불량은 또 어떤가. 이따금 조바심을 내며 신경질적으로 투덜거리거나 이를 드러내며 으르렁거리듯 흥분해 문서를 베끼다 실수라도 저지르면 주위 사람이 다 들을 정도로 이를 부드득부드득 가는 데서 그 증상을 짐작할 수 있었다. 그뿐만 아니라 한창 일에 열중하는 가운데 말을 분명하게 하는 것이 아니라 씩씩거리며 쓸데없이 욕을 내뱉는 것도 그렇고, 특히 자기가 일하는 책상의 높이가 마음에 들지 않는지 계속해서 불평을 터뜨리는 것도 소화 불량의 징조였다. 니퍼스는 기구를 다루는 데 누구보다 재능이 뛰어났지만, 자기 책상은 이상하게도 마음에 들게 조절하지 못했다. 나무토막이나 받침대로 쓸 만한 온갖 물건은 물론 두꺼운 판지를 책상 밑에 끼워 넣기도 했지만, 성에 차지 않는지 급기야 압지를 접어 꼼꼼하게 조절하기까지 했다. 그러나 어떤 방법을 동원해도 소용없었다. 어떤 때는 등을 편안하게 한다고 네덜란드식 주택의 가파른 경사 지붕처럼 책상 뚜껑을 턱 높이까지 급경사가 질 정도로 바싹 들어 올려 글을 쓰다가 팔에 피가 통하지 않는다며 소리치기도 했다. 그런 다음 책상을 허리띠 근처 높이로 낮추고는 등을 구부려 글을 쓰더니 등이 심하게 쑤셔 아프다고 불평을 늘어놓았다. 간단히 말해 니퍼스의 문제는 자기가 원하는 것이 무엇인지 모른다는 점이었다. 반대로, 어쩌면 그가 책상을 완전히 치워 버리기를 원하는지도 몰랐다.

그가 품고 있는 병적인 야심이 밖으로 표출될 때가 있는데, 그중 하나가 허름한 외투를 걸친 수상쩍어 보이는 사람들이 찾아오면 신나서 반갑게 맞이한다는 점이었다. 니퍼스는 그런 사람들을 자기 고객이라고 했다. 말이 나왔으니까 하는 말이지만, 때로는 니퍼스가 지역 정치인이라도 된 듯

행세하고 다닌다는 것, 가끔은 법원에서 무슨 업무를 보기도 하고, 툼스 구치소[6] 근처에서 알 만한 사람은 다 아는 그런 인물이라는 사실을 나는 알고 있었다. 그렇긴 해도 어느 날 사무실로 니퍼스를 찾아온 사람이, 니퍼스 자신이야 점잖게 으스대며 자기 고객이라고 했지만 실은 빚쟁이였고, 부동산 권리증이라고 들고 온 것도 어음이었다는 사실쯤은 나도 짐작으로 알고 있었다. 하지만 니퍼스가 결점도 많고 성가시고 귀찮게 굴기는 해도 터키처럼 나에게 많은 도움이 되었다. 손놀림이 어찌나 빠른지 글을 순식간에 써내려 가면서도 글씨가 반듯하고, 자기가 원하면 신사다운 태도라고 보기에 부족함이 없을 정도로 몸가짐이 발랐다. 그런 데다 옷차림도 늘 단정하고 깔끔해 신사라고 봐도 될 정도였고, 그 덕분에 사무실 평판이 좋아졌다. 옷차림으로 따지면, 터키는 정반대였다. 사실 나는 터키 때문에 책잡히는 일이 없도록 온갖 신경을 써야 했다. 그가 입고 다니는 옷은 기름때가 덕지덕지 묻은 데다 싸구려 식당의 음식 냄새가 배어 있기 일쑤였다. 여름에는 자루처럼 축 늘어진 헐렁한 바지를 입고 다녀 꼴이 가관이었다. 외투는 형편없이 낡고 모자는 어떻게 손을 써도 더 나아질 것 같지 않았다. 그래도 모자의 경우, 내 직원이긴 하지만 영국인으로서의 정중함과 공손함을 타고났는지 사무실에 들어서면 항상 모자부터 벗기 때문에 그다지 문제가 되지 않았다. 하지만 외투는 아니었다. 그의 외투를 놓고 이런

---

6 1838년 뉴욕 맨해튼 지역에 설립된 뉴욕 경찰과 법원 청사에 딸린 구치소.

필경사 바틀비

저런 설득을 해보았지만, 아무런 소득이 없었다. 따지고 보면 수입이 적은 사람이 번쩍번쩍 빛나며 윤기가 흐르는 얼굴과 번지르르한 외투를 동시에 뽐내고 다니기에는 무리가 있었을 법도 하다. 언젠가 한 번 니퍼스가 터키는 싸구려 적포도주를 사는 데 돈을 많이 쓴다고 말한 적이 있는데, 그 때문에라도 형편이 좋을 리 없었을 것 같다. 어느 겨울날 터키에게 굉장히 좋고 멋진 내 외투를 선물로 준 적이 있다. 속에 솜을 덧대어 폭신폭신하고 따뜻하며 무릎에서 목까지 단추로 채울 수 있는 회색 외투였다. 나는 터키가 내 호의를 고맙게 받아들여 오후만 되면 내보이는 거칠고 시끄러운 행동을 좀 자제하지 않을까, 내심 생각했다. 그런데 아니올시다였다. 지금 생각해 보면, 솜털을 넣어 포근하고 담요처럼 따뜻한 외투를 입고 단추까지 채우고 다니는 것이 그에게는 분명 나쁜 영향을 미쳤던 것 같다. 말에게 귀리를 너무 많이 먹이면 좋지 않은 것과 같은 이유다. 실제로 말이 마구 날뛰어 다루기 힘든 것은 귀리를 많이 먹어서인 것처럼, 터키도 그 외투 때문에 더욱 그런 행동을 멈추지 못하고 더 거만해진 것 아닌가 싶었다. 물질적 호사로움이 오히려 그를 더 망가뜨린 셈이었다.

제멋대로 망나니짓을 하는 터키의 습성에 대해 내가 개인적으로 짐작하는 이유가 있었다. 그러나 니퍼스는 다른 면에서 흠이 있지만 술을 입에 대지 않고 절제할 줄 아는 젊은이라고 나 나름대로 확신하는 바가 있었다. 그런데 실제로 보면 본디 천성이 그에게 계속 술을 제공하는 양조업자라도 되는지, 니퍼스는 걸핏하면 흥분하고 화내는 성향을 타고난 것 같았다. 기질이 이런데 굳이 술을 마실 필요가 있겠는가? 사무실이 조용할 때면 가끔 니퍼스는 도저히 못 참겠다는 듯 자리에서 일어나 책상 위로 몸을 구부리며 양팔을 벌려 책상 양옆을 꽉 잡고는, 의도적으로 자기 일에 훼방 놓아 성질을 돋우는 고약한 상대를 붙잡고 씨름이라도 하듯, 바닥을 세차게 갈아엎을 기세로 마구 흔들어 대곤 했다. 그런 모습을 보면, 니퍼스에게는 물에 타 희석한 독주도 전혀 필요하지 않다는 것을 쉽게 알 수 있다.

그러나 다행스럽게도 니퍼스는 주로 오전에 소화 불량이라는 희한한 원인으로 흥분도 하고 신경질적인 행동도 보이지만, 오후에는 비교적 얌전한 편이었다. 그런데 발작처럼 되풀이되는 터키의 별난 행동들은 정오가 되어야 시작되기 때문에 종잡을 수 없는 두 사람의 기이한 행동을 동시에 마주 대하며 대처할 필요가 없었다. 발작처럼 일어나는 그들의 기이한 행동이 보초가 교대하듯 순차적으로 나타나 니퍼스가 시동을 걸면 터키가 멈추고, 터키가 시동을 걸면 니퍼스가 조용해졌다. 사무실 상황으로 보면 아주 자연스럽게 잘 조정되는 셈이었다.

직원 명부에 세 번째로 올라와 있는 진저 너트는 열두 살 정도 된 어린 소년이었다. 자신은 비록 짐마차 마부지만 눈을 감기 전에 아들이 마부석이 아닌 판사석에 앉아 있는 모습을 보는 것이 소원이라던 아이의 아버지가 주급 1달러에 심부름도 하고 청소도 하면서 틈틈이 법을 좀 공부하라고 우

필경사 바틀비 21

리 사무실에 아이를 보냈다. 아이는 혼자 쓰는 작은 책상이 있었지만, 책상에 앉아 있는 일이 드물었다. 서랍에 뭐가 들어 있나 열어 보면 온갖 견과류 껍질이 가득했다. 눈치 빠른 이 아이에게 법학이라는 고상한 학문은 사실상 견과류 껍질 속에 들어 있었던 셈이다.[7] 진저 너트가 맡은 임무 가운데 다른 것만큼이나 중요하면서 매우 부지런히 해야 하는 일은 바로 터키와 니퍼스에게 과자와 사과를 사다 주는 것이었다. 잘 알려져 있다시피 법률 서류를 베끼다 보면 입안이 마르고 목이 칼칼해지곤 한다. 그래서 터키와 니퍼스는 세관과 우체국 근처에 널린 노점에서 파는 스피첸버그 사과[8]를 자주 씹어 먹어 마른 입안을 촉촉하게 했다. 또한 두 사람은 둥근 모양의 작고 납작하면서 맛은 싸한 독특한 생강과자를 사 오라며 수시로 진저 너트를 내보냈는데, 그러면서 바로 그 생강과자의 이름을 따서 아이를 진저 너트라고 불렀다. 업무가 많지 않아 따분한 추운 날 아침이면 터키는 이 생강과자가 무슨 얇은 판 모양의 과자라도 되는 양 수십 개씩 집어삼키듯 먹곤 했다. 1페니에 여섯 개에서 여덟 개나 주는 과자라

---

7 서술자가 진저 너트에 대해 어떻게 생각하는지 암시하는 부분. 진저 너트는 아버지가 기대한 대로 사무실 일을 도우면서 법을 공부한 것이 아니라 시간이 나면 견과류나 먹으면서 소일하는, 다시 말해 법을 공부하는 데 흥미가 없는 아이라는 것을 짐작할 수 있다.

8 우리가 흔히 〈홍옥〉이라 부르는 사과 품종. 18세기 초 미국 뉴욕의 에소푸스에서 발견되어 〈에소푸스 스피첸버그Esopus Spitzenberg〉라 부른다. 가을에서 초겨울 사이에 맛볼 수 있는 빨간 사과로, 미국 건국의 아버지라 불리며 미국 독립 선언서 기초자이자 제3대 대통령을 지낸 토머스 제퍼슨이 좋아했던 사과로 유명하다.

그럴 만도 했지만, 펜으로 쓱쓱 글씨를 쓰는 소리와 바삭바삭한 과자를 씹어 먹는 소리가 뒤섞여 귀에 여간 거슬리지 않았다. 터키는 활활 달아오르는 오후에 흥분해서 경솔하게 행동하다 자주 실수를 저지르는데, 한번은 어떤 양도 저당 증서에 검인증을 붙이는 딱지 대신 생강과자를 입술 사이에 넣어 침을 바른 뒤 갖다 붙인 적도 있었다. 그때 당장 그만두고 다른 일자리를 알아보라는 말이 목구멍까지 올라왔다. 그런데 터키가 허리를 굽혀 공손하게 절하면서 이렇게 말하는 것이 아닌가.「이런 말씀 드리기 좀 뭣하지만, 그래도 제가 변호사님을 위해 검인증 값 아끼고 싶은 마음에서 그런 것인데, 화나셨다면 죄송합니다.」별수 없이 나는 마음을 누그러뜨려야 했다.

그 당시 내가 형평법 법원의 주사 자리를 맡아 부동산 양도와 관련된 업무를 취급하면서 부동산 권리가 누구에게 있는지 확인해 주고, 아울러 온갖 복잡한 서류를 작성하는 등의 고유 업무가 늘어났다. 따라서 필경사들이 해야 할 일도 당연히 많아질 수밖에 없었다. 데리고 있던 직원들을 더욱 밀어붙였지만, 일손이 부족해 사람을 더 뽑아야 했다. 어느 여름날 아침, 더워서 문을 열어 놓은 사무실 문턱에 젊은 친구 하나가 가만히 서 있는 것이 보였다. 구인 광고를 보고 찾아온 그 젊은이의 모습이 아직도 눈앞에 아른거린다. 병약해 보일 정도로 파리하지만 곱상한 얼굴, 누가 봐도 선한 느낌을 주어 오히려 연민을 불러일으킬 것 같은 단정한 태도, 그리고 무엇으로도 지울 수 없을 것 같은 쓸쓸한 인상! 바로 바틀비였다.

 자질이나 능력에 관해 몇 마디 주고받은 뒤, 나는 바로 바틀비를 채용했다. 내심 잘됐다 싶었다. 보기 드물게 차분하고 조용한 면이 있는 젊은이를 직원으로 두면, 안절부절못해 들뜬 행동을 보이는 터키와 불같이 열 내는 니퍼스가 그를 본받아 사무실 분위기가 좋아질지도 모른다는 생각이 들었기 때문이다.

 진작 얘기했어야 하는데, 우리 사무실은 접이식 반투명 유리문을 사이에 두고 두 방으로 나뉘어 있었다. 한쪽은 직원들이 쓰고 나머지 한쪽을 내가 사용하는데, 그날그날 기분에 따라 나는 그 접이식 유리문을 열어 놓기도 하고 닫아 놓기도 했다. 내가 쓰는 방의 접이식 문 근처 구석에 바틀비의 자리를 마련해 주기로 했다. 이 조용한 사람을 그곳에 두고 소소하게 처리할 일이 있을 때 편하게 불러 일을 시키기 위해서였다. 그래서 그 구석 자리에, 바틀비가 쓸 책상을 작은 곁창 가까이 바싹 붙여 놓았다. 처음에는 그 곁창으로 그나마 경치랍시고 지저분한 뒤뜰과 때 묻은 벽돌담의 측면을 내다볼 수 있었다. 하지만 나중에 건물들이 쭉쭉 올라서는 바람에 지금은 그 창으로 빛만 조금 들어올 뿐 아무것도 보이지 않았다. 그 창문에서 1미터 될까 말까 한 곳에 세워진 벽이 시야를 가로막고 있었는데, 마치 돔 지붕의 아주 작은 구멍을 통해 들어온 빛처럼, 아득히 높은 곳에서 우뚝 솟은 두 건물 사이를 비집고 들어온 빛이 그나마 창을 통해 새어 들어왔던 것이다. 아무튼 바틀비의 책상을 마련해 준 다음, 나는 좀 더 마음에 들게 방을 정리하고 싶어 초록색의 높다란 접이식 칸막이를 설치했다. 바틀비의 모습이 전혀 보이지 않게, 그러나 내가 부르는 소리를 그가 들을 수 있게 한 조치였다. 어떻게 보면 그런 식으로 해서 개인적인 일은 서로 간섭하지 않으면서 일할 때는 서로 어울릴 수 있는 공간이 마련된 셈이었다.

처음에 바틀비는 엄청나게 많은 서류를 베끼면서 글을 참으로 많이 썼다. 오랫동안 베껴 쓸 글을 찾지 못해 굶주린 사람처럼, 서류에 완전히 코를 박은 채 집어삼킬 듯이 열심히 썼다. 잠시 쉬면서 소화를 시켜야 할 텐데 그러지도 않았다. 낮에는 햇빛을 받고 밤에는 촛불로 어둠을 밝히면서, 밤낮을 한결같이 서류를 베끼고 또 베꼈다. 그렇게 직원이 자기 일에 전념하면 고용주로서는 당연히 흡족하겠지만, 나는 그렇지 않았다. 일을 즐겁게 하면 모를까, 그렇지 않았기 때문이다. 바틀비는 그 어떤 흥이나 열기도 내보이지 않은 채, 그냥 말없이, 정말 기계적으로 글만 써 내려갔다.

필경사라면 당연히 자신이 원본을 정확하게 베꼈는지 한 자 한 자 확인해야 한다. 그것은 필경사의 업무 가운데 빠뜨릴 수 없는 부분이다. 만약 사무실에 필경사가 두 명 이상 있다면 한 사람은 필사본을 읽고 또 한 사람은 원본을 보며 확인하는 식으로 서로 도와서 검증 작업을 하면 된다. 물론 말할 수 없이 따분하고 피곤하며 맥 빠지는 일이긴 하다. 그러니 매사에 적극적이고 쾌활한 사람이라면 어떻게 그런 일을 참고 견디겠는가. 안 봐도 뻔하다. 예를 들어 기개와 열정이 넘치는 시인 바이런[9]이 흡족한 마음에서 바틀비와 함께 앉아 여유롭게 5백 쪽이나 되는 법률 서류를, 그것도 고불고불 작은 글씨로 빽빽하게 쓴 서류를 대조한다고 상상할 수 있겠는가? 나는 도저히 상상할 수가 없다.

예전에 이따금 서둘러 일을 처리해야 할 때 간단한 서류는 나도 대조 작업에 참여했는데, 그런 경우에는 터키나 니퍼스 중 한 사람을 불러 함께 작업했다. 사실 새로 들어온 바틀비를 내 방 칸막이 뒤에 앉혔을 때는 가까이 두면 그런 소소한 일을 처리할 때 도움을 받기 쉽겠다는 생각도 없지 않았다. 그런데 아마도 바틀비가 우리 사무실에 들어온 지 사흘째 되는 날이었던 것 같다. 그때는 아직 그가 자신이 필사한 글을 다른 사람과 함께 대조할 일이 없었다. 나는 그리 중요하지 않은 작은 일이지만 이왕 하던 일이니 얼른 마무리하고 싶은 마음에 다급한 목소리로 불쑥 바틀비를 불렀다. 조급한 마음에 당연히 바틀비가 즉각 응해 주리라 기대하며, 나는 책상에 앉아 고개를 숙여 원본을 들여다보면서 필사본을 쥐고 있던 오른손을 급하게 쭉 옆으로 내밀었다. 그러면 바틀비가 칸막이 뒤 은신처와 같은 혼자만의 공간에서 나오자마자 그 필사본을 낚아채 숨 돌릴 틈 없이 바로 나와 함께 대조 작업

---

9 George Gordon Byron(1788~1824). 영국 낭만주의를 대표하는 시인. 방탕한 사생활이나 유럽 전역으로의 여행, 그리스 독립 전쟁에 참전했다가 열병으로 사망한 그의 생을 보거나 시인으로서 명성을 드높인 「차일드 해럴드의 순례Child Harold's Pilgrimage」 또는 「돈주앙Don Juan」의 주인공들을 보면 바이런의 성향이 어떤지 짐작할 수 있다. 영문학에서는 시인 자신이나 대표작의 주인공들처럼 자존심이 강하고 냉소적이며 저항적인 낭만적 인물을 〈바이런적인 영웅Byronic Hero〉이라고 부른다.

을 할 거라고 생각했다.

나는 원본에서 눈을 떼지 않은 채 책상에 앉아 바틀비를 부른 다음, 와서 해줄 일이 무엇인지, 그러니까 간단한 서류를 같이 대조하자는 말을 속사포처럼 쏟아 냈다. 그런데 글쎄 바틀비가 자신의 그 은밀한 처소에서 꼼짝도 하지 않은 채, 특이하다 싶을 정도로 온화하고 단호한 목소리로 이렇게 대답하는 것이 아닌가. 「하고 싶은 마음이 없습니다.」 내가 얼마나 놀랐을지, 아니 어이가 없고 황당해서 얼마나 기가 막혔을지, 한번 상상해 보라.

할 말을 잃은 나는, 충격으로 얼어붙은 몸과 마음을 추스르며 잠시 멍하니 앉아 있었다. 곧이어 문득 이런 생각이 들었다. 〈혹시 내가 잘못 들은 건가, 아니면 바틀비가 내 말을 처음부터 끝까지 잘못 이해한 건가?〉 나는 다시 한번, 내가 원하는 것이 무엇인지, 아주 또렷하게 말했다. 그러자 똑같은 대답이 아주 분명한 목소리로 들려왔다. 「하고 싶은 마음이 없습니다.」

너무 화나서 열 받은 나는 자리에서 일어나 성큼성큼 급한 걸음으로 방을 가로지르며 말을 되받아 물었다. 「하고 싶지 않다니, 그게 무슨 소린가? 자네, 제정신이야? 여기 이 서류 대조하는 것 좀 도와달라고. 자, 받게.」 나는 서류를 그에게 들이밀었다.

「하고 싶은 마음이 없습니다.」 그가 말했다.

나는 똑바로 그를 바라보았다. 야위었지만 차분한 얼굴. 고요 속에 잠긴 듯 보이는 잿빛 눈. 동요의 기색이나 흐트러

필경사 바틀비

짐이 전혀 없는 모습이었다. 혹시라도 그가 불쾌해하거나 화를 내거나 짜증을 내거나 무례한 태도를 조금이라도 보였다면, 다시 말해 사람이기에 보통 내보일 수 있는 그런 식의 반응을 나타냈다면, 그 자리에서 당장 내쫓았을지도 모른다. 하지만 실제는 달랐다. 그럴 바에야 차라리 내가 가지고 있던 허연 키케로 석고 흉상, 아무 감정 없는 그 석고 흉상을 문밖으로 내버리는 것이 더 나을지도 모르겠다는 생각이 들 정도였다. 나는 잠시 바틀비를 빤히 바라보았다. 아무 일 없다는 듯, 그는 계속 글을 쓰고 있었다. 자리로 돌아와 생각해 보았다. 뜻밖이었다. 어떻게 하는 것이 최선인가? 하지만 일이 바빠 더 이상 생각만 하고 있을 수가 없었다. 그 문제는 잠시 접어 두자고, 나중에 한가할 때 다시 생각하자고 결론 내린 뒤 옆방에 있던 니퍼스를 불러 서류 대조 작업을 서둘러 마칠 수밖에 없었다.

며칠 지나 바틀비가 장문의 서류를 똑같이 네 부 필사하는 작업을 마무리한 날이었다. 형평법 고등 법원에서 일주일 동안 내 앞에서 이루어진 증언을 기록한 서류였다. 중요한 소송과 관련된 증언 기록이라 검증 작업이 필요할뿐더러 그 어느 때보다 더욱 정확하게 대조해야 했다. 준비를 마친 뒤 나는 옆방에 있는 터키와 니퍼스, 그리고 진저 너트까지 불러 모았다. 네 명의 직원에게 각각 필사본을 한 부씩 나눠 준 다음 내가 원본을 읽어 내려가면서 필사본의 내용이 맞는지 확인시킬 참이었다. 필사본을 한 부씩 들고 터키, 니퍼스, 진저 너트가 한 줄로 나란히 자리에 앉자 나는 이 재미있는 모임에 합석하도록 바틀비를 불렀다.

「바틀비! 얼른. 모두가 기다리고 있잖아.」

카펫을 깔지 않은 바닥에 천천히 의자를 끌어내는 소리가 들리더니 곧이어 자기 은둔처 입구에 서 있는 바틀비의 모습이 보였다.

「무슨 일로 부르신 거죠?」 부드러운 목소리였다.

「필사본 말이야, 왜 있잖아 필사본.」 나는 서둘러 말을 이었다. 「그것들을 대조할 거거든. 여기, 이거.」 말과 동시에 나는 네 번째 필사본을 그를 향해 내밀었다.

「하고 싶은 마음이 없습니다.」 바틀비는 이렇게 말하고 나서 조용히 칸막이 뒤로 사라졌다.

잠시 나는 한 줄로 앉아 있는 직원들 맨 앞에 소금 기둥[10]으로 변해 멍하니 서 있었다. 그러다가 정신을 차리고 칸막이 쪽으로 다가갔다. 왜 그런 어이없는 행동을 하는지, 그 이유를 따지고 싶었다.

「대체 **왜, 왜** 하고 싶지 않다는 거지?」

「하고 싶은 마음이 없습니다.」

상대가 다른 사람이었다면 나는 아마 그 자리에서 바로 불같이 화를 내며, 더 이상 다른 말을 섞을 필요도 없고 꼴도 보기 싫으니 내 앞에서 당장 사라지라며 억지로 쫓아냈을지도 모른다. 분명 그렇게 굴욕을 안겼을 것이다. 그러나 바틀비

---

10 멸망을 앞둔 죄악의 도시 소돔과 고모라를 탈출할 때 남겨 둔 재산에 미련을 버리지 못한 롯의 아내가 뒤를 돌아보는 바람에 소금 기둥으로 변했다는 『창세기』 19장 26절 이야기에 대한 인유. 〈소금 기둥〉은 수치와 부끄러움의 상징이다.

에게는 묘하게 나를 무력하게 만드는, 그러면서도 기막힌 방식으로 내 비위를 건드리며 당혹스럽게 만드는 뭔가가 있었다. 나는 그가 알아들을 수 있도록 설득하기 시작했다.

「우리가 지금 대조하려는 서류들은 다 자네가 필사한 거야. 한 번에 네 부를 대조하는 셈이니 자네도 힘이 덜 들 테고. 보통 이렇게 하는 게 관례야. 자기가 필사한 서류를 다른 사람이 대조할 때 도와주는 건 필경사들의 의무라고. 안 그래? 말 좀 해봐. 대답 좀 해보라고!」

「하고 싶은 마음이 없습니다.」 맑은 목소리의 대답이었다. 가만히 보면 내가 말하는 동안 그는 꼼꼼하게 따져 보며 그 뜻을 충분히 이해하고는 결국 내 말을 거역할 수 없다는 사실을 알고 있는 듯했다. 그러나 동시에 그가 그렇게 대답할 수밖에 없는 말 못 할 아주 중대한 사정이 있는 것 아닌가 싶기도 했다.

「자네는 내 요구에 응할 수 없다고 결정한 건가? 일반적인 관례와 누구나 인정하는 상식에 따라 부탁하는데도?」

그는 그렇다고, 내 짐작이 틀리지 않다고 했다. 짤막하게 시인하는 그의 말을 듣고 나는 알았다. 역시나 그가 내린 결정을 뒤집을 수 없었다.

사람이 유례를 찾아볼 수 없을 정도의 부당한 방식으로 궁지에 몰리면, 지극히 당연한 것으로 여기던 굳은 신념조차 흔들리는 경우가 종종 있다. 말하자면, 자신의 신념이 대단한 것이라고 자부하더라도 막연하게나마 혹시 그 신념이 세상의 모든 정의와 이치에 배치되는 것 아닐까 하는 불안과 의심이 들 수 있다. 바로 그럴 때 주변에 사심 없이 판단해 줄 어떤 사람이 있으면, 자신의 마음이 흔들리지 않게, 자기 생각이 옳다는 것을 재차 확인하기 위해 그 사람에게 도움을 청하기 마련이다.

나는 먼저 터키에게 물었다. 「터키, 어떻게 생각합니까? 내 말이 틀렸나요?」

「제가 말씀드려도 될지 모르겠습니다만, 저는 변호사님 말씀이 옳다고 생각합니다.」 터키의 목소리가 아주 나긋나긋했다.

다음은 니퍼스였다. 「니퍼스, **자넨** 어떻게 생각하나?」

「그야 당장 발길질하며 사무실에서 내쫓아야죠.」

(여기서 직관이 예리한 독자라면 금방 눈치챘을 테지만, 이때가 오전이라 터키는 점잖고 차분한 말을 골라 대답했지만 니퍼스는 험한 말을 내뱉었다. 앞서 했던 말로 다시 표현하면, 니퍼스의 고약한 심기는 시동을 걸었고, 터키는 멈춰 있었다.)

별무소용이겠지만, 나는 그래도 단 한 표의 지지라도 더 얻고 싶은 마음에 진저 너트에게도 물었다. 「진저 너트, 너는 어떻게 생각하니?」

「변호사님, 제 생각엔 저분 **머리가 어떻게 된 것** 같아요.」 진저 너트가 픽 웃으며 대답했다.

「자네 다 들었지?」 나는 칸막이 쪽으로 돌아서며 목소리를 높였다. 「어서 나와 자네 몫을 하게.」

하지만 바틀비는 호의를 베풀기 싫다는 듯 아무런 대답도 하지 않았다. 속이 뒤집힐 정도로 곤혹스러웠던 나는 잠시 생각에 잠겼지만 서둘러 일을 처리해야 했기 때문에 마냥 그러고 있을 수 없어 이 문제를 나중에 한가할 때 다시 생각하자며 또 한 번 마음을 달랬다. 조금 힘들기는 했지만, 다행히 우리는 바틀비 없이 일을 마쳤다. 그런데 터키는 대조 작업을 하는 동안 한두 쪽 끝날 때마다, 비록 공손한 목소리이긴 했지만, 이런 식으로 작업을 진행하는 것은 보통 관례에서 크게 벗어나는 일이라며 은근히 불만을 표했다. 반면에 니퍼스는 속이 거북해서 짜증 나는지 의자에 앉아 몸을 이리저리 비틀어 대더니, 이따금 이를 악문 채 씩씩거리며 칸막이 뒤에서 똥고집을 부리고 앉아 있는 바보천치를 향해 계속 악담을 퍼부었다. 니퍼스 얘기가 나와서 하는 말인데, 그가 대가를 받지 않고 다른 사람의 일을 대신 해준 것은 이때가 처음이자 마지막이었다.

그러는 동안 바틀비는 남이야 어떻게 생각하든 아랑곳하지 않고 은둔처에 앉아 자기 일만 했다.

며칠 지나 바틀비에게 또 다른 장문의 서류가 주어졌다. 얼마 전 그가 정도를 벗어난 별난 행동을 보인 탓에 나는 그의 행동거지나 습관을 눈여겨보았다. 먼저 알게 된 것은, 그가 단 한 번도 식사하러 밖으로 나간 적이 없다는 사실이었다. 아니, 식사도 그렇지만 어디도 나간 적이 없었다. 나만 모르는 것일 수도 있지만, 어쨌든 내가 알기로는 그때까지 바틀비는 단 한 번도 사무실 밖으로 나간 적이 없는 것 같았다. 그는 한시도 자리를 비우지 않고 내 방 한쪽 구석을 지키는 보초였다. 그런데 내 눈에 띈 것이 하나 있었다. 오전 11시쯤이면 진저 너트가, 내가 앉아 있는 곳에서는 보이지 않지만 누가 조용히 손짓해서 불러내기라도 한 것처럼, 칸막이 뒤의 바틀비에게 다가가곤 했다. 그런 다음 동전 몇 닢 짤랑이며 사무실 밖으로 나갔다가 잠시 뒤 생강과자를 한 움큼 들고 다시 나타났다. 그러고는 그 생강과자를 바틀비의 은둔처에 전달해 주고, 수고한 대가로 과자 두 개를 받아 들고 돌아서는 것이 아닌가.

나는 생각했다. 〈그렇다면 저 친구는 생강과자로 끼니를 때우는 건가? 아니, 식사를 전혀 하지 않는다는 게 더 맞는 말일 테지. 그렇다면 채식주의자인가? 아냐, 그것도 아니야. 채소를 입에 댄 적도 없어. 그냥 생강과자만 먹고 사는 거야.〉 이어서 나는, 오로지 생강과자만 먹고 산다면 그것이 인간의 체질에 어떤 영향을 미칠 가능성이 있는지, 또 다른 생각에 빠져들었다. 〈생강과자는 독특한 성분 가운데 하나인 생강이 과자의 맛을 좌우하기에 생강과자라는 이름이 붙은 거야. 그럼 생강이 뭐지? 맵고 싸한 것. 혹시 바틀비의 성격이 맵고 싸한가? 천만에. 절대 아냐. 이렇게 보면 바틀비는 생강의 영향을 받지 않은 게 분명해. 그래, 어쩌면 바틀비는 생강의 영향을 받고 싶은 마음이 없었을지도 몰라.〉

비폭력의 소극적 반항만큼 성심을 다하는 진지한 사람을 화나게 하고 괴롭히는 것은 없다. 여기서 그런 반항에 맞닥뜨린 사람이 인정 많고, 반항하는 사람의 태도가 상대방에게 절대 물리적 손해를 끼치지 않는다고 가정해 보자. 반항에 직면한 사람은 기분이 좀 나아질 때가 되면 자기 생각으로 도저히 해결될 것 같지 않은 문제라도 이런저런 상상을 하며 좀 더 관대하게 이해하려고 노력한다. 바로 그런 식이었다. 나는 바틀비와 그의 태도를 유심히 관찰했다. 그리고 생각했다. 〈불쌍한 친구 같으니! 악의가 있는 건 아니야. 오만하고 무례하게 굴려고 그러는 게 아니야. 분명해. 무슨 사연이 있는지 모르겠지만, 표정이나 몸가짐을 보면 고의로 괴팍하게 구는 게 아니라는 걸 알 수 있어. 어쨌든 나한테는 도움이 되는 친구니까 잘 지내면 되지 뭐. 그냥 참고 넘어가야지, 여기서 내쫓으면 성질 더러운 고약한 고용주 밑에 들어갈 게 불 보듯 뻔해. 혹사당하다가 처참한 꼴로 굶어 죽을 지경이 될지도 몰라. 그래, 그냥 속 편하게 저 친구를 우리 사무실에 붙들어 놓자고. 큰돈 들어가는 것도 아닌데, 괜히 마음 불편하게 할 필요 없지. 친하게 지낸다고 밑질 것 없어. 별나게 고집 부리더라도 적응해 나가면 그만이지 뭐. 그래, 덕을 쌓는 일이라 생각하자고. 그렇게 덕을 쌓으면 내 양심에도 보탬이 될 테니까.〉 그러나 이런 기분이 늘 변함없이 지속되는 것은 아니었다. 때로는 바틀비의 소극적 태도에 화가 불끈 치솟았다. 그럴 때면 또다시 그와 맞서며 내가 화난 만큼 그도 분노의 불꽃을 피우도록 부추기고 싶은 묘한 충동이 일었다. 하지만 생각해 보면 바틀비에게 그런 걸 기대하느니 차라리 손가락 관절로 세숫비누를 계속 문질러 불씨를 피우는 것이 더 나을 것 같았다. 그러던 어느 날 오후, 나는 불쑥 못된 충동에 사로잡혔다. 그래서 다음과 같은 작은 소동이 벌어졌다.

먼저 말을 건넨 사람은 물론 나였다. 「바틀비, 그 서류를 다 필사하고 나면 나와 함께 대조 작업을 하지.」

「그러고 싶은 마음이 없습니다.」

「뭐라고? 또 고집부리며 멋대로 하겠다는 건가?」

묵묵부답.

나는 가까이 있는 접이식 문을 활짝 열어젖혀 터키와 니퍼스를 바라보며 흥분된 목소리로 외쳤다.

「바틀비 저 친구가 자기가 베낀 서류를 검토하지 않겠다는군. 두 번째로 저러는데, 터키, 어떻게 생각해요?」

여기서 여러분이 기억해 둬야 할 것은 그때가 오후였다는 사실이다. 뜨거운 황동 보일러처럼 이글거리는 얼굴로 자리에 앉아 잉크로 얼룩진 서류를 두 손으로 헤집고 있던 터키의 다 벗겨진 머리에서는 김이 모락모락 피어오르고 있었다.

「생각하고 말고가 어디 있습니까?」 터키의 목소리가 우렁차게 울렸다. 「저라면 당장 칸막이 뒤로 달려가서 눈두덩이 시퍼렇게 멍들어 부어오를 때까지 실컷 갈겨 버리겠습니다.」

터키는 말을 끝맺기도 전에 자리에서 벌떡 일어서더니 양팔을 들어 주먹을 불끈 쥐며 권투 자세를 취했다. 자기 말을 실행에 옮기기 위해 당장 바틀비에게 달려갈 태세여서 나는 터키를 말려야 했다. 점심 이후 누가 조금이라도 자극하면 불같이 피어오르는 그의 싸움꾼 기질을 경솔하게 부채질한 탓에 그가 이렇게 나섰다고 생각하니 문득 겁이 났다.

「터키, 앉아요. 니퍼스가 뭐라고 얘기하는지 좀 들어 봅시다. 니퍼스, 자네는 어떻게 생각하나? 지금 당장 바틀비를 해고한다면 내가 잘못하는 걸까?」

「죄송합니다만 변호사님, 그건 변호사님이 결정하실 문제죠. 터키와 저를 보시면 아시겠지만, 저 친구 행동은 정말 이해할 수 없을뿐더러 도리에 맞지도 않아요. 그런데 어찌 보면 변덕을 부리는 것일 수도 있으니 저러다가 말겠죠.」

니퍼스의 말에 놀란 나는 큰 소리를 내지 않을 수 없었다. 「아니, 자네 생각이 바뀐 거야? 이상하군······ 전에는 안 그랬는데, 저 친구를 감싸고돌다니 말이야.」

그러자 터키가 큰 목소리로 끼어들었다. 「맥주 마셔서 그래요. 저토록 부드럽게 말하는 건 다 맥주 탓입니다. 실은 오늘 니퍼스랑 점심을 같이했거든요. 변호사님도 아시겠지만, **제가** 얼마나 부드러운 사람입니까? 그래도 이건 못 참아요. 제가 저 친구 눈두덩을 시퍼렇게 만들어 버리겠습니다.」

「바틀비를 치겠다는 거요? 아니, 오늘은 안 됩니다, 터키. 제발 그 주먹 좀 내려요.」

접이식 문을 닫은 나는 다시 바틀비 쪽으로 향했다. 또다시 내 운명을 시험해 보고 싶은 충동이 일었다. 이번에는 바틀비가 어떻게 반항하는지, 그 꼴을 정말 보고 싶었다. 한번 해볼 테면 해보라는 심정이었다. 바틀비가 단 한 번도 사무실 밖으로 나선 적이 없다는 사실이 떠올랐다.

「바틀비, 자네 우체국에 좀 다녀오겠나?(우체국까지 가는 데 3분이면 충분했다) 진저 너트가 자리를 비워서 말이야. 가서 나한테 온 우편물이 없는지 확인해 보게.」

「가고 싶은 마음이 없습니다.」

「가고 **싶지** 않다고?」

「**그럴 마음**이 없습니다.」

나는 돌아서서 책상으로 향했지만, 너무 어이가 없어 걸음도 제대로 걸을 수 없었다. 자리에 앉아 골똘히 생각해 보았다. 그런데 앞뒤 가리지 말고 한번 끝까지 가보자는 충동이 다시 스멀스멀 솟아올랐다. 〈땡전 한 푼 없이 뼈다귀만 남은 저 인간한테 멋지게 한 방 얻어맞을 만한 거리가 또 없을까? 고용주인 내가 할 수 있는 정당한 요구지만, 내가 굴욕적이라고 느낄 만큼 저놈이 그 자리에서 퇴짜를 놓을 게 또 뭐 없을까?〉

「바틀비!」

묵묵부답.

「바틀비!」 나는 더 큰 목소리로 불렀다.

또다시 묵묵부답.

「바틀비이!」 고함을 내지르지 않을 수 없었다.

이렇게 소리치며 세 번이나 부르고 나서야, 무슨 마법의 주문에 이끌리기라도 한 듯 바틀비가 자신의 은둔처 입구에 유령처럼 모습을 드러냈다.

「옆방에 가서 니퍼스 좀 불러 주게.」

「그러고 싶은 마음이 없습니다.」 그는 정중한 목소리로 천천히 대답하더니 다시 조용히 사라졌다.

「알겠네, 바틀비.」 나는 목소리를 가라앉혔다. 그러나 침착하고 단호하고 냉정한 어조 속에 이제 곧 무시무시한 보복이 가해질 테니 기다리라는, 분명히 그렇게 할 테니 두고 보라는 다짐을 담아냈다. 그 순간에는 정말 반드시 바로 앙갚음 하리라는 생각도 없지 않았다. 하지만 그 충동적인 생각은 순간 왈칵하는 심정에서 비롯된 것이었다. 저녁 먹을 시간이 다가와 나는 고통스러울 정도로 너무 당혹스럽고 심란한 마음에 모자를 쓰고 그냥 퇴근해 집으로 가는 게 좋겠다고 생각했다.

이 모든 것을 인정하고 받아들여야 하나? 이 모든 사태를 정리해 보면, 우리 사무실에서 빼도 박도 못하는 분명한 사실이 무엇인지 금방 알 수 있다. 그것은, 바틀비라는 얼굴이 창백한 젊은 필경사가 우리 사무실에 책상 하나를 차지하고 있다는 것, 그리고 그는 보통 서류 한 장(1백 단어)당 4센트의 임금을 받고 필사 작업을 하고 있다는 것, 그러나 자신이 필사한 서류를 대조하는 일에서 제외되어 대신 그 일이 터키나 니퍼스에게, 바틀비보다 훨씬 더 예민하고 욱하는 두 사람의 성격에 비춰 보면 보통 칭찬할 일이 아니지만, 어쨌든 그 두 사람에게 떠넘겨진다는 것, 그런데도 바틀비는 아주 작은 심부름도 이런저런 이유를 대며 절대로 받아들이지 않아 시킬 수 없다는 것, 심지어 그런 일을 시킬 때 제발 부탁한다며 간곡히 청해도 하고 싶은 마음이 없다는 그를, 달리 말해 단도직입적으로 거절하는 그를 그냥 이해하고 넘어가야 한다는 것, 바로 이런 것들이 분명한 사실이었다.

그렇게 하루, 이틀, 속절없이 시간이 흘러갔다. 그러는 동안 점차 나는 바틀비를 어느 정도 받아들이면서 감내하게 되었다. 그의 성실함, 방탕한 짓거리와는 거리가 먼 착실함, 변함없는 근면함(자기가 하고 싶은 마음에서 그러는 것이겠지만, 칸막이 뒤에 서서 공상에 빠져들 때를 제외하면), 숨소리조차 들리지 않을 정도의 조용함, 어떤 상황에서든 흔들리지 않는 침착함. 바틀비, 그는 그 누구와도 바꿀 수 없는 소중한 직원이었다. 무엇보다 최고로 손꼽을 수 있는 장점은 **늘 변함없이 그곳에 있다**는 것이었다. 아침에는 누구보다 먼저 사무실에 나와 있고, 하루 종일 자리를 비우는 법 없이 계속 일하다 밤이면 가장 늦게까지 사무실을 지키는 사람이 바틀비였다. 사정이 이러니 다른 것 다 제쳐 두고 그의 정직함을 신뢰하지 않을 수 없었다. 어떤 중요한 서류도 그의 손에 맡기면 걱정이 없었다. 그렇지만 아무리 그러지 말아야지 해도 이따금 발작이 일어나듯 갑자기 울화가 치밀어 올랐다. 바틀비가 우리 사무실에 머무는 대신 은근히 받아들여 달라고 내세운 것이 아닌가 싶은 조건들, 그러니까 그의 별난 습성들이나 그가 누리는 특권들, 필경사로서는 전례 없는 면제 사항들을 늘 잊지 않고 마음에 새겨 두는 것이 여간 힘들지 않았다. 당연히 어쩌다 가끔 그런 사실을 잊곤 했다. 긴급한 업무를 얼른 해치우고 싶은 마음에 나도 모르게 불쑥 바틀비를 부르곤 했다. 가령 어떤 서류들을 빨간 테이프로 묶을 때 누가 와서 첫 매듭을 손가락으로 꾹 눌러 주면 그다음에 거듭 묶는 일은 혼자서도 쉽게 할 수 있다. 그래서 서류를 묶을 때면 나는 바틀비를 향해 다급한 목소리로 와서 좀 눌러 달라고 불렀다. 그러면 어김없이 칸막이 뒤에서 예의 그 목소리가 들려왔다. 「그러고 싶은 마음이 없습니다.」 그러니 본디 결함 많은 존재로 태어난 인간이, 완벽은커녕 부족함이 많은 나 같은 사람이 그처럼 고집스럽게 빙퉁그러진 태도와 너무나 터무니없는 반응을 어떻게 참고 넘어갈 수 있겠는가? 어찌 버럭 화내며 소리 지르지 않을 수 있단 말인가? 그런데 그런 식으로 계속 퇴짜를 당하다 보니 나도 모르게 바틀비의 성향을 깜빡 잊고 부탁하는 일이 점차 줄어들었다.

여기서 한 가지 말해 둘 것이 있다. 보통 드나드는 사람이 많은 법률 사무실 전용으로 지은 건물에 입주한 대부분의 변호사는 자기 사무실 열쇠를 여러 개 갖고 있는 것이 관례였다. 나도 마찬가지였다. 우리 사무실에는 열쇠가 네 개 있는데, 그중 하나는 건물 지붕 바로 아래 있는 다락방 같은 작은 방에 거주하면서 매일 사무실을 쓸고 먼지 떨고 일주일에 한 번 걸레 청소도 해주는 아주머니가 갖고 있었다. 또 하나는 직원들의 편의를 고려해서 터키가 갖고 다니게 했고, 나도 이따금 열쇠 하나를 주머니에 넣고 다녔다. 그리고 나머지 하나는 누가 갖고 있는지 몰랐다.

어느 일요일 아침, 나는 유명하다는 어느 복음 전도사의 설교를 듣기 위해 트리니티 교회[11]에 가기로 했다. 그런데 어쩌다 보니 너무 일찍 도착해, 잠시 사무실에 들러도 될 것 같았다. 마침 주머니에 열쇠가 있었다. 사무실에 도착한 나는 열쇠를 자물쇠에 꽂았다. 그런데 자물쇠 안쪽에 뭔가 끼였는지 좀처럼 열쇠가 끝까지 들어가지 않았다. 깜짝 놀라 나도

---

11 뉴욕 맨해튼 남쪽 금융 지구의 월 스트리트에 있는 감독 교회파 교회. 1697년에 세워진 유서 깊은 교회다.

모르게 소리를 지르고 말았다. 그때 안에서 무슨 소리가 들리는가 싶더니 문이 살짝 조금 열리면서 바틀비의 그 여윈 얼굴이 불쑥 나타나는 것이 아닌가! 얼마나 놀랐던지. 위에는 셔츠를 걸쳤지만 아래는 다 해진 옷가지를 대충 아무렇게나 입은 차림의 바틀비가 유령처럼 문을 잡은 채 조용한 목소리로, 죄송하지만 마침 자기가 무슨 일을 하고 있으니 나를 들어오게 하고 싶지 않다고 말했다. 그러면서 건물 주변을 두세 바퀴 돌아다니다가 오면 하던 일을 다 마칠지도 모르겠다고 몇 마디 덧붙이는 것이 아닌가.

어디 짐작이나 했겠는가. 일요일 아침에 내 사무실을 턱하니 차지하고 있다가 시체 같은 앙상한 모습으로, 그래도 공손함을 잃지 않은 **침착한 태도**에 어딘가 단호하면서도 냉정한 면을 내보이며 나타난 바틀비. 그런 바틀비의 모습에 너무 당황하고 놀란 나는 무슨 기이한 힘에 눌린 듯 바로 문에서 슬며시 물러나 그가 바라는 대로 할 수밖에 없었다. 그러나 어떤 말로도 설명할 수 없는 그 괴짜 필경사가 온순한 태도로 능청스러울 만큼 뻔뻔하게 나오는데, 나는 그냥 무력하게 대응할 수밖에 없었다는 사실에 온몸 구석구석 찔러 대듯 온갖 고통이 찾아들었다. 무엇보다 놀라운 것은 그의 온순한 태도였다. 바로 그런 태도가 나의 반감을 누그러뜨렸으며, 더 나아가 사람 구실도 못 하게 만들었다고 할 수 있다. 누구라도 고용한 직원이 자기한테 지시를 내리고 자기 소유의 공간에서 나가 달라고 명령하는데 그것을 말없이 받아들인다면, 그 순간 사람 구실을 못 하는 것 아닐까? 더군다나 바틀비가 일요일 아침에, 셔츠라도 입었기에 망정이지 안 그랬으면 거의 알몸이나 다름없는 차림으로 무슨 짓을 하고 있었는지, 나는 불안감을 떨쳐 버릴 수 없었다. 무슨 나쁜 짓이라도 하고 있었던 것은 아닐까? 아니, 그럴 리 없었다. 바틀비가 부도덕한 사람이 아니라는 것은 눈곱만큼도 의심할 여지가 없었다. 그렇다면 대체 무슨 일을 하고 있었던 걸까? 필사? 설마. 바틀비가 아무리 괴팍하다 하더라도 단정함만은 누구도 따라올 수 없지 않은가. 그런 그가 거의 벌거벗은 상태로 책상 앞에 앉아 글을 쓴다는 것은 상상도 못 할 일이었다. 게다가 일요일이 아닌가? 단정하고 엄숙하게 보내야 할 일요일에 바틀비가 속된 일을 하며 지낸다? 가당치 않았다. 바틀비에게는 그런 생각도 허락하지 않는 무언가가 있었다.

그렇지만 나는 불안한 마음을 가라앉힐 수 없었다. 꼬리에 꼬리를 물고 이어지는 궁금증에, 어쩔 수 없이 사무실로 돌아왔다. 열쇠를 꽂자, 이번에는 쑥 들어갔다. 문을 열고 안으로 들어섰다. 바틀비는 보이지 않았다. 불안한 눈으로 주위를 살피면서 칸막이 뒤쪽을 슬쩍 보았지만, 그는 사라지고 없었다. 사무실에서 나간 것이 분명했다. 나는 칸막이 뒤, 바틀비의 은둔처를 구석구석 꼼꼼히 살펴보기 시작했다. 바틀비가 언제부터인지 알 수 없지만 사무실에서 먹고, 입고, 잠까지 잔 것이 틀림없다는 생각이 들었다. 그것도 그릇 하나 없고, 거울도 없고, 침대도 없는 사무실에서. 한쪽 구석에 놓인 낡은 소파, 사람이 앉으면 삐걱거리며 푹 꺼지는 그 소파에 사람이 누웠던 자국이 희미하게 남아 있었다. 몸이 야윈 사람이 남긴 흔적이었다. 책상 아래 둘둘 말아 처박아 놓은 담요 한 장, 난로는 없이 뎅그러니 남은 난로 받침대 아래에 밀어 넣은 구두약 통과 구둣솔, 의자 위에 올려놓은 양철 대야와 그 안에 담아 둔 비누와 너덜너덜한 수건 한 장, 신문지 위에 널브러진 생강과자 부스러기들과 작은 치즈 조각 하나. 나는 생각했다. 〈그래, 이런 것들만 봐도 알 수 있어. 바틀비는 여기를 자기 집이라 생각하고 혼자 지냈던 거야.〉 그러자 문득 한 가지 생각이 뇌리를 스치고 지나갔다. 〈얼마나 서글펐을까, 여기서 친구도 없이 혼자 쓸쓸히 지내다니! 가난한 것도 버거웠을 텐데 아무도 없이 혼자 지내다니, 얼마나 비참한가!〉 한번 생각해 보라. 일요일의 월 스트리트는 페트라[12]처럼 버려진 곳이며, 매일 밤 텅 빈 거리가 된다. 그 거리에 있는 건물들도 마찬가지다. 주중 낮에는 활기 넘치는 사람들의 웅성거리는 소리가 끊이지 않지만, 어둠이 내리면 오로지 정적만이 소리 없는 메아리로 텅 빈 도시를 가득 메우고, 일요일에는 하루 종일 황량하다. 바틀비는 텅 빈 객석에 홀로 남은 관객처럼 사람들이 들끓던 곳이 고독 속에 잠기는 것을 혼자 쓸쓸히 지켜보고 있었던 것이다. 마치 카르타고의 폐허 속에서 깊은 시름에 잠겨 고뇌하는 마리우스[13]라도 된 양, 누구에게

---

12 요르단 남부 바위를 깎아 만든 암벽 위에 세워진 고대 도시. 나바테아 왕국의 수도로 번영을 이루던 이 도시는 로마 제국에 정복되기도 하고 지진 피해를 입는 등 우여곡절을 겪었으며, 초기 이슬람 시대에 버려진 뒤 1812년에 재발견되었다. 유네스코 세계 문화유산 중 하나이며, 영화 「인디아나 존스: 최후의 성전」에서 오지의 성전으로 소개된 곳이다.

13 Gaius Marius(B.C.157~B.C.86). 로마군의 개혁을 주도하고 게르만

도 해를 끼치지 않았는데 어떻게 이런 신세가 되었는지, 골똘히 생각에 빠져 있었던 것은 아닐까?

그동안 살아오면서 처음으로 나는 가슴을 무겁게 짓누르며 죄어 오는 우울함에 휩싸였다. 이전에도 슬픔이 찾아온 적이 있었지만, 이렇게 뿌리칠 수 없지는 않았다. 그런데 이제는 그나 나나 같은 인간으로 한데 묶여 있다는 생각이 들면서 찾아온 우울함을 떨쳐 낼 수가 없었다. 우리는 서로 형제라는 생각에 뒤따른 우울함! 사실 바틀비나 나는 다 같은 아담의 자손이었다. 순간 그날 거리에서 보았던 얼굴들, 눈부시게 화사한 실크 옷을 뽐내던 번쩍번쩍 광채 나는 얼굴들이 떠올랐다. 미시시피강 줄기를 따라 유유하게 헤엄쳐 지나가는 우아한 백조처럼 브로드웨이를 오가던 멋진 외출용 정장 차림의 사람들을 떠올리며 초췌하고 핼쑥한 모습의 바틀비와 비교하니 이런 생각이 들었다. 〈그래, 행복은 밝은 빛을 끌어들이니 행복에 겨운 사람들은 세상이 즐겁고 화려한 곳이라고 여기지. 그들에겐 불행이 저 멀리 떨어져 보이지 않으니 이 세상에 불행이 없다고 생각하는 거야.〉 이 씁쓸한 생각, 분명 병들고 어리석은 머리가 그려 낸 망상에 불과한 이 슬픈 상념이, 바틀비의 괴팍한 성향을 떠올리자 심각한 생각

족의 침공을 격퇴한 공으로 로마 제3의 건국자로 알려진 로마의 장군이자 정치가. 여섯 번이나 집정관에 선출되어 로마가 공화국에서 제국으로 변하는 데 크게 기여했으나, 정쟁의 소용돌이에서 반대파에 패해 아프리카로 도망가는 비참한 운명에 처하기도 했다. 나중에 다시 로마로 귀환해 집정관에 올랐지만, 며칠 후 사망했다. 멜빌은 바틀비의 처지를 아프리카로 피신한 마리우스의 신세에 비유하고 있다.

으로 이어졌다. 뜻밖에 뭔가 놀라운 것을 발견할 수도 있다는 예감이 머릿속에서 떠나지 않았다. 그러면서 냉정하고 무심한 낯선 사람들 사이에 놓여 있는 바틀비, 휘날리며 휘감는 수의에 덮여 누워 있는 파리한 얼굴의 바틀비가 눈앞에 어른거렸다.

그 순간 바틀비의 책상으로 내 눈길이 향했다. 서랍은 닫혀 있었지만, 열쇠가 그대로 꽂혀 있는 것이 보였다.

그러다가 이런 생각도 들었다. 〈내가 굳이 귀찮게 무슨 골치 아픈 일을 벌여 문젯거리로 삼으려는 것도 아니고, 그렇다고, 야, 이것 봐라, 어디까지 가나 두고 볼까, 하는 심사에서 뭐가 있는지 확인하려는 것도 아니야. 따지고 보면 이 책상은 내가 구매한 것이니 이 서랍 속 물건들도 내 것 아닌가? 뭐가 들었는지 보지 못할 이유가 없어.〉 모든 것이 정연하게 잘 정리되어 있고, 종이나 서류들도 구겨진 곳 없이 반듯하게 잘 보관되어 있었다. 서랍 속 서류 분류용 칸막이 함이 제법 깊숙했다. 나는 서류 더미를 꺼낸 뒤 더 깊숙이 구석구석 더듬다가 바로 손에 잡히는 것이 있어 끄집어냈다. 염색으로 물들인 낡은 손수건으로 싸서 묶어 놓은 묵직한 물건이었다. 손수건을 풀자 저금통이 나왔다.

그동안 내가 예의 주시하며 관찰해 왔던 바틀비에게 어떤 이해하기 어려운 면이 있는지, 어떤 독특한 면이 있는지, 다른 사람들은 무심코 지나치고 넘어갔을지 모르지만 나는 그래도 주목해서 알게 된 사실들을 기억을 더듬어 떠올려 보았다. 먼저 말하는 법이 없었던 그는 묻는 말에 대답만 했다. 긴 시간을 혼자서 보낼 때가 있었지만 책 읽는 모습을 본 적이 없었다. 신문조차 보지 않았다. 어떤 때는 한참 동안 칸막이 뒤에 서서 밖이 어스레히 내다보이는 창문을 통해 앞을 가로막고 있는 우중충한 벽돌 벽을 물끄러미 쳐다보았다. 확신컨대 매점이나 식당에도 간 적이 없었다. 핏기 없는 얼굴을 보면 터키처럼 맥주를 마시는 것도 아니고, 그렇다고 다른 사람들처럼 차나 커피를 마시는 것도 아니었다. 특별히 어디 다니는 곳이 있는 것도 아니었다. 내가 아는 한 그랬다. 그래도 산책하러 나가기는 할 것 아니냐고? 천만의 말씀이다. 혹시 사무실을 비운 지금이라면 모를까, 그런 적이 없었다. 자신이 누구인지, 어디에서 왔는지, 멀리 사는 일가친척이라도 있는지, 전혀 입 밖에 낸 적이 없었다. 몸이 야위고 혈색도 창백했지만, 어디가 아프다고 툴툴거리며 불평한 적도 없었다. 그러나 돌이켜 보면 그 어떤 것보다 정말 알 수 없는 것이 하나 있었다. 그의 창백한 얼굴빛에, 그가 의식적으로 드러내는 것은 아니지만 어떤 기운이, 뭐라고 해야 할지 모르겠지만 아무튼 어딘가 고고하고 거만한 기운 같은 것이, 아니 근엄하면서도 신중한 태도를 보여 주는 어떤 기운이 서려 있었다. 바로 그 기운에 눌린 나는 그의 별난 행위를 무기력하게 받아들일 수밖에 없었다. 그럴 때면 나는 아무리 사소한 일거리라도 감히 그에게 부탁할 엄두가 나지 않았다. 그가 칸막이 뒤에서 오랫동안 꼼짝하지 않는 것으로 보아 분명 창문 앞에 서서 그 우중충한 벽돌 벽을 바라보며 공상에 젖어 있다는 것을 알지만, 그 어떤 부탁도 할 수 없었다.

이해하기 어려운 이런 면들을 머릿속에서 이리저리 굴리며 생각하다가 조금 전에 알게 된 사실, 즉 그가 그동안 계속해서 사무실을 자신의 처소이자 집으로 삼아 살아왔다는 사실을 더하고, 그의 병적인 우울함도 같이 고려하면서 나는 이 모든 문제를 곰곰이 생각해 보았다. 그러자 모든 것을 잘 따져서 신중하게 판단해야 한다는 느낌이 퍼뜩 들었다. 처음에 내가 바틀비를 보며 느꼈던 감정은 더할 것도 뺄 것도 없이 정말 순수한 슬픔과 진심 어린 연민이었다. 그러나 바틀비가 점점 더 외로워지고 비참해지고 있는 것 아닌가 하는 생각이 커지면서 슬픔이 두려움으로, 연민이 혐오로 바뀌기 시작했다. 우리가 어떤 사람의 불행에 대해 생각하거나 실제 그 딱한 처지를 보면 어느 정도까지는 그 사람을 따뜻하게 품어 주고 싶은 감정이 일어나는 것이 보통이다. 그러나 정도를 넘어서는 어떤 특별한 경우에는 그렇지 않다. 이것은 누구도 부인하지 못하는 엄연한 사실이면서 동시에 실로 안타까운 일이다. 이런 감정의 변화를 인간의 타고난 심성이 이기적이기 때문이라고 주장하는 사람이 있다면, 그 사람이 잘못 생각한 것이다. 오히려 그런 감정의 변화는 우리가 애정 어린 마음으로 보듬고 싶은 상대방이 앓고 있는 병이나 그에게 닥친 불행이 너무 심각한 상태이고 기질적으로 발병한 것이라 치유하기 힘들다는 절망감이나 무력감에서 비롯된다고 봐야 한다. 더욱이 감수성이 예민한 사람이 어떤 사람에 대해 연민의 감정을 느끼면 거의 어김없이 그 연민은 고통으로 이어진다. 그러다가 결국 연민의 감정만으로는 그를 구원해 줄 수 없다는 것을 깨달으면서 연민마저 지운다. 그날 아침 필경사 바틀비의 은둔처에서 알게 된 사실로 인해 나는 그가 선천적으로 치유할 수 없는 병에 걸린 것이라고 단정 지을 수밖에 없었다. 그의 육신에 음식이든 뭐든 구호의 손길을 베풀어 줄 수 있었지만, 그에게 고통을 안겨 주는 것은 몸이 아니었다. 그를 고통스럽게 하는 것은 그의 영혼이었다. 하지만 영혼은 내가 다가갈 수 없지 않은가.

그날 아침 트리니티 교회에 가서 설교를 들으려고 했던 내 계획은 뜻대로 이루어지지 않았다. 까닭은 알 수 없지만, 어쨌든 그날 목격한 것들로 인해 과연 내가 교회에 갈 자격이 있는지 의문이 들었다. 집으로 발걸음을 옮기며 바틀비를 어떻게 할지 생각해 보았다. 그러다가 드디어 이렇게 마음을 굳혔다. 〈다음 날 아침에 그를 불러다 놓고 차분하게 그동안 어떻게 살아왔는지 등등 몇 가지 물어보리라. 그런데 그가 그 자리에서 바로 더 생각해 볼 것도 없다는 듯 대답하지 않겠다고 하면(아마 그러고 싶은 마음이 없다고 하겠지), 그에게 줘야 할 보수에 20달러짜리 지폐 한 장을 더 보태 줄 테니 이제는 더 이상 출근하지 않아도 된다고, 그럴 필요 없다고 말해야지. 물론 그렇더라도 따로 내가 도울 일이 있으면 흔쾌히 도와주겠노라고, 고향이 어딘지는 모르지만 귀향하고 싶다면 당연히 여비도 부담해 주겠다고 해야지. 고향에 돌아간 뒤에도 도움이 필요하면 언제든 편지 쓰라고, 그러면 꼭 답장하겠노라고 해야지.〉

다음 날 아침이 되었다.

「바틀비.」 나는 부드러운 목소리로 칸막이 뒤에 있는 그를 불렀다.

묵묵부답.

「바틀비.」 더 부드러운 목소리로 다시 불렀다. 「이리 와봐. 자네가 하고 싶어 하지 않는 일을 시키려는 게 아니야. 그냥 허심탄회하게 얘기하고 싶어서 그러네.」

이 말이 끝나자마자 그가 조용히 모습을 드러냈다.

「바틀비, 태어난 곳이 어디지? 얘기 좀 해보게.」

「그러고 싶은 마음이 없습니다.」

「그러면 자네 신상에 관해 **어떤 것**이라도 좋으니 얘기 좀 해주게.」

「그러고 싶은 마음이 없습니다.」

「아무 말도 하고 싶지 않다……. 무슨 이유라도 있어? 난 자네와 좀 가깝게 지내고 싶어서 그러는데.」

이렇게 말을 주고받는 동안 바틀비는 내 얼굴을 한 번도 쳐다보지 않았다. 그의 눈길은 내 자리 바로 뒤 머리 위로 약 15센티미터 높이에 놓여 있던 키케로 흉상에 고정되어 있었다.

「바틀비, 대답 좀 해보게, 무슨 이유야?」 나는 그의 입에서 무슨 대답이 나올지 한참 기다렸다가 물었다. 그의 얼굴은 처음 모습을 드러냈을 때 표정 그대로였다. 다만 핏기 없이 허옇게 마른 입술이 보일 듯 말 듯 살짝 움직일 뿐이었다.

「지금은 아무 대답도 하고 싶은 마음이 없습니다.」 그는 이 말만 툭 던지고 다시 자신의 은둔처로 물러났다.

솔직히 말하면, 내가 좀 서툴렀던 것 같다. 그래도 그렇지 이번에 그가 보인 태도는 정말 참을 수가 없었다. 그의 태도는 노골적이지 않지만, 은근히 경멸하는 느낌이었다. 누구나 아는 사실이지만, 그동안 잘 대해 주고 하고 싶지 않다는 일을 면해 주면서 비위도 맞춰 줬는데 여전히 제 고집만 부리다니. 그는 전혀 고마워하는 마음이 없는 것 같았다. 그런 생각을 하자 화가 치밀어 오르면서 마음을 진정시킬 수가 없었다.

또다시 나는 자리에 앉아 어떻게 해야 할지 곰곰이 생각하기 시작했다. 사무실에 출근할 때만 하더라도 그를 내보내야겠다고 굳게 마음먹었는데, 그의 행동에 제대로 대처하지 못해 분하기도 했다. 그런데 이상하게도, 정말 터무니없는 무언가가 가슴을 두드리며 내 의도대로 행동하지 못하게 했다. 세상에서 가장 외로운 이 친구의 가슴에 못을 박는 험한 말을 한마디라도 입 밖에 내면 당장 잔인하고 지독한 사람이라고 손가락질당하고 온갖 비난을 뒤집어쓸 것 같다는 생각이 들었다. 결국 나는 정말 잘 해보자는 뜻으로, 칸막이 뒤에 의자를 끌어다 놓고 앉아 말을 건네고 말았다.

「바틀비, 지금까지 살아온 얘기는 안 해도 괜찮아. 하지만 자네하고 친해지고 싶어서 제발 부탁하는 건데, 우리 사무실에서 통상적으로 하는 일에는 좀 맞춰 줬으면 해. 내일이든 모레든 서류 대조 작업을 도와주겠다고 하게. 아니, 딱 잘라 말하겠네. 하루이틀 후부터는 사정을 고려해 가며 잘 지내겠다고 말해 줘. 그러겠다고 대답하게, 바틀비.」

「지금은 사정을 고려하며 지내고 싶은 마음이 없습니다.」 맥없이, 조심스럽게 그가 대답했다.

바로 그때 접이식 문이 열리더니 니퍼스가 다가왔다. 평소보다 더 심한 소화 불량으로 간밤에 유난히 잠을 설쳤는지 좀 피곤한 모습이었는데, 바틀비가 좀 전에 한 마지막 말을 우연히 들은 모양이었다.

「뭐? **그러고 싶은 마음이 없다고?**」 니퍼스는 이를 뿌드득 가는 듯이 소리쳤다. 그러고는 나를 향했다. 「변호사님, 저는 차라리 저 친구 하고 싶은 대로 **놔두고 싶은 마음**입니다. 그냥 마음대로 하라고 놔두고 싶어요. 저라면 그냥 하고 싶은 일거리를 줄 겁니다. 어휴, 저 대책 없는 고집불통 같으니라고! 그런데 저 친구가 지금 **하고 싶은 마음이 없다고** 한 게 대체 뭐죠?」

니퍼스가 이렇게 야단법석을 떠는데도 바틀비는 손가락 하나 꿈쩍하지 않았다.

「니퍼스,」 내가 나설 수밖에 없었다. 「지금은 자네가 나서지 말고 그냥 물러섰으면 하는 마음이 드네.」

어찌 된 영문인지 몰라도 최근에 나는 딱히 마음이 선뜻 내키지 않는 경우 나도 모르게 〈그런 마음이 드네〉라며 얼버무리는 일이 잦았다. 무서운 생각이 들었다. 〈내가 바틀비와 같이 지내면서 이미 심각할 정도로 정신적 영향을 받은 것 아닐까? 혹시 그 영향으로 나중에 더 비정상적인 심각한 이상 증세가 나타나는 것은 아닐까?〉 이런 염려가 있었기 때문에, 나는 그때그때 상황에 따라 적절한 방식으로 사태를 수

습하게 되었는지도 모른다.

니퍼스가 언짢고 시큰둥한 표정을 지으며 제자리로 돌아가자, 이번에는 터키가 상냥하고 공손한 모습으로 나타났다.

「이런 말씀 드려도 될지 모르겠습니다만, 변호사님, 어제 제가 여기 이 바틀비에 대해 생각을 좀 해봤거든요. 제 생각엔 바틀비, 이 친구가 맛 좋은 에일맥주를 마시고 싶은 마음에 매일 1리터 정도 마시면 필시 마음을 고쳐먹고 자기가 쓴 서류 대조하는 일을 도울 겁니다.」

「아니, 당신도 그 말을 쓰는군요.」 조금 흥분된 목소리로 내가 말했다.

「이렇게 여쭤봐도 괜찮을지 모르겠지만, 무슨 말을 쓴다는 거죠?」 이렇게 물으면서 터키가 칸막이 뒤 좁아터진 공간으로 조심스럽게 비집고 들어오는 바람에 그만 내가 바틀비를 슬쩍 밀쳤다. 「무슨 말을 하시는 건가요, 변호사님?」

「저를 그냥 내버려두면 안 되겠습니까? 여기 저 혼자 있고 싶은 마음입니다.」 바틀비가 자기 혼자 쓰는 공간에 사람들이 밀고 들어온 것이 영 못마땅하다는 듯 말했다.

「**바로 저 말**요, 터키.」 내가 말했다. 「**바로 저 표현**.」

「아하, **하고 싶은 마음**이라는 말요? 맞습니다, 참 생뚱맞은 말이죠. 저는 절대 그렇게 말하지 않습니다. 하지만 변호사님, 말씀드렸듯이 이 친구가 마시고 싶은 마음만 있다면…….」

「터키,」 내가 그의 말을 끊어 버렸다. 「그만 여기서 나가 주면 좋겠어요.」

「물론이죠. 그러면 좋겠다는 마음이시라면.」

터키가 접이식 문을 열고 자기 책상으로 돌아갔다. 그때 책상에 앉아 있던 니퍼스가 나를 흘끗 바라보며 어떤 서류를 필사해야 하는데 파란색 종이와 흰색 종이 중에서 어디에 베껴 쓰는 것이 마음에 드는지 물었다. 짓궂게 〈마음에 드는지〉라는 말에 힘을 주며 나를 놀리려는 생각이 아닌 것은 분명했다. 손톱만큼도 그런 의도는 없어 보였고, 그냥 저절로 그런 말이 나온 것이 확실했다. 나는 속으로 생각했다. 〈이 정신 나간 친구를 쫓아내야 해. 이자 때문에 나나 다른 직원들의 혀가 이미 어느 정도 변질되고 말았어. 머리도 언제 그렇게 될지 몰라.〉 그렇지만 당장 해고하겠다고 선언하는 것은 신중하지 못한 행동 같았다.

그다음 날이었다. 아무 일도 하지 않은 채 창가에 서서 우중충한 벽돌 벽을 바라보며 공상에 빠진 바틀비의 모습이 눈에 띄었다. 내가 왜 서류를 필사하지 않느냐고 묻자, 그가 더 이상 서류 베끼는 일을 하지 않기로 했다고 대답하는 것이 아닌가.

「아니, 그게 무슨 말인가? 왜? 이번엔 또 뭔가?」 나는 화가 나서 소리쳤다. 「더 이상 필사를 하지 않겠다고?」

「하지 않겠습니다.」

「대체 이유가 뭔가?」

「알고 계실 텐데요. 꼭 제 입으로 말씀드려야 합니까?」 바틀비가 심드렁하게 대답했다.

그의 얼굴을 찬찬히 뜯어보았다. 흐릿하니 침침해 보이는 그의 두 눈을 보는 순간 퍼뜩 이런 생각이 떠올랐다. 〈저 친구가 우리 사무실에 들어오고 나서 처음 몇 주 동안 빛이 잘 들어오지 않는 어두운 창가에서 감히 누구도 흉내 내지 못할 정도로 열심히 필사한 탓에 일시적으로 시력에 이상이 생긴 것 아닌가…….〉

마음이 아팠다. 나는 몇 마디 위로의 말을 건네며 당분간 글 쓰는 일을 하지 않겠다고 한 것은 잘한 처사라는 뜻을 넌지시 비쳤다. 그러면서 이참에 밖에 나가 운동 좀 하면서 건강을 챙기라고 설득했다. 그러나 그는 내 말대로 하지 않았다. 며칠 뒤 다른 직원들이 자리를 비운 날이었다. 서둘러 편지 몇 통을 부쳐야 했던 나는 바틀비가 빈둥대고 있으니 이번에는 평소와 달리 고집만 내세우지 않을 거라 짐작하고 우체국에 가서 편지 좀 부치고 오라고 부탁했다. 그러나 그는 단칼에 거절했다. 귀찮고 짜증도 났지만 별수 없이 내가 직접 갈 수밖에 없었다.

그리고 또 여러 날이 지났다. 바틀비의 시력이 좋아졌는지 어떤지 알 수 없었지만, 겉으로 보기에는 많이 좋아진 것 같았다. 하지만 눈이 좀 어떠냐는 내 물음에, 당연히 그는 아무 대답도 하지 않았다. 어쨌든 그는 한사코 서류 베끼는 일을 하려 들지 않았다. 내가 왜 그러냐며 계속 재촉하고 물어보는 것이 귀찮았는지, 마침내 그는 영원히 필사하지 않겠다고, 그 일을 그만하겠다고 대답했다.

「뭐라고?」 나는 놀라서 소리 지르지 않을 수 없었다. 「두 눈 다 멀쩡하니 좋아도, 아니 전보다 더 좋아져도 필사를 그만두겠다는 건가?」

「진작에 그만뒀습니다.」 그는 이렇게 대답하며 옆으로 슬며시 물러났다.

이후에도 그는 전과 다름없이 우리 사무실에 그대로 눌러앉아 있었다. 아니, 이렇게 말해도 될지 모르겠지만, 예전보다 더 우리 마음대로 처리할 수 없는 붙박이 가구와 같은 존재가 되고 말았다. 〈어떻게 해야 할까? 아무 일도 하려 들지 않으면서 왜 사무실에 계속 남아 있는 거지?〉 분명한 것은, 그는 나한테 무거운 짐, 목에 맨 맷돌[14]처럼 목걸이로 사용할 수도 없고 계속 걸고 있자니 괴롭기만 한 그런 존재가 되었다는 사실이다. 그런데도 그에게 안타까운 마음이 드는 것은 어쩔 수 없었다. 그가 하고 싶은 대로 하는 바람에 내가 불안해하는 경우가 가끔 있다? 절대 그렇지 않다. 만에 하나 그가 혹시 친척이든 친구든 단 한 사람의 이름이라도 알려 주었다면 나는 즉시 그 사람한테 편지를 보내 제발 이 불쌍한 친구를 어디 편하게 지낼 수 있는 안식처로 데려가 달라고 간곡히 부탁했을 것이다. 그러나 그는 혼자인 것 같았다. 이 우주에 아는 사람이라고는 단 한 사람도 없는 절대 고독의 존재. 대서양 한가운데 떠 있는 난파선의 한 조각 잔해. 그래도 중요한 것은 내 일이었고, 그래서 결국 나머지 다른 생각들은 뒤로 밀려날 수밖에 없었다. 나는 최대한 점잖게, 그리고 조심스럽게 바틀비에게 말했다. 엿새 말미를 줄 테니 그 안에

14 『마태오의 복음서』 18장 6절의 인유. 「나를 믿는 이 보잘것없는 사람들 가운데 누구 하나라도 죄짓게 하는 사람은 그 목에 연자 맷돌을 달고 깊은 바다에 던져져 죽는 편이 오히려 나을 것이다.」

무조건 사무실에서 나가라고. 그 사이 다른 거처를 알아봐야 할 거라는 당부 겸 경고도 곁들였다. 그러면서 떠날 준비를 시작하면 거처 구하는 일을 도와주겠다고 했다. 「그리고 바틀비, 자네가 떠나는 날 아무 대책 없이 나가게 하지는 않을 걸세. 아무튼 지금부터 엿새야. 잊지 말게.」

엿새의 기한이 끝나는 날, 나는 칸막이 뒤를 슬쩍 훔쳐보았다. 이럴 수가! 바틀비는 여전히 그곳에 있었다.

외투의 단추를 다 채우며 옷매무새를 고친 나는 몸이 흐트러지지 않게 중심을 잡고 천천히 그의 등 뒤로 다가갔다. 그리고 그의 어깨를 가볍게 짚으며 말했다. 「이제 시간이 다 지났어. 여기서 나가 주게. 유감일세. 여기, 이 돈 받게. 자, 어서 나가게.」

「그러고 싶은 마음이 없습니다.」 바틀비는 등도 돌리지 않고 그대로 앉은 채 대답했다.

「**나가야 해.**」

그는 말없이 앉아 있기만 했다.

내가 익히 알고 있는 바틀비의 정직함, 그 정직함을 나는 누가 뭐래도 무조건 신뢰했다. 사실 나는 평소에 셔츠 단추 하나쯤이야 떨어지든 말든 그런 사소한 일에 별로 신경 쓰지 않는 편이었다. 그러다 보니 잘못해서 동전 한두 닢을 자주 바닥에 떨어뜨리곤 했는데, 그럴 때마다 그가 그 동전들을 주워 돌려주곤 했다. 그런 점을 고려하면 다음에 이어지는 상황이 그리 놀랍거나 어이없지 않을 것이다.

「바틀비, 자네한테 지급해야 할 돈이 12달러거든. 그런데 여기 32달러일세. 20달러를 더 얹었어. 그것도 자네 몫이야. 자, 받게.」 나는 그에게 지폐를 내밀었다.

그러나 그는 아무런 반응도 보이지 않았다.

「이 돈, 여기다 놓고 가네.」 나는 돈을 탁자 위에 놓고 그 위에 문진을 올려놓았다. 사무실을 나서기 위해 모자와 지팡이를 집어 들고 걸음을 옮기다가 문가에서 조용히 돌아서 다시 말을 이었다. 「바틀비, 자네 물건들을 사무실에서 다 꺼낸 뒤, 그래, 잘 알아서 하겠지만, 문을 잠그게. 모두 퇴근하고 자네만 남았거든. 열쇠는 문 앞에 있는 깔개 밑에 넣어 두게. 내일 아침에 내가 꺼낼 테니까. 다시는 볼 수 없을 것 같으니 여기서 작별 인사를 해야겠네. 참, 새로운 곳에 가더라도 내 도움이 필요하면 언제든 꼭 편지하게. 바틀비, 잘 가게. 아무쪼록 잘 지내길 바라네.」

그렇지만 그는 아무 대답도 하지 않았다. 무너져 폐허가 된 사원에 덩그러니 마지막으로 남은 기둥처럼, 그는 다른 사람들이 다 떠난 텅 빈 방 한가운데 홀로 말없이 서 있을 뿐이었다.

나는 집으로 향했다. 연민의 감정이 일어나자 기분이 울적했다. 그러나 곧 뿌듯한 자만심이 고개를 들며 연민의 감정을 밀어냈다. 대가다운 솜씨로 바틀비를 쫓아내다니, 정말 잘했다는 생각에 우쭐한 기분이 들었다. 여기서 내가 대가답다고 했는데, 아무 편견 없이 냉정하게 판단하는 사람들이 내 솜씨를 봤더라도 필시 그렇게 표현했을 것이다. 특히 대단한 점은 흠잡을 데 없이 평화롭게 일을 처리했다는 것이다.

상스럽게 협박하는 일도, 그 어떤 허세도, 온갖 성질을 내며 닦달하거나 분에 못 이겨 사무실 안을 이리저리 헤집듯 오가며 느닷없이 꼴도 보기 싫은, 저 거지 같은 짐꾸러미를 챙겨 당장 눈앞에서 사라지라고 퍼붓지도 않았다. 그런 일은 전혀 없었다. 대가가 아닌 사람이라면 분명 그랬을 테지만, 나는 당장 나가라고 소리치지도 않았다. 그 대신 그가 나가야 하는 당연한 이유를 **설정하고**, 그 바탕에서 해야 할 말을 하나하나 쌓아 올렸다. 이런 처리 방식을 생각하면 할수록 기분 좋았다.

그러나 이튿날 아침, 잠에서 깨어나 눈을 뜬 순간부터 의구심이 피어오르기 시작했다. 어찌 된 영문인지, 밤에 잠을 자는 사이 자만심에 부풀어 올랐던 흥분의 기운이 사라져 버린 것 같았다. 하기야 아침에 잠에서 깨어난 순간부터 사람이 가장 침착하고 현명해지는 법이니 그럴 만도 했다. 일 처리 방식이 현명했다는 생각은 여전히 사라지지 않았지만, 그건 이론상 그렇게 보였을 뿐이다. 실제로도 그런지가 관건이었다. 바틀비가 떠날 거라고 가정한 것은 정말 멋진 생각이었다. 그러나 따지고 보면 그건 내 생각이지 바틀비의 생각이 아니었다. 문제의 핵심은 내가 그가 떠나리라고 생각했느냐 안 했느냐가 아니라, 바틀비가 그럴 마음이 있느냐 없느냐였다. 바틀비에게는 어떤 전제나 가정보다 그럴 마음이 있느냐가 중요한 문제였다.

아침 식사 후 출근하는 길에 나는 머릿속으로 그가 **떠났을지 그대로 있을지**, 어떤 가능성이 높을지 따져 보았다. 한편으로는 내 일 처리 방식이 처참한 실패로 끝나 바틀비가 평소처럼 사무실에 턱 버티고 있을지도 모른다는 생각이 들었다. 그러다가 또 그의 의자가 텅 비어 있는 것을 보리라는 확신 비슷한 생각이 들기도 했다. 이런 식으로 생각이 계속 왔다 갔다 했다. 브로드웨이와 커널 스트리트가 만나는 모퉁이에 다다랐을 때 사람들이 서서 흥분된 목소리로 열심히 말을 주고받는 모습이 눈에 들어왔다.

사람들 곁을 지나치려는데, 어떤 사람의 목소리가 들려왔다. 「난 그 사람, 그렇게 되지 않을 거라는 데 걸겠소.」

「안 나간다고요? 좋습니다! 자, 그럼 돈을 겁시다.」 순간적으로 내가 내뱉은 말이었다.

나는 아무 생각 없이 본능적으로 돈을 꺼내려고 주머니를 뒤졌다. 바로 그때 오늘이 선거일이라는 생각이 퍼뜩 떠올랐다. 지나가면서 내가 들은 말은 사람들이 시장 선거에 출마한 어떤 후보가 이길지 질지, 당선 가능성을 이야기한 거지 바틀비와는 아무 상관 없었다. 오로지 내 생각에만 빠져 브로드웨이를 오가는 모든 사람이 나와 같이 흥분된 상태로 똑같은 문제를 놓고 열띤 논쟁을 하고 있다고 착각했던 것이다. 나는 다시 발걸음을 옮기며 그나마 다행이라고 생각했다. 순간적으로 얼빠진 상태에서 내뱉은 어이없는 내 말이 길거리에서 왁자지껄 소란 떠는 사람들 소리에 아무 탈 없이 묻히고 말았으니…….

나는 평소보다 일찍 사무실에 도착했다. 원래 일찍 나오려고 했었다. 잠시 문 앞에 서서 귀를 기울였다. 사방이 쥐 죽은 듯 고요했다. 그가 떠난 것이 틀림없었다. 문의 손잡이를 돌렸다. 잠겨 있었다. 〈역시 내 조치가 마법처럼 제대로 작동한 거야. 떠난 게 분명해.〉 기분이 좋았다. 하지만 좀 안되었다는 생각이 들면서 우울한 마음이 들기도 했다. 뜻한 대로 일이 멋지게 풀렸지만 조금 씁쓸하기도 했다. 바틀비에게 두고 가라고 한 열쇠를 찾으려고 깔개 밑을 뒤졌다. 그러다가 그만 내 무릎이 문에 부딪혔고, 그 부딪히는 소리가 사람 부르는 소리라도 되는 양 안에서 응답하는 목소리가 들려왔다.

「아직 들어오지 마세요. 제가 하던 일이 있어서요.」

바틀비의 목소리였다.

나는 깜짝 놀랐다. 벼락을 맞은 느낌이었다. 오래전 버지니아에서 어느 날 오후 활짝 열어 놓은 따뜻한 창가에 서서 꿈같이 흐르는 오후를 즐기려고 창밖으로 고개를 내밀었다가 여름 번개를 맞아 입에 파이프를 문 자세 그대로 죽었다는 사람. 나중에 누가 건드리자 그제야 비로소 그 자리에 쓰러졌다는 그 사람. 잠시 넋이 나간 듯 서 있는 내가 바로 그 사람 꼴인 듯싶었다.

「간 게 아니야!」 결국 내 입에서 이렇게 중얼거리는 소리가 튀어나오고 말았다. 정말 불가사의한 친구, 이 필경사가 잡아 뒤흔드는 놀라운 힘에 나는 또다시 굴복할 수밖에 없었다. 나를 지배하는 그 힘에 맞서려 했지만 가망 없었다. 경이로운 그 위세의 영향에서 벗어난다는 것은 생각지도 못할 일이었다. 나는 천천히 계단을 내려와 거리로 나섰다. 진퇴양난의 당혹감에서 헤어나지 못한 채 이제 어떻게 해야 할지 곰곰이 생각해 보았다. 〈완력을 써서 억지로 내쫓는다? 그럴 수는 없어. 견디지 못할 정도로 심한 욕을 퍼부어 나가게 한다? 그것도 아니야. 경찰을 불러? 찝찝해. 그렇다고 그냥 내버려두어 말라빠진 그 친구가 나를 이겼다며 좋아하는 꼴을 두고 볼 수도 없잖아. 그건 생각만 해도, 으으, 치가 떨려. 그럼, 어떻게 하지? 별 방법이 없다면 다른 **가정**을 해보면 어떨까? 그리고 그 가정하에 취할 조치를 생각하는 거야. 맞아, 지금까지는 바틀비가 나갈 거라는 전제를 앞세워 조치한 거잖아. 그럼, 이제는 그 친구가 떠나고 없다는, 이젠 지나간 일이라 생각하면 어떨까? 이 가정하에 행동한다면, 우선 서둘러 사무실로 돌아가야 해. 그러고는 바틀비가 공기처럼 보이지 않는 존재인 양 그냥 뚫고 지나갈 기세로 곧장 걸어가는 거야. 그렇게 하는 것이 어쩌면 효과적으로 내쫓는 신기한 방법일 수도 있어. 그래, 그 가정을 바탕으로 그에 따라 행동한다면 바틀비도 더는 버틸 수 없을 거야.〉 그러나 다시 생각해 보니 그 계획이 과연 성공할 수 있을지 의문이었다. 결국 나는 다시 그 문제를 놓고 그와 끝까지 가보자는 생각에 맞서기로 결심했다.

　나는 사무실로 들어서면서 차분하고 단호한 표정으로 바틀비를 바라보며 말했다. 「바틀비, 정말 실망했네. 화가 나는군. 그래도 난 자네를 괜찮은 친구라 생각했는데 말이야. 제아무리 엄청난 난관에 처해 있더라도 신사다운 친구니까 내가 조금만 언질을 주면, 아니 솔직히 내가 어떤 태도만 보이면 알아들을 거라고 생각했네. 그런데 내가 잘못 생각한 거였군. 아니, 이게······.」 나는 정말 깜짝 놀라서 전날 저녁에 돈을 놔둔 곳을 가리키며 말을 이었다. 「이게 뭔가? 저 돈에 손도 대지 않았잖아.」

그는 아무 대답도 하지 않았다.

「자네, 나갈 거야 말 거야?」 순간적으로 화가 치밀어 그 친구 앞으로 바싹 다가서며 다그치듯 물었다.

「떠나고 싶은 마음이 **없습니다**.」 그는 은근히 〈없습니다〉에 힘을 주며 대답했다.

「도대체 무슨 권리로 여기 있겠다는 건가? 집세라도 낼 건가? 아니면 내 세금을 대신 내주기라도 하겠나? 여기가 자네 사무실이야?」

그는 아무 대답도 하지 않았다.

「그러면 서류 필사할 준비는 된 건가? 눈은 다 나았어? 그래, 오늘 아침엔 분량이 얼마 되지 않는 서류 한 장이라도 베껴 줄 건가? 아니면 몇 줄이라도 서류 대조 작업을 도와줄 텐가? 그것도 아니면 우체국에는 다녀올 거야? 긴말 하지 않겠네. 여기서 나가든지, 아니면 무슨 일이든 해서 여기 있을 구실을 만들란 말일세.」

그러나 그는 아무 말 없이 자신의 은둔처로 물러났다.

나는 너무 화가 나서 신경이 머리끝까지 곤두선 상태였다. 이럴 때는 감정을 있는 그대로 드러내며 시위하듯 행동하는 것보다 신중하게 처신하는 것이 더 좋을 것 같았다. 더욱이 사무실에는 바틀비와 나뿐이었다. 비극적인 사건 하나가 머릿속에 떠올랐다. 외딴 콜트의 사무실에서 불운한 애덤스와 더 불운한 콜트가 언쟁을 벌이다 일어난 사건이었다.[15] 애덤스 때문에 격분한 콜트가, 그 불쌍한 콜트가 너무 흥분한 나머지 제 감정을 억누르지 못하고 부지불식간에 살인이라는 돌이킬 수 없는 범죄를 저질렀던 것이다. 그 누구보다 살인자인 콜트 자신이 후회하고 애통해할 그런 사건이었다. 종종 그 사건을 떠올리다 보면 문득 이런 생각이 들었다. 만일 두 사람이 사람들이 오가는 길가나 개인 집에서 언쟁을 벌였다면 일이 그런 식으로 끝나지 않았을 거라고. 그런데 그 일은 전혀 인간적이거나 가정처럼 아늑한 분위기가 아닌 어느 한 건물의 위층에 있는 외딴 사무실에서 둘만 있을 때 벌어졌다. 틀림없이 카펫도 깔지 않아 먼지가 풀풀 날리는 썰렁한 사무실이었을 테니, 어쩌면 그런 환경이 불운한 콜트가 너무 흥분해서 자포자기 심정으로 일을 저지르는 데 원인으로 작용했을지도 모른다.

하지만 나는, 아담 이후 전혀 교화되지 않은 인간의 사악한 성향이 분노로 왈칵 치솟으며 내가 바틀비에 대해 무슨 일을 저지르도록 유혹할 때, 그런 본능적 충동을 꽉 붙잡아

---

15 1841년 뉴욕에서 무역업자이자 회계 전문가인 존 컬드웰 콜트가 복식부기에 관한 교재를 출간했는데, 인쇄비를 제대로 지불하지 않아 인쇄업자 새뮤얼 애덤스와 언쟁을 벌이다 애덤스를 살해한 사건. 받을 대금에서 1달러 35센트가 모자란다고 주장하는 애덤스와 말싸움하던 콜트가 손도끼로 애덤스를 살해한 뒤 시신을 화물용 상자에 넣어 처분하려다 발각되어 기소되었다. 1842년부터 시작된 재판은 콜트가 콜트 권총으로 유명한 콜트 개인 화기 제조 회사를 설립한 새뮤얼 콜트의 형인 데다 살인 방식이나 시신 유기 등이 충격적이어서 뉴욕을 떠들썩하게 만들었다. 결국 콜트는 사형 선고를 받았으나 사형 집행일 아침에 스스로 목숨을 끊었다.

내팽개칠 수 있었다. 어떻게 그럴 수 있었냐고? 정말 단순하게도 성스러운 명령을 떠올렸기 때문에 가능했다. 「나는 너희에게 새 계명을 주겠다. 서로 사랑하여라.」[16] 그렇다. 바로 이 계명이 나를 구해 주었다. 더 고상한 차원의 배려를 생각할 필요가 없다. 종종 대단히 현명하고 분별 있는 원칙으로 작동하는 것이 자비이기 때문에 자비만으로도 충분하다. 자비심을 지닌 사람에게는 바로 그 자비가 자신의 든든한 보호 수단이 된다. 인간은 질투 때문에, 분노 때문에, 증오 때문에, 이기심 때문에, 그리고 영적 교만함 때문에 살인을 저지른다. 그러나 선한 자비심 때문에 극악무도하게 사람을 죽인다는 얘기는 들어 본 적이 없다. 내가 아는 한 그런 사람은 없다. 단순히 자기 자신을 위하는 마음에서 모든 사람은, 특히 고결한 정신을 지닌 사람이라면 더욱더, 자비와 박애의 정신으로 나아간다. 다른 더 나은 동기가 없다면 그렇다. 어쨌든 직면한 이 상황에서 나는, 바틀비의 행동을 선의로 해석하면서 그에 대한 격앙된 감정을 추스르려고 노력했다. 〈불쌍한 친구, 가련한 사람 같으니! 무슨 다른 뜻이 있어서 저러는 것은 아닐 거야. 더군다나 모진 세월을 견뎌 왔을 테니 나라도 너그럽게 받아 줘야지.〉

이런 생각을 하며 나는 다 잊고 내 일에만 집중하면서 마음을 달래려고 애썼다. 그리고 이런 상상도 애써 머릿속에 그려 보았다. 오전에 기분 좋을 때면 아마 바틀비가 스스로 은둔처에서 나와 마음을 굳힌 듯 사무실 문을 향해 당당하게

16 『요한의 복음서』 13장 34절.

걸어가지 않을까, 하는 상상을. 그러나 그런 일은 일어나지 않았다. 오전이 지나 12시 30분이 되었다. 터키는 얼굴이 벌겋게 달아오르는가 싶더니 잉크스탠드를 뒤엎으며 온갖 난리를 피우기 시작했다. 니퍼스는 기세가 한풀 꺾이면서 조용해지고 공손해졌다. 진저 너트는 점심에 으레 먹는 사과를 우적우적 깨물어 먹고 있었다. 그리고 바틀비. 바틀비는 창가에 서서 예의 그 벽돌 벽을 바라보며 공상에 젖어 있었다. 사람들이 이런 사실을 믿기나 할까? 이제 이런 상황을 인정하고 받아들여야 하나? 그날 오후, 나는 바틀비에게 더 이상 아무 말도 하지 않은 채 사무실을 나왔다.

또 며칠이 지났다. 그동안 나는 한가할 때 틈틈이 의지에 관한 에드워즈의 책과 필연성에 관한 프리스틀리의 책[17]을 조금씩 읽곤 했다. 상황이 상황인 만큼 이 책들이 정신 건강에 도움을 주어 기분이 좋아졌다. 서서히 나는 나름 확신에 가까운 생각에 빠져들었다. 바틀비로 인해 내가 겪는 이 고통은 영겁의 세월 이전부터 이미 예정된 것이고, 나처럼 죽

---

17 미국 식민지 시대 청교도 목사로 개혁주의 신학과 신학적 결정론의 이론적 바탕을 설립하고 미국 신앙 부흥 운동인 대각성 운동을 일으킨 조너선 에드워즈의 『의지의 자유 The Freedom of the Will』(1754)와 산소를 발견한 영국의 화학자이자 신학자 조지프 프리스틀리의 『철학적 필연성의 원리 The Doctrine of Philosophical Necessity』(1777)를 말한다. 여기서는 의지와 필연성을 병치시킴으로써 선택 및 선호와 관련된 의지와 원초적 동기나 상황이라는 필연성이 어떤 관계에 있는지 암시한다. 바틀비의 의지는 세상에서의 소외라는 결과를 가져왔다. 그러나 한편으로는 의지가 그에게 자유를 주면서 외부에서 주어지는 운명에서 벗어나게 해준다. 물론 그 의지로 그가 비극적인 죽음으로 삶을 마감한다는 점에서는 결국 인간의 자유 의지도 신의 구원이 없으면 무력하다는 것이 이 작품에 담긴 메시지의 하나가 아닌가 싶다.

을 수밖에 없는 운명의 유한한 존재인 인간으로서는 도저히 가늠할 수 없는 전지하신 신의 섭리에 의해, 신비스러운 그분의 의도하신 목적에 따라 바틀비가 나에게 배정되었다는 생각이 믿음처럼 굳어졌다. 나는 생각했다. 〈그래, 바틀비, 그 칸막이 뒤에 계속 머물게. 나도 이젠 더 이상 자네를 못살게 굴지 않을 테니. 사무실에 있는 오래된 의자들처럼 자네가 무슨 해를 끼치는 것도 아니고 시끄러운 것도 아니니. 한마디로 말해, 자네가 그곳에 있다는 걸 확인할 때면, 정말 그 어느 때보다 나는 혼자만의 내밀한 감정에 빠져들 수 있거든. 그래서 결국 알고 느끼게 되었네. 예정된 내 삶의 목적이 무엇인지 찾아낸 거지. 다른 사람들에겐 더 숭고한 역할이 주어졌는지 모르겠지만, 바틀비, 나에게 주어진 역할은, 이 세상에서 내가 수행해야 할 임무는 바로 자네한테 우리 사무실 방을 제공하는 거야. 자네가 이 정도면 되었다고 생각할 때까지 말이야. 난 그 역할에 만족하네.〉

나는 지금도 생각한다. 변호사 생활을 하면서 알게 된 친구들이 우리 사무실을 방문했을 때 내가 물어본 것도 아닌데 싸늘하게 모진 말을 불쑥불쑥 내던지지 않았더라면 그때의 마음, 신중하고 신성한 내 마음의 다짐이 계속 유지되었을지 모른다고. 그런데 흔히 있는 일이지만, 아무리 마음이 너그러운 사람이 선한 마음에서 더없이 좋은 생각을 품고 있더라도 속 좁고 교양 없는 사람들이 계속 비비 꼬면서 속을 긁어대면 마침내 그런 좋은 생각이 사라진다. 되돌아 생각해 보면, 우리 사무실을 찾아오는 사람들이 뭐라 설명할 수 없는 바틀비의 그 유별난 모습을 보고 어떻게 저럴 수 있는지, 이러쿵저러쿵 험담을 늘어놓는 것은 전혀 이상한 일이 아니었다. 가끔 업무 때문에 나를 찾아오는 변호사가 있었다. 그 변호사가 어느 날 내 사무실에 왔는데, 마침 바틀비 혼자 있어 내가 어디 갔는지 몇 마디 물어보았던 모양이다. 그런데 바틀비는 그가 물어보든 말든 아랑곳하지 않고 그냥 사무실 한가운데 꼼짝하지 않고 서 있기만 했다고 한다. 그런 바틀비의 모습을 잠시 왜 저러나 싶어 뚫어지게 바라보던 그 변호사는, 알고 싶은 것을 하나도 건지지 못한 채 그냥 돌아갈 수밖에 없었다.

한편, 중재 위탁 업무로 바쁘던 어느 날 이런 일도 있었다. 그때 우리 사무실은 변호사와 증인들로 북적댔고, 눈코 뜰 새 없이 바쁘게 돌아갔다. 그런데 온 신경을 집중하며 일에 몰두해 있던 어느 변호사가 아무 일도 하지 않는 바틀비를 보고 일이 급해서 그러니 자기 사무실에 달려가서 어떤 서류 좀 갖다 달라고 부탁했다. 그러나 바틀비는 조용한 목소리로 거절하고는 여전히 하는 일 없이 빈둥거리기만 했다. 그 변호사가 어이없다는 듯 두 눈 크게 뜨고 바틀비를 바라보다가 시선을 나에게 돌렸다. 하지만 내가 무슨 할 말이 있겠는가?

사정이 이러니 내가 아는 사람들이 우리 사무실에 있는 기이한 존재인 바틀비를 놓고 쑥덕거리는 희한한 말들이 나도 모르는 사이 빠르게 퍼질 수밖에 없었다. 결국 나도 이런 사실을 알게 되었고, 걱정과 근심이 무겁게 짓누르기 시작했다. 문득 이런 불길한 생각도 떠올랐다. 〈혹시 바틀비가 그 누구보다 오래 사는 것 아닐까? 계속 내 사무실에 버티고 앉아 내 권위 따위는 안중에 두지도 않을뿐더러 사무실에 찾아오는 사람들을 당혹스럽게 만들면서 변호사로서 내 명성을 더럽히지 않을까? 하루에 고작 50센트밖에 쓰지 않으니 모아 둔 돈도 있을 테고, 그 돈으로 겨우겨우 목숨을 부지하면서 사무실 곳곳에 어두운 그림자를 뿌려 대며 끝까지 버티는 것 아닐까? 그러다가 결국엔 내가 죽고 난 뒤에도 살아남아, 자기가 사무실을 계속 점유하며 사용해 왔으니 사무실 소유권이 자기한테 있다고 주장하지 않을까?〉 온갖 암울한 예감과 생각이 하나둘 머릿속을 비집고 들어왔다. 게다가 사무실의 그 유령과 같은 존재를 어떻게 할 거냐며 친구들이 계속해서 이런저런 간섭도 하고 혹독하게 나무라며 비난의 화살을 퍼부었다. 급기야 마음을 바꾸지 않으면 안 되겠다는 생각이 들어, 굳게 다짐하지 않을 수 없었다. 진드기처럼 착 달라붙어 떨어지지 않는 이 짐 덩어리를 무슨 수를 쓰든 영원히 떼어 내야겠다고.

다짐대로 일을 처리하기 위해 이런저런 계획을 복잡하게 궁리하기에 앞서, 나는 바틀비에게 내 심정을 있는 그대로 전해 주었다. 이제 정말 사무실에서 영원히 떠나는 것이 서로에게 좋지 않겠냐고. 진지한 목소리로 조용히 내 마음을 전하면서 사흘 동안 시간을 줄 테니 한번 찬찬히 신중하게 생각해 보라고 권했다. 그런데 사흘이 지나자, 그는 애초에 품었던 자신의 결심에 변함이 없다고 통고하듯 말했다. 요컨대 계속 나와 함께 있고 싶은 마음이라는 것이었다.

〈어떻게 해야 하지?〉 나는 외투의 단추를 맨 위까지 채우며 다시 생각했다. 〈어쩌지? 이걸 어떻게 해야 하지? 이 친구, 아니 이 귀신을 **어떻게 해야** 마음이 떳떳하고 편할까? 어쨌든 나가도록 해야 해, 반드시. 내보내야 해. 그렇지만 어떻게? 창백한 얼굴에 활기라고는 찾아볼 수 없는 이 불쌍한 인간을 억지로 밀어내면, 그러면 안 되겠지? 어디 의지할 데도 없는 이 작자를 문밖으로 내쫓으면 매정하고 잔인한 사람이라고 손가락질당하지 않을까? 그래, 그렇게는 못 해. 그럴 순 없어. 차라리 여기서 살다 죽게 내버려뒀다가 유해를 아무도 모르게 벽 속에 넣고 돌로 덮어 버려? 그건 말도 안 되지. 그럼 어떻게 한담? 아무리 어르고 달래도 꼼짝하지 않잖아. 뇌물 바치듯 돈을 줘서 환심을 사려 해도 손끝 하나 대지 않았어. 더 말할 것도 없어. 그냥 나한테 찰싹 달라붙어 떨어지고 싶지 않은 거라고.

그렇다면 뭔가 단호하고 예외적인 조치를 해야 해. 가만있어 봐! 경찰을 불러 멱살을 잡고 끌고 가서 유치장에 가두게 할까? 얼굴 창백한 죄 없는 그를? 무슨 근거로 경찰을 시켜 그렇게 하지? 부랑자라고 할까? 그가? 말도 안 돼! 몸 하나 꼼짝하지 않으려는 그 친구가 부랑자라고? 떠돌이라고? 부랑자가 되지 **않으려고** 발버둥 치는 그 친구를 **억지로** 부랑자로 만들려는 거잖아. 터무니없는 생각이야. 그렇다면 제 몸 하나 간수할 마땅한 생계 수단이 없다는 구실을 댈까? 그래, 바로 그거야. 아니야, 아냐, 또 틀렸어. 바틀비가 제힘으로 먹고사는 건 부인할 수 없는 **사실**이지. 그게 바로 그가 자기 생계 수단을 갖고 있다는 반박할 수 없는 증거가 되는 거야. 그래, 더 따져 볼 것도 없어. 떠나지 않겠다는데 어쩌겠어? 내가 떠나야지. 사무실을 이전하는 거야. 다른 곳으로 옮기는 거지. 그 친구한테는 단단히 일러두면 돼. 새 사무실에 얼씬거리면 상습 불법 침입자로 고소하겠다고.〉

다음 날 나는 마음속으로 결정한 것을 실행에 옮기기로 하고 그에게 말했다. 「지금 이 사무실이 시청에서 너무 멀어. 공기도 안 좋고 말이야. 뭐, 그런 얘긴 할 것 없고, 다음 주에 사무실을 옮길 거네. 그리고 이젠 자네 도움을 받을 일도 없어. 그러니 다른 곳을 알아보라고 미리 얘기하는 걸세.」

그는 아무 대답도 하지 않았고, 나도 더 이상 아무 말 하지 않았다.

사무실을 이전하기로 한 날, 나는 마차를 빌리고 인부들을 구해 사무실로 향했다. 사무실 집기라고 해봐야 얼마 되지 않아 몇 시간 안 되어 모두 옮겨 실을 수 있었다. 그런 와중에도 바틀비는 칸막이 뒤에 계속 서 있을 뿐, 아무 반응도 보이지 않았다. 맨 나중에 빼라고 지시한 칸막이가 드디어 커다란 2절판 책처럼 접혀 밖으로 옮겨졌다. 텅 빈 사무실 방에 바틀비만 남았다. 미동도 하지 않은 채 사무실을 점유한 유일한 존재. 나는 사무실 입구에 서서 잠시 그런 그를 지켜보았다. 내 안의 무언가가 나를 신랄하게 비난하는 것 같았다.

손을 주머니에 넣은 채 나는 다시 사무실로 들어섰다. 가슴이 아려 왔다.

「잘 지내, 바틀비. 난 이제 가네. 아섭군. 행복하길 바라네.

그리고 이거, 받아 두게.」 내가 그의 손에 슬쩍 쥐여 줬지만 바로 바닥에 떨어지고 말았다. 그리고 이렇게 말하면 참 이상하게 들릴지 모르겠지만, 내가 그렇게 오랫동안 떼어 내려고 했으나 이제는 내가 그에게서 떨어질 수 없을 것 같았다. 괴롭고 아쉽지만 어쩔 수 없이 발걸음을 돌려야 했다. 떨어지지 않는 발걸음이었다.

새로 옮긴 사무실에 짐을 풀고 자리 잡은 뒤 하루이틀은 사무실 문을 잠그고 다녔다. 복도를 오가는 발걸음 소리에도 화들짝 놀라곤 했던 나는, 잠시 사무실을 비운 뒤 돌아올 때면 잠깐 문가에 멈춰 서서 혹시 안에서 무슨 소리가 들리지 않는지 귀를 기울였다. 그런 다음에야 열쇠를 돌려 문을 열었다. 모두 기우였다. 바틀비는 내 근처에 발그림자도 비치지 않았다.

이제 모든 것이 잘 해결되었다고 생각했다. 그러던 어느 날 낭패스러운 표정의 낯선 사람이 찾아와서 내가 얼마 전까지 월 스트리트 ○○번지의 사무실을 쓰던 사람이 맞느냐고 물었다.

순간 불길한 예감이 머릿속을 가득 채웠다. 나는 그렇다고 대답했다.

자신도 변호사라고 밝힌 그 낯선 사람이 말했다.「그러시군요. 그렇다면 선생, 선생이 그곳에 두고 온 사람, 그 사람을 책임지셔야겠습니다. 이왕 있는 사람이니까 필사 좀 해달라고 일을 시켰는데 한사코 거부하더군요. 무슨 일이든 퇴짜를 놓는 겁니다. 그리고 싶은 마음이 없다나 뭐라나. 그러면 나가라고 해도 나가지 않으니, 이거야 원.」

「죄송하게 됐군요, 선생.」 나는 속으로 불안불안했지만 겉으로 태연한 척 차분한 목소리로 말했다. 「근데 사실 선생님이 말씀하신 그 사람, 저더러 책임지라고 하신 그 사람은 저하고 아무 상관 없습니다. 친척도 아니고, 그렇다고 제 밑에서 일을 배우는 수습생도 아닙니다.」

「아니, 그럼 누구란 말입니까?」

「분명하게 말씀드리는데, 저도 모릅니다. 그 사람에 대해 아는 바가 전혀 없어요. 아, 물론 전에 제가 필경사로 고용하긴 했지만 제 일을 안 한 지 꽤 됐거든요.」

「그렇다면 제가 해결해야겠군요. 아침부터 실례 많았습니다.」

그 후 며칠이 지났지만, 아무 소식도 들리지 않았다. 가끔 안쓰럽다는 생각이 들어 옛 사무실에 찾아가 불쌍한 바틀비가 어떻게 지내는지 보고 올까, 하는 충동이 일기도 했다. 그러나 뭔지 모르게 가슴에 턱 걸리는 것이 있어 선뜻 그러지 못했다.

다시 한 주가 흘렀다. 그사이 어떤 소문이나 소식도 없어 이제는 드디어 바틀비와 완전히 끝났다는 안도감이 들었다. 그런데 그다음 날 사무실로 향하던 나는 사무실 문 앞에서 나를 기다리는 사람들과 마주쳤다. 모두가 흥분해서 신경이 곤두선 상태였다.

「바로 저 사람입니다. 이리 오고 있는 저 사람입니다.」 맨 앞에 있던 사람이 소리쳤다. 전에 혼자서 사무실을 찾아왔던 그 변호사였다.

「선생, 당장 그 사람을 데려가든 어떻게 하십시오.」 몸집이 뚱뚱한 한 사람이 내 앞으로 다가서며 큰 소리로 말했다. 내가 아는 사람이었다. 월 스트리트 ○○번지 건물의 주인이었다. 「제 건물에 세 들어 계신 이분들이 모두 더 이상 견딜 수가 없다고 합니다.」 그러면서 건물 주인은 아까 그 변호사를 가리키며 말을 이었다. 「여기 이 B — 씨가 그자를 사무실에서 내쫓았는데, 아 글쎄, 이제는 그자가 건물 여기저기를 떠도는 겁니다. 낮에는 계단 난간에 앉아 있다가 밤에는 건물 입구에서 잠을 자지 뭡니까. 모두가 걱정하고 있소이다. 고객들이 하나둘 발길을 돌리고, 이러다가 예전에 폭도들이 난동을 부린 사건[18]과 같은 일이 벌어지는 것 아닌지, 사람들이 두려움 속에 예의 주시하고 있는 형편이오. 당신이 무슨 조치를 해주셔야겠습니다. 지금 당장 말이오.」

봇물 쏟아지듯 터져 나오는 항의에 덜컥 겁이 나, 나는 뒷걸음치지 않을 수 없었다. 마음 같아서는 얼른 사무실로 도망쳐 안에서 문을 잠근 채 숨고 싶었다. 바틀비는 나와 상관없는 사람이라고, 다른 사람들도 마찬가지겠지만 나 역시 그

---

18 1849년 5월 뉴욕 맨해튼의 브로드웨이에서 라파예트 스트리트로 이어지는 애스터 플레이스에서 일어난 폭동. 애스터 플레이스는 이 작품 초반부에서 서술자인 변호사가 자신의 장점을 언급하면서 예로 든 존 제이컵 애스터라는 부호가 1848년에 사망한 뒤 그의 이름을 따서 붙인 거리 이름이다. 1849년 그 거리에서 공연 중인 셰익스피어 극의 연기를 놓고 경쟁 관계에 있던 유명 미국 배우와 영국 배우를 둘러싼 논쟁이, 당시 영국의 지배하에서 신음하던 아일랜드에서 미국으로 건너온 아일랜드 사람들이 영국 배우를 반대하는 시위로 이어지고, 시위가 격화하면서 많은 사상자가 발생했다.

와 아무 상관 없다고 몇 번이나 거듭 항변했지만 소용없었다. 말이 통하지 않았다. 어쨌든 마지막으로 바틀비와 관계를 맺은 사람이 나라는 것은 이미 알려진 사실이어서, 사람들이 나를 그처럼 심하게 몰아붙인 것이었다. 행여 내가 바틀비와 관련 있는 사람이라는 사실이 신문에 보도되는 것 아닌가 겁이 나(그곳에 있던 한 사람이 은근슬쩍 그렇게 될 수도 있다고 위협했다) 잠시 곰곰 생각하다가, 만일 그 변호사가 오후에 그의 사무실에서 바틀비와 단둘이 만날 수 있게 해준다면 당신들을 성가시고 귀찮게 하는 그 골칫거리가 그곳을 떠나도록 최선을 다하겠다고 말했다.

나는 옛 사무실이 있던 건물의 계단을 올랐다. 층계참 난간에 바틀비가 말없이 앉아 있었다.

「바틀비, 자네 여기서 뭐 하는 건가?」

「난간에 앉아 있습니다.」 바틀비가 공손하게 대답했다.

나는 따라 들어오라고 손짓하며 그 변호사 사무실로 들어갔다. 그 변호사가 자리를 비켜 주었다.

「바틀비, 우리가 떠난 뒤에도 계속 건물 입구를 차지한 채 떠나지 않고 있다며? 그 바람에 내가 얼마나 큰 고통을 당하고 있는지 아나?」

묵묵부답.

「자, 이제는 둘 중 하나를 택해야 해. 자네가 스스로 무슨 일이든 하든가, 아니면 다른 사람들이 자네한테 하는 조치를 그대로 받아들이든가 둘 중 하나야. 그래서 하는 말인데, 무슨 일을 하고 싶나? 다시 어느 변호사의 필경사로 취직하는 건 어떤가? 그걸 원해?」

「아뇨, 전 뭘 바꾸고 싶은 마음이 없습니다.」

「그럼 잡화점 같은 곳에서 점원으로 일하는 건 어떤가?」

「너무 갇혀 지내잖아요. 싫습니다, 점원으로 일하는 건 싫습니다. 그렇다고 제가 무턱대고 까탈스럽게 구는 것은 아닙니다.」

「너무 갇혀 지내다니?」 내가 큰 소리로 말했다. 「자넨 내내 갇혀 지내고 있잖아!」

「점원으로 일하고 싶은 마음이 없습니다.」 계속 이 별것 아닌 문제로 말씨름하기 싫은지 그가 단호한 말투로 응수했다.

「그럼 바텐더 일은 어떤가? 자네한테 맞을 것 같아? 바텐더로 일하면 시력이 나빠지는 일도 더는 없을 것 같은데…….」

「그 일도 마음에 들지 않습니다. 좀 전에도 말씀드렸지만, 제가 괜히 까다롭게 구는 건 아닙니다.」

예전과 달리 이렇다 저렇다 대꾸하며 말을 많이 하는 그의 태도에 더 밀어붙여도 되겠다 싶어 과감하게 다시 물었다.

「그러면 이런 건 어떤가? 장사하는 사람을 대신해서 전국 각지를 돌아다니면서 수금을 해주는 거야. 자네 건강에도 좋고, 어때?」

「싫습니다. 차라리 다른 일을 하면 했지, 그러고 싶은 마음이 없습니다.」

「그러면 유럽 여행을 떠나는 젊은 신사를 따라다니며 말동무가 되어 주는 건 어떤가? 자네한테 어울릴 것 같지 않아?」

「전혀 어울리지 않습니다. 제가 보기에 그런 일은 뭔가 명

필경사 바틀비　75

확하고 분명한 것 없이 어정쩡하게 여기저기 떠도는 일 같아서요. 전 어딘가 분명하게 머무는 것이 좋습니다. 까다롭게 굴고 싶은 마음은 없습니다만…….」

「그럼 계속 붙어서 떨어지지 말든지 마음대로 하게.」 나는 냅다 소리를 지르고 말았다. 참는 것도 한도가 있지, 더 이상 참을 수가 없었다. 그와 관계를 맺으면서 그동안 분통 터지는 일이 많았지만, 이번처럼 갑작스럽게 격노의 감정을 터뜨린 적은 없었다. 「밤이 되기 전까지 자네가 여기서 나가지 않으면 나도 어쩔 수 없이, 정말 어쩔 수 없이 **내가**, 내가 그만, 그만, 그만, 내가 다 그만두고 여길 떠날 수밖에 없다고!」 이렇게 말을 끝맺다니……. 내 말이 얼마나 우스꽝스럽게 끝났는지 모른다. 하기야 어떻게 겁박해야 돌부처처럼 꼼짝도 하지 않는 그를 내 뜻대로 이끌 수 있는지 알지 못했으니 그럴 수밖에 없었다. 더 이상 애써 봐야 내 속만 터질 것 같아 문을 박차고 나가려는 순간, 머릿속에 한 가지 생각이 떠올랐다. 전에도 몇 번 그런 생각을 한 적이 있었다. 그래서 마지막으로 한 번 더 물어봐야겠다 싶어, 대단히 흥분된 상태였지만 최대한 다정한 목소리로 물었다.

「바틀비, 자네 우리 집에 같이 가지 않겠나? 사무실 말고 내 집에 같이 가자고. 그곳에 가서 서로 시간 날 때 앞으로 어떻게 하는 것이 자네한테 편하고 좋은지, 같이 생각하고 방안을 강구해 보자고. 자, 자, 지금 같이 가세. 어서.」

「아닙니다. 지금으로선 어떤 식으로도 뭘 바꾸고 싶은 마음이 없습니다.」

나는 아무 대답도 하지 않고 건물 밖으로 뛰쳐나와, 날아가듯 빠르고 급한 걸음으로 사람들 사이를 이리저리 비집고 월 스트리트를 지나 브로드웨이로 건너간 다음 누가 쫓아올세라 맨 처음 마주친 승합 마차에 잽싸게 올라탔다. 얼마 후 흥분된 마음이 가라앉자, 머릿속에 분명한 사실들이 떠올랐다. 건물 주인과 그 건물 임차인들이 요구하는 것을 충족시키기 위해 내가 최선을 다해 노력했다는 것, 그리고 바틀비에게 도움을 주고 그가 사람들에게서 핍박받지 않도록 하고 싶은 자신의 바람과 의무감에서 나름 할 만큼 했다는 사실이었다. 이제부터 신경도 쓰지 말고 상관도 하지 않으면서 조용히 마음 편하게 지내자고 다짐했다. 그런다고 양심에 꺼릴 것도 없었다.

하지만 실제로는 일이 내가 원하는 대로 이루어지지 않았다. 화가 나서 열이 오른 건물 주인과 임차인들이 씩씩거리며 찾아 나서지 않을까 겁이 나서, 일을 니퍼스에게 떠맡기고 며칠 동안 사륜마차를 타고 여기저기 쏘다녔다. 시내 북쪽 지역과 교외 곳곳을 다니다가 강 건너편의 저지시티와 호보컨으로 건너가기도 하고, 맨해튼빌과 애스토리아를 몰래 돌아다니기도 했다.[19] 그렇게 돌아다니는 동안 사실 나는 마차 밖으로 나오기보다 그 안에 파묻히다시피 하며 시간을 보냈다.

19 저지시티와 호보컨은 허드슨강을 사이에 두고 맨해튼과 마주 보는 곳, 즉 맨해튼 서쪽에 있는 지역이며, 맨해튼빌은 맨해튼 북쪽에 허드슨강과 접한 동네이고, 애스토리아는 맨해튼 동쪽에 있는 이스트강 건너 지역이다. 서술자인 변호사가 사람들의 눈에 띄지 않도록 맨해튼 서쪽과 동쪽 등 되도록 사무실에서 멀리 떨어진 곳을 돌아다녔음을 알려 주는 대목이다.

그러다가 사무실에 다시 출근하니, 아니나 다를까 책상 위에 건물 주인이 보낸 쪽지가 턱 하니 놓여 있었다. 나는 떨리는 손으로 쪽지를 펼쳐 보았다. 건물 주인이 사람을 보내 경찰에 신고했고, 그래서 바틀비가 부랑자로 붙잡혀 툼스 구치소에 수감되었다는 내용이었다. 아울러 다른 누구보다 내가 바틀비에 대해 잘 알고 있으니 툼스 구치소에 가서 사실 그대로 충실히 진술해 줬으면 한다는 내용이 덧붙여 있었다. 쪽지 내용을 읽어 내려가던 나는 감정이 서로 엇갈리며 심사가 복잡했다. 처음에는 화가 치솟았다. 건물 주인이 지극히 활동적이고 열정 넘치는 데다 무슨 일이든 그 자리에서 당장 해결하려는 성향이긴 하지만, 나라면 엄두도 못 낼 그런 조치를 어떻게 그리도 성급하게 취할 수 있었는지 기가 막혔던 것이다. 하지만 결국 그 사람의 조치를 수긍하는 쪽으로 기울고 말았다. 어쩌면 그런 예외적 상황에서는 마지막 수단으로 그 조치가 유일할 거라는 생각이 들었기 때문이다.

나중에 알게 된 사실인데, 불쌍한 바틀비는 툼스 구치소로 호송된다는 말을 듣고도 전혀 아무런 저항이나 반항을 하지 않았다고 한다. 그저 그 창백한 얼굴에 무덤덤한 표정을 지으며 시키는 대로 묵묵히 따랐다는 것이다.

그때 도망가지 못하게 팔짱을 꼭 낀 채 바틀비를 끌고 가던 경관 중 하나가 앞장서서 길을 트자, 그 광경을 안쓰러운 마음에 호기심 어린 눈으로 지켜보던 구경꾼 가운데 일부가 그 뒤를 따랐다고 한다. 온갖 소음과 열기와 즐거움이 뒤섞여 시끌벅적한 한낮의 거리를 뚫고 말없이 행렬을 지어 지나가던 그 광경이 어땠을지……

　건물 주인의 쪽지를 본 바로 그날, 나는 툼스 구치소, 아니 더 정확히 말하면 법원 청사로 향했다. 이 일을 담당하는 직원이 누군지 알아내 그에게 방문 목적을 밝히자, 그는 내가 언급한 사람이 구치소에 수감되어 있는 것이 맞다고 확인해 주었다. 나는 그 직원에게 바틀비가 뭐라 설명할 수 없을 정도로 별난 사람이긴 해도 누구보다 정직하며, 아주 따뜻하게 대해 줘야 할 불쌍한 사람이라고 다짐시키듯 말했다. 당연히 내가 알고 있는 것을 모두 소상히 말했다. 그리고 그가 수감 상태로 있더라도 어떤 조치가 내려질 때까지, 사실 그 조치가 어떤 것인지 알 수는 없지만, 가혹한 조치가 아니었으면 좋겠는데, 어쨌든 그때까지는 되도록 관대하게 다뤄 줬으면 한다는 뜻을 넌지시 비치면서 말을 끝냈다. 어찌 되었든 무슨 조치를 할지 결정 나지 않으면 빈민 구호소에서 그를 받아 줘야 한다는 것이 내 생각이었다. 그런 다음 나는 면담하게 해달라고 간청했다.

　바틀비가 무슨 치욕스러운 죄목으로 고소된 것도 아니고, 게다가 여러모로 보아 그가 조용하니 말썽도 일으키지 않고 누구에게 피해를 줄 사람이 아니라고 판단되었는지, 구치소 측에서는 그가 구치소 안 건물 주변, 특히 사방이 담으로 둘러싸인 경내 잔디 마당을 자유롭게 돌아다니도록 허락했다. 나는 바틀비를 그 잔디 마당에서 찾을 수 있었다. 그는 마당에서도 가장 조용한 곳에 홀로 서서 높다란 담벼락을 바라보고 있었다. 문득 사방을 둘러싸고 있는 감방에서 살인죄와 절

도죄로 수감된 사람들이 창문의 가는 틈새로 그의 모습을 빤히 내다보고 있을 것 같다는 생각이 들었다.

「바틀비!」

「오신 줄 알고 있어요.」 그는 뒤를 돌아보지도 않은 채 말했다. 「아무 말도 하고 싶지 않습니다.」

「바틀비, 자네를 이곳에 오게 한 건 내가 아니야.」 그가 혹시 그렇게 의심하고 있는 것 아닌가 싶어 속이 쓰라렸다. 「그리고 자네한테는 이곳이 그렇게 몹쓸 곳은 아닐 거야. 여기서 지낸다고 치욕스럽게 느낄 필요도 없어. 나는 이런 사람이오, 라는 딱지를 붙이는 것도 아니니까. 그리고 한번 봐봐, 생각만큼 그렇게 불행하다든지 슬픈 장소가 아니거든. 저 위엔 하늘이 펼쳐져 있고, 여기 아래엔 잔디도 깔려 있잖아. 한번 보라고.」

「다 알고 있어요, 제가 지금 어디에 있는지.」 이 말을 끝으로 그가 더는 말을 하고 싶지 않은 것 같아 나는 그만 자리를 떠났다.

다시 건물 안 복도로 들어섰다. 앞치마를 두른 한 남자가 가까이 다가서더니 엄지손가락을 펴서 어깨 너머를 가리키며 말을 걸었다. 두툼한 고깃덩어리처럼 살이 펑퍼짐하니 흉측하게 생긴 사람이었다. 「저 사람이 선생 친구분이십니까?」

「그렇습니다만.」

「굶어 죽고 싶은 모양입니다. 그래도 괜찮으시다면 그냥 감방 안으로 배급되는 음식만 먹게 내버려두시든지. 아니 뭐, 그냥 그렇다는 겁니다.」

「누구신지?」 구치소 같은 공적 장소에서 아무렇지 않게 그런 말을 내뱉다니, 이해가 되지 않았다.

「취사 담당입니다. 그런 양반들이 있거든요. 돈 좀 찔러주며 저더러 여기 수감된 친구에게 뭐 좀 맛있고 특별한 음식을 제공해 달라고 부탁하는 분들요.」

「정말 그런가요?」 나는 교도관을 돌아보며 물었다.

교도관은 그렇다고 했다.

「아, 그렇군요.」 나는 취사 담당이라는 자(그곳에선 조리사인 그를 취사 담당이라고 부른다니 나도 그렇게 부를 수밖에)의 손에 은화를 슬쩍 쥐여 주며 말을 이었다. 「그러면 저기 저 밖에 있는 제 친구한테 각별히 신경 좀 써주시기 바랍니다. 식사도 가급적 최고로 넣어 주시고요. 물론 저 친구를 되도록 정중하게, 좀 공손하게 대해 주면 좋겠습니다.」

「그러시다면 소개 좀 시켜 주시죠.」 취사 담당자는 이러쿵저러쿵할 것 없이 자신의 타고난 품성이 어떤지 당장이라도 보여 주고 싶다는 듯 나를 바라보았다.

그러는 것이 바틀비에게 도움이 되겠다 싶어, 그의 이름을 물은 다음 함께 바틀비에게 갔다.

「바틀비, 이분은 커틀리츠 씨라고 하네. 앞으로 자네한테 많은 도움을 주실 거야.」

「하인처럼 부리십시오. 당신의 하인이라 생각하시고…….」 취사 담당자는 앞치마에 얼굴을 파묻듯 허리를 잔뜩 숙여 인사하며 계속 호들갑을 떨었다. 「여기가 얼마나 쾌적하고 유쾌한 곳인지……. 부디 마음에 드셨으면 합니다. 뜰도 널찍하고 방도 시원합니다. 에, 그러니까, 언제 떠나실지 모르겠지만, 그동안 저희와 같이 잘 지내시길 바랍니다. 마음만 먹으면 정말 기분 좋게 지내시며 흡족해하실 겁니다. 괜찮으시다면 저와 제 아내가 식사 대접을 하고 싶은데, 그런 영광을 베풀어 주시겠는지요? 제 아내의 내실에서 말입니다.」[20]

「오늘은 뭘 먹고 싶은 마음이 없습니다.」 바틀비가 돌아서며 말했다. 「탈이 날지도 모르거든요. 제대로 차려 놓고 먹는 것에 익숙하지 않아서요.」 그러면서 바틀비는 담으로 둘러싸인 마당의 반대편으로 천천히 발걸음을 옮겨 앞을 가로막은 우중충한 담벼락을 마주 보고 섰다.

「아니, 어떻게 이럴 수가 있죠?」 취사 담당자가 놀란 눈으로 나를 빤히 바라보았다. 「정말 별난 친구로군요, 그렇죠?」

「정신이 좀 왔다 갔다 하는 것 아닌가 싶습니다.」 나는 마음이 아프다는 투로 말했다.

「왔다 갔다 한다고요? 정신이 나간 거죠? 그런데 말입니다, 이왕 말이 나왔으니 하는 말인데요, 전 처음에 선생의 친

---

20 마지막 부분, 즉 식사 초대와 자기 아내를 언급한 대목은 멜빌이 맨 처음 이 작품을 1853년 11월과 12월 두 번에 걸쳐 익명으로 발표했던 월간 잡지 『푸트넘스 먼슬리 매거진 *Putnam's Monthly Magazine*』에 들어가 있었지만, 그 후 단편집으로 출간할 때는 멜빌 자신이 작품 내용상 불필요하다고 판단해 뺀 것으로 알려져 있다. 취사 담당자의 이름을 고기 조각을 뜻하는 〈커틀리츠Cutlets〉라고 한 것은 바틀비를 제외한 다른 인물, 즉 터키, 니퍼스, 진저 너트처럼 그 인물의 특성을 고려한 것으로 볼 수 있다. 또한 〈아내의 내실private room〉이 법률 용어에서 구치소 수감자가 누구의 지원을 받아 수감 기간 동안 개인적으로 쓸 수 있는 방을 의미한다는 점을 고려하면, 취사 담당자의 말은 자기가 구치소에서 최대한 지원을 아끼지 않겠다는 뜻을 우스꽝스럽게 과장해서 표현한 것이라 할 수 있다.

구가 문서 위조로 잡혀 온 게 아닌가 생각했습니다. 문서나 위조하는 그런 양반들, 얼굴 혈색은 창백하니 허약해 보이는데 뭐 그리 점잖은 척하는지. 불쌍할 정도로 안쓰러운 사람들이죠. 정말 그래요. 혹시 먼로 에드워즈[21]라는 사람을 아십니까?」 안타까움을 실어 말을 잇던 그가 잠시 말을 멈추더니 위로라도 하듯 내 어깨에 손을 얹고는 한숨을 쉬며 입을 열었다. 「그 사람, 싱싱 교도소에서 폐결핵으로 죽었답니다. 여하간 먼로라는 사람을 모른다고 하셨죠?」

「모릅니다. 문서나 위조하는 작자들은 전혀 알지도 못하고 어울리지도 않습니다. 그만 가봐야겠습니다. 저기, 제 친구를 잘 좀 보살펴 주세요. 손해 볼 일은 없을 겁니다. 그럼 나중에 또 봅시다.」

그로부터 며칠이 지났다. 다시 툼스 구치소 출입 허가를 받은 나는 바틀비를 찾아 구치소 내 복도를 모두 돌아다녔으나 찾을 수 없었다.

「얼마 전 감방에서 나가던데요.」 어떤 교도관이 알려 주었다. 「지금쯤 잔디 마당에서 슬슬 돌아다니고 있을지도 모릅니다.」

나는 마당으로 향했다.

21 유명한 노예 상인이자 사기꾼, 문서 위조범. 문서 위조로 여러 사기 행각을 벌이다가 체포되어 툼스 구치소에 수감되었고, 수감 중 변호사비 및 재판 연기와 관련해 여러 편지를 위조해서 변호사를 안심시키고 재판이 연기되기도 했다. 나중에 알려진 사실이지만, 그의 변호사들은 변호 비용을 전혀 받지 못했다고 한다. 언론의 관심 속에 1842년 6월 열린 재판에서 10년 형을 선고받은 그는 곧 싱싱 교도소로 이감되었으며, 1847년 그곳에서 폐결핵으로 사망했다.

「그 조용하니 말 없는 사람을 찾습니까?」 곁을 지나치던 또 다른 교도관이 나를 보더니 말했다. 「저기 누워 있던데요. 마당에서 자고 있다고요. 맨바닥에 누운 지 20분도 안 되었습니다.」

마당은 온통 적막에 휩싸여 있었다. 일반 수감자들은 접근할 수 없는 곳이었다. 사방을 둘러싸고 있는 담. 엄청난 두께의 그 담 때문에 너머에서 무슨 소리를 내든 전혀 들리지 않았다. 이집트풍 웅장한 돌담들이 그 어둡고 음산한 기운으로 나를 무겁게 내리누르는 것 같았다. 그렇지만 발아래에서는 땅속에 갇혀 있다가 밖으로 제 몸을 내민 풀들이 푹신한 느낌을 주었다. 영겁의 세월을 버티고 있는 피라미드의 심장부인 양, 그 안에서 어떤 기이한 마법의 힘이 작용했는지 바닥의 틈새를 뚫고 풀씨들이, 날아가는 새들이 떨어뜨린 풀씨들이 부드럽게 틔운 싹이 자라고 있었다.

담벼락 아래, 머리를 싸늘한 담에 기댄 채, 두 무릎을 끌어올려 잔뜩 웅크린 이상한 자세로 모로 누워 있는 바틀비. 내 눈에 띈 것은 바로 그런 쇠잔한 모습의 바틀비였다. 아무 움직임도 없었다. 나는 걸음을 멈췄다. 잠시 후 다시 발걸음을 옮겨 가까이 다가가서 허리를 숙이고 그의 얼굴을 내려다보았다. 눈을 흐릿하게 뜨고 있었다. 눈이 감겨 있었다면 깊은 잠에 빠져 있는 것처럼 보였을지도 모른다. 무엇인가가 재촉하듯 내 손을 잡아끄는 것 같았다. 그의 손을 만져 보았다. 바로 그때, 전율이 찌릿찌릿 팔을 타고 오르더니 순식간에 척추를 따라 발아래까지 내달렸다.

언제 왔는지 취사 담당자가 둥근 얼굴로 나를 빤히 바라보고 있었다. 「저 친구 식사가 다 준비됐는데요. 허 참, 오늘도 안 먹을 건가 보죠? 아니, 먹지도 않고 어떻게 살아가겠다는 건지······.」

「먹지 않고 사는 사람이오.」 이렇게 말하며 나는 바틀비의 두 눈을 감겨 주었다.

「나 원 참! 잠든 거 맞죠? 그렇죠?」

「왕들과 고관들과 함께······.」[22] 나는 들릴 듯 말 듯 나지막한 목소리로 중얼거릴 수밖에 없었다.

이 이야기를 더 이상 풀어낼 필요가 없을 것 같아 그만 그쳤으면 한다. 가여운 바틀비를 어떻게 매장했는지, 길게 얘기할 것도 없는 그 이야기는 여러분의 상상에 맡기겠다. 그러나 독자 여러분과 헤어지기 전에 괜찮다면 여러분에게 전하고 싶은 말이 있다. 이 길지 않은 이야기를 듣고 충분히 재미있는 이야기라는 생각에서 호기심이 발동해 바틀비가 누군지, 이 이야기를 전하는 내가 바틀비를 알기 전에 그가 어떤 삶을 살았는지 등에 대해 알고 싶은 분들이 있을지 모르겠다. 그런 분들에게 내가 드릴 수 있는 답변은 나 역시 그런 궁금증을 갖고 있으나 도저히 해소할 능력이 없다는 말뿐이다. 그런데 여러분에게 전해 줘도 괜찮을지 어떨지 모를 것이 하나 있기

---

[22] 『욥기』 3장 14절의 인유. 「저 허물어진 성터에 궁궐을 세웠던 지상의 왕들과 고관들과 나란히!」

필경사 바틀비 85

는 하다. 그것은 필경사였던 바틀비가 세상을 떠나고 여러 달이 지난 뒤 내 귀에 들려온 어떤 소문이다. 그 소문이 무엇에 근거를 둔 것인지 확인할 수 없으므로 사실인지 아닌지도 알 수 없다. 그러니 별것 아닌 소문일 수도 있다. 하지만 그 확실치 않은 소문이, 생각해 보면 참 안타깝고 슬픈 감정이 들게 하면서도 묘하게 뭔가 암시하는 바가 있어 관심을 두게 되었는데, 나처럼 관심을 가질 분들이 있을지 몰라 여기서 짤막하게 언급하고 끝내면 좋을 것 같다.

소문은, 바틀비가 워싱턴의 배달 불능 우편물 취급소[23]에서 직급이 낮은 직원으로 근무하고 있었는데 조직 개편에 따라 갑자기 해고되었다는 것이다. 지금도 이 소문을 생각하다 보면 뭐라 표현할 수 없는, 알 수 없는 감정에 휩싸이곤 한다. 배달 불능 편지, 아니 죽은 편지들! 죽은 사람들이란 소리처럼 들리지 않는가? 본디 태어날 때부터, 아니면 어떤 불우한 일을 당하면 속수무책으로 막막한 절망감에 빠져드는 사람을 생각해 보라. 그런 사람이 온종일, 그것도 하루이틀이 아니라 매일 계속해서 죽은 편지들을 다루고, 그것들을 분류해서 활활 타오르는 불길 속에 던져 넣는다고 상상해 보라. 그 일 말고 그 어떤 일이 절망의 늪에 빠진 그 사람을 더욱 헤어날 수 없는 더 깊은 수렁 속에 집어넣을 수 있단 말인가? 해마다 짐마차 한 대 분량이나 되는 많은 편지가 불에 태워지는

---

[23] Dead Letter Office. 수취인에게 전달되지도 못하고 발송인에게 반송할 수도 없는 우편물을 취급하는 곳. 미국에서는 우정국에서 1825년부터 운영하기 시작했다.

데. 어쩌면 그 얼굴 창백한 직원이 접힌 편지지 속에서 반지를 발견할 때도 있었으리라. 어쩌면, 정말 어쩌면, 그 반지를 껴야 할 손가락이 무덤 속에서 썩고 있을지도 모르지. 급하게 누군가를 돕는다고 보낸 지폐도 있고. 그 돈으로 목숨을 부지했어야 할 사람, 어쩌면 그 사람은 이제 더 이상 먹을 수도 없고 배고플 일도 없을 테지. 절망 속에 죽은 사람에게 용서를 구하는 편지, 아무런 희망도 품지 못한 채 죽은 사람에게 희망을 가지라고 격려하는 편지, 피할 수 없는 재난 속에서 숨 한 번 제대로 못 쉬고 죽은 사람에게 좋은 소식을 전하는 편지. 생명을 구하라는 임무를 띤 심부름꾼이었던 이 편지들, 이 편지들이 빠르게 죽음으로 치달았으니.

아, 바틀비! 아, 인간이여!

총각들의 천국,
처녀들의 지옥

I. 총각들의 천국

그곳은 템플바[1]에서 멀지 않다.

그곳으로 가기 위해 사람들이 으레 다니는 길을 따라가면 열기로 뜨거운 평원을 지나는 것 같다. 그러다가 그곳에 다다르면, 어느 순간 서늘한 깊은 계곡, 주변 산들이 제 품에 포

---

1 Temple-Bar. 런던 중심지인 시티오브런던 서쪽에 있는 템플 지역에 세워진 석조 출입문. 일반적으로 시티오브웨스트민스터에서 시티오브런던으로 들어가는 길, 구체적으로는 런던 탑에서 웨스트민스터궁에 이르는 길에 세워져 있다. 여기서 멜빌이 말하는 〈템플바〉는, 시기적으로 보거나 뒤에 나오는 「처녀들의 지옥」에서 언급된 〈렌의 아치〉에 비춰 보면 17세기 영국 건축가 크리스토퍼 렌 경이 설계해서 세운 바로크 양식의 아치형 출입문을 말한다. 이 아치형 출입문이 1878년에 철거되고, 1880년 그 자리에 용의 형상으로 장식된 기념비가 세워졌다. 〈템플바〉 동쪽으로 이어지면서 시티오브런던 내에 있는 도로가 플리트 스트리트이고, 서쪽으로 이어지면서 웨스트민스터에 있는 도로가 스트랜드 가로다. 〈템플바〉라는 명칭은 플리트 스트리트 남쪽에 있는 템플 지역의 템플 교회에서 따온 것으로 알려져 있다. 템플은 옛날에는 템플 기사단(성전 기사단)이 관할하는 지역이었는데, 지금은 두 개의 법학원이 터를 잡고 있다.

근히 감싸듯 둘러싸며 그늘을 드리운 시원한 계곡으로 들어선 느낌이 든다.

플리트 스트리트 — 결혼한 지 얼마 안 된 상인들이 치솟기만 하는 빵값을 걱정하고 굶주림으로 아기가 쓰러지지 않을까 노심초사해 눈썹 주위로 잔주름을 그으며 서둘러 발걸음을 옮기는 그 거리. 귀 따갑게 울려 퍼지는 시끄러운 소리에 질리고 길가 곳곳의 진창 흙탕물에 옷이 지저분해지는 그 거리를 지난 뒤, 또 다른 거리로 들어서지 말고 뭔가 비밀이 많을 것 같아 보이는 한 모퉁이를 돌아보면, 속세를 등진 양 한적하고 어두컴컴한 길이 나타난다. 양편으로 우중충하지만 차분하고 엄숙한 분위기의 건물들이 늘어선 그 길에 들어서 마음 편히, 사뿐히 발걸음을 계속 옮기다 보면 온통 근심 걱정에 시달려 피폐한 세상을 뒤에 두고 훌쩍 빠져나와 홀가분한 기분이 들며 〈총각들의 천국〉의 그 적막한 회랑 아래에 다다른다.

사하라 사막에서 찾아낸 오아시스는 얼마나 기분 좋은 곳인가. 8월의 평원에 섬처럼 흩어져 있는 작은 숲은 얼마나 아름다운 곳인가. 온갖 불신이 난무하는 가운데 마주친 순수한 믿음은 얼마나 유쾌한가. 그러나 더 기분 좋고, 더더욱 아름답고, 정말 유쾌한 감정을 불러일으키는 곳이 있다. 낯선 이들을 기죽게 만드는 놀라운 도시, 런던. 그 도시 한복판, 차디찬 돌덩이처럼 서늘한 분위기를 자아내는 그 심장부에서 찾아낸 환상적인 〈총각들의 천국〉은 바로 그런 곳이다.

회랑을 따라 가벼운 마음으로 사색하며 천천히 걸어가 보

라. 강가에 있는 정원에서 마음껏 풍광을 즐기며 여유로움을 만끽해 보라. 긴 세월 버텨 온 도서관에 가서 한가로이 이곳저곳 둘러보고, 조각상 장식이 아름다운 예배당에서 예배도 드려 보라. 그러나 그렇게 한들 그 누구도 이제 볼 것 다 봤고, 알아볼 것 다 알아봤다고, 그곳의 멋진 정수를 다 맛보았다고 말할 수 없다. 한데 모인 독신 청년들과 함께 식사하며, 눈빛이 살아 있는 눈동자에 반짝반짝 빛나는 안경을 쓰고 있는 그들의 생기 넘치는 모습을 보고 나서야 그렇게 말할 수 있지 않을까? 그래도 학기 중에는 사람들이 북적대는 기숙 식당 홀에서 식사하는 것을 금해야 한다. 그 대신 조용히, 어떤 훌륭한 템플러[2]께서 친절하게 초대해 주어 온 손님인 양 혼자 식사하고 싶다는 뜻을 슬쩍 알려, 독실에서 혼자 식사하는 것이 좋다.

템플러, 얼마나 낭만적인 이름인가? 그런데 한번 생각해 보자. 브리앙 드 부아길베르[3] 같은 인물이 바로 템플러 아닌가? 나는 그렇게 알고 있다. 그렇다면 템플러란 표현은 현대 런던이란 도시에 그 유명한 템플 기사들이 아직 존재한다는 사실을 은근히 주입하려는 것인가? 그 옛날, 갑옷을 입은 기사 수도사들이 성체 앞에 무릎 꿇고 기도할 때처럼, 강철같이 단단한 군화를 신은 그들이 발걸음을 내디딜 때 뒤축으로

---

[2] 1119년에 결성된 가톨릭 기사 수도회인 템플 기사단에 속한 기사. 이 작품에서 알 수 있듯, 오늘날에는 법률가 혹은 법학도를 지칭하는 용어로도 쓰인다.

[3] 영국의 역사 소설가 월터 스콧이 1819년에 발표한 세 권으로 된 역사 소설 『아이반호 *Ivanhoe*』에 등장하는 템플 기사의 이름.

바닥을 울리던 소리를 오늘날에도 들을 수 있단 말인가? 그들이 방패를 내려놓을 때 덜커덕거리는 소리도? 만일 그 기사 수도사들이 스트랜드 가로를 따라 조심스럽게 걸어가는 모습을 본다면 분명 사람들은 신기해서 눈을 떼지 못하리라. 허리에 두른 번쩍번쩍 빛나는 갑옷, 지나가는 승합 마차가 튀긴 흙탕물로 더러워지긴 했지만 눈처럼 하얀 겉옷. 게다가 자신이 속한 기사단의 규칙에 따라 턱수염을 길게 기르고, 얼굴은 표범의 얼굴처럼 잔털로 덮여 표정을 읽을 수 없어 흡사 유령 아닌가 싶을 정도로 섬뜩한 인상을 풍기는 그들. 머리를 짧게 자르고 말끔하게 면도하고 다니는 일반 시민들 사이에서 그들이 어떤 존재로 보이겠는가? 사실 우리는 안타깝긴 하지만 역사가 전하는 슬픈 이야기를 통해 알고 있다. 이 성스러운 기사단이 결국에는 도덕적 황폐함에 오염되어 타락의 길로 들어섰다는 사실을. 물론 검을 다루는 솜씨에서는 그들에게 필적할 만한 적수가 없었다. 그러나 사치와 풍요의 벌레가 그들의 보호 장구 아래로 기어들어 가더니 진정한 기사다움의 정신을 갉아먹고 수도사로서 엄숙한 맹세를 조금씩 뜯어먹기 시작했으니……. 그러다가 마침내 수도사로서의 금욕과 고행의 삶이 술독에 빠져 사는 주정뱅이의 삶으로 전락했으며, 기사도를 지키기로 굳게 맹세한 총각 기사들은 위선자와 방탕한 난봉꾼으로 타락하고 말았다.

    그러나 사실이 그렇다 하더라도 우리는 아직 그런 사실을 받아들일 마음의 준비가 되어 있지 않다. 아니 어떻게, 성지를 탈환하기 위한 명예로운 전쟁에서 불후의 명성을 쌓은 템플 기사들이(만일 그들이 아직도 존재한다면) 얼마나 세속화되었으면 식탁에 앉아 불에 구운 양고기나 썰어 먹는 사람으로 전락할 수 있단 말인가? 그 옛날 아나크레온[4]처럼, 타락한 이 템플 기사들이 이제는 전쟁터가 아니라 연회장에서 쓰러지는 것을 더 멋진 일로 생각하고 있단 말인가? 그게 아니라면 어떻게 그 유명한 기사단이 정말 지금까지 명맥을 유지하고 있단 말인가? 상상해 보라! 현대 런던의 템플 기사들을! 붉은 십자가가 그려진 망토를 걸친 그들이 법정에서 시가를 피우는 모습을! 기차의 객차 안을 가득 메우고 있는 템플 기사들의 모습을! 기차 안에 강철 투구와 창과 방패를 겹겹이 쌓아 올려 마치 기관차를 길게 늘어뜨린 것 같은 그 광경을!

아니다. 진짜 템플 기사들은 이미 오래전에 사라지고 없다. 템플 교회에 가서 그곳에 있는 놀라운 무덤들을 보라. 팔짱 끼듯 두 팔을 포개 심장 맞은 가슴 위에 올려놓은 채 다리를 쭉 편 자세로 어떤 꿈도 방해하지 않는 평온한 안식 속에 영원히 잠들어 있는 그 형상들, 전혀 흐트러지지 않는 거만한 표정의 그 모습들을 보라. 노아의 홍수가 있기 전 아득히 먼 옛날처럼, 이제 그 용감한 기사 수도사들은 더 이상 존재하지 않는 옛날이야기가 되었다. 그렇지만 그 이름을 비롯해, 명목상으로나마 그 기사단도, 그들이 거처하던 옛 터전도, 그리고 그 옛날 건물 일부도 아직 남아 있다. 하지만 그들이

---

[4] Anacreon(B.C.582~B.C.485). 술을 찬미하는 시와 호색적인 내용의 시를 쓴 것으로 유명한 고대 그리스의 서정 시인.

신고 다니던 강철 군화는 반짝반짝 빛나는 고광택 가죽 부츠로 바뀌었다. 어디 그뿐인가. 두 손으로 잡아 휘두르던 긴 칼은 한 손으로 잡고 쓰는 깃펜으로 변했다. 영적인 문제를 무료로 상담해 주던 수도사들이 이제는 수수료를 받으며 자문에 응하고, 석관을 지키던 자가(무기를 잘 다루는 경우) 이제는 이런저런 소송을 변호하는 사람으로 변모하고 말았다. 거룩한 무덤[5]으로 이르는 모든 길을 열고 어떤 장애물도 제거하겠노라 맹세했던 자가 이제는 법의 안뜰은 물론 법의 길을 가로막고 봉쇄하고 차단하고 통행을 저지하는 일을 자신의 특별 임무라 여긴다. 아크레[6]에서 대담하게 창을 휘두르던 사라센 지역의 기사 전사들이 이제는 웨스트민스터홀에서 쟁점이 되는 법률문제를 놓고 싸운다. 시간이라는 마법사가 휘두른 지팡이에 두들겨 맞은 템플 기사가 이제는, 오늘날에는, 변호사로 둔갑해 버린 것이다.

그러나 가지에 단단히 붙어 있던 사과가 땅바닥에 떨어지면 말랑하게 무르익듯, 찬란하게 빛나는 영광의 정상에 의기양양하게 서 있다가 굴러떨어진 사람들 가운데는 더 원숙하고 훌륭한 사람으로 변하는 경우가 많다. 템플 기사들의 경우가 그렇다. 그들이 타락하고 정상에서 추락했지만, 그로 인해 오히려 더 멋있고 훌륭한 사람으로 바뀌지 않았는가.

나는 감히 이렇게 말한다. 그 옛날 신의 종이자 전사들은

[5] 예수가 부활하기 전까지 예수의 주검이 있던 묘. 성묘하고도 한다.
[6] 이스라엘 북부 해안에 있는 도시. 십자군 전쟁 때 몇 차례 전투가 벌어진 곳으로, 십자군이 점유하고 있다가 1291년 무슬림에 의해 함락되었다. 이 마지막 전투를 〈아크레 공방전〉이라 부른다.

기껏해야 우락부락하고 무례하며 퉁명스러웠던 사람에 불과했다고. 버밍엄에서 만든 갑옷과 무기로 무장한 그들이 여러 겹의 가죽으로 뒤덮인 두 팔을 내민다 한들 어찌 우리가 그들의 손을 잡고 다정하게 악수할 수 있겠는가? 거만하고 야망에 불타오르던 그들의 영혼, 엄격한 규율에 단련된 절제와 금욕의 영혼들이 동물 뿔로 만든 얇고 투명한 판으로 보호하던 옛 기도서처럼 굳게 닫혀 열리지 않는다. 그들의 거만한 표정 역시 포탄 세례 속에서 온통 일그러지고 말았다. 그러니 어찌 그들을 다정하고 온유한 사람이라 할 수 있단 말인가? 하지만 현대의 템플 기사들은 다르다. 그들은 최고의 동료이며, 상냥하고 온화한 주인이며, 식당에서는 누구보다 중요한 손님이다. 그들이 내보이는 명민함이나 그들이 마시는 포도주는 어디서든 빛나는 최고급이 아니던가.

주변을 둘러싸고 있는 옛 도시의 온갖 시끄러운 소리를 멀리하며 조용히 안으로, 안으로 물러난 도심 중앙의 너른 땅에 옹기종기 무리 지으며 들어선 시설들 — 교회와 회랑, 안뜰과 아치형의 둥근 지붕, 작은 오솔길과 큰 도로, 연회장, 식당, 도서관, 테라스, 정원 넓은 산책로, 숙소, 휴게실들. 가는 곳마다 어디든 미혼 청년들을 세심하게 배려한 흔적이 배어 있어 독특한 분위기가 느껴진다. 조용한 곳을 좋아하는 사람에게 이처럼 마음에 드는 피난처를 런던의 어디가 제공할 수 있겠는가.

실제로 템플이라는 지역은 그 자체로 하나의 도시, 앞에서 열거한 것처럼 최고의 부속 시설들을 갖춘 도시라 할 수 있다. 공원도 하나 있고 군데군데 꽃밭도 찾아볼 수 있으며, 아득한 옛날 에덴동산 옆으로 잔잔한 유프라테스강이 푸른 물줄기를 감추지 않고 도도히 흘러갔듯이, 템스강이 그곳의 한쪽 면을 따라 유유히 흘러 그럴듯한 강변도 갖춘 도시다. 그 안에 템플 동산이라 불리는 곳이 있는데, 그곳은 옛날에 십자군들이 군마를 조련하고 창술을 연마하던 훈련장 터였다. 이제는 현대의 템플 기사들이 그 동산의 나무 그늘 벤치에 편하게 앉아 광택 나는 가죽 부츠 신은 발을 까닥까닥 흔들면서 기지를 발휘해 즐겁게 문답을 주고받는다. 변론을 주고받는 훈련을 하는 것이다.

연회장에 들어가 보라. 위풍당당한 초상화들이 길게 줄지어 걸려 있다. 그 초상화들은 유명 인사들 — 저명한 귀족들, 판사들, 대법관들 — 이 그들 시대의 템플러였다는 사실을 보여 준다. 그러나 모든 템플러가 세상에 명성을 남긴 것은 아니다. 그들이 따뜻한 마음에 더 따뜻하고 온화하게 사람을 맞아 주고, 넘칠 듯 풍부한 지성에 그보다 더 풍부한 식품과 포도주를 갖추고, 영광스러운 식사 자리를 마련하면서 기발한 재미와 상상력을 양념처럼 곁들여 여흥을 즐기게 하고 훌륭한 조언도 마다하지 않는다면 마땅히 불멸의 찬사를 받아야 한다. 그런 템플러들이 있겠지만, 여기서는 그대, 생각이 깊은 사람들이여, R. F. C의 이름과 도도한 그의 형제 이름을 기억하는 것으로 만족하기 바란다.

진정한 의미의 템플러가 되기 위해서는 변호사이거나 법학원 학생이어야 하며, 그 집단에 정식으로 회원 등록을 해야 한다. 하지만 템플 지역에 거주하지 않으면서 그곳에 사무실을 두고 있는 템플러가 많듯이, 반대로 그곳의 고색창연한 숙소에 거주하지만 템플러로 인정받지 못하는 사람도 많다. 만일 당신이 한가로이 여유를 즐기고 싶은 신사인데 독신자이거나, 아직 결혼하지 않은 조용한 성품의 문학가인데 한적한 은둔처와 같은 템플에 매료되어 그곳의 조용한 야영지에서 사람들이 쳐놓은 천막 사이에 시원하게 그늘을 만들어 줄 천막 하나 치고 싶은 것이 소원이라면 어떻게 해야 할까? 우선, 그 집단에 각별히 친한 사람이 있어야 한다. 그런 다음 그 사람 이름으로, 물론 돈은 당신이 내야겠지만, 괜찮다 싶은 빈방을 빌려야 한다. 그래야 야영지에 천막도 칠 수 있기 때문이다.

아마 그 유명한 닥터 존슨[7]이, 명목상으로는 기혼자이자 홀아비였지만 실제로는 총각과 다를 바 없었던 닥터 존슨이 그곳에서 잠시 머물렀던 것도 바로 그런 식 아니었을까 싶다. 독신자이자 보기 드물 정도로 선한 영혼을 지닌 것으로 잘 알려진 찰스 램[8] 역시 마찬가지였다. 그 외에도 많은 사람이

---

[7] Samuel Johnson(1709~1784). 영국에서 가장 뛰어난 문필가로 평가받는 시인이자 비평가. 시인, 극작가, 문학 비평가 등으로 활동하면서 다방면에서 훌륭한 업적을 쌓았으며 영국 최초 근대식 영어 사전을 편찬하기도 했다. 영문학에서는 그런 그를 흔히 〈닥터 존슨〉으로 부른다.

[8] Charles Lamb(1775~1834). 영국의 수필가이자 비평가. 영국 최고 수필로 평가받는 『엘리아 수필집 Essays of Elia』과 어린아이들을 위해 쓴 『셰익스피어 이야기 Tales from Shakespeare』로 유명하며, 영국 문학사에서 가장 사랑스러운 인물로 알려져 있다. 정신병 발작으로 어머니를 죽인 누이 메리 램을 보호하면서 평생 독신으로 살았다.

있다. 이른바 독신 교단의 형제들이라 할 수 있는 고결한 정신을 지닌 많은 사람이 이따금 그곳에서 식사도 하고, 숙소에서 잠도 자고, 천막을 치기도 했다.

실제로 보면 곳곳에 사무실과 숙소가 들어선 모양이 벌집을 닮았다. 여기저기 작은 구멍이 생긴 옴폭 팬 치즈처럼, 그곳은 사방팔방 아늑한 총각들의 숙소로 구멍이 송송 뚫린 것 같은 느낌을 준다. 유쾌함이 깃들어 있는 아름다운 곳! 아! 그곳에서 보낸 즐거운 시간들, 오랜 세월 버텨 오며 영광을 누려 온 그 지붕들 아래에서 따뜻한 환대를 받으며 보낸 그 순간들을 떠올릴 때 뭉클 솟아나는 애틋한 심정, 그 심정을 시가 아니면 무엇으로 표현할 수 있을까. 아쉬운 한숨을 내쉬며 그윽한 목소리로 이렇게 노래 부를 수밖에. 〈내 고향으로 날 보내 주오!〉[9]

나름 소상하게 얘기한다고 했는데, 어쨌든 〈총각들의 천국〉은 대체로 그런 곳이다. 그 사실을 나는 세상 풍광이 환하게 피어오르는 5월 어느 기분 좋은 오후에 알게 되었다. 그날 나는, 품위 있는 법정 변호사이자 독신자이며 법학원 평의원인 R. F. C.(법정 변호사이고 독신자인 그가 경력을 쌓은 후 그다음 단계인 법학원 평의원이 된 것이 분명하기에 나는 그를 이 순서대로 부른다)와 식사 약속이 있어 그곳에 갔다. 트래펄가 광장에 있는 호텔에서 힘차게 나선 나는, 장갑을 끼고 엄지와 집게손가락으로 그의 명함을 꼭 쥔 채 틈날 때마

9 1840년대 대중에게 인기 있었던 미국 민요. 남북 전쟁 때 남군 병사들이 고향인 버지니아를 그리워하며 부른 노래로도 잘 알려져 있다.

다 슬쩍슬쩍 들여다보았다. 그의 이름 아래 박힌 주소가 얼마나 마음에 들었는지……. 〈템플, 엘름 코트 ○○번지.〉

근본적인 사람 됨됨이로 보자면 R. F. C.는 무뚝뚝할 정도로 아주 솔직담백하며 가까이하기 어려울 것 같은데, 막상 만나 보면 상대방을 아주 편안하게 해주는 무척 서글서글하고 낙천적인 영국인이다. 처음 그 사람을 만나면 말을 아끼며 조심스러워하는 태도 때문에 차갑다는 인상을 받을 수도 있다. 하지만 참고 기다려 보라. 차갑게 언 샴페인과 같은 이 사람이 곧 사르르 녹을 테니. 설령 녹지 않는다 해도 언 샴페인이 식초보다는 낫지 않겠는가.[10]

식사 자리에는 아홉 명의 신사가 참석했다. 모두 독신자였다. 한 신사는 〈템플, 킹스 벤치 워크 ○○번지〉에서 온 사람이었다. 두 번째, 세 번째, 네 번째, 다섯 번째 신사도 그와 비슷한, 낭랑하게 울리는 음절의 이름을 지닌 서로 다른 구역과 도로에서 온 사람들이었다. 템플 지역 전체 독신자를 대표해서, 곳곳에 흩어져 있는 각 구역에서 참석한 그들의 모습을 보니 실로 이 식사 자리가 독신자들, 총각들의 원로원 아닌가 싶었다. 아니, 그 대표성으로 보면 런던 전역에서 뽑은 훌륭한 총각들로 구성된 의회의 최고 대표 회의라고 해도 괜찮을 정도였다. 왜냐하면 그중에서도 몇 명은 시내에서 제법 멀리 떨어진 구역에 있는 그 유명한 링컨 법학원과 퍼니

---

10 샴페인과 식초는 사람이 풍기는 분위기에 대한 비유. 샴페인은 상대방을 기분 좋게 해주는 사람으로, 식초는 상대방을 언짢거나 화나게 만드는 사람으로 이해할 수 있다.

벌 법학원, 변호사이면서 미혼인 사람들에게 불후의 영광을 가져다주는 터전인 그 법학원에서 왔기 때문이다. 그리고 특별히 내가 경외의 눈으로 유심히 관찰한 한 신사는 베룰럼 경[11]이 한때 독신으로 거주했던 그레이 법학원에서 온 사람이었다.

식사가 준비된 방은 하늘에 닿을 듯, 건물 높은 곳에 있었다. 그곳에 오르기 위해 낡고 낯선 계단을 얼마나 올라야 했는지. 그래도 유명한 사람들과 같은 자리에 앉아 맛있게 식사를 즐겼으니, 그것만으로도 큰 소득이었다. 식사 전에 몸을 좀 움직여야 음식을 음미해 가며 즐기고 소화도 잘 시킬 수 있으니, 우리를 초대한 분이 그런 의도로 식사 전에 운동 좀 하라고 건물 높은 곳에 방을 마련한 것이 분명했다.

의외로 소박해 보이는 고가구들은 요란하지 않으면서 고상한 느낌을 주었다. 광택 도료가 채 마르지도 않았는데 들여다 놓아 끈적끈적하게 빛나는, 그런 마호가니 가구는 없었다. 차분한 분위기의 실내에 어울리지 않는, 너무 호화롭고 고급스러워 앉아도 될지 망설이느라 마음 불편하게 하는, 그런 오토만 의자나 소파도 없었다. 지각 있는 미국인이 현명한 영국인에게 배울 것이 있다. 그것은 너무 눈부실 정도로 반짝이는 싸구려 장식이나 쓸데없는 물건들은 아늑하고 편안한 느낌을 주지 못한다는 사실이다. 미국 기혼자들은 시내 한복판에 있는 금빛 찬란한 식당에서 지나가는 사람들 보란 듯이 질긴 양고기 조각을 허겁지겁 먹어 치우지만, 영국 총

11 영국 경험주의 철학자이자 정치가 프랜시스 베이컨을 말한다.

각들은 다르다. 그들은 집에서 평범한 전나무 식탁에 앉아 비길 데 없이 부드러운 사우스다운[12]의 양고기를 느긋하게 즐긴다.

방의 천장은 적당히 낮아 좋았다. 사실 누가 성 베드로 성당의 둥근 천장처럼 높은 천장 아래에서 식사하고 싶겠는가? 천장이 높아야 한다고? 그게 당신이 원하는 것이고, 게다가 당신의 키가 아주 커서 높으면 높을수록 더 좋다면, 차라리 밖으로 나가 키껑다리 기린과 함께 식사하는 것이 어떠신지.

아무튼 늦지 않게 제때 모인 아홉 명의 신사가 각자 식기를 앞에 두고 자리에 앉았고, 곧이어 모두가 즐겁게 음식을 먹기 시작했다.

내 기억이 맞는다면, 맨 처음 식탁을 장식한 것은 소꼬리 수프였다. 진한 적갈색 수프가 놓였을 때, 처음에는 혹시 주재료가 마부의 작대기와 학교 선생들이 휘두르는 가죽 채찍 아닌가 싶어 당황했다. 그러나 그윽하고 감미로운 수프 맛이 그런 우려를 말끔히 씻어 주었다(수프를 먹고 나서 막간을 이용해 우리는 보르도산 적포도주를 조금 마셨다). 그다음에 식탁을 장식한 것은 해산물 요리 — 바로 넙치였다. 눈처럼 새하얀 살을 얇게 저민 것이 적당히 말랑말랑하면서도 바다거북고기와 달리 그렇게 기름지지 않았다.

(넙치 요리를 먹고 나서 우리는 셰리를 마시며 다시 입맛을 살렸다.) 경무장한 척후병처럼 우리 입맛을 살피던 가벼

12 영국 남동부 해안에 있는 목초 지대. 비옥한 토양에서 자란 풀이 양을 키우기에 좋아 양 목장으로 유명하다.

운 음식이 사라지고 난 뒤, 드디어 중무장한 포병 부대처럼 맛있는 음식들이 진군을 시작했다. 선두에 선 것은 그 유명한 영국의 총사령관 로스트비프였다. 그리고 양고기등심, 칠면조고기, 치킨파이 등 입맛 당기는 각종 요리가 흡사 총사령관의 부관인 양 뒤따라 등장했다. 물론 포병 부대 앞에서 경계를 펼치며 부대를 이끈 것은 진하고 독한 에일맥주가 담긴 은제 술병 아홉 개였다. 얼마 후 중무장한 포병 부대가 경무장한 척후병들이 떠난 길을 따라 사라지자 그다음으로 식탁에 진을 친 것은 정예로 선발된 새고기요리 여단이었다. 같이 나온 목이 길쭉한 유리병에 담긴 포도주의 진홍빛이 그들 진지에 피워 놓은 캠프파이어였다.

그 밖에 온갖 맛있는 음식과 더불어 과일파이와 푸딩이 나왔고, 이어서 치즈와 크래커가 식탁에 올랐다(이때 우리는 옛날 옛적, 그 좋았던 시절의 관습을 존중하자는 소박한 뜻에서 격식에 따라 오래된 포르투갈산 포도주를 각자 한 잔씩 따라 마셨다).

식탁보가 걷혔다. 전쟁의 끝을 보겠다며 워털루 전장에 들어선 블뤼셔의 군대[13]처럼, 새로 파견된 군대가 서둘러 행군하느라 먼지를 뒤집어쓴 채 당당하게 진격해 들어왔다. 여러 술병이 식탁에 도열했던 것이다.

이 모든 기동 작전을 진두지휘한 사람은 놀라울 정도로 나

---

13 1815년 6월 18일에 있었던 워털루 전투에서 나폴레옹이 이끄는 프랑스군을 패퇴시킨 두 군대 중 하나. 하나는 웰링턴 공작이 지휘한 영국 주도의 연합군이고, 또 하나는 블뤼셔 사령관이 이끈 프로이센군이었다.

이 많은 야전 사령관이었다(나는 그를 웨이터라는 불명예스러운 이름으로 부르는 교양 없는 사람이 되고 싶지 않다). 눈이 내려앉은 것 같은 백발에 흰 스카프를 목에 두른, 소크라테스와 같은 머리를 지닌 야전 사령관. 신나게 잔치를 벌이듯 유쾌한 분위기에서 식사가 한창일 때도 그는 웃음은 자기에게 어울리지 않는다는 듯 묵묵하게, 온 신경을 집중해 맡은 일에만 열중했다. 마땅히 존경할 만한 분이다!

지금까지 나는 군사 작전의 전체 계획 가운데 일부 대략적인 실행 사항만이라도 제대로 제시하려 노력했다. 하지만 훌륭하게 준비된 즐거운 만찬은 온갖 음료가 뭐가 뭔지 분간하기 힘들 정도로 한데 뒤섞여 계속 나오기 때문에, 어떤 음료가 나오는지 꼼꼼하게 하나하나 묘사하려면 여간 공을 들이지 않으면 안 된다. 아마 이 사실을 모르는 사람은 없을 것이다. 따라서 나는 특정 시점에 그때그때 제공된 보르도산 적포도주, 셰리, 포르투갈산 포도주, 그리고 에일맥주만 대충 언급하고 넘어갈 수밖에 없다. 하지만 그 술들은 한 잔 가득 따라 함께 건배하며 들이켜는, 이를테면 공식적으로 마신 것이고, 그 외에도 사이사이 기분에 따라 즉흥적으로 주고받은 술잔이 엄청 많았음을 밝히지 않을 수 없다.

아홉 명의 독신 남자는 서로 건강에 대해 진심 어린 관심을 보이는 것 같았다. 잔에 포도주가 넘실대는 가운데 내내 그들은 왼쪽과 오른쪽, 양옆에 앉아 있는 신사들에게 더할 나위 없는 복된 삶과 영원한 건강을 기원한다는 마음을 성심으로 내보였다. 그러는 가운데 내가 주목해서 본 것이 있었다. 그것은, 이런 부류의 총각들은 설혹 포도주를 조금 더 마시고 싶어도(정말 디모테오[14]처럼 자기 위장을 위해 그러고 싶어도) 동석한 총각 가운데 누가 같이 마시자고 하지 않으면 굳이 혼자 마시려 하지 않는다는 사실이었다. 그런 것으로 보아 다른 사람이 마시지 않는데 혼자 술을 들이켜는 것은 이기적이고 우애심이 없는, 사려 깊지 못한 행동으로 여기는 것 아닌가 싶었다. 어쨌든 포도주가 한 순배, 두 순배 빠르게 돌면서 동석한 총각들의 기분이 점점 더 고조되어 편안하고 화기애애한 분위기가 감돌았다. 그런 가운데 저마다 자신들의 경험담을 즐겁게 주고받다가 마침내 각자 특별한 친구들을 위해 고이 간직해 두었던 최고로 값진 이야기보따리를, 마치 최고급 포도주인 모젤 와인이나 라인 와인을 꺼내 놓듯, 하나둘 풀어놓기 시작했다. 한 총각 신사가 먼저, 옥스퍼드에서 학창 시절을 보낼 때 정말 즐겁고 편하게 살았다며, 정직하고 솔직했던 의회 의원들이나 마음 씀씀이가 넓었던 자기 친구들의 일화를 양념처럼 곁들여 가며 이야기를 들려주었다. 은백의 머리에 해맑은 얼굴을 지닌 또 다른 신사는 불현듯 옛 플랑드르 지역의 멋진 건축물들을 보고 싶다는 생각이 들면 기회 있을 때마다 저지대 국가[15]를 찾아간다고 했다. 백발에 환한 인상을 지닌 데다 학식도 풍부한 그 노신사

---

14 사도 바울과 복음 사역에 동행했던 인물. 바울은 그에게 물만 마시지 말고 위장을 위해서, 그리고 자주 앓는 병을 위해서 포도주를 조금 마시라고 권했다(『디모테오에게 보낸 첫째 편지』 5장 23절 참고).
15 유럽 북해 연안 국가로, 흔히 베네룩스 3국이라 불리는 벨기에, 네덜란드, 룩셈부르크.

는 옛날 플라망인들이 거주했던 지역에 있는 중세의 길드 조합소, 시청사, 주 총독 관저 등 온갖 정교하고 웅장한 건축물들을 정말 멋들어지게 설명하고 묘사해 주었다. 세 번째 신사는 시도 때도 없이 대영 박물관을 찾아가 전시물을 구경한다는 사람인데, 그래서 그런지 갖가지 진기한 고대 유물과 동방의 필사본들, 복사본 없이 원본만 존재하는 값비싼 서적들에 대해 너무나 잘 알고 있었다. 최근에 유구한 역사를 지닌 그라나다 지역[16]을 다녀왔다는 네 번째 신사는 아직도 옛 사라센의 정취가 남아 있는 그곳 풍경에 푹 빠져 있는 듯했다.

다섯 번째 신사는 아주 우스꽝스러운 어떤 소송 사건에 관한 이야기를 들려주었다. 여섯 번째 신사는 포도주에 대한 해박한 지식을 자랑스레 늘어놓았다. 일곱 번째 신사는 철의 공작[17]의 사생활과 관련된 일화 하나를 들려주었는데, 어느 책에도 실리지 않은, 공적인 자리나 사적인 자리 어디에서도 언급된 적 없는, 처음 듣는 특이한 이야기였다. 그리고 그즈음 이따금 저녁에 풀치[18]가 쓴 익살스러운 시 한 편을 번역하

---

16 스페인 안달루시아 지방에 있는 지역. 이베리아반도에 있던 이슬람 세력의 마지막 근거지로 알려져 있다. 13세기에 창건된 대표적인 이슬람 건축물 알람브라 궁전이 남아 있다.

17 나폴레옹 전쟁 때 워털루 전투에서 영국 연합군의 승리를 이끌어 낸 영국군 사령관, 제1대 웰링턴 공작 아서 웰즐리Arthur Wellesley.

18 Luigi Pulci(1432~1484). 15세기 이탈리아의 외교관이자 시인. 기사인 오를란도에게 패해 종자가 된 거인 모르간테가 오를란도를 따라다니며 겪는 모험담을 익살스러운 필치로 쓴 기사 설화 시 「모르간테Morgante」로 유명하다.

면서 즐거운 시간을 보낸다고 밝힌 여덟 번째 신사는 자신이 번역한 시 구절을 어찌나 재미있게 읊던지.

그렇게 저녁 시간이 흘러갔다. 시간이 얼마나 지났는지는 앨프리드 대왕이 쓰던 것과 같은 물시계가 아니라 제시간에 맞춰 식탁에 올라오는 술병으로 가늠할 수 있었다. 우리 앞에 놓인 식탁은 어찌 보면 엡솜[19] 초원에 있는 잘 정돈된 원형 경마장이었고, 그 경마장의 경주로를 포도주 술병들이 질주하며 돌았던 것이다. 경주로에 올라선 첫 번째 술병이 제때 목적지에 도착하도록 두 번째 술병이 얼른 뒤를 따르며 재촉하고, 그다음 세 번째 술병이 경주로에 올라 두 번째 술병을 뒤따르고, 이런 식으로 네 번째, 다섯 번째 술병이 연이어 경주로를 질주했다.

그런데 그렇게 술병들이 연달아 경주로를 도는 동안 시끄러운 소리 하나 나지 않고, 예의에 어긋나는 일이나 소란스럽게 야단법석 떠는 일도 하나 없었다. 확신하건대, 머리 모양이 소크라테스를 닮은 야전 사령관이 시중드는 사람 가운데 누구 하나 조금이라도 무례하거나 예의에 벗어나는 행동을 보였다면 사전 경고도 없이 즉시 자리를 박차고 나왔을 것이다. 용의주도하고 진지하며 엄숙한 그의 태도로 보아 그랬을 것이 틀림없었다. 나중에 알게 된 사실이지만, 우리가 식사를 즐기는 동안 옆방에서는 어느 병약한 총각이 3주라는 제법 긴 기간에 걸쳐 지루하고 지친 나날을 보낸 뒤 처음

---

19 영국 서리주의 도시. 17세기 초 근처 초원에서 시작된 경마가 이후 엡솜 더비로 유명해졌다.

으로, 우리 때문에 중간에 잠을 설치는 일 없이, 정말 곤하게 단잠을 즐겼다고 한다.

그날 저녁은 편안한 삶이 어떤 것인지, 기분 좋게 술을 마시며 따뜻한 정을 나누고 유쾌하게 이야기를 나누는 것이 어떤 것인지 잘 보여 준, 서로가 조용히, 그러면서도 마음껏 즐긴 더없이 흥겨운 시간이었다. 우리는 끈끈한 정을 느끼는 형제와 다름없었다. 그날 저녁 최고로 좋았던 것을 꼽으라면 집 안에서 형제끼리 우애를 다지는 것과 같은 안락한 분위기, 단연 그것이었다. 더욱이 여유 있고 태평한 그 신사들이 총각이라는 사실에서 누구든 짐작하겠지만, 그들은 신경 쓰고 걱정해야 할 아내나 자식이 없었다. 그러니 거의 모두가 수시로 여행을 다녔다. 가족을 내팽개친 채 혼자 돌아다닌다는 양심의 가책을 전혀 느낄 필요 없이 마음껏, 혼자서 여행을 즐길 수 있기 때문이었다.

고통이라 불리는 것, 그리고 까닭 없는 근심 걱정 — 예로부터 사람들을 괴롭혀 온 것으로 유명한 이 두 가지가 그 총각들로서는 전혀 상상도 못 할, 터무니없는 것이 아닌가 싶었다. 관습에 얽매이지 않는 자유로운 감각에 학식도 풍부한 그들이, 생각이 깊고 차분하면서도 유쾌함을 잃지 않는 폭넓은 이해력을 지닌 그들이 어떻게 수도사에게나 어울리는 그런 말도 안 되는 것들에 사로잡혀 끙끙댈 수 있단 말인가? 고통! 근심 걱정! 차라리 가톨릭의 기적을 들먹이는 것이 낫지 않겠는가. 그들에게는 그런 것이 없었다. 〈그 셰리 좀 넘겨주시죠.〉 〈하하하! 그럴 리가요!〉 〈괜찮으시면 그 포도주 좀.〉 〈말

도 안 됩니다. 그런 말씀 마십시오.〉〈술병이 댁 앞에서 움직이질 않습니다.〉

그렇게 저녁 식사가 끝났다.

식탁보가 걷히고 얼마 지나지 않아 식사 자리를 마련한 초대자가 머리 모양이 소크라테스를 닮은 사람에게 무슨 신호라도 보내는지 흘끗 눈짓했다. 그러자 무슨 뜻인지 알겠다는 듯 그가 정중한 자세로 어느 탁자로 걸어가더니 둘둘 감긴 모양의 큼지막한 뿔 나팔을 갖고 돌아왔다. 윗부분은 반짝이는 은으로 장식하고 다른 부분은 돋을무늬 장식으로 묘하게 꾸민 정식 여리고 뿔 나팔이었다. 그리고 고상하게 생긴 그 뿔 나팔의 넓은 입구 양옆으로는 순은의 뿔이 두 개씩 달린 실물 크기의 염소 머리가 튀어나와 있었다.

식사를 주최한 신사가 그 나팔을 크게 불어 감동적인 소리라도 내려는 듯 식탁 위로 들어 올리는 모습을 보고 나는 흠칫 놀라지 않을 수 없었다. 그가 그런 뿔 나팔을 연주한다는 소리를 들은 적이 없었기 때문이다. 그런데 곧 나팔의 용도가 무엇인지 알게 되어 마음이 놓였다. 그가 엄지와 집게손가락을 나팔 입구에 집어넣자 어떤 향기가 피어오르는가 싶더니 이내 최고급 코담배 냄새가 콧구멍 속으로 은은히 퍼지기 시작했던 것이다. 말하자면, 그 뿔 나팔은 일종의 커다란 코담뱃갑이었다. 뿔 나팔이 식탁을 따라 한 바퀴 돌면서 참석자 모두가 코담배 냄새를 맡았다. 식사가 끝나고 자리를 파하기 전, 바로 그 시점에 코담배 냄새를 맡게 한다는 발상은 정말 멋졌다. 나는 이 매력적이고 근사한 관습을 우리 나라도 도입해야 한다고 생각했다.

예사롭지 않게 정중하고 예의 바른 아홉 총각 신사의 태도, 그들의 그런 몸가짐은 포도주를 아무리 많이 마셔도 변함이 없었으며, 흥겨움이 절정에 달해도 전혀 흐트러지는 법이 없었다. 아주 자유롭게, 마음껏 코담배 냄새를 맡을 때도 마찬가지였다. 누구 하나 예의에 어긋나는 법이 없었으며, 옆방에서 잠든 병약한 신사가 행여 그 코담배 냄새 때문에 재채기라도 할까 봐 모두 조심하는 눈치였다. 코담배가 나비 날개에서 털어 낸 아주 곱고 무해한 가루라도 되는 양 그들은 조용히, 말없이 냄새만 맡았던 것이다. 이런 그들의 모습을 보며 나는 다시 한번, 한치도 예의에 어긋나지 않는 그들의 태도에 강한 인상을 받지 않을 수 없었다.

그러나 그들의 저녁 식사가 더할 나위 없이 훌륭하고 완벽하다 해도, 그들의 삶이 그렇듯 그 시간이 영원히 계속될 수는 없었다. 드디어 헤어질 시간이 다가왔다. 자리에서 일어난 총각 신사들은 각자 자기 모자를 집어 들더니 둘씩 짝을 지어 팔짱을 끼고 서로 말을 주고받으며 판석이 깔린 안마당으로 내려갔다. 근처에 있는 자기 방으로 가서 『데카메론』이나 읽다가 자겠다는 사람도 있고, 시원한 강변의 정원으로 가서 시가를 피우며 산책하겠다는 사람도 있었다. 그리고 숙소가 멀리 있어 곧장 거리로 나가 마차를 불러 편하게 가야겠다는 사람도 있었다.

마지막으로 남은 사람은 나였다.

나를 초대한 총각 신사가 미소 띤 얼굴로 물었다. 「자, 어떻습니까? 여기 템플이 마음에 드시는지요? 이곳에서 우리 총각들이 살아가는 모습이 어떻습니까?」

솔직히 그들의 삶에 감탄한 나는 큰 소리로 이렇게 대답했다. 「선생, 정말 이곳은 총각들의 천국이로군요!」

II. 처녀들의 지옥

그곳은 뉴잉글랜드의 워돌러산[20]에서 그리 멀지 않다. 온갖 풀이 향긋한 내음을 풍기며 나부끼는 6월 초, 햇살이 환하게 비치는 농장과 초원을 지나자마자 동쪽으로 방향을 잡아서 가다 보면 스산한 산언덕 사이로 들어선다. 발걸음을 계속해 산언덕들을 오르면 어두침침한 산속 좁은 오솔길이 나타난다. 〈미친 처녀의 울부짖는 피리〉라 불리는 좁은 길이다. 온갖 풍상을 겪어 거칠어진 바위들이 장벽처럼 둘러싼 그곳에서는 갈라진 바위틈 사이로 세찬 바람이 쉴 새 없이 휘몰아치는 데다, 옛날에 그곳 근처 어딘가에 미친 노처녀가 살던 움막이 있었다는 전설 같은 이야기 때문에 그런 이름이 붙었다고 한다.

그곳, 산골짜기 맨 아래에는 예전에 급류가 흘렀던 물길을

---

20 「총각들의 천국」에서 맨 처음에 언급된 〈템플바〉는 실제로 존재하는 장소지만, 〈워돌러산〉은 실제로 존재하는 것이 아니라 작가가 지어낸 지명이다. 고통과 비애와 슬픔을 뜻하는 〈woe〉와 〈dolor〉를 결합한 것으로 보아 〈워돌러산〉에서 시작되는 처녀들의 세계가 〈템플바〉로 시작되는 총각들의 세계와 대조적으로 얼마나 처참한지 짐작할 수 있다.

따라 구불구불 이어진 마찻길이 있다. 폭이 좁아 위태로워 보이는 그 길을 따라 맨 꼭대기에 다다르면 단테가 말한 지옥문에 들어선 것과 같은 느낌이 든다. 그 지점부터 골짜기가 갑자기 좁아지고 묘하게 칠흑색을 띤 암벽들이 골짜기를 둘러싸고 있어 사람들은 그곳을 〈검은 협곡〉이라 부른다. 그런데 곧이어 이 협곡은 점점 폭을 넓게 펼치며 아래로 이어져 나무들이 무성해 저승처럼 음산한 기운을 품고 있는 산 사이에서 움푹 꺼지며 분지를 이룬다. 위에서 보면 흡사 깔때기 모양 같은 음침한 그 분지를 그곳 사람들은 〈악마의 지하 감옥〉이라 부른다.

그 분지에 들어서면 사방에서 급류 흐르는 소리가 귓전을 때린다. 그 급류들은 마침내 하나로 합쳐져 짙은 벽돌색 물줄기가 되어 거대한 둥근 바위들 사이에서 좁은 수로를 이루듯 사나운 기세로 세차게 흐른다. 이상한 색깔의 이 세찬 물줄기를 〈피의 강〉이라 부른다. 이 〈피의 강〉은 시커먼 절벽에 다다라 갑자기 물길을 서쪽으로 틀면서 약 18미터 높이의 폭포를 이루며 절벽 아래로 떨어진다. 그러고는 제대로 자라지 못한 회색 소나무들이 들어선 숲속에 미친 듯이 부글부글 솟아오르는 물웅덩이를 만들고, 이어서 숲 사이를 소용돌이치면서 흘러나와 저 멀리, 보이지 않는 저지대를 향해 먼 길을 떠난다.

〈피의 강〉이 폭포를 이루는 곳, 그 폭포가 시작되는 가장자리 한쪽, 사람들의 눈에 잘 띄는 깎아지른 듯 높은 바위 절벽 꼭대기는 옛 제재소의 잔해들로 뒤덮여 있다. 먼 옛날, 울창하게 자란 거대한 소나무와 솔송나무들이 주변 일대를 온통 뒤덮고 있던 좋은 시절에 세웠다는 제재소가 이제는 폐허로 남아 있을 뿐이다. 투박한 도끼질로 베어 낸 옹이가 박힌 육중한 통나무들이 오랜 세월 그대로 버려진 채 검은 이끼에 뒤덮여 썩어 가며 한데 엉켜 나뒹굴고 있다. 그중에는 어쩌다 홀로 내팽개쳐졌는지 어둑어둑한 폭포 가장자리 너머로 위태롭게 고개를 내밀며 튀어나온 것들도 있다. 그대로 방치된 채 남아 있는 그 통나무 잔해들은 어떻게 보면 채석장에서 캐낸 커다란 돌덩이처럼 보이기도 하고, 주변에 우뚝 치솟아 있는 거친 산악이 자아내는 야생 풍경과 함께 바라보면 옛 봉건 시대 라인란트와 투름베르크의 경치를 연상시키기도 한다.

〈악마의 지하 감옥〉이라 불리는 분지 맨 아래쪽에서 그리 멀지 않은 곳에 흰색으로 칠한 커다란 건물 한 채가 서 있다. 그 건물은 뒤에 있는 산허리를 어둡게 뒤덮고 있는 전나무들, 그리고 감히 다가갈 엄두도 내지 못하게 6백 미터가량 높이로 층층이 이어진 산등성이를 따라 보란 듯이 솟아 있는 단단한 상록수들을 배경으로 큼직한 하얀 무덤처럼 쉽게 눈에 띈다.

그 건물이 바로 제지 공장이다.

나는 대규모로 종자 사업을 시작했다(실제로 사업을 확장해 영업 범위를 광범위하게 넓힌 덕분에 우리의 종자들이 마침내 동부와 북부의 주는 물론 멀리 떨어진 미주리주와 노스캐롤라이나주, 사우스캐롤라이나주까지 팔려 나갔다). 그러다 보니 사업장에서 사용하는 종이의 수요가 많이 증가해 급기야 그로 인해 지출되는 비용이 회사 회계의 일반 계정에서 아주 중요한 항목이 되었다. 종자 사업자에게 종이가 어떤 용도로 쓰이는지, 굳이 여러분에게 귀띔해 줄 필요는 없을 것 같다. 봉투를 만드는 데 필요하다는 것쯤은 다들 알고 있을 테니. 봉투는 대부분 누런 종이를 사각으로 접어서 만드는데, 그렇게 만든 작은 봉투에 씨앗을 넣는다. 씨앗을 넣더라도 봉투는 대체로 납작한 모양인데, 그 봉투에 우표를 붙인 다음 안에 들어 있는 씨앗이 어떤 종류인지 겉봉에 적는다. 그러면 발송 준비를 끝낸 사업용 편지의 모양새를 갖춘다. 내가 사용하는 그 작은 봉투의 양이 얼마나 많은지, 한 해에 수십만 장 필요하다고 하면 아마 믿지 못할지도 모르겠다.

그런 봉투를 만드는 데 들어가는 종이를 한동안 근처 마을에 있는 도매상들에서 구매했다. 그러다가 종이 구매 비용을 아껴 보자는 생각에서, 그리고 이참에 멀리 여행을 한번 해 보자는 마음에서, 나는 산악 지대를 가로질러 약 1백 킬로미터나 떨어진 〈악마의 지하 감옥〉에 있다는 제지 공장에 직접 가보기로 했다. 앞으로 사용할 종이를 그곳에서 주문할 생각이었다.

1월 말로 접어들 무렵, 평소와 달리 썰매 타고 먼 길 떠나기에 좋은 날이 찾아오더니 당분간 그런 날이 계속 이어질 전망이었다. 그래서 나는 어느 금요일 정오, 날도 흐리고 추위로 살을 에는 듯했지만, 들소와 늑대 가죽으로 만든 긴 외투로 몸을 잘 감싸고 말 한 마리가 끄는 썰매를 타고 제지 공장을 향해 출발했다. 첫날 밤을 길에서 보낸 뒤 다음 날 정오 무렵 드디어 워돌러산이 시야에 들어왔다.

멀리 보이는 산 정상은 얼어붙은 서리가 서서히 녹아 증발하면서 날리는 흰 연기로 뒤덮여 있었다. 굴뚝에서 연기가 피어오르듯, 하얀 수증기들이 서리가 하얗게 내려앉은 산 정상의 나무우듬지에서 고물고물 하늘로 흩어졌다. 그 수증기들을 빼면 온 세상이 꽁꽁 얼어붙어 단단히 응고된 화석과도 같았다. 썰매가 바삭바삭 얼어붙은 눈길을 달리자, 강철로 된 썰매 날이 깨진 유리 위를 밟고 지나는 것처럼 계속 바지직거리는 소리가 들려왔다. 군데군데 눈길을 둘러싸고 있는 숲의 나무들도 빳빳하게 얼어붙은 모양이었다. 속 깊은 곳까지 강추위가 파고든 것이 틀림없었다. 이따금 강풍이 사정없이 몰아칠 때면 흔들리는 나뭇가지뿐 아니라 꼿꼿하게 우뚝 선 튼튼한 줄기마저 좀처럼 듣기 힘든 신음을 내는 것으로 보아 나무의 속살까지 추위를 피하지 못한 것이 분명했다. 단단하고 큼직한 단풍나무의 가지들이 잔 얼음으로 변한 수북한 눈이 버거웠던지 담뱃대처럼 뚝 부러진 채 얼어붙어 마비된 땅바닥에 여기저기 떨어져 있었다.

온몸에 땀이 얼어붙어 우윳빛 숫양처럼 하얗게 변한 채 숨을 내쉴 때마다 두 콧구멍으로 뿔 모양의 뜨거운 콧김을 연신 내뿜어 대던 여섯 살배기 착한 말 블랙이 무엇에 깜짝 놀란 듯 갑자기 방향을 획 틀었다. 길 바로 건너편에, 늙은 솔송나무 한 그루가 바닥에 쓰러져 있었기 때문이다. 쓰러진 지 얼마 안 된 것 같은 그 솔송나무는 이리저리 뒤틀린 줄기의 형체가 몸통을 물결 모양으로 구불구불 뒤틀고 있는 시커먼 아나콘다를 연상케 했다.

〈미친 처녀의 울부짖는 피리〉라 불리는 좁은 길에 들어서자 느닷없이 뒤에서 세찬 돌풍이 불어와 등받이가 높은 썰매를 산언덕 위로 밀어 올려 주었다. 추위에 벌벌 떨듯 흔들리는 고갯길을 비명에 가까운 섬뜩한 소리와 함께 돌풍이 휩쓸고 지나가는 바람에 사방이 온통 불행한 세상에 묶여 벗어나지 못하는 길 잃은 원혼들로 득실대는 것 같았다. 산 정상에 다다르기 전, 살을 베듯 몰아치는 돌풍에 독이 잔뜩 올랐던지 블랙은 튼튼한 뒷다리로 길을 박차고 달려 가벼운 썰매를 마구잡이로 고갯길 꼭대기까지 끌고 갔다. 그러고는 곧이어 풀밭을 휩쓸고 지나가듯 좁은 협곡을 바람처럼 내달리더니 폐허만 남은 제재소를 지나 미친 듯이, 정말 거칠 것 없다는 듯이 산 아래까지 힘차게 달렸다. 〈악마의 지하 감옥〉 속으로, 그렇게 블랙은 폭포와 함께 빨려 들어갔다.

아래로 내달리는 동안 나는 외투도 벗고 자리에서 일어나 한쪽 발을 쭉 내밀어 썰매 눈받이에 대고 힘껏 버티며 상체를 뒤로 기울인 채 고삐를 잡고 소리를 지르며 몸도 흔들어 댔다. 그렇게 해서야 가까스로 길이 꺾이는 지점에서 블랙을 멈춰 세울 수 있었다. 하마터면 길가에 놓인 바위, 머리를 든 채 웅크리고 있는 사자처럼 무시무시한 주둥이를 쑥 내밀고 있는 큰 바위와 부딪힐 뻔했으니…….

처음에는 제지 공장이 어디 있는지 찾을 수가 없었다.

움푹 팬 골짜기 모양의 분지는 반짝이는 하얀 눈에 덮여 눈이 부실 정도였다. 바람이 불어 눈이 날렸는지 한쪽 귀퉁이가 맨살로 드러난 화강암 바위들이 군데군데 뾰족뾰족 솟아 있을 뿐, 온통 흰색 천지였다. 우뚝 솟아 있는 산들도 마찬가지였다. 하얀 수의를 걸친 시신들이 산길을 오르는 것은 아닌지. 그런데 제지 공장은 대체 어디에 있는 걸까?

바로 그때 무엇인가 소용돌이치며 돌아가는 듯 윙윙거리는 소리가 귓가를 스쳤다. 소리가 나는 쪽으로 고개를 돌리자, 산사태가 중간에 멈춘 것 같은 형체의 건물이 눈에 들어왔다. 흰색으로 회칠한 커다란 공장이었다. 그 공장 주변을 작은 건물들이 옹기종기 둘러싼 모습도 보였다. 작은 건물들 가운데에서 어떤 것들은 길쭉한 모양에 창문이 다닥다닥 붙어 있는 것이, 그리고 어딘가 싸구려 티가 나고 허전한 분위기에 처량한 느낌마저 주는 것이 공장 직공들의 기숙사 같아 보였다.

어쨌든 그곳은 눈 속에 묻힌 눈처럼 하얀 마을, 멀리서 보면 그림 속 풍경처럼 아름다운 마을이었다. 그러나 막상 가까이 다가가 보면 그렇지 않았다. 바위투성이인 데다 고르지 못한 지형에 맞춰 오밀조밀하게 건물들을 세울 수밖에 없었던 것 같고, 그 탓에 건물들을 끼고 있는 광장이나 안마당들도 모양이 제각각이며 되는대로 꾸민 것 같았다. 그리고 지붕에서 떨어진 눈에 군데군데 막혀 있는 건물들 사이 좁은 길이나 샛길들이 사방에서 칼로 찌르듯 하얀 마을을 꼬불꼬불 갈라놓았다.

사람들이 자주 오가는 큰길, 많은 농사꾼이 시장에 내다

팔기 위해 산에서 한 나무를 멋진 썰매로 끌고 종소리를 울리며 지나다니는 그 큰길, 그뿐만 아니라 그들이 틈만 나면 여러 모양의 작고 빠른 썰매를 타고 곳곳에 흩어져 있는 마을의 술집을 찾아 내달리던 그 길, 그러니까 오가는 사람들로 북적대던 큰길을 빠져나와 내가 서서히 굽이굽이 산길을 지나 〈미친 처녀의 울부짖는 피리〉라는 좁은 길로 들어서서 그 너머의 음침한 〈검은 협곡〉을 바라보았을 때, 나는 템플바를 처음 보았을 때의 기억을 떠올렸다. 어딘가 음침하고 어두워 보이던 템플바. 시간이나 풍경 속에 분명한 그 무엇인가가, 그리고 내 마음속에 잠복한 그 무엇인가가 이상하게도 그 기억을 되살려 주었다. 그뿐이 아니었다. 내가 타고 온 블랙이 둘러싸고 있는 암벽을 아슬아슬하게 스치고 지나가며 〈검은 협곡〉를 따라 쏜살같이 내달릴 때는 런던에서 빠르게 달리던 승합 마차에 몸을 싣고 있을 때가 떠올랐다. 그때 승합 마차는 블랙과 같은 속도는 아니지만 거의 비슷한 방식으로 고색창연한 〈렌의 아치〉를 질주하듯 통과하지 않았던가. 블랙과 승합 마차가 결코 완벽하게 대응하지는 않지만 부분적으로 서로 다른 것이 오히려, 온갖 것이 뒤죽박죽 뒤섞인 꿈이 더욱 기억 속에 생생하듯, 둘이 갖고 있는 비슷한 느낌을 더욱 선명하게 드러내 주었다. 그래서 길가에 사자 주둥이처럼 툭 튀어나온 바위 앞에서 얼른 고삐를 잡아당겨 블랙을 멈추게 한 뒤 마침내 묘하게 옹기종기 모여 있는 공장과 작은 건물들을 찾아냈을 때, 그런 다음 사람들이 오가는 대로와 〈검은 협곡〉을 뒤로하고 혼자 남아 눈 속에 깊이 드러난 통로를 따라 말없이 은밀하게 이 외딴곳에 들어서서 주변에 오밀조밀 모여 있는 부속 건물과 기숙사들 한가운데 무거운 상자를 들어 올리는 허름한 탑 하나를 한쪽 끝에 거느린 채 서 있는 박공지붕의 높고 긴 공장 건물을 보았을 때, 사무실과 기숙사들이 주위를 둘러싸고 있는 템플 교회가 떠오른 것은 어쩌면 당연한 일이었는지도 모른다. 순간, 세상을 등지고 신비스러운 산속 깊숙한 곳에 멋지게 자리 잡은 경이로운 마을 풍경이 무슨 마법이라도 부린 듯 온 정신을 사로잡아 기억이 떠올리지 못하는 부분을 상상력이 하나하나 다 채워 주자, 나는 이렇게 중얼거릴 수밖에 없었다. 「아, 여기가 바로 〈총각들의 천국〉과 짝을 이루는 곳이라 할 수 있겠군. 눈이 내려앉은, 서리로 덧칠한 무덤과 같다는 점 빼고는 다 똑같아.」

썰매에서 내린 나는 위험해 보이는 비탈길을 따라 조심조심 발걸음을 옮겼다. 이따금 나와 블랙은 얼음판처럼 미끄러운 평평한 곳에서 미끄럼을 타며 앞으로 쑥 나아가기도 했다. 뒤에서 밀어 주던 돌풍 덕분인지 모르겠지만, 어쨌든 힘들게 발걸음을 옮겨 드디어 공장 건물 한쪽 벽면 앞에 있는 큰 광장으로 들어섰다. 그곳에서 제일 큰 광장이었다. 광장 모퉁이 근처에서는 날카롭게 살을 파고들 것 같은 세찬 바람이 몰아치고, 또 다른 한쪽으로는 소름 끼칠 정도로 섬뜩한, 붉은색의 〈피의 강〉이 부글부글 뒤끓듯 흐르고 있었다. 광장 안에는 길게 베어 낸 나무들을 한 무더기씩 서로 어긋나게 차곡차곡 쌓아 올린 목재 더미가 있었다. 얼음 조각들이 온통 등딱지처럼 다닥다닥 달라붙어 반짝반짝 빛이 나는 것처럼 보였다.

공장 벽을 따라 길게 늘어선 말뚝들이 눈에 들어왔다. 말고삐를 묶어 두는 말뚝인데, 북쪽을 향하는 면은 회칠한 것처럼 하얀 눈이 단단히 달라붙어 있었다. 서리가 차갑게 얼어붙은 으스스한 광장은 마치 금속으로 포장한 것처럼, 걸음을 옮길 때마다 빠득빠득하는 소리가 울려 퍼졌다.

서로 정반대이면서 유사한 점이 있다는 생각이 다시 떠올랐다. 야릇한 생각이 들었다. 〈템스강이 그 푸른 화단 곁을 따라 흐르는 아름답고 고요한 템플 동산…….〉

그런데 그 유쾌한 총각들은 어디에?

나는 블랙과 함께 몰아치는 바람 속에서 몸을 떨며 서 있었다. 그때 근처 기숙사의 문이 하나 열리더니 한 처녀가 얇은 앞치마를 맨머리에 뒤집어쓴 채 달려 나와 맞은편 건물로 향하는 모습이 보였다.

「잠깐만요, 아가씨. 여기 근처에 말과 썰매를 끌고 들어갈 만한 헛간 같은 곳이 없을까요?」

처녀가 걸음을 멈추더니 고개를 돌려 고된 노동으로 핏기는 사라지고 추위로 새파랗게 얼어붙은 얼굴로 나를 바라보았다. 낯선 사람이 어떤 고통스러운 처지인지, 그게 자기와 무슨 상관이냐는 듯 무심한 눈길에 나는 말을 더듬거릴 수밖에 없었다.

「아, 아닙니다. 제가 사람을 착각했군요. 괜찮습니다, 어서 볼일 보세요.」

나는 방금 아가씨가 나온 기숙사 문 가까이 말을 끌고 가서 문을 두드렸다. 그러자 또 다른 처녀가 세차게 부는 찬바람을 피하려는 듯 얄미울 정도로 문을 빠끔 열고 밖을 내다보았다. 문가에 벌벌 떨며 서 있는 그 처녀의 얼굴도 핏기 없이 새파랗게 얼어붙어 있었다.

「이런, 또 사람을 잘못 찾았군요. 얼른 문 닫으세요. 아니, 잠깐만요, 남자분은 안 계신가요?」

바로 그때 추위를 막기 위해 옷을 단단히 챙겨 입은 시커먼 얼굴의 한 남자가 공장 문을 향해 걸어가는 모습이 보였다. 그 모습을 보자마자 처녀는 잽싸게 기숙사 문을 닫아 버렸다.

「실례합니다만, 여기 마구간이 없습니까?」

「저기, 저 나무 곳간으로 가보시오.」 사내는 이렇게 대답하고 이내 공장 안으로 자취를 감췄다.

곳간에는 온통 톱으로 자르고 도끼로 쪼개 놓은 나무들이 여기저기 쌓여 있었다. 나는 그 나뭇더미를 피해 끙끙대며 가까스로 말과 썰매를 끌고 들어가서 말 등에 담요를 덮어 준 뒤 그 위에 들소 가죽 외투를 얹었다. 그리고 외투와 담요가 바람에 날려 맨살이 드러나지 않도록 맨 위에 덮은 가죽 외투의 테두리를 말의 몸에 두른 가슴 끈과 궁둥이 띠 안쪽으로 꾹꾹 쑤셔 넣었다. 이어서 말고삐를 말뚝에 단단히 묶은 뒤, 땅바닥이 서리가 단단히 얼어붙어 미끄러운 데다 입고 있는 마부용 모직 외투가 걸리적거려 이리저리 비틀거리기는 했지만, 곧장 공장 문을 향해 뛰었다.

나는 바로 공장 안으로 들어섰다. 긴 창문들이 하얀 눈으로 빛나는 바깥 풍경을 안으로 집중시켜 눈을 뜨지 못할 정도로 환한 빛이 쏟아지는 꽤 넓은 곳이었다.

줄지어 늘어선 휑뎅그렁한 긴 탁자들과, 그 탁자들 앞에 퀭하니 멍한 표정으로 앉아 무감각한 손에 흰색의 밋밋한 종이접기용 기구를 들고 얼빠진 모습으로 무심히 백지를 접고 있는 처녀들의 모습이 보였다.

공장 한쪽 구석에는 육중하고 거대한 쇠 구조물이 세워져 있었다. 그 구조물에는 수직으로 이동하는 피스톤처럼 생긴 기계가 달려 있었는데, 그 기계가 일정한 시간을 두고 밑에 놓인 두꺼운 목조 받침대 위로 올라갔다가 다시 받침대로 떨어지곤 했다. 그 앞에 키가 큰 처녀 한 명이 서 있었다. 흡사 짐승을 길들이는 조련사가 몸집이 육중한 짐승에게 먹이를 주듯, 그녀는 쇠 구조물에 장밋빛이 감도는 12매 묶음 편지지 모양의 종이를 일정한 시간을 두고 계속 밀어 넣었다. 피스톤처럼 생긴 수직 이동 기계가 아래로 움직이며 그 종이 묶음을 가볍게 내리누를 때마다 종이 한쪽 모서리에 장미 화환 모양의 문양이 박혀 나왔다. 장밋빛의 불그스름한 종이를 바라보던 나는 눈길을 돌려 그 앞에 선 처녀의 핏기 없이 파르스름한 뺨을 바라보았다. 아무 말도 하지 않은 채 바라보기만 했다.

하프처럼 가늘고 긴 줄들이 팽팽하게 매여 있는 긴 기계 장치도 보였다. 그 앞에도 처녀 한 명이 앉아 짐승에게 먹이를 주듯 종이를 올려놓고 있었다. 그녀가 올려놓는 풀스 캡

용지[21]들은 신기하게도 줄을 타고 기계 반대편에 앉아 있는 또 다른, 두 번째 처녀 쪽으로 움직였다. 그런데 첫 번째 처녀가 처음에 종이를 올려놓을 때는 분명 빈 종이였는데, 두 번째 처녀에게 도달할 때는 종이에 가로선들이 찍혀 있는 것이 신기했다.

나는 긴 기계 장치 앞에 앉아 있는 첫 번째 처녀의 이마를 바라보았다. 주름 하나 없이 매끈한 것이 영락없는 젊은 여자의 이마였다. 그다음에 두 번째 처녀의 이마를 바라보았다. 여러 겹으로 줄이 그어진 주름투성이 이마였다. 내가 그렇게 두 처녀를 바라보는 동안 단조로운 작업에 작은 변화라도 주려는 듯 그들은 서로 자리를 바꿔 앉았다. 매끈하니 젊고 예쁜 이마를 지닌 처녀가 있던 자리를 이제는 주름투성이 이마의 처녀가 차지했다.

폭이 좁은 연단 같은 단 위에 등받이가 없는 높은 의자가 놓였는데, 그 의자 위에 또 다른 처녀가 앉아 짐승처럼 생긴 쇳덩이 기계를 살피고, 그 단 아래에는 동료인 또 다른 처녀가 앉아 있었다. 두 사람은 주거니 받거니 하며 서로의 작업을 보완하고 도와주었다.

어디서도 한마디 말조차 새어 나오지 않았다. 철제 동물 같은 기계들이 움직이며 계속 나지막하게 뱉어 내는 윙윙거

---

21 A4 용지가 국제 표준 용지로 채택되기 전 유럽 일부 국가 및 영연방 국가에서 사용한 전통적인 크기의 용지. 인쇄용지는 가로 21.6센티미터, 세로 34.3센티미터 크기이고, 일반 필기 용지는 가로 20.3센티미터, 세로 33센티미터 크기다. 〈폴스 캡〉이란 이름은 용지에 어릿광대의 모자 fool's cap가 비침무늬로 들어가 있어 붙인 것이다.

리는 소리가 공장 안 분위기를 압도할 뿐, 다른 소리는 전혀 들리지 않았다. 인간의 목소리는 아주 멀리 추방된 것 같았다. 이곳에서는 인간들이 자신의 노예라고 호언장담하던 기계들이 보란 듯이 서 있고, 인간들이 비굴하게도 그 기계들을 섬기고 있었다. 노예들이 술탄을 섬기듯, 끽소리 못 하고 굽실거리며 기계들을 섬기는 인간들. 기계의 부속품인 회전 기어? 아니, 이곳 처녀들은 그보다도 못한, 심지어 회전 기어의 이에 지나지 않는 존재였다.

나를 둘러싸고 있는 이 모든 광경이, 내가 목에 두른 묵직한 모피 목도리를 끄르기 전에 주위를 쓱 둘러보는 순간 한눈에 들어왔다. 그런데 목도리를 끄르자마자 근처에 있던 시커먼 얼굴의 사내가 비명에 가까운 소리를 냅다 내지르더니 내 팔을 움켜잡고 밖으로 끌고 나갔다. 그러고는 숨 쉴 틈도 없이 무턱대고 바닥에 얼어붙은 눈을 양손에 한 움큼 집어 내 뺨에 비비댔다. 그렇게 얼마 지나고 나자, 사내가 비로소 말문을 열었다.

「눈의 흰자위 같은 흰 반점이 양쪽 뺨에 생겼어요. 뺨이 얼어서 그래요.」

「그럴 만도 할 겁니다.」 나는 투덜투덜 말했다. 「〈악마의 지하 감옥〉에서 서리가 더 깊이 파고들지 않는 게 기적일 겁니다. 문질러서 없애 주시면 감사하죠.」

곧 얼어붙은 뺨이 되살아나는가 싶더니, 바로 살이 마구 뜯기고 째지는 것처럼 극심한 통증이 찾아왔다. 굶주린 블러드하운드 사냥개 두 마리가 양쪽에서 내 뺨을 우물우물 물어

뜯는 것 같았다. 내 신세가 악타이온[22] 꼴이 된 것은 아닌지 걱정되었다.

잠시 후 통증이 가라앉았다. 나는 다시 공장 안으로 들어가 내가 찾아온 이유를 밝히고, 이어서 일을 만족스럽게 잘 마무리했다. 그런 다음 공장 곳곳을 둘러볼 수 있게 안내해 줄 수 있냐고 물었다.

「그 일이라면 큐피드라는 소년이 잘합니다.」 시커먼 얼굴의 사내가 이렇게 말하면서 큰 소리로 외쳤다. 「큐피드!」 묘하게 환상적인 이름이 울려 퍼지자, 황금빛으로 빛나는 물고기가 칙칙한 잿빛 물살을 가르며 빠르게 다가오듯, 무기력한 표정의 처녀들 틈에서 한 소년이 잽싸게 나타났다. 보조개가 쏙 들어간 불그레한 뺨과 조숙해 보이는 얼굴에 혈기 넘치는 표정의, 조금 건방진 티가 나는 소년이었다. 시커먼 얼굴의 사내는 딱히 맡은 일이 없는 것 같은 그 소년에게, 손님을 모시고 다니며 공장 곳곳을 안내해 드리라고 지시했다.

기운이 펄펄 넘쳐 보이는 소년은, 그 또래들이 그렇듯 기고만장한 태도로 씩씩하게 말했다. 「먼저 물레방아부터 보실까요?」

소년과 내가 종이 접는 방을 나선 뒤 차갑고 눅눅한 판자 바닥을 지나 들어선 곳은, 푸르죽죽한 따개비들이 더덕더덕 붙어 있는 동인도 무역선의 뱃머리에 강풍으로 물보라가 쏟

---

[22] 그리스 신화에 나오는 사냥꾼. 달과 사냥의 여신 아르테미스가 알몸으로 목욕하는 모습을 우연히 보다가 아르테미스의 저주에 따라 사슴으로 변하자, 그가 데리고 다니던 사냥개들이 먹잇감인 줄 알고 달려들어 결국 갈기갈기 찢겨 죽는다.

아지듯, 물거품이 계속 쏟아져 내려 물기가 흥건한 구역이었다. 그곳에서는 검은색 거대한 물레방아가, 단호한 각오로 자기에게 주어진 한 가지 임무만 영원히 수행하겠다는 듯 육중한 바퀴를 힘차게 돌리고 있었다.

「이 물레방아가 공장 곳곳에 있는 모든 기계를 돌아가게 만들어 줍니다. 여자들이 일하며 다루는 기계 모두요.」

물레방아를 구경하던 나는, 그 공장에서 〈피의 강〉의 진하고 탁한 물을 그대로 끌어다 쓰는 것을 보았다.

「이 공장에서 백지만 만들어 내는 거 맞나? 무슨 인쇄 같은 것은 전혀 하지 않지? 전부 백지 맞지?」

「당연하죠. 제지 공장에서 백지 아니면 뭘 만들겠습니까?」

이 말과 함께 소년은 그런 뻔한 것도 모르냐는 듯 의심스러운 눈초리로 나를 쳐다보았다.

「아, 그렇지!」 당황한 나는 말을 더듬고 말았다. 「아니, 나는 저 뻘건 물에서 어떻게 여기 여자들 뺨처럼 허연 백지가 나오는지 이상해서 말이야.」

소년은 나를 데리고 물기 축축하고 낡아 빠진 계단을 타고 올라가 빛이 환한 큰 방으로 안내했다. 양쪽으로 늘어선 여물통 비슷한 허름한 용기들만 눈에 띌 뿐 다른 장비나 장치는 없었다. 그렇게 줄지어 놓인 용기들 앞에, 선반 고리에 고삐 묶인 암말들처럼, 한 용기에 한 사람씩 처녀들이 수직으로 세워진 낫을 마주 보고 서 있었다. 용기 끝 테두리 바닥에 움직이지 않도록 고정된 채 반짝반짝 빛나는 긴 낫은 자루가 없고 날이 부드럽게 휜 모양이 검과 흡사했다. 처녀들이 옆에 놓인 바구니에서 하얗게 세탁된 긴 넝마 자락을 꺼내 예리한 낫날에 대고 훑으며 이음매들을 갈가리 찢어 떼어 내자 꺼칠한 넝마 자락들이 보드라운 천으로 바뀌었다. 주위에 가득 떠다니는 유독한 미세 가루들이, 햇살 속에 피어오르는 먼지들처럼 사방에서 아무도 모르는 사이 사람들의 폐 속으로 빨려 들어가고 있을 것이 분명했다.

「여기는 넝마 가공실입니다.」 소년이 기침 소리를 내며 말했다.

「숨이 막힐 정도로 답답하군.」 나도 기침이 나왔다. 「근데 여기 아가씨들은 기침을 하지 않네.」

「적응돼서 그래요.」

「그런데 이 많은 넝마는 어디서 구하나?」 나는 근처에 있던 바구니에서 넝마 자락을 한 움큼 집어 들며 물었다.

「전국 곳곳에서 수집해 들여옵니다. 물론 바다를 건너온 것들도 있지요. 레그혼[23]이나 런던 같은 곳에서요.」

소년의 말을 듣고 나는 혼잣말을 하듯 중얼거렸다. 「그렇다면 이 넝마 더미들 속에 〈총각들의 천국〉 기숙사에서 긁어모은 낡아 해진 셔츠들도 있을지 모르겠군. 단추들은 죄다 떨어져 나간 모양인데, 이봐, 자네, 여기 어디서 총각 단추[24]를 본 적 없나?」

---

23 이탈리아 중부 토스카나 서쪽 해안에 있는 항구 도시 리보르노. 레그혼이란 닭 품종의 원산지가 리보르노이기 때문에 영국에서는 전통적으로 리보르노를 〈레그혼〉이라 불렀다고 한다.
24 여기서 총각들이 입는 셔츠에 달린 단추로 언급된 〈총각 단추〉는 흔히 그 〈총각 단추〉라는 이름으로도 불리는 수레국화를 의미하기도 한다.

「이 근방에서는 그런 꽃이 자라지 않습니다. 〈악마의 지하 감옥〉이 꽃이 자랄 수 있는 곳은 아니죠.」

「아하! 자네, 총각 단추라고 불리는 수레국화를 말하는 건가?」

「그거 아니었나요? 아니면 우리 사장님이 가슴팍에 달고 다니는 금장 단추를 말씀하신 건가요? 여기 여자들이 자기네들끼리 속닥거리며 우리 사장님을 말할 때 늙은 총각이라고 하거든요.」

「내가 아까 저 아래에서 만난 사람이 총각이란 말인가?」

「그럼요, 총각이에요.」

「그런데 내가 제대로 본 것인지 모르겠네만, 저 칼날들이 앞에 있는 여자들 쪽으로 향하는 것 같은데……. 넝마 조각과 손가락이 쉴 새 없이 오가는 바람에 제대로 분간할 수는 없지만.」

「맞아요, 밖으로, 그러니까 여자들 쪽으로 향하고 있죠.」

나는 속으로 중얼거렸다. 〈그래, 보니까 그렇군. 똑바로 세워진 칼날이 바깥쪽으로, 여자들을 향하고 있어. 그래 맞아, 여기 이 여자들의 심정이 옛날 정치범들이 사형 선고를 받고 법정을 나와 형장으로 들어설 때 마음과 비슷할 거야. 사형 집행관이 죄수를 향해 칼날을 들고 서서 운명의 칼날을 받아라, 하고 기다리는 그 형장으로 들어서는 기분일 거라고. 그래, 이 처녀들은 아무것도 없는 텅 빈 허망한 삶, 누더기처럼 너덜너덜한 삶, 서서히 자신들을 파괴하는 그 두려운 삶을 살다가 백지장처럼 하얀 얼굴로 죽음을 향하고 있는 거야.〉

총각들의 천국, 처녀들의 지옥

「저 낫들, 날이 정말 날카로워 보이는데?」 나는 고개를 돌려 다시 소년을 바라보며 입을 뗐다.

「날을 날카롭게 해둬야 하거든요. 저기 좀 보세요!」

바로 그때, 때맞춰 두 처녀가 손에 들고 있던 넝마 자락을 용기 속에 떨어뜨리더니 각자 숫돌을 하나씩 집어 들고 칼날 위아래로 쓱쓱 문지르는 모습이 보였다. 오르내리는 숫돌에 제 몸이 갈가리 찢겨 나가 못 견디겠는지 강철 날이 비명을 내지르듯 계속 날카롭고 예리한 쇳소리를 냈다. 들어 본 적이 없는 소리에 놀라, 피가 엉겨 붙는 것 같았다.

나는 곰곰이 생각했다. 자기 몸을 베어 낼 칼을, 바로 그 칼의 날을 스스로 갈다니. 저들이, 스스로 자기 자신을 처형하는 사형 집행관 셈 아닌가.

「그런데 저 아가씨들은 왜 죄다 얼굴이 백지장처럼 하얀 거지?」

「그야 허구한 날 내내 하얀 종잇조각들을 다루다 보니 그 종잇장처럼 허옇게 된 거겠죠.」 장난기 어린 눈을 깜빡거리며 내뱉은 소년의 말이었다. 아무 뜻 없이, 농담한답시고 툭 던진 그 말이 얼마나 무정한지 모르는 것 같았다.

「이제 그만 방에서 나가세.」

공장 곳곳에서 사람이나 기계가 보여 주는 광경은 죄다 이해 불가능한, 신비스러울 정도로 낯선 광경이었다. 그러나 그 어떤 광경보다 더 비극적이고 정말 이해할 수 없을 정도로 불가사의했던 것은, 소년이 그런 농담 아닌 농담이 입에 배었는지 아무렇게나 툭툭 내뱉는 자기 말이 얼마나 잔인한

지 전혀 깨닫지 못한다는 사실이었다.

소년이 신난 목소리로 다시 말을 꺼냈다. 「자, 이제 공장의 위대한 기계를 보실 차롑니다. 지난가을에 1만 2천 달러나 주고 샀으니 새것이나 다름없습니다. 물론 종이를 만드는 기계죠. 자, 이쪽으로 오시죠.」

나는 소년을 따라 널찍한 한 구역을 가로질렀다. 바닥이 질퍽질퍽한 그곳에는 큼지막한 둥근 통 두 개가 놓여 있었는데, 통에는 물에 젖은 양모처럼 보이는 끈적끈적한 허연 액체가 가득했다. 꼭 반숙한 달걀의 흰자 같았다.

안내하는 소년 큐피드가 아무렇지 않게 통을 톡톡 두드리면서 말했다. 「여기, 이거 보이시죠? 이 허연 펄프들이 바로 종이의 시작입니다. 자, 보세요. 주걱처럼 생긴 이 패들이라는 기구가 움직이면서 펄프가 거품을 내며 빙빙 돌고 있잖아요. 두 개의 통에서 쏟아져 나온 펄프가 저기, 저기 있는 도관 하나로 흘러갑니다. 두 통에서 나온 펄프가 저 도관에서 한데 섞여 관을 타고 천천히 큰 기계로 흘러들어 가는 거죠. 그럼 그 기계가 있는 곳으로 가볼까요?」

큐피드가 나를 데리고 들어선 방은 뜨끈한 피가 흐르듯 복부에 이상야릇한 열기가 감돌아 숨이 막힐 것처럼 답답했다. 혹시 좀 전 넝마 가공실에서 보았던 미세 가루들, 그곳에서 처음 생겨난 그 미세 가루들이 마침내 이곳에서 완전히 유독한 가루로 만들어지는 것 아닌가 하는 생각이 문득 들었다.

동양의 긴 두루마리 종이를 늘여 놓은 것처럼 길게 이어진 모양으로 뻗어 있는 틀 짜기 구조물 같아 보이는 철제 기계가 내 앞에 놓여 있었다. 롤러, 휠, 실린더 등 갖가지 부속 장치가 달려 신비롭기까지 한 그 기계는 일정한 속도로 천천히, 그러나 멈추지 않고 계속 움직였다.

「이곳에서 펄프가 나오기 시작합니다.」 큐피드가 가장 가까이 있는 기계의 끄트머리를 가리키며 말을 이었다. 「에, 그러니까 일단 펄프가 쏟아져 나와 이 넓은 판, 경사진 이 널찍한 판 위에 펼쳐집니다. 그런 다음, 여기 한번 보세요, 펄프가 얇게 펼쳐진 상태로 흔들리면서 저기 있는 첫 번째 롤러 밑으로 흘러내리죠. 눈으로 계속 따라가면 롤러 아래에서 미끄러지듯 빠져나온 펄프가 다음 실린더로 흘러가는 것이 보일 겁니다. 그쯤 되면 펄프가 훨씬 덜 걸쭉하죠. 그다음 단계를 지나면 펄프의 점도가 높아지면서 조금 더 단단해져요. 그리고 또 다른 실린더를 지나면 더 단단하게 결합합니다. 물론 아직 잠자리 날개처럼 얇아 금방이라도 바스러질 것 같지만, 그다음 서로 떨어져 있는 두 롤러 사이에서 얇게 늘어진 다리 모양으로 펼쳐지죠. 거미줄을 친 것처럼 말입니다. 그러다가 마지막 롤러 위를 지나 다시 그 밑으로 들어가고, 그다음엔 잘 보이지 않겠지만 여러 개가 섞인 실린더들 사이에서, 아무튼 보이진 않지만 곧이어 그곳에서 두 겹으로 겹쳐지죠. 그렇게 겹쳐진 것이 다시 나타나는데, 그러면 드디어 조금이나마 펄프가 아닌 종이 같은 모양새가 됩니다. 그래도 아직 미완성이라서 약해요. 괜찮으시다면 조금 더 가볼까요? 바로 여깁니다. 바로 여기까지 오면 마침내 진짜 종이 같은 모양을 띱니다. 선생님이 평소에 다루는 종이와 같은 것이 아닌가 싶을 정도가 되죠. 하지만 아직 끝난 것이 아니에요. 한참 더 가야 합니다. 훨씬 많은 실린더가 밀어 줘야 하거든요.」

「믿을 수가 없군!」 나는 놀란 얼굴로 길게 이어진 기계가 정교할 정도로 일정하게 느린 속도로 쉼 없이 계속 꿈틀거리며 움직이는 광경을 지켜보며 말을 이었다. 「그런데 말이야, 펄프가 한쪽 끝에서 시작해 반대편 끝에서 종이로 나오는 데 시간이 너무 오래 걸리는 것 같은데, 그렇지 않나?」

「아니요, 그렇게 오래 걸리지 않습니다.」 조숙한 얼굴의 소년은 그런 것은 자기가 잘 안다는 듯 빙글거리며 으스대는 어투로 말을 이었다. 「9분 정도밖에 안 걸려요. 그러지 마시고 직접 한번 해보실래요? 종이쪽지 하나 있어요? 아! 여기 바닥에 떨어진 게 있네요. 이 종이에다 아무 글자나 적어 주세요. 그러면 제가 여기다 살짝 붙여 놓을게요. 이 종이가 마지막 끝에 도달할 때까지 얼마나 걸리는지 보자고요.」

「그래, 한번 보자고.」 나는 연필을 꺼내며 말했다. 「이리 줘봐. 내가 자네 이름을 적어 놓을 테니 한번 보자고.」

나에게 시계를 꺼내 지켜보라고 한 뒤, 큐피드는 기계로 들어가서 처음 모습을 드러낸 펄프 위에 자기 이름이 적힌 종잇조각을 살짝 떨어뜨렸다.

그 순간 나는 내 시계 문자판의 초침을 바라보았다.

나는 조금씩 조금씩 움직이는 종잇조각을 따라 눈길을 옮겼다. 이따금 그 종잇조각이 아래쪽에 있는, 잘 보이지 않는 실린더들 아래로 사라지면 족히 30초 동안은 눈을 쉴 수 있

총각들의 천국, 처녀들의 지옥 **133**

었다. 그러다가 다시 서서히 모습을 드러내면 눈에 힘을 주고 지켜보았다. 그런 식으로 계속 종잇조각이 조금씩 앞으로 움직이는 것이 보였다. 이름을 적은 그 종잇조각이 얇게 펴져 바르르 흔들거리는 펄프 면에 주근깨처럼 묻어 나와 제 모습을 드러내는가 싶더니 어느새 모습을 감춰 버리고, 또 드러냈다가 사라지는 식으로 그 종잇조각은 계속 조금씩 전진했다. 그러는 동안 펄프 면은 점점 점도가 높아지면서 굳어졌다. 그러다가 돌연 진짜 폭포수가 떨어지듯 종이가 아래로 쑥 밀려 내려오는 광경이 두 눈에 들어왔다. 바로 이어서 가위로 줄을 싹둑 잘라 내는 것과 같은 소리가 들리더니 내가 쓴 〈큐피드〉라는 글자가 희미하게 묻어난 종이 한 장이, 정확히 풀스 캡 크기의 종이 한 장이 아래로 툭 떨어지는 것이 아닌가. 아직 조금 눅눅하고 따뜻한 온기가 채 사라지지 않은, 이제 막 완성된 종이였다.

종이가 떨어진 곳이 바로 기계의 마지막 부분이었다. 내 눈의 여정도 그곳에서 끝났다.

「다 됐습니다. 시간이 얼마나 걸렸죠?」 큐피드가 물었다.

「8분 59초.」 손에 든 시계를 보고 내가 대답했다.

「그것 보세요, 제 말이 맞죠?」

잠시 나는 무엇에 홀린 듯 이상한 감정에 휩싸였다. 어떤 신비로운 예언이 실현되는 광경을 직접 목격하면 사람들이 바로 이와 비슷한 감정을 느끼지 않을까 싶었다. 그러나 이내 내가 무슨 엉뚱한 생각을 하고 있는지 참 우습다는 생각이 들었다. 저건 기계에 불과하다고. 한 치의 오차도 없는 정확성과 정밀성, 그게 기계의 본질이라고.

기계에 달린 휠과 실린더에 얼빠진 사람처럼 넋이 나가 있던 나는 정신을 차렸다. 그때 기계 옆에 슬픈 표정을 짓고 서 있는 한 여자가 눈에 들어왔다.

「저기, 말없이 기계 끝을 살펴보는 저 여자는 나이가 좀 들어 보이는데. 일이 완전히 손에 익은 것 같지도 않고.」

「아, 저 여자요?」 기계 돌아가는 소리가 나지막이 울리는 가운데서도 큐피드는 혹여 여자가 들을까 목소리를 낮췄다. 「지난주에 온 사람이에요. 간호사였대요. 근데 이런 지역에는 간호사가 많이 필요하지 않아서 그만뒀다네요. 저기, 저 종이들 좀 보세요. 저 여자가 차곡차곡 쌓고 있는 종이요.」

여자는 연이어 들어오는 채 마르지 않은 따뜻한 종이를 묵묵히 쌓아 올리고 있었다. 「아아, 풀스 캡 용지로군. 그런데 이 기계로는 저 종이 말고 다른 종류는 만들지 못하나?」

「만들죠. 자주는 아니지만 가끔 더 좋은 종이들, 보통 크림색 레이드 종이, 그리고 로열 종이[25]라고 부르는 종이들도 만듭니다. 하지만 풀스 캡의 수요가 제일 많아 주로 그 종이를 만들고 있어요.」

참으로 기이한 일이었다. 끊임없이 떨어지고, 또 떨어지고, 또 떨어지는 텅 빈 종이를 바라보고 있자니 문득 그 수천 장의 종이가 과연 어떤 용도로 사용될지, 어떤 진기한 용도로 쓰일지, 온갖 궁금증이 피어올랐다. 지금이야 아무것도

---

25 레이드laid 종이는 굴곡의 질감이 있는 종이를 말하며, 로열royal 종이는 크기가 대략 가로 48센티미터, 세로 61센티미터인 종이를 지칭한다.

쓰여 있지 않은 텅 빈 종이지만 결국 그 위에 온갖 종류의, 저마다의 사연을 담은 갖가지 글이 적힐 것 아닌가 — 설교 내용, 변호사의 소송 적요서, 의사의 처방전, 연애편지, 혼인 증명서, 이혼 청구서, 출생 신고서, 사망 증명서 등 셀 수 없을 정도로 많은 글……. 이런 생각을 하면서 다시 텅 빈 종이들을 바라보자, 존 로크의 그 유명한 비유가 떠오르지 않을 수 없었다. 인간에게는 생득적 관념이라는 것이 없다는 자신의 이론을 증명하기 위해 태어날 때 인간의 마음을 백지에 비유했던 로크. 태어난 이후 운명적으로 그 백지장 같은 마음에 어떤 글이 새겨지겠지만, 그 글이 어떤 성격을 지니는지는 누구도 알 수 없는 것 아닌가.

윙윙거리며 계속 움직이는 복잡한 그 기계를 따라 천천히 주위를 오가던 나는 기계의 모든 움직임 속에 피할 수 없는 운명과도 같은 힘, 단계를 거치면서 더 발전된 형태를 만들어 내는 그 힘에 압도되고 말았다.

「저기 저 얇고 성긴, 가는 거미줄처럼 생긴 것 말이야.」 나는 완전하지 못한 거의 초기 단계의 종이를 손으로 가리키며 입을 뗐다. 「저거 찢어지거나 끊어지지 않나? 금방이라도 바스러질 것 같이 얇은데, 저것이 지나가는 이 기계는 대단히 강하고 단단해 보여서 말일세.」

「털끝 하나 찢어지거나 끊어지는 경우가 없는 걸로 알고 있어요.」

「중간에 멈추는 경우, 그러니까 어디가 막히거나 해서 멈춰 서는 일은 없나?」

「전혀요. 계속 움직일 수밖에 없어요. 기계가 그렇게 움직이도록 만드니까요. 저런 식으로, 선생님이 보고 계신 바로 저 속도로 계속 움직입니다. 그러니 펄프는 별수 없이 계속 흘러가는 거죠.」

철로 주조한 짐승, 어떤 상대가 와도 기세가 꺾이지 않을 것 같은 그 짐승 같은 기계를 물끄러미 바라보고 있던 나는, 그 위엄에 눌려 어떤 막연한 외경심에 사로잡히고 말았다. 늘 그렇지만, 그런 거대하고 육중하면서도 정교하게 움직이는 기계를 바라보면, 살아서 숨을 헐떡이는 베헤못[26] 같은 괴물을 보고 있는 것처럼 역겨운 기분이 들면서 어느 정도 두려운 생각이 들기 마련이었다. 그러나 내가 본 그 기계가 각별히 더 두렵게 느껴졌던 것은 그 기계를 지배하고 있는 비인격적인 필연성, 금속류 장치들이 지닌 피할 수 없는 운명 때문이었다. 물론 때때로 얇게 비치는 면사포와도 같은 펄프의 포가 앞으로 움직이다가 더 신비로운 단계, 아니 제 모습을 전혀 보이지 않고 감춰 버리는 구간으로 들어서면 눈으로 그 움직임을 따라갈 수 없었다. 곳곳에서 그랬다. 하지만 내 눈을 피해 숨어 버리는 그런 지점에서도 펄프의 포가 폭군과도 같은 그 기계의 교활한 정교함에 한 치의 오차도 없이 순응하면서 계속 앞으로 움직이리라는 것은 전혀 의심의 여지가 없었다. 나는 무엇에 홀린 듯 꼼짝도 할 수 없었다. 마법에

---

[26] 구약성서 『욥기』 40장에 언급된 거대한 괴수의 이름. 태초에 하느님이 창조한 괴물로, 힘이 너무 막강해 오로지 하느님만 굴복시킬 수 있는 것으로 전해진다.

총각들의 천국, 처녀들의 지옥

걸린 듯, 혼이 나간 사람처럼 멍하니 서 있을 뿐이었다. 그날, 견디기 힘들 정도로 울적했던 그날 제일 먼저 눈에 들어왔던 얼굴들, 금방이라도 쓰러질 것 같은 연약한 처녀들의 파랗게 질린 얼굴들, 핏기 하나 없는 창백한 그 얼굴들이 초기 단계의 그 흐릿하고 허연 펄프에 달라붙어 빙글빙글 돌아가는 실린더들을 따라 천천히 흘러가는 것 같았다. 천천히, 슬픔에 잠겨 쓸쓸히, 무언가를 간청하듯, 그러나 아무 저항도 없이 순순히, 그렇게 그 얼굴들이 언뜻언뜻 희미하게 제 모습을 드러내며, 베로니카 성녀의 손수건에 나타난 고통과 고뇌로 시달린 얼굴처럼[27] 아직 완성되지 않은 종이에 희미하게 자신들의 고통을 새겨 넣으며, 그렇게 그 얼굴들이 지나가고 있었다.

그때 내 얼굴을 빤히 쳐다보던 큐피드가 큰 소리로 외쳤다. 「선생님! 이 방이 너무 후텁지근한가 보죠?」

「아닐세, 되레 좀 으스스하니 싸늘하군.」

「이제 나가시죠. 어서요, 어서.」 아버지가 자식을 돌보듯, 큐피드는 서둘러 나를 데리고 밖으로 나섰다.

잠시 후 정신이 조금 들자, 나는 공장에서 맨 처음 들어섰던 종이 접는 방으로 향했다. 사업 계약을 맺은 책상과 그 주위를 둘러싼 휑한 긴 탁자들이 있고, 그 탁자 앞에서 처녀들이 멍한 표정으로 종이를 접고 있던 바로 그 방으로.

---

27 베로니카 성녀는 십자가를 지고 골고다 언덕을 오르는 예수의 얼굴에서 흘러내리는 피땀을 자기 손수건으로 닦아 주었다고 전해지는데, 그 손수건에 기적처럼 예수의 얼굴 모습이 남아 있었다고 한다.

「큐피드 덕분에 아주 진기한 구경을 했습니다.」 나는 처음에는 몰랐지만, 나중에 그가 노총각인 데다 이 공장 경영자라는 사실을 알게 된, 앞서 말한 바 있는 그 시커먼 얼굴의 사내에게 고마움을 표했다. 「사장님 공장, 정말 대단하더군요. 기계도 놀랍고요. 신기할 정도로 복잡하고 정교한 것이 경이로울 따름입니다.」

「감사합니다, 찾아오시는 손님마다 그렇게 생각하시는 것 같습니다. 물론 찾아오시는 분이 별로 없긴 하지만요. 여기가 보통 외진 곳입니까? 주민도 거의 없고, 우리 공장 여자애들도 대개 아주 먼 데서 왔거든요.」

나는 눈을 들어 아무 말 없이 일하고 있는 처녀들을 쓱 둘러보며 사내의 말을 되뇌었다. 「여자애들이라······. 그런데 말입니다, 어느 공장에 가든 대체로 그곳에서 일하는 여직공들을 나이에 상관없이 죄다 여자가 아니라 여자애들이라고 부르던데, 무슨 이유라도 있나요?」

「아! 그거요? 글쎄요, 그건 아마 대체로 결혼하지 않은 애들이기 때문일 겁니다. 거기까진 미처 생각하지 못했는데, 틀림없이 그런 이유일 겁니다. 우리 공장도 결혼한 여자는 채용하지 않습니다. 일하다 그만두는 경우가 허다해서요. 꾸준히 일할 사람, 일요일과 추수 감사절, 그리고 종교적 이유로 단식하는 날 빼고는 1년 365일 매일 하루에 열두 시간씩 일해 줄 사람이 필요하지, 결혼한 사람은 영······. 그게 우리 업계의 규칙입니다. 그리고 다행히도 우리 공장엔 결혼한 여자가 없으니, 그냥 여자애들이라고 불러도 괜찮지 않을까 싶은데요.」

「그렇다면 모두 처녀인 셈이군요.」 나는 그 여자들의 연약한 처녀성에 경의를 표하고 싶은 안타깝고 괴로운 마음에 절로 고개가 숙여졌다.

「모두 처녀라…….」

또다시 기이하고 묘한 감정이 온몸을 휘감았다.

「손님, 아직도 뺨이 허옇습니다.」 내 얼굴을 찬찬히 뜯어보며 사내가 말했다. 「돌아가실 때 조심하셔야 할 것 같습니다. 지금도 통증이 있는 건 아니죠? 통증이 있다면 문제가 좀 심각해질 수 있어요.」

「괜찮습니다. 〈악마의 지하 감옥〉을 벗어나면 좋아지겠죠.」

「그건 그렇습니다. 계곡이나 골짜기, 움푹 파인 지역에 부는 겨울바람이 다른 지역에 부는 바람보다 훨씬 심하고 춥습니다. 믿기 어려우시겠지만, 여기가 워돌러산 정상보다 더 춥거든요.」

「그런 것 같습니다. 이젠 시간도 그렇고 하니 그만 가보겠습니다.」

이렇게 말을 툭 던지고 나서, 나는 두꺼운 모직 외투에 목도리까지 두르고 바다표범 가죽으로 만든 두툼한 벙어리장갑을 껴 단단히 채비를 갖춘 다음 힘차게 밖으로 나섰다. 살을 에듯 차가운 공기가 확 달려들었다. 불쌍한 블랙이 추워서 몸을 잔뜩 구부린 채 움츠러든 모습으로 나를 기다리고 있었다.

모피 외투를 걸치고 잠시 생각에 잠겼던 나는 곧 〈악마의 지하 감옥〉에서 산길을 따라 오르기 시작했다.

〈검은 협곡〉에서 잠시 멈춰 또다시 템플바를 떠올렸다. 그런 다음 홀로 좁은 산길을 빠르게 지나가면서 그 신비스러운 자연 속에서 이렇게 외칠 수밖에 없었다 ─ 오! 총각들의 천국이여! 오! 처녀들의 지옥이여!

빈자(貧者)의 푸딩, 부자(富者)의 빵 부스러기

상황 1
빈자(貧者)의 푸딩

40여 년 전 3월 하순으로 접어들던 어느 날, 눈발이 부드럽게 날리는 가운데 나는 시인 블랜드모어와 함께 길을 걷고 있었다. 그때 블랜드모어가 열정 넘치는 목소리로 말했다. 「이보게 친구, 자 보게나. 자선품 분배 담당원인 고마운 자연, 이 신성한 자연은 언제든 늘 인정을 베푼다네. 어디 그뿐인가? 지각 있는 박애주의자들이 그렇듯, 자비를 베풀 때도 사려가 깊어. 이 눈[雪]을 보게. 계절을 잘못 타고 내리는 게 아닌가 싶지만, 사실은 가난한 농부들에게 꼭 필요한 것이 이때쯤 내리는 눈이야. 3월 파종 시기 전에 내리는 이 보드라운 눈이 얼마나 안성맞춤이겠나. 그러니 마땅히 〈빈자의 거름〉이라 불릴 만하지. 온유한 하늘에서 뿌려 땅으로 포근하게 떨어지는 이 눈이 땅속으로 조용히 스며들어 곳곳의 토양이랑 산마루, 밭고랑을 기름지게 하니까, 가난한 농부들에게

이 눈은 부유한 농부들이 농가 마당에 쌓아 둔 비료 못지않아. 부자들은 비료를 애써 뿌려야 하지만, 가난한 사람들은 굳이 그런 수고를 할 필요가 없으니 얼마나 좋은가.」

「그렇기도 하겠군.」 나는 가슴에 묻은 축축한 눈을 떨며 덤덤하게 말했다. 「블랜드모어, 자네 말처럼 그렇게 볼 수도 있겠네만, 만일 여기 있는 이 가난한 콜터 씨의 8천 제곱미터 전답을 덮은 눈이 바람에 날려 저기 저, 부유한 지주 팀스터 씨의 8만 제곱미터쯤 되는 너른 밭에 뿌려진다면, 그건 뭐라고 할 텐가?」

「아! 물론 그럴 수 있지 — 그래 — 좋은 지적이야. 근데 말이야, 아마 콜터 씨 전답은 이미 습기를 충분히 머금고 있어 더 이상 수분을 공급할 필요가 없을 걸세. 과유불급이란 말, 알지?」

「그래, 이 정도로 땅이 젖어 있으니 충분하겠군.」 나는 옷에 내려앉는 축축한 눈송이들을 흔들어 떨어뜨리며 말을 이었다. 「자네 말을 들으니, 봄날 내리는 이 따뜻한 눈이 어떤 역할을 하는지 충분히 알겠네. 그럼 긴긴 겨울날 내리는 차가운 눈은 뭐라고 애기할 텐가?」

「아니, 자네 『시편』에 나오는 성경 말씀, 기억 안 나? 〈양털 같은 흰 눈 내리고〉[1]라는 말씀 말이야. 그 말씀은 눈은 양털처럼 하얗기도 하지만 양털처럼 따뜻하다는 의미거든. 내가 이해하기론 양털이 포근한 느낌을 주는 이유는 단 한 가지야. 안으로 말려 들어간 공기가 그 섬유 속에서 따뜻해지기 때문

1 『시편』 147장 16절 참고.

이지. 바로 그런 이유로 양털 같은 눈이 덮인 12월 들녘의 땅 온도를 재면 대기 온도보다 몇 도 더 높아. 실제로 재보면 틀림없을 걸세. 그래서 겨울눈 **자체도** 은혜로운 거지. 땅을 얼어붙게 만드는 서리를 구실로 — 흡사 까칠한 박애주의자처럼 — 실제로는 토양을 따뜻하게 해주기 때문일세. 그런 토양에 3월 되어 지금처럼 부드러운 눈이 내리면 습기를 머금어 비옥하게 되는 거라고.」

「블랜드모어, 이런 식의 말, 듣기 좋아. 호의가 넘치는 자네 마음을 받아 가난한 콜터 씨에게 이 〈빈자의 거름〉이 풍요롭게 쌓이기를 바랄 뿐이네.」

「아니, 그게 전부가 아닐세.」 블랜드모어가 진지한 목소리로 말했다. 「〈빈자의 안약〉이라는 말, 들어 봤나?」

「들어 보지 못했네.」

「3월의 이 부드러운 눈을 녹여 병에 담아 보게, 알코올처럼 불순물 없이 아주 깨끗할 테니. 눈이 약한 사람한테는 이 세상 최고의 안약이지. 나도 채롱에 든 큰 병에 한가득 담아 두었네. 겨우 입에 풀칠이나 하는 사람도 눈병에 걸리면 사방에 풍성하게 널린 이 치료제를 공짜로 마음껏 얻을 수 있지. 그러니 이 얼마나 대단한 자선인가!」

「그러니까 〈빈자의 거름〉이 〈빈자의 안약〉도 된다는 말인가?」

「바로 그거야. 그러니 경제적 측면에서 보면 더 이상 바랄 것이 있겠는가? 일거양득이지 — 그것도 사뭇 다른 목적으로.」

「그래, 아주 별개의 목적이긴 하지.」

「아! 또 그 버릇 나오는군. 진심으로 하는 말을 놀리는 듯한 그 버릇. 아닐세, 그냥 하는 말이니 패념치 말게. 지금까지 눈 얘기를 했는데, 그 흔한 빗물 — 일 년 내내 계절에 상관없이 내리는 비는 훨씬 더 친절하다고 할 수 있지. 들녘을 비옥하게 하는 거야 누구나 다 아는 사실이니 말할 것도 없고, 별 것 아닌 사소한 면이겠지만, 하나 생각해 봄세. 이 말은 들어 봤길 바라네만, 〈빈자의 달걀〉이란 말, 들어 봤겠지?」

「전혀. 대체 그게 뭔가?」

「이런, 이런. 그러니까 요리책에서 달걀 넣으라고 권하는 음식을 만들 때 달걀 대용으로 차가운 빗물 한 잔을 사용할 수 있다는 거지. 그 빗물이 효소 작용을 한다네. 그래서 아낙네들이 그런 식으로 사용하는 차가운 빗물 한 잔을 〈빈자의 달걀〉이라 부르는 거고. 부잣집 가정부들도 간혹 빗물을 쓴다고 하네.」

「그거야 암탉이 낳은 달걀이 떨어질 때 얘기일 테고. 어쨌든 — 진심으로 하는 말이네만 — 자네가 하는 말을 듣고 있으면 정말 기분이 좋아. 계속해 보게.」

「〈빈자의 고약〉이라는 것도 있네. 몸에 상처가 나거나 염증이 나면 바르는 건데, 증상을 완화하고 치료하는 효과가 있지. 자연에서 나는 소소한 것들을 한데 섞어 만드는 거라서 값도 매우 싸니, 찢어지게 가난한 사람도 상처가 나면 어렵지 않게 구해서 바르면 된다고. 부자들도 자주 그 〈빈자의 고약〉을 사용한다더군.」

「그래도 의사의 신중한 판단을 들어야 하지 않나?」

「당연히 듣지. 먼저 의사를 찾아가긴 해. 그런데 조심한다고 의사를 찾아가는 거, 그게 불필요한 일일 수도 있어.」

「그렇긴 하지. 자네 말을 부정하진 않겠네. 계속하게.」

「그렇다면 이번엔, 음, 아참, 자네 〈빈자의 푸딩〉을 먹어 본 적 있나?」

「들어 본 적도 없어.」

「저런! 그렇다면 한번 먹어 봐야 할 걸세. 그것도 가난한 사람의 아내가 자진해서 만들어 주는 것으로 먹어 봐야 하네. 가난한 사람의 집에서, 그 집의 밥상에서 먹어 봐야 해. 자, 자, 이렇게 하지. 만일 자네가 그 〈빈자의 푸딩〉을 먹어 본 뒤 그게 부잣집 푸딩보다 맛이 못하다면, 나, 내가 이런 얘기를 하면서 자네한테 전하고자 하는 뜻, 간단히 말해 가난한 사람들이 관대한 자연 덕분에 그 곤궁함 속에서도 위안과 평강을 얻는다는, 그런 뜻을 다 내려놓겠네.」

이런 주제로 우리는 대화를 계속했지만 더 이상 서술하지 않고(당시 나는 내 건강을 위해 블랜드모어가 자기가 사는 시골로 한 번 오라고 해서 찾아간 손님이었고, 이런 식으로 몇 차례 대화를 나누었다), 이제부터는 땅이 질퍽거리는(내린 눈이 녹은 뒤라 길이 형편없었다) 어느 월요일 정오에 콜터 씨 집을 찾아간 얘기를 해보겠다. 그날 나는 블랜드모어가 알려 준 대로 그 집을 찾아가 내 소개를 하고, 길을 가다 지쳐서 그러니 한두 시간 쉬었다가 기운을 차린 뒤 떠나도 되겠냐고 양해를 구했다.

집에 있던 콜터 부인은 그다지 당황한 기색 없이 — 아마 엉망인 내 옷차림을 보고 그랬는지도 모른다 — 진심으로 다정하게 나를 맞아 주었다. 콜터 부인은 얼른 빨래를 끝내고 남편이 돌아오는 1시에 맞춰 점심을 차릴 생각이었다. 콜터 씨는 집에서 약 1.6킬로미터 떨어진 깊은 숲속에서 장작을 패고 있었다 — 일당으로 75센트를 받는데, 그런대로 괜찮은 일이라고 했다. 그사이 부인은 본채 바깥에 있는, 금방이라도 무너질 것 같은 허름한 헛간 아래에서 이제 막 빨래를 끝내고 축축한 땅바닥의 차가운 물기를 피하기 위해 깔아 놓은 널빤지 위에 서 있었다. 없는 것보다는 나을지 모르겠지만, 널빤지가 반쯤 썩고 물에 흠뻑 젖어 별 소용 없을 것 같았다. 그래서 그런지 부인의 얼굴이 핏기가 없이 창백하고 추워 보였다. 하지만 얼굴이 창백한 데는 또 다른 숨겨진 이유가 있었다 — 아이들을 먼저 떠나보낸 어머니의 창백함이었다. 온화하고 순종적인 아내의 부드러운 눈빛이 감도는 푸른 두 눈이었지만, 그 뒤에는 깊이를 알 수 없는 근심이 도사리고 있었다. 그래도 부인은 월요일이고 빨래하는 날이라서 어쩔 수 없이 집 안이 어수선하고 엉망이니 이해해 달라며 나에게 환한 미소를 지었다. 그러고는 나를 부엌방으로 안내하며 그곳에 있는 최고 좋은 의자에 앉으라고 권했다 — 앉으면 삐걱거리는 다 낡은 의자였다.

나는 부인에게 고맙다고 말한 뒤 의자에 앉아 불길 약한 난로 앞에서 두 손을 비비대며 이따금, 부인이 눈치채지 않게 조심하며 방 안을 둘러보았다. 매우 착한 부인은 난로에 나뭇가지를 더 던져 넣으며 방이 따뜻하지 않아 죄송하다고 했다. 땔감이 오래되어 눅눅하다며 몇 마디 말을 덧붙였다 — 하지만 푸념 섞인 말은 아니었다. 지주인 팀스터 씨 숲에서 그 집 난로에 넣을 땔감으로 수액 많은 살아 있는 나무를 베어 튼실한 장작을 패는 남편이 그 지주네 숲에서 그러모아 가져온 나뭇가지들이라고 했다. 사실 부인이 말하지 않아도 한눈에 그 땔감들이 어떤 상태인지 금방 알 수 있었다. 가을이 몇 차례 지나며 수북이 쌓인 낙엽에 덮여 있던 썩은 나뭇가지들이라, 이끼가 잔뜩 끼고 독버섯까지 피어난 상태였다. 그러니 슬피 우는 듯 칙칙 소리를 내다가 제법 바지직바지직 타는 소리를 내긴 했지만, 큰 기대를 할 순 없었다.

「여기서 좀 쉬시다가 식사라도 하고 가세요.」 부인이 말했다. 「차린 것은 변변치 않겠지만, 편하게 드셨으면 해요.」

나는 다시 한번 고맙다고 말하며, 제발 부탁이니 나한테 신경 쓰지 말고 평소처럼 하던 일을 계속하라고 덧붙였다.

집 안을 둘러보던 나는 내심 놀라지 않을 수 없었다. 낡은 그 집은 구조적으로 습하고 눅눅한 상태에서 벗어날 수 없을 것 같았다. 습기가 스며 나와 물방울이 송이송이 맺혀 있는 창턱. 쭈그러져 흔들거리는 창틀. 녹은 눈 자국이 흐릿한 구름처럼 더럽게 그대로 달라붙어 있는 푸른 창유리들. 부인이 옆방으로 들어가 문을 반쯤 열어 둔 채 무슨 볼일을 보는 모양이었다. 그 방의 바닥에는 부엌방과 마찬가지로 카펫이 깔려 있지 않았다. 주위를 둘러보니 최소한의 필수품만 보일 뿐 눈에 띄는 것이 없었다. 그 필수품이라는 것들도 고급 제

품과는 거리가 멀었다. 벽에는 그림 한 장 걸려 있지 않고, 난로 위 거멓게 그을린 선반에는 도드리지[2]가 쓴 오래된 책 한 권이 놓여 있을 뿐이었다.

「먼 길을 걸으셨나 봐요. 숨소리에 피곤함이 묻어나는 걸 보니 그런 것 같아요.」

「아닙니다, 저는 괜찮습니다. 이런 말 드려도 될지 모르겠지만, 저보다 부인이 더 피곤하실 것 같군요.」

「오, 아니에요. **저**는 늘 하는 일을 할 뿐인데요, 뭘. 하지만 **선생님**은 이런 시골길을 자주 다니시는 분 같지 않아서요.」 부인의 부드럽고 슬픈 푸른 눈이 내 옷을 훑고 지나갔다. 「어유, 내 정신 좀 봐. 이 나무 부스러기들 좀 쓸어야겠네. 오늘 아침 동트기 전에 남편이 도낏자루를 하나 새로 만들었거든요. 빨래하느라 정신이 없다 보니 치우지도 못했네요. 쓸어서 난로에 넣으면 좋을 것 같아요. 마르지 않은 생나무 부스러기가 아니라면 아마 불이 훨씬 더 잘 붙을 거예요.」

나는 생각했다. 만일 여기에 블랜드모어가 있다면 아마 저 생나무 부스러기들을 〈빈자의 성냥〉이나 〈빈자의 부싯돌〉, 아니면 또 다른 어떤 재미있는 이름을 붙여 말하지 않았을까 싶었다.

「잘 모르겠네요.」 연기 나는 불 위에 올려놓은 냄비 안의

[2] Philip Doddridge(1702~1751). 영국의 성직자. 교육과 저술 활동으로 영국 비국교도의 교회를 발전시켰다. 애버딘 대학교에서 신학 박사 학위를 받았으며, 『영혼 안에서 종교의 발흥과 진전 *The Rise and Progress of Religion in the Soul*』(1745)이라는 책을 썼고, 5백 편 이상의 찬송가를 작사한 것으로 유명하다.

뭔가를 휘젓던 그 착한 여인이 다시 나를 돌아보며 말을 꺼냈다. 「우리 집 푸딩을 좋아하실지 어떨지 모르겠네요. 그냥 쌀하고 우유와 소금만 넣어 끓인 건데.」

「아, 사람들이 말하는 〈빈자의 푸딩〉, 그건가요?」

순간 부인의 얼굴이 벌겋게 상기되었다. 화가 난 것 같기도 했다.

「**저희는 그런 식으로 부르지 않아요.**」 이 말이 끝나기 무섭게 부인은 입을 꼭 다물어 버렸다.

아차, 내가 실수했구나, 이렇게 자책하며 나는 또다시 블랜드모어가 부인이 상기된 표정을 지으며 하는 말을 들었더라면 무슨 말을 했을까 생각하지 않을 수 없었다.

천천히 걸어오는 무거운 발걸음 소리가 들렸다. 이어서 문이 삐걱대는 소리와 함께 사람 목소리가 들려왔다. 「나 왔어, 여보. 어서 서둘러. 바로 돌아가야 해. 차린 음식 다 **먹고 가라고** 할 거면 서두르라고. 지주 영감님이⋯⋯. 어이구, 손님이 계셨네, 안녕하십니까?」 그는 부엌방으로 들어서다가 나를 보고 놀랐는지 큰 소리로 말했다. 그러더니 무슨 일이냐고 묻는 듯 아내를 향해 돌아서서 꼼짝하지 않았다. 다 낡은 그의 장화에서 새어 나온 물기가 바닥으로 흘러내렸다.

「근처를 지나가시다 잠시 쉬었다 기운 좀 차리고 가시겠다고 해서요. 당연히 식사도 대접해 드리려고요. 준비 다 됐어요. 여보, 자리에 앉아서 조금만 참고 기다리세요. 있잖아요, 선생님,」 부인은 나를 향해 돌아서더니 말을 이었다. 「아니 글쎄, 저기 계신 윌리엄이란 양반이 아침마다 도시락을 가지고 가서 숲에서 찬 음식을 먹겠다고 하지 뭐예요. 숲에서 집까지 왔다 갔다 하는 데 한 시간이나 걸린다며 그 시간을 아끼겠다는데, 제가 안 된다고 했어요. 아무리 긴 시간 걸려 오가지만 따뜻한 식사 한 끼면 그 수고를 다 보상하고도 남는 것 아닌가요?」

「난 모르겠어.」 윌리엄이 고개를 가로저으며 말했다. 「정말 그런지, 머리를 쥐어짜며 생각해도 잘 모르겠어. 힘들게 일하다가 진창길을 걸어와 갓 지은 밥 먹고 일하러 그 진창길을 다시 걸어간다면, 그게 그거 아닌가? 그래도 마샤와 같은 착한 아내한테 감사하다고 해야죠. 아시죠? 여인네들이 때에 따라 이렇게 말했다 저렇게 말했다, 말솜씨 하나는 정말 기가 막히잖아요.」

「그래도 부인은 고운 마음에서 정겹게 말씀하시는데, 다른 여인들이 좀 배워야 할 겁니다.」

「어떤 여인네들이 말을 고약하게 한다는 소리를 듣긴 했지만, 저야 다른 여인네들은 모르겠고 그냥 마샤 한 사람이면 족합니다.」

「산골짝에서 이렇게 지혜로운 분을 찾기 어려울 겁니다.」 나는 조심스럽게 말했다.

「여보, 피곤하지 않으면 밥상 차리는 것 좀 도와줄래요?」

「아닙니다, 좀 쉬게 하시죠. 제가 돕겠습니다.」 내가 끼어들었다.

「무슨 말씀을.」 윌리엄이 자리에서 일어나며 말했다.

「가만히 앉아 계세요.」 부인이 나에게 말했다.

밥상이 차려지고, 각자 앞에 접시가 놓였다.

「차린 게 변변찮습니다.」 콜터 씨가 말했다. 「소금에 절인 돼지고기, 호밀 빵, 푸딩이 전부네요. 드시기 전에 설명 좀 해드릴게요. 이 돼지고기는 지주 영감네 집에서 가져온 겁니다. 작년에 절여 둔 건데, 외상으로 가져가라고 해서 조금 가져왔어요. 올해 절인 것만큼 맛이 좋지는 않지만 먹고 일하면 힘이 나거든요. 그래서 저는 이것만 먹습니다. 류머티즘이나 다른 질병에 걸리지 않게 해준다고 해서요. 다른 양념 넣지 않고 그대로 먹습니다. 저야 그렇지만 선생님은 절대 이 돼지고기를 드시지 마세요!」

「에이, 이분도 다 알고 계실 거예요,」 부인이 부드럽고 침착한 목소리로 말했다. 「올해 고기하고 작년 고기하고 맛 차이가 난다는 것쯤은. 푸딩은 맛이 괜찮을 거예요.」

나는 자제력을 끌어모아야 했다. 한편으로는 돼지고기를 먹고 싶은 마음이 표정에 드러나지 않도록 애쓰면서 푸딩을 권하는 부인의 말에 그러겠다고 미소로 화답해야 했다. 사실 솔직히 말하면, 나는(그때 걸신들린 것은 아니지만 좀 배가 고팠다) 돼지고기를 먹을 수가 없었다. 껍데기가 누레 맛이 고약할 것 같다는 생각이 들었기 때문이다. 그런 데다 부인도 자기 접시에 고기를 좀 올려놓을까 고민하다가 남편이 보면 열심히 고기를 자르는 시늉을 했지만, 고기에는 입도 대지 않고 호밀 빵만 먹는 것이 아닌가. 그래서 나도 호밀 빵에만 손을 댔다.

「자, 그럼 이제 푸딩 맛을 볼 차렌가?」 콜터 씨가 말했다.

「여보, 서둘러. 지주 영감이 거실 창가에 앉아 들판을 내다보고 있을 거야. 시간관념 하나는 칼같은 분이거든.」

「설마 감시하는 건 아니죠?」 내가 물었다.

「오, 아닙니다! — 그런 뜻으로 말한 게 아닙니다. 정말 좋은 분이거든요. 저한테 일거리를 주신 분이니까요. 물론 좀 까다롭긴 하지만요. 여보, 이분 어서 드시게 해야지. 선생님, 제가 지주 영감네가 기르는 멋진 말 한 마리를 사려고 하는데 —」 남모르는 무슨 의미라도 있는 듯, 내가 인간미 넘친다고 칭찬하지 않을 수 없는 그런 표정으로 자기 아내를 바라보던 그가 말투를 슬쩍 바꾸더니 바로 말을 이었다. 「일거리를 받지 못하면 그 말이 어떻게 되겠습니까?」

「그야 뭐, 당신이 가끔 신나서 꿈에 그리는 그 멋진 말, 오랫동안 계속 지주네 마구간에서 잘 지내겠죠. 저야 이따금 그 집에서 일하는 사람이 일요일에 말을 태워 주니 그것으로 족해요.」 부인이 남편을 놀린다고 꺼낸 말이었지만, 차분하고 부드러운 목소리로 보아 별로 그런 것 같지도 않았다.

「일요일에 말을 타신다고요?」 나는 영문을 몰라 묻지 않을 수 없었다.

「아, 그거요?」 콜터 씨가 다시 말을 이었다. 「아내가 교회 다니는 걸 좋아하거든요. 그런데 가장 가까운 교회가 저기 저 눈 덮인 산 너머로 6킬로미터 넘는 곳에 있어 걸어갈 수가 없어요. 예전에야 제가 아내를 팔에 안고 거뜬히 위층에 올려주었지만, 이제는 안고 다닐 수가 없으니. 그래서 아내 말대로 지주 영감네서 일하는 사람이 가끔 말을 태워 주곤 한

답니다. 제가 말 이야기를 꺼낸 건 바로 그런 이유입니다. 날씨 좋은 날 타고 다니려고요. 아직 말을 사지 못했지만 이름은 지어 두었어요, 〈마샤〉라고. 이런 내 정신 좀 봐. 여보, 서둘러, 서두르라고! 푸딩! 이분께 얼른 푸딩을 대접해 드려야지! 지주 영감! 아, 그 양반! 그 양반 생각만 해도! 자, 푸딩, 같이 드시죠. 저는 한 입, 두 입, 세 입, 이걸로 충분합니다. 여보, 갔다 올게. 그럼 드시고 가세요. 전 이만 가봐야 해서요.」

흠뻑 젖은 모자를 낚아채듯 서둘러 집어 든 그 고상하고 가난한 남자는 서둘러 밖으로 나섰다. 곳곳에 물이 고여 진창인 들녘으로.

나는 속으로 생각했다. 블랜드모어가 그의 모습을 보았더라면 이렇게 시적으로 말하지 않을까 싶었다. 그가 〈빈자의 산책〉에 나섰다고.

「남편분이 정말 멋지십니다.」 나는 부인에게 말했다. 이제 부인과 단둘뿐이었다.

「오늘은 윌리엄이 결혼식 날 대하듯 하네요. 말을 급하게 서두를 때가 있어서 그렇지, 험한 말을 한 번도 한 적이 없어요. 남편을 생각하면 제가 더 좋아지고 건강해야 할 텐데. 남편을 위해서도 그렇고 저를 위해서도 그래야 해요.」(부드럽고 푸른, 아름다운 두 눈이 샘물로 바뀌었다) 「눈에 넣어도 아프지 않을 정도로 예뻤던 윌리엄과 마샤가 살아 있었으면 좋으련만—지금은 너무 외롭고 쓸쓸해요. 남편과 제 이름을 따서 윌리엄과 마샤라고 이름 지어 줬는데……..」

같이 있는 사람이 슬픔을 못 이겨 저도 모르게 감정을 쏟아 낼 때는 아무 반응도 하지 않는 것이 상책이다. 나는 아직 손도 대지 않은 내 푸딩을 내려다보며 말없이 앉아 있었다.

「선생님이 우리 윌리엄을 보셨어야 하는데. 여섯 살밖에 안 되었는데도 참으로 똑똑하고 듬직했어요 — 그런데 지금은 추위 속에, 추위 속에!」

나는 숟가락을 푸딩 속으로 쑥 집어넣어 억지로 한 숟가락 떠서 입에 넣었다. 이제 부인이 말을 그치지 않을까 싶었다.

「그리고 우리 꼬마 마샤 — 오! 얼마나 예뻤는지! 속이 쓰려요, 터질 것 같아요! 그래도 다 참고 살아야 하니!」

한 입 떠서 먹은 푸딩이 입천장에 닿았다. 곰팡내 나는 짠맛이었다. 싸구려 쌀에 작년 돼지고기 통에 남은 소금을 넣은 것이 분명했다.

「선생님, 아직 세상 밖으로 나오지 않은 아이들이 안타깝게 세상을 떠난 아이들, 바로 그 아이들이라면 그 아이들이 바로 우리가 잘 아는 아이들이지 낯선 아이들, 모르는 아이들, 정말 모르는 아이들은 아닐 거예요. 그러면 어떤 엄마든 새로 세상에 나온 아이들을 곧 사랑하게 되지 않을까요? 분명해요. 그 아이들은 다른 아이들이 떠난 곳에서 온 거예요. 그렇지 않은가요? 네, 저는 선한 사람이라면 모두 그렇게 생각할 거라고 믿어요. 그렇지만, 아무리 그래도, 그런 생각이 나쁜 마음에서, 속이 검은 마음에서 생겨난 것은 아닌지 두려워요 — 그래서 열심히 노력해요. 우리 윌리엄과 마샤가 천국에 있을 거라고 생각하면서, 그리고 저기 저 도드리지 박사의 책을 읽으며 기운을 내곤 한답니다 — 하지만 우울하고 슬픈 생각이 자꾸 스며들어요. 지붕에서 비가 새듯이 가슴을 적신답니다. 지금처럼 이렇게 혼자 쓸쓸히 집만 지키고 있으니. 하루, 또 하루, 허구한 날 남편이 숲으로 떠나고 나면 온종일 이렇게 혼자 지내요. 기분 처지는 눅눅한 날, 하루 종일 이슬비 내리듯 처량한 생각이 제 영혼을 적시고 있거든요. 그래서 하느님께 기도해요. 이런 저를 용서해 달라고. 남은 시간 동안 최선을 다해 살게 해달라고.」

〈빈자의 푸딩〉이 어찌나 쓰고 곰팡내 나는지, 나는 속으로 혀를 찼다. 한 입 떠서 조금 먹었을 뿐인데도 목에 턱 걸려 삼킬 수 없을 정도였다.

나는 더 이상 그 슬픈 한탄의 소리를 듣고 있을 수 없었다. 아무리 진심으로 동정을 표해도 별로 위안이 될 것 같지 않았다. 혼자 듣기 좋으라고 자기 확신에서 하는 말에 토를 달아 봤자 무슨 소용일까 싶었다 — 나름 신념에서 나온 그런 생각에 괜스레 말을 붙였다간 기분만 상할 것이 뻔했다. 그리고 아무리 타이르고 충고해도 그 근거 없는 자기 비난을 쉽게 거둬들이지 않을 것 같았다. 그래서 나는 왕에게 대접하듯 부인이 자진해서 베푼 훌륭한 환대에 사례하지 않았다. 사례해 봤자 정중히 거절할 테고, 무슨 동냥이라도 베푸는 듯한 인상을 주어 되레 면박을 받을 것이 분명했다.

가난한 미국인들은 그들 나름의 고상함이나 자긍심을 절대 저버리지 않았다. 그런 까닭에 그들은, 유럽의 극빈자들처럼 겉으로야 타락한 모습을 내보이지 않았지만, 정신적으로는 세상 어느 나라 가난한 사람들보다 더 고통을 겪고 있었다. 미국 특유의 정치 원리가 키워 준 독특한 사회적 감수성이 부유한 미국인에게는 존엄성을 더욱 다져 주었지만, 불운한 사람들에게는 비참함만 더욱 가중시키고 말았다. 그 이유는 첫째, 그 사회적 감수성이 불운한 사람들로 하여금 임의로 주어지는 구호의 작은 자선마저 받아들이지 못하게 했기 때문이다. 둘째는 그 사회적 감수성으로 인해 불운한 사람들이 보편적 평등이라는 이상과 빈곤으로 인한 실제적 비참함과 불명예 — 인도, 영국, 미국, 어느 나라에 있든 가난한 사람들 앞에 예전에도, 지금도, 그리고 앞으로도 계속 놓일 비참함과 불명예 — 를 거듭 쓰라리게 경험하는 현실 사이의 분명한 간극을 첨예하게 인식했기 때문이다.

이제는 다시 길을 떠나야 한다며 나는 부인과 작별 인사를 나누었다. 부인의 차가운 손을 잡아 악수하면서 마지막으로 부인의 체념 어린 푸른 눈을 뚫어지게 바라보았다. 그러고는 밖으로 나와 진창길로 들어섰다. 그런데 바깥 공기는 우울하고 쓸쓸한 느낌을 주는, 정말 눅눅한 기운이 짙게 깔린 듯했지만, 그래도 뭔가 온갖 징조가 충만했다. 문득 이 바깥 공기가 방금 떠나온 그 집의 집 안 공기와 선명하게 대조된다는 생각이 들었다. 케케묵은 냄새와 해로운 기운이 잔뜩 서려 있는, 통풍이 안 되는 집 안 공기. 구빈원 병동을 찾아가면 — 방문객들이 정말 견딜 수 없을 정도로 — 그런 공기의 극치를 경험하지 않을까 싶었다.

겨울에 환기가 안 되는 가난한 사람들이 사는 집의 방 — 겨우내 전혀 환기하지 않는 것 같은 방을 보면 대개는 아주 간단한 건강 수칙도 지키지 않으며 그런 꼴로 사냐고 그 사람들을 비난하기 십상이다. 그러나 가난한 사람들의 본능은 우리가 생각하는 것 이상으로 지혜로운 구석이 있다. 방을 환기하면 공기가 **냉각제** 역할을 한다. 그러므로 겨울에 추위를 많이 타는 사람들은 환기가 잘되어 추운 것보다 환기가 안 되더라도 따뜻한 것이 훨씬 더 좋다고 생각하지 않겠는가. 사람들이 다른 사람들을 판단할 때, 좋은 집에서 따뜻하게 지내며 좋은 음식 먹는 사람들이 가난한 사람들의 습성에 대해 이런저런 비난을 해대는 것 이상으로 터무니없는 억측에서 비롯된 판단이 어디 있겠는가.

그날 저녁, 나는 블랜드모어의 집에서 차를 마신 뒤 활활 타오르는 난로를 앞에 두고 볼이 불그레하니 혈색 좋은 친구의 두 아이를 양 무릎에 올려놓은 채 푹신한 소파에 앉아 있었다. 그때 나는 블랜드모어에게 이렇게 말했다. 「블랜드모어, 자네는 제대로 얘기하면 흔히 말하는 부자가 아니야. 그냥 충분히 먹고살 정도라고 해야 할까, 그 이상은 아니지. 그렇지 않은가? 내 말은 **자네** 들으라고 하는 말이 아니니 그렇게 알게. 앞으로 누구든 부자라고 하는 사람이 잘난 체하며 나한테 〈빈자〉 어쩌고저쩌고하면 코를 납작하게 만들어 줄걸세 ─ 나는 절대 그런 말을 쓰지 않을 거라면서 말이야.」

상황 2
부자(富者)의 빵 부스러기

1814년 3월 하순 〈빈자의 푸딩〉을 처음 맛보고 난 뒤 여름이 되었을 때 주치의가 나한테 바다 건너 여행을 권했다. 워털루 전투가 기나긴 나폴레옹 전쟁의 드라마를 끝내자 많은 사람이 유럽을 방문하기 시작했다. 내가 도착했을 때 런던에서는 전승을 축하하는 여러 나라 군주가 모여 유쾌하고 멋진 귀족들이 참여하는, 『아라비안나이트』를 연상케 하는 향연을 즐기고 있었다. 그 모든 연회 중에서 가장 성대한 것은 신사나 왕 가운데서도 최고 궁정 인사라 할 수 있는 사람 — 바로 섭정 왕세자 조지[3]가 참석하는 연회였다.

나는 잘 알고 지내는 친한 은행가가 초대한 것을 제외하고는 모든 초대 편지를 정중히 거절했다. 그 대신 모험을 즐기는 여행가가 누릴 수 있는 최고의 환대, 즉 진기한 눈요깃거리가 어디에 있는지 찾아 나섰다 — 이를테면 내가 요청한 것이 아니라 모험 삼아 나선 길에 우연히, 정말 뜻밖에 마주치는 신기한 광경 같은 것이 없나 기웃거렸다.

하지만 다른 것은 제외하고 우연찮게 한 시간 동안 겪은 일에 관해서만 이야기하려 한다. 칩사이드 거리[4]에서 우연히 어떤 사람을 알게 되었다. 대단히 다정다감한 그 사람은 제

---

[3] 1820년부터 10년간 영국과 하노버의 국왕이었던 조지 4세. 그는 선왕인 조지 3세가 정신병을 앓던 1811년부터 국왕으로 즉위한 1820년까지 황태자로서 섭정을 맡았다.

[4] 예로부터 런던의 금융 중심지였던 시티오브런던에 있는 거리.

복을 입고 있었다. 하급 공무원인가 뭔가라고 했던 것 같은데, 정확히 기억나지는 않는다. 아무튼 그는 그날 근무가 없다고 했다. 그가 나한테 들려준 얘기는 주로 런던에서 벌어지는 훌륭한 자선 행사에 관한 것이었다. 그는 나를 두 군데인가 세 군데 데려가 구경시켜 주면서, 그 외에 더 많은 행사에 관해 입에 침이 마르도록 자랑하며 떠들어 댔다.

그러고 나서 다시 칩사이드 거리로 들어섰을 때 그가 말했다. 「그런데 있잖습니까, 혹시 자선 행사에 정말 조금이라도 호기심이 발동하신다면, 가장 재미있는 행사장으로, 시간이 늦지 않았는지 모르지만, 그곳으로 모셔다 드리겠습니다. 런던 시장경[5]이 주최하는 자선 행사입니다. 아니, 꼭 런던 시장경이 주최한다고만은 할 수 없고, 사실은 이 경우로 말할 것 같으면 여러 황제, 섭정 왕세자들, 왕들이 베푸는 자선 행사인 셈입니다. 어제 있었던 일, 기억나세요?」

「강변에서 일어난 안타까운 화재 사건 말씀하시는 건가요? 많은 가난한 사람이 집을 잃었다고 하던데요.」

「아니, 그거 말고 군주들을 위한 성대한 길드홀 연회[6]를 말하는 겁니다. 그 연회를 누가 잊겠습니까? 만찬 음식이 죄다 순은 아니면 순금 접시와 그릇에 담겨 나오는데, 그 접시와 그릇의 가치만 적어도 20만 파운드는 될 겁니다. 선생님 나

---

5 Lord Mayor of London. 시티오브런던 법인의 수장. 2000년에 신설된 런던 시장Mayor of London과는 다르다.
6 〈길드홀〉은 시티오브런던에 있는 시청사로, 〈길드홀 연회〉는 전통적으로 매년 새로 선출된 런던 시장경이 전년도 시장을 기리며 시청사에서 주최하는 연회를 말한다.

라 화폐로 치면 1백만 달러 가치죠. 그리고 고기나 포도주에 들어간 비용, 만찬 시중과 실내 장식에 들어간 비용을 다 합하면 최소 2만 5천 파운드, 즉 12만 5천 달러는 될 겁니다.」

「하지만 그런 비용으로 왕들을 대접하는 건 자선이라고 할 수 없지 않나요?」

「그렇죠. 하지만 어제 연회가 먼저 열렸고, 자선 행사는 연회가 끝나고 나서 오늘 있거든요. 왕들이 참석한 곳이 아니면 어디서 그런 자선을 바라겠어요? 아무튼 제 생각엔 시간 맞춰 갈 수 있을 것 같네요 — 자, 우리가 있는 곳이 킹 스트리트니까 저쪽으로 가면 길드홀이 나옵니다. 가시겠어요?」

「좋습니다, 가봅시다. 어디든 데려다주시오. 저야 그냥 돌아다니며 구경하면 되니까요.」

들어가지 못하게 막아 놓은 청사 주 출입구를 피해 그는 자기가 아는 길로 나를 데리고 갔다. 우리가 들어선 곳은 뒤쪽이 담으로 막혀 있는 야외였다. 주위를 둘러보던 나는 깜짝 놀랐다. 파이브 포인즈[7]의 뒷골목처럼 지저분하고 더러운 곳이었다. 게다가 너무 굶주렸는지 몸이 깡마른 사람들이 벌떼처럼 잔뜩 모여 있었다. 뭔지 모르겠지만, 서로 앞에 서겠다며 밀치고 싸우는 그 사람들의 손에는 손때 묻은 더러운 파란색 표 딱지가 들려 있었다.

「다른 길이 없습니다.」 나를 데리고 온 그 안내자가 말했

---

7 19세기에 미국 뉴욕 맨해튼 남쪽에 있는 호수를 매립해 조성한 지역. 질병과 범죄로 악명 높은 곳이었는데, 20세기 들어 재개발되어 현대적 면모를 갖추었다.

다. 「저 무리와 같이 들어갈 수밖에 없어요. 그렇게 해보시겠어요? 정장 차림이 아니면 더 좋았을 텐데. 어때요? 들어가 보실래요? 구경할 만하거든요. 정말 귀한 행사이고, 자주 열리지도 않아요. 런던 시장경의 연례 만찬 다음에 이어지는 자선 행사인데 — 진짜 멋진 행사거든요 — 오늘 구경하실 광경을 놓치면 이 행사에 대해 이러쿵저러쿵 말할 자격이 없습니다. 정말입니다.」

그가 말하는 사이 멀리 떨어진 곳에 있던 어느 지하실로 통하는 문이 활짝 열렸다. 더러움에 찌든 무리가 어두컴컴한 아치형 지하실을 향해 맹렬하게 돌진하기 시작했다.

나는 안내자에게 들어가 보자는 뜻으로 고개를 끄덕였고, 우리는 뒤에 남은 사람들 옆에 서서 같이 움직였다. 곧 우리는 뒤에서 고래고래 소리 지르며 뒤따르는 무리에 밀려날 수밖에 없었다. 그나마 나를 친절하게 안내하는 사람이 공무원이어서 험한 꼴을 당하지는 않았다. 제복을 입고 있어, 누구라도 그가 어떤 사람인지 분명히 알 수 있었던 것이다.

상황을 보니 어느 이교도 나라의 해안에서 식인종 무리에 휩싸여 위협을 당하는 것 같은, 바로 그런 느낌이 들었다. 주위 모든 사람이 굶주림으로 울부짖고 있었다. 웅대한 런던이란 도시에서 처참한 궁핍이 날뛰고 있으니. 시골에 가면 그래도 그 궁핍이 부드러워지는데. 살은 없고 뼈만 남은 것 같은 몸에 살기등등한 표정을 지닌 떼거지들을 보고 있자니, 가난한 콜터 씨의 온유한 아내의 푸른 눈이 생각났다. 사방에서 밀치는 사람들이 이방인인 나에게 폭력을 행사하지 못하게 겁주려는 듯, 나를 안내하는 사람은 혁대에 차고 있던 반짝반짝 빛나는 구부러진 쇠붙이(분명 칼은 아닌데, 뭔지 잘 모르겠다)를 꺼내 머리 위로 이리저리 휘둘렀다.

우리는 천천히, 이리 밀리고 저리 밀리며 좁은 입구를 통해 어둑한 아치형 지하실로 꾸역꾸역 들어갔다. 노도와 같은 무리의 함성이 둥근 천장을 타고 울려 퍼졌다. 사람들이 지옥 불구덩이에 떨어져 들끓는 듯했다. 계속해서 어둡고 축축한 통로를 지난 뒤 돌층계를 오르자 널찍한 입구가 나타났다. 그 순간, 사회의 유해한 존재인 그 무리가 흩어지면서 그림이 그려진 벽 사이, 그리고 역시 그림이 그려진 둥근 천장 아래 빛이 환한 공간으로 쇄도해 들어갔다. 혼란 속에서 베르사유 궁전을 약탈하던 무법의 무리가 바로 이런 모습 아니었을까 싶었다.

너무 당황한 나는 그 유명한 길드홀 안에서 걸인 무리 속에 잠시 멍하니 서 있었다.

내가 서 있는 곳—떼 지어 몰려든 극빈자들이 서 있는 그곳에, 불과 열두 시간 전에는 러시아의 알렉산드르 1세 황제 폐하, 프로이센의 프리드리히 빌헬름 3세 국왕 폐하, 영국 섭정 왕세자 조지 전하, 세계적으로 유명한 제1대 웰링턴 공작 각하, 그리고 전쟁에서 승리를 거둔 각국 야전 사령관들, 백작들, 그 밖의 수많은 귀족으로 이루어진 일단의 고관대작이 앉아 있었다.

벽면 곳곳에는 화려한 문양의 정복자들 깃발이 잎이 무성한 숲속 초목처럼 자랑스럽게 펼쳐져 있었다. 홀 바깥은 어떤 모습인지 전혀 보이지 않았다. 홀 바닥에서 위로 7미터 정도까지는 유리창이 하나도 없었다. 나는 홀 밖 풍경과 완전히 차단된 채 오로지 단 하나의 웅대한 장관 — 정말 휘황찬란한 광경 속에 파묻혀 있었다. 그러나 시선을 아래 바닥으로 떨구면, **그곳**은 가축우리처럼 — 개 사육장처럼 역겹고 더러웠다. 연회에서 먹다 남은 음식 찌꺼기들이 낡은 판자 위에 흩어져 있었던 것이다. 그리고 홀 여기저기에는 두 줄의 긴 평행선처럼 놓인 소나무 탁자들이 있었는데, 덮개를 다 걷어 버린 낡고 더러운 그 탁자들 위에는 그나마 덜 짓밟힌 음식 잔해들이 수북이 쌓여 있었다. 홀 위쪽에 걸려 있는 화려하게 물들인 현수막들이 지난밤 국왕들의 모습과 조화를 이루었다면, 오늘의 더러운 바닥은 걸인들에게 어울릴 것이었다. 발코니에서 거지 나자로를 내려다보던 부자처럼[8] 화려한 현수막들이 홀 바닥을 내려다보고 있는 듯했다. 배고픔을 참지 못해 밀치고 들어오는 무리를 제복 입은 사내들이 한 줄로 서서 장대로 제지하고 나섰다. 그러지 않으면 자선의 장이 금방 약탈의 장으로 변할지도 몰랐다. 이윽고 가운을 걸친 번지르르한 표정의 또 다른 관리들이 먹다 남은 고기들 — 왕들이 먹다 남겨 둔 차갑게 식은 음식과 빵 부스러기들을 나눠 주기 시작했다. 그러자 걸인들이 하나씩 더러운 파란색 표 딱지를 내밀고 음식을 손에 받아 들었다. 살은 거의 다 파먹고 뼈만 남은 꿩고기와 속이 빈 파이 껍질들 — 장식관이 떨어져 너덜너덜한 낡은 모자와 같은 음식들 — 도둑들

---

8 『루가의 복음서』 16장 19~21절 참고.

이 훔쳐서 맛있는 부분은 다 파먹거나 발라 먹고 버려둔 딱딱하게 굳은 음식과 고기 잔해들……

「정말 훌륭한 자선 행사죠.」 나를 안내한 사람이 작은 목소리로 속삭였다. 「저기, 저 파이, 얼굴 파리한 여자아이가 낚아채듯 가져가는 저 파이 좀 보십시오. 분명 어젯밤에 러시아 황제께서 드셨던 것일 겁니다.」

「그랬을 것 같군요.」 나도 작은 목소리로 말했다. 「그래요, 저 파이는 음식 가리지 않고 뭐든 먹어 대는 어느 나라 황제나 고관대작이 손댄 것처럼 보이는군요.」

「저기 꿩고기도 보세요 — 저기 — 저 꿩고기 — 찢어진 셔츠를 걸친 소년이 받아 든 저 고기 — 한번 보세요! 섭정 왕세자께서 드셨던 고기일 겁니다.」

손도 대지 않은 날개와 다리가 장식처럼 달려 있긴 했지만 통통한 두 가슴 부위는 마구 도려내 먹어 치워 뼈만 앙상하게 드러난 꿩고기였다.

「실은 누가 먹던 음식인지 아무도 모르죠.」 다시 그가 말했다. 「그래도 섭정 왕세자 전하께서는 바로 저 꿩고기를 드셨을 겁니다.」

「저도 그럴 거라고 생각합니다.」 나는 중얼거리듯 말했다. 「그분은 유별나게 가슴을 좋아한다고 소문났으니까요.[9] 나폴레옹의 머리는 큰 접시에 담아 놓았을 것 같은데, 어디 있죠? 분명 최고의 음식으로 나왔을 것 같은데.」

9 섭정 왕세자 조지가 여러 정부를 두고 사생아도 여러 명 낳는 등 사치스럽고 방탕한 생활을 한 것으로 소문난 것을 은근히 비꼰 말.

「농담도 잘하시네요. 아무리 코사크[10] 기병이라도 이곳 길드홀에서는 관대합니다. 저기, 저 돼지고기 파이 좀 보세요! 그 유명한 지도자이자 군사령관인 플라토프[11](그도 지난밤에 다른 사람과 함께 이곳에 있었다)가 틀림없이 저 돼지고기 파이를 창으로 찔렀을 겁니다. 저기 좀 보세요! 셔츠도 입지 않은 노인네가 그 파이를 건졌군요. 정신없이 파이 조각들을 핥아먹고 있어요. 선한 코사크 장군이 남겨 둔 것인데, 그 친절하신 양반한테 고맙다는 생각은 손톱만큼도 못 할 겁니다! 아! 또 한 사람이 — 힘 좋게 생긴 통통한 사람이 그 파이를 잡아채네요. 바닥에 떨어졌어요. 저런, 저런! — 접시가 텅 비었네 — 부스러진 파이 껍질만 조금 남았어요.」

「제가 알기로 코사크 사람들은 기름진 고기라면 사족을 못 쓴다고 하던데……」 내가 말했다. 「고기라도 좀 남겨 두지, 그 코사크 사령관이 댁이 생각하는 것만큼 자비로운 분은 아닌가 봅니다.」

「뭐, 그렇긴 해도 전반적으로 보면 고귀한 뜻에서 베푸는 자선이라고 할 수 있지요. 저기 좀 보세요. 저 홀 반대편에 있는 곡과 마곡 조각상[12]도 이 광경을 보며 즐겁게 웃고 있잖

---

10 지금 우크라이나 흑해 일대의 드니프로강과 돈강 유역에 거주하던 슬라브 계통의 기마 민족. 코사크족 기병들이 러시아군의 일원으로 나폴레옹 전쟁에 참여했다.

11 Matvei Ivanovich Platov(1753~1818). 돈 코사크 기병을 이끌고 나폴레옹 전쟁에 참전했던 러시아 사령관.

12 곡Gog과 마곡Magog은 영국 중세 전설에 나오는 두 거인으로, 헨리 5세가 통치하던 시기에 길드홀의 문을 지키는 수호 거인으로 조각되어 설치되었다.

아요.」

그 말을 듣고 나는 넌지시 이렇게 말했다. 「글쎄요, 그런데 누가 조각했는지 모르겠지만, 조각가가 웃는 표정을 너무 히죽거리는 — 히죽히죽 비웃는 것처럼 표현했다는 생각이 들지 않나요?」

「그거야 선생님 생각이죠. 그런데 저것 좀 보세요 — 저기 저 황금빛 젤리, 런던 시장경 부인께서 금 숟가락으로 퍼먹은 젤리가 틀림없어요. 1기니 걸겠습니다. 어이구, 젤리 같은 눈을 지닌 노인이 젤리를 냉큼 한입에 삼켜 버렸어요.」

「젤리가 고이 잠들길!」 나는 한숨을 쉬며 말했다.

「이 얼마나 인심 넉넉한, 정말 관대하게 베풀어 주는 고귀한 자선 행사인지! 영국 말고 다른 나라에서는 듣도 보도 못하는 광경 아닌가요? 영국은 걸인들에게도 황금빛 젤리를 먹이는 나라인 거죠.」

「하지만 매일 하루 세끼 다 먹이는 건 아니잖소. 젤리가 걸인들에게 제공할 수 있는 최고의 구호 음식이라고 생각하는 건가요? 그냥 돈 좀 주고 사는 향료가 들어가지 않은 소고기나 빵 같은 것, 손이 많이 안 가고 간단히 해 먹을 수 있는 그런 게 더 낫지 않을까요?」

「하지만 여기서는 그런 밍밍한 소고기나 빵을 먹지 않아요. 황제들, 섭정 왕세자들, 국왕들, 야전 사령관들이 그런 소고기나 빵을 먹겠습니까? 그래서 보신 것처럼 남은 음식이 다 저런 것들이죠. 혹시 국왕들이 남긴 빵 부스러기와 다람쥐가 먹다 남긴 부스러기가 같다고 생각하시는 건 아니죠?」

「당신! 그래, 당신! 옆으로 비켜서라고. 다른 음식 줄 테니 비키라고! 자, 이 파이 갖고 어서 가. 데본셔 공작 각하 부인께서 드신 음식을 맛보는 것에 감사하라고. 당신 같은 비렁뱅이가 어디서 이런 음식을 맛보겠어? 알아들어?」

음식 부스러기가 널린 판자 근처에 있던 붉은 가운을 입은 관리가 떠들썩한 소리 너머로 내가 있는 쪽을 향해 내지르는 소리였다.

「저를 지목한 건 아닌 것 같은데…….」 나는 안내자에게 말했다. 「저 사람이 저를 여기 있는 다른 사람들과 혼동한 것은 아니겠죠?」

「누구랑 같이 있는지 보면 다 알아요.」 안내자가 나를 향해 씩 웃으며 말했다. 그러고는 바로 말을 이었다. 「저런, 이것 좀 보세요! 모자가 비뚤어진 데다 짓눌리고, 코트는 엉망진창에 찢어지기까지 했으니. 이러면 안 되는데.」 그가 붉은 가운의 관리를 향해 소리쳤다. 「여기 계신 분이 낭패를 당하셨소. 그냥 구경 오신 분이오. 내 보증하리다.」

「아! 이게 누구야! 자네 아닌가?」 붉은 가운의 관리가 안내자를 잘 안다는 듯 대꾸했다 — 아마 둘이 개인적으로 잘 아는 듯했다. 「그분 모시고 빨리 나가게. 엄청난 소동이 벌어질 테니 조심하고. 곧 시작될 거야. 서둘러! 당장! 그분 모시고 빨리 나가라고!」

너무 늦었다. 이미 마지막 남은 음식도 동나고 말았다. 아직 마음껏 배를 채우지 못한 무리가 젖 먹던 힘까지 다해 소리를 내지르기 시작했고, 그 소리가 강풍이 불듯 울려 퍼지면서 현수막들이 날리고, 하수구에서 풍기는 지독한 악취처럼 고약한 냄새들이 주변 공기를 가득 메웠다. 접근하지 못하게 막아 놓은 차단막을 뚫고 사람들이 음식이 놓였던 탁자들을 향해 정신없이 몰려들었다. 밀려오고 밀려가는 파도처럼 사람들의 물결이 홀 전체를 휩쓸었다 — 마구 흔들어 대는 앙상한 맨살의 팔들이 파도에 부서진 배의 늑골처럼 너덜거렸다. 누구는 기름진 음식 먹고 누구는 먹다 남은 찌꺼기나 먹는다는 허탈감과 질투심, 그 복잡한 심경이 불러일으킨 분노에 사로잡힌 사람들이었다. 국왕들의 연회에 차려진 진수성찬의 찌꺼기들을 30분 남짓 흘끗 들여다봤을 뿐, 속이 텅 빈 창자처럼 남은 파이든 속살을 다 파먹은 꿩고기든 아니면 빨아 먹다 남긴 젤리든, 그런 것마저 굶주린 배를 달랠 만큼 충분히 먹지 못한 그들로서는 문득 그동안 빈민 구호품을 받아 들 때마다 느꼈던 굴욕적인 처참함을 다시 한번 떠올리지 않을 수 없었을 것이다. 갑자기 밀려온 그런 기분, 아니면 그 순간 그들을 사로잡은 알 수 없는 어떤 감정이 북받쳐 올랐는지, 나자로 같은 이 걸인들이 자책과 냉소가 뒤섞인 뒤틀린 심경으로 좋다고 집어삼켰던 부자의 그 오만한 음식 부스러기들을 금방이라도 토해 낼 것 같았다.

「이쪽으로! 이쪽으로 오세요! 벌처럼 제 등 뒤에 바싹 붙으세요.」 안내자가 힘주어 속삭였다. 「저기 있는 친구가 제 손짓에 그러겠다고 끄덕였어요. 우리 두 사람이 나가도록 저기 저 문, 아무도 모르는 저 비밀 문을 열어 줄 겁니다. 끼어드세요 — 밀어제치고 따라오세요 — 빨리요 — 어이구, 선생님 모자, 뭉개진 저 모자가 벗겨져 저기 나돌고 있네요 — 누가 코트 뒷자락을 잡더라고 멈추지 마세요 — 그러면 그 사람을 한 대 쳐버리세요 — 쳐서 넘어뜨리세요! 정지! 밀치세요! 지금! 죽을힘 다해 몸을 비틀어 나가세요! 하아! 드디어 숨 좀 쉬겠네요. 하느님 감사합니다! 이런! 쓰러지실 것 같은데요?」

「괜찮습니다. 시원한 공기를 마시니 살 것 같군요.」

나는 몇 차례 더 숨을 들이마셨다. 다시 걸을 수 있을 것 같았다.

「이제 건물 앞쪽 길로 해서 칩사이드 거리로 안내해 주시오. 바로 떠납시다. 숙소로 돌아가야겠습니다.」

「하지만 보도로 갈 순 없어요. 옷을 좀 보세요. 마차를 불러야겠습니다.」

「그럽시다, 그게 좋겠어요.」 나는 씁쓸하게 누더기가 다 된 내 옷을 바라보고는, 고개를 돌려 단추를 꽉 채워 입은 그의 코트와 머리에 착 달라붙게 쓴 테 없는 모자를 슬쩍 쳐다보았다. 부러웠다. 그는 단단히 챙겨 입어서 그런지 구겨지지도 않고 찢어지지도 않은 차림이었다.

「마차가 왔습니다.」 성의 있게 대하는 안내자가 마차에 나를 태우더니 너덜너덜한 내 옷도 거둬 올려 주었다. 「이제 선생님 나라로 돌아가시면 영국에서 벌어지는 귀중한 자선 행사 가운데 최고의 행사를 직접 목격했다고 말씀하실 수 있을 겁니다. 어쩔 수 없이 난장판 같은 소동에 휩싸이긴 했지만 양해해 주시리라 믿습니다. 그럼, 안녕히 가십시오. 마부님,

신경 좀 써주쇼.」— 마부석에 앉은 마부에게 당부하는 말이었다 —「당신이 모시는 이분, **신사**니까 잘 모셔야 하오. 방금 길드홀 자선 행사를 구경하고 오시는 바람에 옷차림이 엉망이 된 것이오. 자, 이제 그만 가시오. 플리트가의 런던 태번이오. 행선지가 그곳이니 잘 기억하쇼.」

「드디어 하늘이 은혜를 베풀어 런던의 고귀한 자선 행사에서 벗어났군.」그날 밤 나는, 여기저기 부딪혀 멍이 든 몸으로 침대에 누워 한숨을 내쉬었다.「그래, 하늘이 도와주셔서 〈빈자의 푸딩〉과 〈부자의 빵 부스러기〉에서 다 벗어난 거야.」

행복한 실패
— 허드슨강 이야기

나는 아침 9시 정각 강변에서 연세가 지긋하신 삼촌을 만나기로 했다. 작은 배는 이미 준비된 모양이고, 삼촌이 말한 그 기계 장치는 삼촌 집에서 일하는 머리가 희끗희끗한 흑인 아저씨가 가져올 참이었다. 그러나 그 놀라운 실험이 어떤 것인지는 아직 아무도 몰랐다. 오로지 실험을 기획한 삼촌만 알고 있었다.

만나기로 한 곳에 제일 먼저 도착한 사람은 나였다. 마을은 강에서 멀리 떨어져 있고, 강가를 벗어난 곳에는 여름 해가 벌써 폭염을 뿌리고 있었다. 곧 삼촌의 모습이 보였다. 모자를 벗은 채 연신 이마의 땀을 닦으며 나무 밑 그늘을 지나 걸어오고 계셨다. 훨씬 뒤에서 불쌍한 요피 아저씨가 등에 가자의 성 문짝[1]처럼 보이는 짐을 지고 끙끙대며 따라오는 모습도 보였다.

「빨리 오게, 으쌰! 요피, 힘차게 쿵쿵 걸어 보라고!」 삼촌은 마음이 급한지 가끔 뒤를 돌아보며 냅다 소리 지르곤 했다.

1 『판관기』 16장 1~3절 참고.

요피 아저씨가 땀을 뻘뻘 흘리며 작은 배에 다다르자, 나는 아저씨가 등에 진 것이 묵직하고 큰 가자의 성 문짝이 아니라 허름하게 생긴 직사각형의 밀폐된 큼직한 상자라는 사실을 알게 되었다. 안에 뭐가 들었는지 알 수 없는, 아무 장식도 없이 밋밋한 상자를 보니 궁금증이 더욱 커졌다.

「이게 그 놀라운 장치예요?」 나는 놀란 눈을 크게 뜨고 물었다. 「에이, 이건 그냥 안 입는 옷가지들을 넣고 못으로 박은 상자 같은데요? 삼촌, 이게 올해가 가기 전에 수억 벌게 해준다는 거예요? 반짝반짝 윤이 나는 것도 아닌 게, 누가 내다 버린 오래된 유골함 같은데요, 뭘.」

「배에 싣게!」 삼촌은 치기 어린 태도로 이게 뭐냐고 멸시하듯 던지는 내 말에 아랑곳하지 않고 요피 아저씨를 향해 우렁찬 목소리로 지시하셨다. 「어서 싣게나, 어휴 저 머리만 반백이지 순둥이 같은 사람 같으니 — 조심해서 올려놔, 조심해서! 그 상자 터지면 공들여 쌓은 불후의 내 재산이 와르르 무너진단 말일세.」

「터진다고요? — 무너져요?」 나는 깜짝 놀라 소리쳤다. 「혹시 저 안에 불이 잘 붙는 물건이 잔뜩 들어 있기라도 한가요? 이런, 빨리 피해야겠네. 저는 배 저쪽 끝으로 갈래요!」

「이 멍청아, 얌전히 앉아 있어!」 삼촌이 다시 소리치셨다. 「요피, 어서 올라타. 내가 배를 밀 테니 그 상자를 꽉 붙들고 있게. 조심! 조심하라고! 뭐 하는 거야, 이 바보 같은 친구야! 이봐, 상자 반대편도 신경 써야지! 상자를 부수려고 작정한 거야, 뭐야?」

「귀신은 뭐 하나 몰라, 이 상자나 가져가지!」 늙은 요피 아저씨가 투덜거렸다. 요피 아저씨는 네덜란드령 아프리카 지역 출신이었다. 「길고 긴 10년 동안 이놈의 상자는 나한테 저주였지, 저주.」

「자, 이제 떠나 보자고 — 꼬마야, 너는 노를 잡아라. 그리고 요피, 자네는 그 상자를 꼭 붙들고 있게나. 자, 출발한다. 조심! 조심하라고! 요피, 그 상자 흔들리지 않도록 하게! 조심해! 저기 큰 나무가 하나 떠내려가니까 조심, 조심! 이제 노를 끌어당겨. 으라차차! 드디어 깊은 물로 들어섰군. 꼬마야, 노를 힘껏 저어라. 섬으로 가는 거다.」

「섬이라뇨!」 내가 말했다. 「근처엔 섬이 없는데 —」

「다리 너머 16킬로미터 정도 더 가면 나온다.」 삼촌이 결연한 목소리로 말씀하셨다.

「16킬로미터라니! 이 뙤약볕에 낡은 옷가지가 들어 있는 이 상자를 싣고 그 먼 곳까지 간다고요?」

「우리는 콰시섬으로 간다. 더 이상 묻지 마라.」 삼촌의 목소리에 단호함이 묻어났다.

「제발요, 삼촌! 이렇게 지글지글 끓는 더위에 그 먼 거리를 노 저어 가야 한다니. 미리 알았더라면 삼촌한테 속아 이 쪼그만 배에 타지 않았을 거예요. 저 상자 안에 대체 뭐가 들었는데요? — 혹시 포장용 돌인가요? 보세요, 배가 푹 꺼질 정도잖아요. 저는 포장용 돌이 담긴 상자를 싣고 16킬로미터나 되는 먼 거리를 가지 않을 거예요. 노 젓는 일을 도와드리려고 했는데, 안 할래요. 그 돌멩이들을 가져다 뭐에 쓰시려고 그래요?」

「바보 같은 놈.」삼촌이 노를 젓다가 잠시 멈추며 말씀하셨다. 「노 젓기 싫으면 그만둬! 그러니까 너는 삼촌의 실험이 성공하면 누릴 명예를 같이 나누고 싶지 않다는 말이지? 불멸의 명성을 삼촌하고 같이 나누는 일에 관심 없으면 할 수 없지. 삼촌이 하려는 일은 유체 정역학을 이용한 이 위대한 유압 장치로 늪과 습지의 물을 빼내 그곳을 시간당 약 4천 제곱미터씩 제니시강[2] 유역보다 더 비옥한 농지로 만드는 거다. 그 일이 잘될지 처음으로 실험하는 건데, 네가 참관하고 싶지 않다면, 다시 말하지만 — 먼 미래에 늙은 내가, 이 삼촌이 죽고 나서 많은 세월이 지난 뒤 — 이 자랑스러운 일을 네 자식들, 자식의 자식들에게 전하고 싶지 않다면, 할 수 없구나. 네 마음이 정말 그렇다면, 당장 배에서 내리거라.」

「오, 삼촌! 제 말은 —」

「그만! 더 이상 아무 말도 하지 마라! 요피, 저 꼬마한테서 노를 뺏어. 쟤를 얕은 곳에서 내리게 할 테니 도와주게.」

「잘못했어요, 삼촌. 맹세할게요, 다시는 —」

「입도 뻥긋하지 말거라. 너는 이 위대한 유체 정역학 유압 장치를 대놓고 비웃었다. 요피, 쟤를 강가로 데려가자고. 요피, 알았지? 얕은 데로 왔구먼. 요피, 뛰어내려서 저 애를 강 기슭에 데려다주고 오게.」

「삼촌, 인자하신 분이 왜 그러세요. 제발요, 이번 한 번만 봐주시면 안 돼요? 앞으론 그 장치에 대해 절대 아무 말도 안

[2] 펜실베이니아 북부에서 뉴욕 서부를 거쳐 온타리오호까지 흐르는 강.

할게요.」

「더 이상 일언반구도 하지 마! 내가 목표한 대로 작동하면 금방 유명해진단 말이다! 요피, 저 아이를 어서 강가로 데려다주게.」

「싫어요, 삼촌. 저는 절대 노를 놓지 않을 거예요. 정신 차리고 끝까지 저을게요. 삼촌이 누리실 영광을 저도 같이 나누고 싶은데, 그 기회를 빼앗지 마세요.」

「그래, 알았다. 이제야 정신 차렸구나. 좋아, 계속 있어도 되니 다시 노를 젓도록 해라.」

우리는 한동안 아무 말 없이 부지런히 노를 저어 섬으로 향했다. 그러다가 다시 한번 내가 침묵을 깨고 입을 열었다.

「삼촌, 삼촌의 위대한 실험이 어떤 건지, 그 목적이 어디에 있는지 말씀해 주셔서 기분 좋았어요. 늪지대의 물을 효과적으로 빼는 거죠? 삼촌의 그런 노력이 성공하면(성공하실 거라고 믿어요) 삼촌은 로마 황제가 누리지 못한 영광을 한 몸에 받으실 거예요. 로마 황제는 폰티노 습지[3]의 물을 빼려고 했지만 실패했잖아요.」

「그때 이후로 세상이 정말 빠르게 발전했지.」 삼촌은 흐뭇한 표정으로 자랑스럽게 말씀하셨다. 「그 로마 황제가 여기 있다면 오늘날과 같은 계몽 시대에 어떤 일을 해낼 수 있는지 내가 보여 줄 텐데, 그러지 못해 섭섭하군.」

---

3 이탈리아 로마에서 남동쪽으로 60여 킬로미터 떨어진 곳에 있는 습지대. 옛날부터 말라리아 창궐 지역으로 유명했다. 2세기부터 그 습지대를 매립하려는 시도가 있었으나 모두 실패로 끝나고, 1928년에 드디어 무솔리니 정권이 그 습지대를 매립해 거주지와 농지로 만들었다.

이제는 마음이 많이 누그러지셨는지 삼촌이 자기도취에 빠진 듯 대단히 흡족해하시자, 나는 또다시 용기를 내어 말했다.

「삼촌, 그래도 뙤약볕에서 노 젓는 건 너무 힘들어요.」

「애야, 힘들게 노력하지 않고는 영광을 얻을 수 없단다. 아무리 힘들어도 물줄기를 거슬러 올라가야 해. 그런데 사람들을 보면, 다 자연스럽게 그렇게 되기는 한다만, 모두 한 덩어리가 되어 물살 흐르는 대로 휩쓸려 가다가 결국 망각의 세상으로 사라지고 말지.」

「그렇지만 삼촌, 이런 때 꼭 멀리까지 배를 몰고 가야 해요? 16킬로미터나 되는 거리를요? 저는 삼촌이 저 놀라운 발명품을 그냥 아무 데서나 시험해 보는 것으로 알았거든요. 그러면 안 되는 거예요?」

「넌 어려서 뭘 모른다.」 삼촌이 말씀하셨다. 「이 삼촌이 부푼 가슴을 안고 10년이란 긴 세월 동안 어떤 일이 닥쳐도 굴하지 않고 끈질긴 노력 끝에 이룬 결실을, 나쁜 마음을 품은 스파이가 몰래 훔쳐 갈지도 모르잖니? 나 혼자 기획하고 구상한 거라 사람들 없는 곳에서 검증하려는 거란다. 실패한다면 ─ 사람이 하는 일에는 모든 가능성이 열려 있으니까 ─ 우리 식구 말고는 누구도 그 사실을 모를 테니 창피당할 일도 없을 테고. 하지만 이 발명의 비밀을 안전하게 확보하면서 성공한다면, 그 결과를 세상에 내놓을 때 당당하게 많은 돈을 요구할 수 있으니 이러는 거란다.」

「죄송해요, 삼촌. 역시 삼촌은 저보다 훨씬 지혜로우세요.」

「연륜이 쌓이고 백발이 되면 지혜가 생긴다고들 하지.」

「하지만 삼촌, 저기 요피 아저씨 말이에요, 요피 아저씨를 보면 그런 것 같지 않거든요. 긴 세월이 지나는 동안 머리에 지혜가 쌓여야 할 텐데, 저 희끗희끗한 반백의 머리칼이 그냥 덮어 버린 것 아닐까요?」

「예끼, 이놈. 내가 요피와 같은 사람이냐? 노나 잘 저어!」

그래서 나는 다시 입에 자물쇠를 채우고 한마디도 꺼내지 않았다. 드디어 우리가 탄 배는 숲이 우거진 섬에서 20미터 정도 떨어진 얕은 물가에 닿았다.

「쉬잇!」 삼촌이 작은 소리로, 그러나 목소리에 힘을 주어 말씀하셨다. 「한마디도 해선 안 돼!」 삼촌은 움직이지 않고 가만히 앉은 채 천천히 주변을 둘러보셨다. 큰 폭으로 유유히 흐르는 강줄기의 양쪽 둑까지 유심히 살피셨다.

「저기 말 탄 사람이 지나갈 때까지 기다리자!」 삼촌이 강가 높은 길을 따라 움직이는 작은 점을 가리키며 나지막한 소리로 말씀하셨다. 말을 탄 사람은 곳곳이 가파른 비탈과 절벽으로 가로막힌 길을 구불구불, 조심조심 돌아 나가고 있었다. 「이제 됐어 — 안 보이는군. 작은 숲 뒤로 사라졌어. 서둘러! 요피! 조심스럽게 배에서 뛰어내려 상자를 어깨에 둘러메게. 그리고 — 아냐, 잠깐, 정지!」

우리는 다시 입을 다물고 움직이지 않았다.

「저기 반대편 둑 과수밭에 있는 저 나무 위에 자캐오[4]처럼

---

4 키가 작은 자캐오는 예리고에서 길을 지나는 예수를 보기 위해 돌무화과나무 위에 올라갔다고 한다. 『루가의 복음서』 19장 1~4절 참고.

앉아 있는 게 어린 남자아이 아닌가? 꼬마야, 네가 한번 봐라 — 늙은이 눈보단 어린애 눈이 더 밝을 테니. 보이냐?」

「삼촌, 과수밭은 보이는데 남자아이는 안 보이는데요?」

「스파이야 — 틀림없어.」 삼촌은 내 말을 무시하고 불쑥 말한 뒤 한 손을 펴서 눈 위를 가리며 뚫어지게 과수밭 쪽을 살피셨다. 「그 상자에 손대지 말게, 요피. 몸을 숙여! 모두 바싹 엎드리라고!」

「아니, 삼촌 — 저기 — 저기 한번 보세요 — 어린 소년이 아니라 시들어 하얗게 말라 버린 나뭇가지예요. 제 눈에 똑똑히 보인다니까요.」

「그건 내가 말한 나무가 아니다.」 삼촌은 이렇게 말씀하셨지만, 그래도 안심된다는 태도였다. 「신경 쓰지 말자. 저 애쯤은 그냥 무시해도 되겠구나. 요피, 이제 배에서 뛰어내려 상자를 어깨에 둘러메게. 그리고 꼬마야, 너는 신발이랑 양말 벗고 바짓가랑이를 둘둘 말아 올린 다음 나를 따라오너라. 조심해, 요피, 조심하라고. 그거, 황금 상자보다 더 귀중한 걸세. 신경 쓰라고.」

「어쨌든 금덩어리만큼 무겁군요.」 요피 아저씨가 얕은 물속을 휘청거리는 발걸음으로 첨벙첨벙 물을 튀기며 걸어가면서 투덜거렸다.

「거기, 덤불 아래 멈추게 — 거기 길게 자라 늘어진 풀들 사이에 — 그래, 천천히, 조심조심 — 그래 거기, 거기 내려놓게. 자, 이제 꼬마야, 준비됐니? 따라오너라 — 발끝으로 살살! 조심해서 따라와!」

「아니, 바닥이 온통 진흙이라서 도저히 발끝으로 걸을 수가 없어요, 삼촌. 이렇게까지 해야 하나요?」

「더 얕은 곳으로 가— 빨리!」

「삼촌, 여기도 얕아요.」

「조용히 하라니까! 입 다물고 따라오기나 해.」

물속에 발을 담근 채 철저히 비밀을 유지한다며 덤불과 길게 자란 풀 사이에 웅크린 삼촌은 큼직한 옷 주머니 하나에서 슬며시 렌치 망치 하나를 꺼내 상자를 톡톡 두드리셨다. 그런데 두드리는 소리에 삼촌 자신도 놀란 눈치였다.

「요피,」 삼촌이 작은 소리로 말씀하셨다. 「오른쪽으로 돌아 덤불 뒤로 가서 잘 지켜보게. 누구 오는 사람이 보이면 작게 휘파람을 불라고. 꼬마야, 너는 왼쪽으로 가서 마찬가지로 잘 지켜봐.」

우리는 삼촌 말씀대로 했다. 이내 상자에 대고 여러 차례 망치질하고, 이어서 상자를 만지작거리던 삼촌이 우리에게 돌아오라고 지시하는 소리가 들렸다. 사방이 적막하다 보니 그 소리가 더 크게 들린 것 아닌가 싶었다.

또다시 우리는 시키는 대로 했다. 상자 덮개가 벗겨져 있었다. 그 안에 무엇이 들었는지 궁금했던 나는 슬쩍 들여다보았다. 온갖 종류의, 갖가지 모양에 크기와 구경이 서로 다른, 나선형으로 둘둘 말린 금속 파이프와 주입기들이 거대한 코일 하나에 복잡하게 뒤섞인 채 감겨 있었다. 아나콘다와 같은 큰 뱀들이 똬리를 틀고 들어앉은 둥지가 이런 모양 아닐까 싶었다.

「자, 그럼 시작해 볼까?」삼촌은 영광의 순간을 미리 맛보기라도 한 듯, 얼굴이 상기된 채 활기찬 목소리로 말씀하셨다. 「요피, 자네는 이쪽에 서서 준비하고 있다가 내가 말하면 상자를 기울이게. 그리고 꼬마, 너는 반대편에서 마찬가지로 내가 말하면 상자를 기울이거라. 정신 바짝 차려야 해. 내가 말할 때까지 털끝 하나 움직여선 안 돼. 모든 게 아주 정확히 잘 맞추는 데 달려 있으니까.」

「걱정 마세요, 삼촌. 숙녀들이 핀셋으로 눈썹 다듬듯 아주 조심할게요.」

「저도 절대 이 무거운 상자를 건드리지 않을 겁니다, 말씀 주시기 전까지는. 걱정 붙들어 매십시오.」 늙은 요피 아저씨의 목소리가 딱딱했다.

「오, 드디어,」 삼촌이 얼굴을 들어 경건한 표정으로 하늘을 바라보셨다. 삼촌의 회색 눈과 머리와 주름살이 고결한 빛으로 반짝였다. 「오, 얘야! 드디어 이 순간이 왔구나. 이 순간을 기다리며 무명의 세월을, 온갖 공을 들이며 10년이란 기나긴 세월을 견뎌 왔다. 고생 끝에 마침내 이 순간이 왔으니 누릴 명성이 더욱더 빛날 테고, 너 같은 어린애가 아닌 늙은 나에게 찾아왔으니 이름을 더럽히지 않는 더 값진 영광 아니겠느냐. *꿋꿋하게 버틴 자, 그대에게 영광 있으라.*」

말을 마친 삼촌은 그 거룩한 머리를 숙이셨고 ─ 내가 기억하기에는 ─ 그 순간 갑자기 어떤 물방울 같은 것이 내 얼굴에서 얕은 강물 속으로 떨어졌다.

「기울여!」

우리는 상자를 기울였다.

「조금만 더!」

우리는 조금 더 기울였다.

「조금 더!」

우리는 조금 더 기울였다.

「조금만, 아주 조금만 더.」

아주 조심스럽게 힘을 들여 우리는 조금, 아주 조금 더 기울였다.

그러는 동안 삼촌은 열심히 허리를 굽혀 여러 차례 똬리를 튼 뱀들과 같은 부품들이 들어 있는 상자 안을 들여다봤다 다시 고개를 들고, 그다음에는 상자 아래를 살피셨다. 그런데 그 기계 장치들이 거의 물에 잠기면서 삼촌의 노력이 완전히 허사가 되고 말았다.

삼촌은 허리를 펴더니 상자 주위를 천천히 한 바퀴 도셨다. 결연한 표정이 아직 사라지지 않은 얼굴에는 여전히 광채가 흐르고 있었지만, 어딘지 고통스럽고 잔뜩 화난 기색이 역력했다.

뭔가 잘못된 것이 분명했다. 하지만 그 신비스러운 장치에 대해 아무것도 모르고 있었기에 나는 무엇이 문제인지, 어떻게 해야 제대로 고칠 수 있는지 말할 처지가 못 되었다.

삼촌은 다시 한번, 아까보다 더 화가 치밀어 오른 기색으로, 아까보다 더 천천히 물속을 걸어 상자 주위를 도셨다. 불만이 점점 더 깊게 쌓일 만도 했지만, 삼촌은 여전히 마음을 다잡고 희망의 끈을 놓지 않으려는 모습이었다.

그러나 분명한 것은 예상했던 효과가 아직 나타나지 않는다는 사실이었다. 나 역시 물에 잠긴 내 다리를 보고 수면의 높이가 줄지 않고 그대로라는 것을 확인할 수 있었다.

「조금만 더 기울여 — 아주 조금만.」

「삼촌, 이미 다 기울인 것 같아요. 보세요, 거의 평평하니 사각형 모양으로 기울어지지 않았나요?」

「요피, 상자 아래에서 그 시커먼 발 좀 빼게!」

버럭 화를 내는 삼촌의 모습을 보니 더 의심이 들면서 일이 심상찮게 돌아간다는 느낌이 들었다. 삼촌의 그런 모습은 나쁜 징조였다.

「조금 더 기울일 수 있으니 기울여 보라고!」

「더는 안 돼요, 삼촌.」

「이 빌어먹을 상자, 폭파시키든 부숴 버리든 해야지 안 되겠어!」 삼촌이 무서운 목소리로 내지르는 고함이 갑자기 돌풍이 불어오듯 귓전을 때렸다. 상자로 달려간 삼촌은 맨발을 상자 안으로 쑥 집어넣더니 엄청난 힘으로 마구 짓이기셨다. 그런 다음 발을 빼낸 뒤 상자를 붙잡고 안에 들어 있던 둘둘 감긴 장치들을 마구 들어내는가 싶더니, 그것들을 비틀어 잡아떼 물 위로 내던지셨다.

「잠깐만요, 삼촌. 그만하세요, 삼촌! — 제발 멈추세요! 아무리 화나셔도 한순간에 다 망가뜨리면 어떡해요. 멋진 계획을 위해 긴 세월 조용히 참으며 온 정성을 쏟으셨다면서요. 멈추세요, 제발, 제가 이렇게 빌게요!」

내가 애절한 목소리로 호소하고 눈물까지 마구 흘리자 마음이 찡했던지, 삼촌은 잠시 멈추더니 나를 뚫어지게 바라보셨다. 아니, 정신 나간 사람처럼 멍한 시선으로 바라봤다고 해야 한다.

「삼촌, 아직 완전히 망가지진 않았어요. 다시 조립해서 붙이면 돼요. 렌치 망치도 있잖아요. 다시 조립해서 한 번 더 시도해 봐요. 끝날 때까지 끝난 게 아니에요. 살아 있는 한 희망이 있다는 말도 있잖아요.」

「살아 있다면 이후로는 절망뿐이지.」 삼촌이 신음하듯 말을 내뱉으셨다.

「한번 해보세요. 하세요, 삼촌 ─ 여기, 여기요, 이 물건들을 잘 맞춰 보세요. 다른 연장이 더 있어야 고칠 수 있다면 그냥 한 부분만이라도 조립해 보세요 ─ 그래도 잘될 거예요. 한 번만 더 해보세요. 삼촌, 제발요.」

내가 끈질기게 설득하고 나서자 삼촌도 마음이 움직인 모양이었다. 아무리 갈아엎고 뿌리째 뽑아내려 해도 끈덕지게 버티며 남아 있던 희망의 그루터기가 기적처럼 마지막 푸른 싹을 틔워 냈다.

망가진 기계 장치 속에서 희한하게 생긴 부품 몇 개를 조심스럽게 끄집어낸 삼촌은 신기할 만큼 멋진 솜씨로 한데 결합시키고는 상자 안을 비우더니 결합한 부품들을 천천히 안으로 밀어 넣으셨다. 그런 다음 전처럼 요피 아저씨와 나를 상자 옆에 세우더니 다시 한번 상자를 기울이라고 지시하셨다.

우리는 삼촌이 시키는 대로 했지만, 아무런 효과도 나타나지 않았다. 나는 삼촌이 이전처럼 다시 한번 상자를 기울이라고 지시하시겠지 기다리며 삼촌의 얼굴을 흘끗 쳐다보았다. 순간 혼이 빠져나갈 정도로 깜짝 놀랐다. 삼촌의 얼굴이 초췌하게 쭈그러들며 곰팡이가 핀 것처럼 허옇게 변한 것이 흡사 흰가루병에 걸린 포도 같았다. 나는 얼른 상자를 내려놓고 금방이라도 쓰러질 듯한 삼촌에게 달려갔다.

요피 아저씨와 나는 그 애처로운 상자를 그대로 두고 삼촌을 배에 태워 조용히 콰시섬을 벗어났다.

우리를 강 하류로 빠르게 쓸고 내려가는 물살! 섬에 가기 위해 이 물살을 헤치며 얼마나 힘들게 노를 저었던가! 불과 한 시간 전에 삼촌이 했던 말이 생각났다. 모두 한 덩어리가 되어 물살 흐르는 대로 휩쓸려 가다가 결국 망각의 세상으로 사라지고 만다는.

「얘야!」 드디어 삼촌이 정신을 차리고 고개를 들어 올리셨다. 나는 삼촌의 얼굴을 유심히 살폈다. 무서운 파멸의 그림자가 거의 사라진 것을 보니 안심되면서 기분이 좋았다.

「얘야, 이 오래된 세상에 이 늙은이가 발명할 것이 이젠 별로 남아 있지 않구나.」

나는 아무 말도 하지 않았다.

「이 늙은 삼촌의 충고를 새겨듣거라. 절대로 그 어떤 것도 발명하려 들지 말거라 — 행복 말고는 그 어떤 것도.」

나는 아무 말도 하지 않았다.

「얘야, 배를 돌려라. 가서 그 상자를 다시 갖고 오자꾸나.」

「삼촌, 제발요!」

「잘 다듬어 나무상자로 만들면 꽤 쓸 만할 거다. 그리고 내 말을 충실히 따라 준 성실한 요피 영감은 그 낡은 쇠붙이를 내다 팔면 담배 살 쌈짓돈 정도는 챙길 수 있고.」

「오, 주인 어르신! 어르신! 10년이란 긴 세월 동안 어르신이 저를 다정하게 요피 영감이라고 부르신 건 이번이 처음입니다. 감사드립니다, 어르신. 그렇게 따뜻하게 말씀해 주시다니. 10년이란 긴 세월이 지나 이제 다시 어르신 본래 모습으로 돌아오신 것 같습니다.」

「그래, 긴 세월이었지.」 삼촌이 한숨을 내쉬셨다. 「남들은 잘 모르지, 그 세월이 어땠는지. 아무튼 이제 다 끝났어. 지나간 일이야. 애야, 내 노력이 실패로 끝난 게 다행이라는 생각이 드는구나. 내 말은, 내가 실패하는 바람에 착한 늙은이가 되었다는 뜻이다. 처음엔 끔찍했지만 이젠 기쁘다, 실패한 것이. 하느님 감사합니다, 실패를 주셔서!」

삼촌의 얼굴이 기이하다 싶을 만큼 무엇에 골몰한 듯한 진지한 표정으로 밝게 타올랐다. 나는 그때 삼촌의 그 표정을 아직도 잊지 못한다. 삼촌 말씀대로 그 일로 인해 삼촌이 착한 늙은이가 되셨다면, 나는 그 덕분에 지혜로운 젊은이가 되었다. 그 일은 경험이라는 것이 어떤 힘을 지니는지 잘 보여 준 본보기가 되었던 것이다.

그로부터 여러 해가 지나고 나이 드신 삼촌의 기력도 점점 쇠해지셨다. 한창때는 이미 지났지만 나이 들어 맞이한 만족한 삶을 평화롭게 누리고 난 뒤, 삼촌은 조용히 조상님들 곁으로 향하셨다. 그리고 성실했던 요피 아저씨도 눈을 감으셨다. 삼촌이 돌아가시던 날, 나는 마지막으로 삼촌의 경건한 얼굴을 바라보았다. 모든 것을 내려놓은 듯 묵묵했던 그 파리한 입술이 움직이는 것 같았다. 삼촌이 진심으로 뜨겁게 외치셨던 그 말이 또다시 들리는 것 같았다 —「하느님 감사합니다, 실패를 주셔서!」

빌리 버드
—어느 선원의 이야기, 그 숨겨진 내막

영국인이었던 잭 체이스,[1]
그 사람에게 이 작품을 바친다.

지금 그 사람의 큰마음이 어디에 있든
여기 지상에 있든 천국에 안거하든
1843년 미국 프리깃함 유나이티드 스테이츠호
큰 돛대의 망루 대장이었던 그 사람.

1장

증기선이 세상에 나오기 전, 그 시절 제법 규모가 큰 항구에서는 한가롭게 부두를 따라 거닐다 보면 누구든 무리 지어

---

[1] 1843년에 〈유나이티드 스테이츠〉호의 선원이었던 멜빌이 흠모하고 존경했던 동료. 멜빌이 그 군함에서 겪은 일을 바탕으로 쓴 『화이트 재킷, 혹은 전함의 세계 *White Jacket; or, The World in a Man-of-War*』(1850)에 나오는 주인공의 모델이다.

다니는 구릿빛 뱃사람들, 전함에서 내린 수병이든 상선의 선원이든, 그 뱃사람들이 외출복으로 갈아입고 배에서 내려 자유를 만끽하며 돌아다니는 모습에 시선을 빼앗기는 경우가 종종 있었다. 지금도 그런 일이 있겠지만, 그 시절에는 그런 광경을 더 자주 볼 수 있었다. 간혹 그 뱃사람들 가운데 뭔가 뛰어난 사람 아니면 윗사람인 듯 보이는 사람이, 자기 별자리에서 주변의 별들보다 더 밝게 빛나며 자태를 뽐내는 알데바란[2]처럼, 경호원의 호위를 받듯 옆에 동료들을 거느리고 다니는 모습도 볼 수 있었다. 그 대상은, 그가 해군의 수병이든 화물선단[3]의 선원이든 상관없이, 그나마 상상력이 살아 있던 시대 〈멋쟁이 배꾼〉이었다. 겉으로 드러난 자만심이라고는 조금도 찾아볼 수 없는, 타고난 당당함을 서슴없이 드러내는 그 사람에게 동료들은 자발적으로 경의를 표하는 것 같았고, 그 또한 그런 동료들의 태도를 진정으로 받아들이는 것 같았다.

여기서 문득 한 가지 특이했던 경우가 떠오른다. 지금으로부터 50여 년 전, 리버풀의 프린스 독[4]을 따라 이어진 거리의 거무튀튀한 담벼락(장애물처럼 늘어서 있던 것이 오래전에 철거되었다)이 만들어 내는 그늘에서 평범한 한 선원을 본

---

2 〈황소자리 알파〉 혹은 〈황소의 눈〉이라고도 불리는 황도대 별자리에서 황소자리 방향에 있는 별.
3 국가가 관리하는 상선들. 영국에서는 〈merchant navy〉라고 부르지만 〈merchant marine〉이라고 부르는 나라도 있다. 평시에는 화물 수송을 담당하다가 전시에는 해군에서 징발할 수도 있다.
4 영국 리버풀 항구의 머지강 변에 있는 부두.

적이 있다. 피부가 어찌나 까만지 함[5]의 순수 혈통을 이어받은 아프리카 원주민이 틀림없어 보였다. 보통 사람보다 훨씬 큰 키에 균형 잡힌 체격이었으며, 보란 듯이 드러낸 반들반들 빛나는 까만 가슴팍에서는 목에 두른 화려한 실크 스카프가 양쪽으로 늘어지며 춤을 추듯 흔들리고 있었다. 그뿐인가? 큼직한 금귀고리가 대롱대롱 매달려 있는 두 귀, 체크무늬 모직 띠로 장식한 스코틀랜드 고지대 사람들이 즐겨 쓰는 테 없는 모자. 그 모자를 걸치고 있어 그러잖아도 잘생긴 멋진 머리가 더욱 돋보였다.

7월 어느 날 무더운 정오였다. 땀에 젖어 번들번들 윤이 나는 그의 얼굴에는 뭐 거칠 것 있냐는 듯 기분 좋은 표정이 역력했다. 그는 무리 지은 동료 선원 한가운데 서서 유쾌한 표정으로 주변 좌우로 불쑥불쑥 얼굴을 들이밀면서 하얀 이를 번득이며 신나게 떠들고 있었다. 그의 동료들은 종족도 다르고 얼굴색도 다른 여러 인종의 조합처럼 보였다. 그 모습이 흡사 아나카르시스 클루츠[6]를 선두로 제1차 프랑스 국민 의

---

[5] 셈, 야벳과 더불어 『창세기』에 나오는 노아의 세 아들 가운데 셋째. 가나안의 조상이다(9장 17~27절 참고). 아프리카 북동부에 사는 사람들을 지칭하던 함족이 〈함〉의 후손이라는 의미에서 비롯되었다고 한다.

[6] 프로이센의 남작이었던 장바티스트 뒤발드 그라스 Jean-Baptiste du-Val-de Grace(1755~1794). 세계 의회 결성을 주장한 프랑스 혁명기 주요 인물 가운데 하나다. 프랑스 혁명이 발발하자 파리로 들어선 그는 1790년 6월 〈인류의 사절단〉이라는 이름으로 36명의 외국인을 이끌고 프랑스 국민 의회 회의장으로 가서 세계에 인간과 시민의 권리 선언을 지지해 달라고 호소했다. 1791년 국민 의회에서 연설한 이후 그는 〈인류의 웅변가〉로 유명해지면서 기원전 6세기 스키타이 왕국의 현인이었던 아나카르시스에 대한 기억을 되살리겠다는 생각에 이름을 〈아나카르시스〉로 바꿨다고 한다.

회가 열리는 회의장까지 행진하던 인류의 대표자들, 딱 그 모습에 어울리는 사람들이었다. 뭍에 내려 거리를 활보하는 그들, 온갖 사람을 모아 놓은 것 같은 그 일행이 검은 피부의 우상에게 자발적으로 보여 주었던 경의 — 잠시 멈춰 서서 두 눈을 크게 뜨고 바라보다가 이따금 탄성을 내지르는 아낌없는 찬사 속에는 그런 경의의 대상이 되는 존재가 자랑스럽고, 그들도 나름대로 자부심을 느낀다는 속내가 담겨 있었다. 먼 옛날, 아시리아의 사제들이 거대한 황소 조각상[7] 앞에 엎드려 머리를 땅에 조아리고 있는 신심 깊은 신도들을 보며 그 조각상에 대해 느꼈을 뿌듯함이 그 무리 속에서 그대로 재현되고 있는 것은 아닌지…….

다시 원래 이야기로 돌아가자.

앞에서 언급한 우리의 그 〈멋쟁이 배꾼〉은 배에서 내려 본 모습을 보여 주는 바다의 뮈라라고 할 정도로 뮈라 장군[8]을 닮은 구석이 있었다. 그러나 그는 멋지게 치장했지만, 저주받은 운명의 뮈라와 같이 지금은 좀처럼 찾아보기 힘든, 옷차림만 화려한 빌리비댐과 같은 흥미로운 전설적 인물은 아니었다. 오히려 이따금 우리는, 폭풍으로 물살이 거센 이리

---

7 고대 가나안에서 풍요와 폭풍우와 비의 신으로 추앙하던 바알을 상징하는 조각상.

8 Joachim Murat(1771~1815). 프랑스 황제 나폴레옹 1세 휘하에 있던 유명한 기병 사령관. 미남인 데다 장신이었던 뮈라 장군은 적의 표적이 되기 쉬운 화려하게 꾸민 복장으로 전투에 나선 것으로 유명하다. 나폴레옹을 위해 큰 공적을 쌓아 나폴리의 왕위에 오르기도 했으나, 나폴레옹을 배신해 쫓겨난 후 몰락의 길로 접어든 나폴레옹을 위해 다시 전투에 나섰지만 오스트리아군에 잡혀 총살당했다고 알려져 있다.

운하를 오가는 배의 조타실에서 키를 잡은 선원의 모습에서, 아니 그보다 예선로[9]를 따라 늘어선 선술집에서 기염을 토하듯 신나게 떠드는 선원의 모습에서 그의 본모습을 더 자주 발견할 수 있었다. 소명으로 받아들인 뱃일, 곳곳에 위험이 도사린 그 뱃일에 늘 숙달된 솜씨를 발휘하곤 했던 그는, 또 어떻게 보면 대단한 권투 선수이자 레슬링 선수 같기도 했다. 힘과 미의 화신이랄까. 아무튼 그의 용맹함을 두고 하는 이야기들이 여기저기서 회자될 정도였다. 배에서 내려 뭍에 들어서면 챔피언이었고, 배에 올라타면 대변인이었다. 언제든 나서야 할 때면 늘 앞장서는 사람이었다. 한바탕 큰바람이 불어 위 돛대의 돛을 바짝 감아 단축시켜야 할 때면 어김없이 그가 나타나 바람이 불어오는 쪽 활대 끝에 두 다리를 벌리고 걸터앉은 뒤, 말에 올라타 등자에 양발을 안전하게 올려놓듯 활대 아래 돛을 조절하는 밧줄을 디딤 밧줄 삼아 발을 디디고 서서 두 손으로 돛 구멍에 달린 짧은 밧줄을 턱턱 잡아당겼다. 그렇게 고삐를 당겨 난폭한 말을 달래듯 밧줄을 잡아당기는 그의 모습은 마구 날뛰던 부케팔로스를 길들이는 알렉산드로스 대왕의 어릴 적 모습,[10] 바로 그것이었다.

---

9 말이나 사람이 배와 바지선 등을 예인할 때 사용하던 강이나 운하와 같은 수로 변에 난 길.
10 부케팔로스는 이마의 점이 황소의 뿔 같다고 해서 〈황소의 머리〉라는 의미의 〈부케팔로스Bucephalus〉라는 이름이 붙은 말로, 알렉산드로스 대왕이 열두 살 때 길들였다고 한다. 그 후 부케팔로스는 알렉산드로스 대왕의 애마가 되어 함께 많은 전장을 누볐고, 늙은 알렉산드로스가 인도 원정에 나설 때도 그를 태우고 전투를 치른 뒤 죽었다고 전해진다.

빌리 버드

황소 타우루스의 뿔에 받혀 우레가 울리고 번개가 치는 하늘로 튕겨 오르는 것처럼, 온몸이 위아래로 요동치는 활대 위에서 그 아래 돛대 주위에서 기를 쓰며 센바람에 맞서는 동료들에게 신나서 큰 소리로 외치는 그의 모습을 보면 당당함과 위엄 그 자체였다.

단단한 체격과 도덕적 품성, 그에게는 이 둘이 잘 어울리지 않는 경우가 거의 없었다. 사실 어떤 남자가 잘생긴 데다 힘도 세다고 하면 매력적인 인물임이 틀림없지만, 도덕적 품성이 그 준수한 용모와 힘을 받쳐 주지 못하면 다른 사람들로부터 진심 어린 존경과 경의의 마음을 끌어낼 수 없다. 그러나 그 〈멋쟁이 배꾼〉은 달랐다. 그는 몇몇 경우에서 누구보다 뛰어난 능력을 보여 주어 다른 사람들의 본보기가 되었기에, 그보다 능력이 뒤처지는 동료들에게서 진정한 찬사의 대상이 되었던 것이다.

적어도 겉모습에서, 그리고 인품에서는 더할 나위 없이 주목 대상이 된 그 인물, 물론 앞으로 이야기가 진행되면서 중요한 변화가 일어나긴 하지만, 그 인물이 바로 18세기 마지막 10년이 끝나갈 무렵 영국 함대의 앞 돛대 망루꾼이었던 스물한 살의 빌리 버드, 이후 전개되는 상황에 따라서는 더 친숙하게 〈베이비 버드〉라고 불리던, 눈이 하늘을 닮은 빌리 버드였다. 앞으로 전개될 이야기가 시작되기 얼마 전, 빌리 버드는 영국 왕의 통치권 아래 있는 해상[11]에서 고국으로 귀

---

11 Narrow Seas. 영국과 대륙 사이에 있는 영국 해협, 그리고 영국과 아일랜드 사이 해협을 말하는데, 주로 영국 해협을 지칭한다.

항하던 영국 상선에 타고 있다가 징집되어, 영국을 떠나 항해 중이던 74문의 포를 지닌 〈H. M. S.[12] 인도미터블〉[13]호에 승선하면서 영국 해군의 일원이 되었다. 그때 전함 〈인도미터블〉호는, 하루가 다르게 상황이 급변하는 당시에는 흔한 일이었지만, 적정 승선 병력을 다 채우지 못한 채 출항한 상태였다. 인력 보충을 위해 상선에 오른 임검 장교 랫클리프 대위는 선수루에서 선미 갑판으로 이어지는 좁은 통로에서 빌리와 정면으로 마주치자마자 바로 그를 차출 대상으로 정했다. 정식으로 상선의 선원들을 선미 갑판에 집합시켜 일일이 점검하고 조사하기도 전이었다. 그리고 선원들 가운데 유일하게 빌리만 선발되었다. 그렇게 빌리 한 사람만 차출한 이유가 자기 앞에 도열해 있던 다른 선원들이 빌리보다 더 돋보이지 않아서인지, 아니면 그러잖아도 선원이 부족한 상선에서 사람을 빼가는 것이 마음에 걸려서인지, 어찌 되었든 랫클리프 대위는 첫눈에, 즉흥적으로 빌리를 뽑았지만 정말 잘한 선택이라고 생각해서 그런지 매우 만족해하는 표정이었다. 게다가 빌리는 주저하는 기색도 없고, 아무런 이의도 제기하지 않았다. 빌리의 그런 태도에 상선의 동료 선원들은

---

12 〈영국 국왕/여왕 폐하의 선박/잠수함〉이란 뜻의 〈His/Her Majesty's Ship/Submarine〉을 줄인 말. 영국 해군의 모든 함정 명칭에 이 접두어를 붙여 쓴다.

13 이 작품은 멜빌이 미완성 원고로 남긴 채 세상을 떠났기 때문에 여러 판이 존재한다. 멜빌은 초기 원고에 전함의 이름을 〈인도미터블Indomitable〉로 썼으나, 나중에 어떤 의도에서인지 〈벨리포텐트Bellipotent〉로 바꿨다고 한다.

놀랐지만, 대위로서는 그런 점 또한 마음에 들지 않을 수 없었다. 따지고 보면 아무리 반발하더라도 소용없는 일이긴 했다. 어쩌다 새장에 들어간 황금방울새가 새장을 빠져나가려고 제아무리 몸부림쳐 봐야 무슨 소용이 있겠는가?

좋은 게 좋다고 생각하는 사람을 제외하고 모두가 놀라서 하는 말이겠지만, 빌리는 정말 한마디 불평도 없이 순순히 대위의 지시에 따랐다. 그런 빌리의 태도를 보고 놀란 동료 선원들은 말을 아끼긴 했지만, 은근히 비난하는 눈길로 빌리를 바라보았다. 상선의 선장은 어떤 마음이었을까? 어느 직업에서든 우리는 그 직업에 어울리는 훌륭한 사람, 그러면서도 누구보다 더 겸손의 덕을 갖춘 사람을 발견한다. 상선의 선장, 그 사람이 바로 그런 사람이었다. 모든 사람이 아무런 토도 달지 않고 한목소리로 〈존경할 만한 사람〉이라고 부르는, 그런 사람이었다. 그리고 이렇게 말하더라도 하등 이상할 것 없지만, 그는 지나온 세월 내내 고분고분하지 않은 자연의 힘에 맞서며 쟁기질하듯 거친 파도를 가르며 다닌 성실한 사람이면서, 다른 한편으로는 그 무엇보다 소소한 평온과 고요함을 마음속 깊이 사랑한 사람이었다. 그 밖에 더 말하자면, 나이는 쉰 살 남짓이고, 몸매는 조금 뚱뚱한 편이며, 구레나룻을 기르지 않은 보기 좋은 안색의 호감형 얼굴 — 인간적이면서도 지적인 면모가 엿보이는 인상적인 표정의 통통하니 둥근 얼굴이었다. 바람도 좋고 모든 일이 착착 잘 진행되어 상서로운 기운이 감도는 쾌청한 날 들려오는 그의 목소리, 어떤 아름다운 선율이 흐르는 것 같은 그의 목소리를 듣고 있으면 마음속 깊은 곳에 간직한 인간다움이 그대로 묻어 나오는 것 같았다. 그는 무척 신중하고 분별력이 있으며, 대단히 양심적인 사람이었다. 그런데 이런 덕목들이 오히려 그에게 과도한 불안감을 심어 줄 때가 종종 있었다. 항해 중이던 배가 육지에 닿을 때가 임박하면 그래블링 선장은 좀처럼 잠을 이루지 못했다. 그는 자신이 져야 할 중대한 책임들을, 어떤 선장들 같으면 가볍게 여기고 넘어갈 수도 있는 그런 여러 가지 책임을 가슴속 깊이 새기고 진지하게 생각하는 편이었다.

빌리 버드가 선수루 밑에 있는 선원실로 내려가 이것저것 짐을 챙기는 동안, 그래블링 선장은 별로 달갑지 않은 상황이지만 그래도 의례적으로는 〈인도미터블〉호 소속 랫클리프 대위를 대접해야 하는데, 이런저런 생각을 하느라 그만 깜빡 잊어버리고 말았다. 하지만 평소 무뚝뚝한 데다 생각도 단순한 대위는 그런 것에 전혀 아랑곳하지 않고 무례하다 싶을 정도로 다짜고짜 선장이 있는 선실로 들어서서 그동안 많이 겪어 잘 알고 있다는 듯 술을 보관하는 장에서 금방 술병을 찾아냈다. 사실 말이 나왔으니 하는 말이지만, 전쟁이 끝날 줄 모르고 계속되는 동안 해군으로 근무하며 온갖 고난과 위험을 헤쳐 나가야 하는 상황에서도 감각적 쾌락에 대한 욕구만큼은 타고난 본능인 듯 전혀 버리지 못하는 산전수전 다 겪은 뱃사람들이 있는데, 랫클리프 대위가 바로 그런 뱃사람이었다. 그는 맡은 바 임무를 충직하게 이행했다. 그러나 다 그렇겠지만, 임무가 무미건조하고 따분한 책무에 지나지 않을 때도 있었다. 그럴 때면 그는, 가능하기만 하면, 기분을 풀어 주는 독하게 톡 쏘는 증류 알코올로 마른 목을 넉넉히 축이곤 했다. 어찌 되었든 술병을 집어 든 대위를 보자 선실 주인인 그래블링 선장은 최대한 호의를 내보이며 재빠른 동작으로 손님을 맞이하는 주인 노릇을 해야 했다. 물리칠 수 없는 손님 앞에 놓인 술병 옆에 원통형 술잔과 물 주전자를 말없이 갖다 놓을 수밖에 없었다. 그리고 같이 술을 마실 수 없는 상황이니 양해 부탁드린다는 말을 어렵게 꺼낸 뒤, 정말 그러고 싶지 않지만 어쩔 수 없이 우울한 심정으로 대위의 모습을 지켜보는 것 외에는 별도리가 없었다. 랫클리프 대위는 거북하거나 난처한 기색이 전혀 없이 태연하게 독한 술을 물로 약간 희석한 뒤, 세 번에 걸쳐 털어 넣고는 빈 술잔을 옆으로, 쉽게 손이 닿을 수 있는 곳에 쓱 밀어 놓았다. 그와 동시에 편하게 자세를 고쳐 앉더니 이제야 기분이 풀린다는 듯 입맛을 쩝쩝 다시면서 선장을 똑바로 바라보았다.

그런 대위의 모습을 쭉 지켜보고 있던 선장이 침묵을 깨고 입을 열었다. 비난에 가까울 정도로 원망 어린, 애처로운 목소리였다. 「대위님, 저한테서 최고의 부하를 빼앗아 가는 겁니다. 보석 같은 친구를 말입니다. 아시죠?」

「네, 잘 알고 있습니다.」 대위는 이렇게 대답하며 바로 술잔을 끌어당겼다. 술을 한 잔 더 마시려는 것 같았다. 「그럼요, 알고말고요. 미안합니다.」

「이런 말씀 드려서 죄송합니다만, 대위님은 잘 몰라요. 제 얘기 좀 들어 보세요. 그 친구를 배에 태우기 전 우리 배 선수루 아래 선원실은 걸핏하면 싸움이 벌어지는 쥐 구덩이 못지 않은 아수라장이었습니다. 뭐랄까, 우리 〈라이츠〉호[14]의 암흑기였죠. 걱정이 태산이라서 파이프 담배를 아무리 피워도 마음이 편치 않았어요. 그런데 빌리가 온 겁니다. 마치 아일랜드인들이 일으킨 소요를 진정시켜 평화롭게 해결한 가톨릭 사제 같다고나 할까요? 그 친구가 특별히 선원들에게 뭐라고 설교하거나 무슨 말을 하거나 어떤 행동을 한 것은 아닙니다. 다만 그 친구가 풍기는 어떤 선한 힘이 선원들의 사나운 성질을 부드럽게 녹여 준 거죠. 말벌들이 당밀에 달라붙듯 모두가 그 친구를 좋아하고 주변에 모여들었습니다. 딱한 사람, 선원 가운데 나이 든 축에 속하는 바보 같은 그치만 빼고요. 꼬락서니는 꾀죄죄한데 덩치는 크고 구레나룻을 타오르는 불길처럼 붉게 기르고 다니는 그치가, 아 글쎄, 그자가 신참한테 질투가 났던 모양이지 뭡니까. 다른 애들에게 빌리를 두고 말할 때면 뱃사람으론 어울리지 않는다는 듯 업신여겨 〈사근사근하니 상냥한 놈〉이라고 부르는가 보더라고요. 아무튼 그치가 빌리 같은 놈에겐 싸움닭 기질이 있을 리 만무하다고 지레짐작하고 언젠가 반드시 쓴맛을 보여 줘야겠다는 엉뚱한 생각을 하며 계속 시비를 걸었던가 봐요. 그런데 빌리가 잘 참아 냈죠. 기분 상하지 않게, 좋게 좋게 설득도 하면서 말입니다. 대위님, 저는 싸움 같은 것 정말 싫어합니다. 빌리도 그런 면에서 저와 비슷한 구석이 있지 뭡니까.

14 뒤에 나오지만, 빌리 버드가 타고 있던 상선 이름이 〈라이츠 오브 맨〉인데 선장과 선원들은 줄여서 그냥 〈라이츠〉라고 부른다.

물론 그래 봤자 소용없는 일이지만요. 아무튼 어느 날 두 번째 교대 근무 시간[15]이었어요. 다른 선원들이 보는 앞에서 그 붉은 구레나룻이 채끝살을 정확히 어느 부위에서 잘라 내야 하는지 빌리에게 보여 주겠다면서 빌리의 갈비뼈 아랫부분을 푹 찌르려고 했어요. 그자가 실은 전에 푸줏간에서 고기 각 뜨는 일을 해서 잘난 척하고 싶었던 거죠. 아무리 그래도 그렇지, 빌리가 모욕적으로 느끼지 않았을까요? 정말 눈 깜짝할 사이 빌리는 잽싸게 몸을 돌려 그자의 손을 피해 버렸어요. 어떻게 생각하실지 모르겠지만, 제가 보기에 빌리는 굳이 그렇게까지 할 뜻이 없었던 것 같습니다. 그런데 막상 그렇게 하고 보니 덩치만 컸지 멍청한 그 녀석이 빌리한테 크게 한 방 먹은 꼴이 되었죠. 생각해 보니 30초도 안 되는 동안 벌어진 일이었어요. 정말 놀랄 만했죠. 빌리의 그 날랜 행동에 덩치만 크지 동작은 굼뜬 붉은 구레나룻이 얼마나 놀라던지! 그러던 붉은 구레나룻이, 아마 대위님은 믿지 않으시겠지만, 글쎄 이제는 진짜로 빌리를 좋아한다니까요. 겉으로만 그런 거라면 세상에 그런 위선자도 없을 겁니다. 그 정도로 빌리를 좋아하죠. 그자만 그런 게 아니라, 선원 모두가 좋

---

15 원문에서 〈교대 근무〉를 의미하는 〈dog watch〉는 원래 개들이 잠든 밤에 경비를 선다는 의미에서 〈야간 경비(근무)〉를 지칭하는 표현이었다. 지금은 오후 4시에서 8시 사이 함상에서 이루어지는 교대 근무를 말하는데, 첫 번째 교대 근무는 오후 4시에서 6시, 두 번째 교대 근무는 오후 6시에서 8시까지다. 〈dog watch〉를 제외한 일반 교대 근무 시간은 보통 네 시간 단위로 이루어지는데, 첫 근무는 밤 10시에서 자정, 중간 근무는 자정에서 새벽 4시, 아침 근무는 새벽 4시에서 8시, 오전 근무는 8시에서 정오, 오후 근무는 정오에서 오후 4시, 그런 다음 〈dog watch〉가 이어진다.

아해요. 어떤 녀석들은 빨래도 대신해 주고, 낡은 바지가 해지면 꿰매 주기도 한다니까요. 어디 그뿐인가요? 목수 녀석은 빌리한테 준다고 틈나는 대로 깜찍하게 생긴 서랍장을 만들고 있어요. 제가 보기에 빌리를 위해서라면 누구든 나서서 뭔가 해줄 게 분명해요. 여기선 모두가 행복한 가족의 일원인 셈이죠. 대위님, 그러니까, 그 젊은 친구가 없으면 어떻게 되겠습니까? 우리 〈라이츠〉호가 어떻게 바다 위에 떠 있을지, 안 봐도 뻔합니다. 제가 저녁 먹고 캡스턴[16]에 기대어 조용히 파이프 담배 피우는 호사를 이제 더는 누리지 못할 겁니다. 그럼요, 그 친구가 떠나고 나면 바로 그 순간부터 그럴 거라니까요. 대위님은 진짜로 우리 배의 보석 같은 존재를 데려가는 거라고요. 우리 배의 평화 유지자를 빼앗아 가는 겁니다!」 착한 영혼을 지닌 선장은 이렇게 말을 끝맺더니 울컥 치받아 오르는 감정, 터져 나올 것 같은 흐느낌을 애써 억눌렀다.

「그렇군요.」 선장의 말을 재미있다는 듯 귀 기울여 듣던 대위가 입을 열었다. 술기운에 기분이 한껏 고조된 목소리였다. 「그래요, 평화를 위해 일하는 사람은 행복하나니,[17] 각별히 적과 싸우며 평화를 유지하기 위해 애쓰는 자들에게! 저기서 저를 기다리는 저기, 저 전함의 총안에 코를 삐쭉 내민 듯 보이는 74문의 미끈한 포들이 보이죠? 저것들이 다 평화를 유

---

16 무거운 밧줄이나 케이블 등을 끌어당길 때 사용하는 수직축 회전 기계.
17 『마태오의 복음서』 5장 9절 참고.

지하기 위한 겁니다.」 대위는 선장실 창으로 보이는 〈인도미터블〉호를 손으로 가리키며 말을 이었다. 「힘내세요! 너무 낙담하지 마십시오. 제가 미리 말씀드리지만, 이건 폐하께서도 잘했다고 칭찬하실 일입니다. 이 사실을 아시면 폐하께서도 틀림없이 기뻐하실 테니까요. 요즘이 어떤 시국입니까? 욕심 사나운 선원들은 폐하께서 하사하신 건빵을 거들떠보지도 않고, 일부 선장들은 국가가 자기 선원 한두 명 빌려 가는 일을 놓고 뒤에서 얼마나 쑥덕거리며 화를 내는지 아십니까? 이런 시국에 그래도 선장님께서 자기 배의 꽃 같은 존재인 한 선원을 폐하께서 부리라고 흔쾌히 양보하고, 더군다나 그 선원도 선장과 같은 마음으로 충성심을 보이며 아무런 이의도 제기하지 않았다는 사실을 폐하께서 아시면 얼마나 기뻐하시겠습니까? ― 아, 그런데 우리 그 멋진 친구는 어디 있죠?」 대위는 열려 있는 선장실 문을 바라보았다. 「아, 저기 오는군요. 아이고야, 뭐 저렇게 큰 상자를 질질 끌고 오지? 그래도 멋진 우리 친구, 커다란 여행 가방을 끌고 오는 아폴로 같은 자태로군!」 대위는 빌리에게 다가가며 말을 이었다. 「그렇게 큰 상자는 전함에 실을 수 없네. 전함에 싣는 상자들은 대개 탄약 상자거든. 옷이나 소지품은 자루에 넣게. 기병들은 반장화와 안장, 전함의 수병들은 자루와 흔들 침대면 충분하지.」

상자에 있던 짐이 자루로 옮겨졌다. 대위는 전함 부속의 대형 보트에 빌리가 옮겨 타는 것을 보고 난 뒤 자신도 상선에서 내려 보트에 올라 수병들에게 이제 상선에서 떨어져 출발하라고 지시했다. 상선은 뱃사람들의 풍습대로 선장과 선원들이 모두 줄여서 〈라이츠〉라고 부르지만, 정식 명칭은 〈라이츠 오브 맨〉이었다. 토머스 페인의 사상을 지지하는 확고한 신봉자였던 그 상선의 선주는 던디[18] 출신인데, 토머스 페인이 에드먼드 버크의 프랑스 대혁명에 대한 비난에 반박하는 형식으로 쓴 책,[19] 이미 출간되어 세상 곳곳에 널리 알려진 그 책의 제목을 따서 자기 배의 이름을 〈라이츠 오브 맨〉이라고 붙였던 것이다. 그런 점에서 보면 그 선주는 그와 같은 시대 선주였던, 자기 모국인 프랑스와 프랑스의 철학자들을 향한 동정과 공감의 마음을 분명하게 나타낸다는 표시로 배에 볼테르, 디드로 등 철학자의 이름을 붙인, 필라델피아의 스티븐 지라드[20]와 비슷한 데가 있었다.

보트가 서서히 상선의 선미 아래를 지나 빠져나가기 시작하자, 대위와 노 젓는 수병들은 하나같이 멋지게 장식된 상선의 이름을 바라보았다 — 〈라이츠 오브 맨〉이라는 그 선박명을 어떤 이들은 비통한 표정으로, 또 어떤 이들은 히죽히죽 웃으며 바라보았다. 그런데 바로 그때, 새로 차출된 빌

---

18 스코틀랜드 동부의 주요 무역항.
19 아일랜드 태생의 영국 정치 철학자 에드먼드 버크가 프랑스 혁명을 비판하며 쓴 『프랑스 혁명에 관한 성찰 Reflections on the Revolution in France』(1790)에 대한 반박으로, 영국 태생의 미국 사상가 토머스 페인이 1791년에 발표한 『인간의 권리 Rights of Man』를 말한다.
20 Stephen Girard(1750~1831). 프랑스 태생의 미국 사업가이자 자선가. 프랑스 자유주의 사상가들을 찬미했다. 1812년 미국이 영국과 전쟁을 벌이던 중 재정 위기에 처했을 때 미국을 구한 인물로, 자기 이름을 딴 은행을 설립하기도 했다.

리가, 키잡이가 뱃머리를 가리키며 그곳에 움직이지 말고 잘 앉아 있으라고 지시했는데도 불쑥 자리에서 일어나 모자를 벗어 흔드는 것이 아닌가. 상선의 선미 난간에 늘어서서 안타까운 마음에 아무 말 없이 애처로운 눈길로 자기를 내려다보는 동료 선원들에게 헤어지는 것이 아쉬워 따뜻한 인사를 건넨 것이었다. 그러고 나서 자신이 탔던 배에도 작별 인사말을 건넸다. 「너도 잘 가라, 정들었던 〈라이츠 오브 맨〉이여.」

「당장 앉아!」 대위가 계급이 계급인지라, 입가를 타고 흐르는 미소를 가까스로 참으며 호통치듯 우레와 같은 목소리로 냅다 소리 질렀다.

빌리의 행동이 해군의 행동 규범에서 크게 벗어나는 것은 분명한 사실이었다. 하지만 빌리는 그 행동 규범에 대해 배운 적이 없는 신참이었고, 그런 점을 고려한다면 대위도 틀림없이 그처럼 격하게 질책하지는 않았을 것이다. 빌리가 상선을 향해 던진 작별 인사말, 그게 문제였다. 이제 막 차출된 신병이 의도를 갖고 그런 인사말을 통해 은근히 반발심을 내보인 것이라고, 징병 제도 전반에 대해, 특히 자기가 강제 징집된 것이 못마땅해서 그런 음흉한 방식으로 비방하는 것이라고, 대위는 생각했던 것이다. 하지만 그 인사말이 대위에게는 사실상 비꼬는 말로 들렸을지 모르지만, 빌리가 의도적으로 한 것은 아닐 가능성이 크다. 더없이 좋은 건강미와 젊음, 솔직담백함에서 나오는 쾌활한 품성을 천운처럼 타고난 빌리가 비꼬며 비아냥거리는 성향을 지녔을 리 없다. 빌리는 그런 의도도 없을뿐더러 못된 술수나 부리는 기질하고는 거리가 먼 친구였다. 다시 말해, 어떤 식으로든 모호하게 말장난한다든지 빗대어 말하며 꿍꿍이수작을 부리는 것은 그의 본성에 전혀 어울리지 않았다.

전함에 강제 징집된 것에 대해서도 마찬가지였다. 평소에 날씨가 변하면 변하는 대로 받아들이듯, 빌리는 징집된 것을 아무렇지 않게 받아들이는 것 같았다. 비록 철학자는 아니지만, 동물처럼 어느새 거의 운명론자가 다 되어 있었던 것 아닌가 싶다. 어쩌면 그는 새롭고 낯선 환경을 접하고 해군으로 복무하면서 흥미진진한 경험을 할 수 있다는 생각에 대담하게 삶의 방향을 바꾸고 싶었는지도 모른다.

〈인도미터블〉호에 오르자마자 상선 선원이었던 우리의 친구 빌리는 능력 있는 선원으로 인정받아 앞 돛대 망루에서 전함의 우현을 감시하는 업무를 배정받았다. 그는 곧 그 일에 익숙해졌을 뿐 아니라, 수수하게 잘생긴 용모에 어딘가 모르게 온화하고 낙천적인 태도 때문에 모든 사람의 호감을 샀다. 또한 어려움이 닥쳐도 누구보다 즐겁게 헤쳐 나갔다. 그런 점 때문에 그는 그 전함에 징집되어 근무하게 된 다른 선원들과 극명하게 대조되는 존재였다. 마지못해 전함에 징집된 다른 선원들은 이따금, 특히 온갖 잡다한 공상을 불러일으키는 해 질 무렵 마지막 교대 근무 시간에 우울한 감정에 빠져들면서 아무 말 없이 불편한 심기를 내보이곤 했다. 물론 그 선원들은 앞 돛대 망루꾼인 우리의 빌리처럼 젊지 않았다. 그리고 그들 가운데 많은 이가 틀림없이 단란한 가정이 어떤 것인지 알고 있었고, 어떤 사람들은 어쩌면 그 불안한 시국에 처자식을 남겨 두고 떠나온 처지라서 그저 자기 가족을 보살펴 주는 친구와 친척들에게 감사의 뜻을 표하는 것 외에는 달리 손쓸 방도가 없는 상황이었는지도 모른다. 반면에 빌리는, 곧 드러나겠지만, 실제로 가족이라고 할 수 있는 사람이 그 혼자뿐이었다.

2장

우리의 신출내기 앞 돛대 망루꾼은 전함의 망루나 포열 갑판에서 그런대로 능력을 인정받았다. 하지만 전함에서는 이전 화물선단에 속한 작은 상선에서 동료 선원들의 주목 대상이 되어 받았던 그런 인기를 누리지 못했다.

빌리는 젊었다. 체격이 거의 완전히 발달한 든든한 청년이었다. 하지만 어떤 면에서는 실제보다 훨씬 더 어려 보였다. 그것은 본디 타고난 안색 때문에 여성스러워 보이기도 했지만, 바다로 나오자 백합처럼 하얀 안색이 사라지고 뜨거운 햇볕에 그을려 장밋빛 붉은 기운이 기를 쓰고 제빛을 드러내려는 반들반들하니 매끄러운 얼굴에, 아직도 사춘기 어린 티가 가시지 않은 표정이 가득했기 때문이다.

모든 것이 자발적이지 못하고 부자연스러운 삶의 현장에 첫발을 내디딘 신참에 불과한데 기질적으로 자만심이나 허영심이 많은 사람이라면, 그동안 크지 않은 상선 내 아주 단순한 삶의 영역에서 지내다가 모든 일이 신속하고 민첩하게 이루어져야 하는 광대한 전함 세계로 들어서면 갑작스러운 변화에 주눅 들고 당황하지 않을 수 없었을 것이다. 〈인도미터블〉호에는 실로 온갖 잡다한 부류의 사람이 타고 있었는데, 그중에는 아무리 계급이 낮아도 그렇지 매우 비정상적인 성격의 사람, 흔히 찾아볼 수 없는 그런 부류의 사람이 더러 있었다. 계속해서 군사 훈련을 받고 몇 번씩 반복해서 전장에 출동하다 보면 보통 사람이라도 어느 정도 민감하게 받아들일 수밖에 없는 전함에 감도는 공기, 그 독특한 분위기에 유난히 예민하게 반응하며 흔들리는 선원들이 그런 사람들이었다. 〈멋쟁이 배꾼〉에서 74문의 포로 무장한 전함에 승선한 빌리 버드는, 어떻게 보면 살던 지방을 떠나 귀한 집에서 자란 궁정의 명문가 귀부인들과 맞서 겨루는 입장에 선 순진한 시골 미인의 처지와 비슷했다. 그러나 그는 이런 환경의 변화에 별로 개의치 않는 것 같았다. 고참 선원인 블루재킷[21] 중에서도 유난히 험상궂은 표정을 하고 다니는 한두 사람이 자신을 보고, 무엇 때문인지 모르지만, 어쨌든 얼굴에 알 듯 모를 듯 야릇한 미소를 짓는다는 사실을 그는 알아채지 못했다. 그뿐 아니라 함미 갑판의 장교들,[22] 다른 선원들보다 좀 더 지적으로 보이는 그 신사들이 특이하게도 자기 풍채나 태도를 마음에 들어 한다는 사실도 눈치채지 못했다. 사실 빌

21 영국 전함에 승선한 선원 가운데 일반 수병과 달리 경험 많고 노련한 선원들을 지칭하는 표현.
22 함미 갑판은 보통 지위가 높은 선원, 혹은 전함의 경우는 장교들이 산책하는 구역이다.

리를 보면 다들 그럴 수밖에 없었다. 빌리는 노르만족이나 다른 종족의 피가 전혀 섞이지 않고 순수 색슨족 핏줄을 이어받은 대표적인 잉글랜드 사람들의 모범이 되는 전형적인 신체적 조건에 어울리는 특유의 생김새를 지니고 있었다. 그런 데다 빌리는 그리스 조각가가 몇몇 조각상에서 자신의 영웅인 괴력의 장사 헤라클레스에게 부여한 평온하고 선한 인간미 넘치는 표정까지 갖고 있었다. 그런데 그 표정은 신체 곳곳에 드러난 또 다른 신체적 특성 때문에 미묘하게 바뀌기도 했다. 작지만 잘생긴 귀, 오목하게 들어간 발바닥, 부드러운 곡선의 입과 콧구멍, 이런저런 밧줄과 도르래와 밧줄 보호용 타르를 담아 둔 양동이 등을 다루고 매만지면서 단단하게 다져져 큰부리새 부리의 색과 같은 흐릿한 황갈색으로 물들어 버린 손, 이런 것들이 그의 표정에 은근한 변화를 가져다주었던 것이다. 그러나 무엇보다 그렇게 바뀌는 표정 속에 담긴 그 무엇, 이따금 우연히 내보이는 태도와 동작 하나하나, 그리고 사랑의 신과 미의 세 여신[23]을 빼닮았을 것 같은 어떤 어머니를 떠올리게 만드는 그 무엇 — 신비하게 다가오는 이 모든 것을 보면 그의 혈통이 그가 처한 운명과 정반대 아닌가 하는 묘한 생각을 은근히 품게 했다. 그런데 전함의 캡스턴 근처에서 빌리가 정식으로 해군 입대 절차를 밟는 과정에서 밝혀진 분명한 사실로 인해, 빌리에게서 풍기는 그 신비로움이 흐려지고 말았다. 몸집은 작지만 기운이 펄펄 넘

---

23 사랑의 신은 비너스(혹은 아프로디테), 미의 세 여신은 그 사랑의 신을 수행하던 여신들을 말한다.

치는 신사다운 대위가 이것저것 묻다가 출생지가 어디냐고 했더니 빌리가 이렇게 대답했던 것이다. 「죄송하지만, 모릅니다.」

「아니, 자기가 어디서 태어났는지도 모른단 말이야? — 그럼, 아버지는 어떤 분이신가?」

「그건 신만이 아실 겁니다.」

무엇 하나 감추지 않으며 솔직하고 짤막하게 내뱉은 대답에 기가 막혔던지, 대위가 이어서 다시 물었다. 「자네 출생에 대해 아는 게 있으면 아무거나 얘기해 보게.」

「없습니다. 들은 얘깁니다만, 어느 날 아침 브리스틀에 사는 어떤 분 집 문의 노크용 고리에 비단 안감을 댄 예쁜 바구니 하나가 걸려 있었는데, 그 바구니에 제가 들어 있었다고 합니다.」

「바구니에서 발견되었다, 이건가?」 고개를 뒤로 젖혀 신병 빌리를 위아래로 훑어보며 대위가 말을 이었다. 「그래, 아주 정말 잘 발견한 셈이군. 사람들이 자네 같은 젊은이를 더 많이 발견하면 얼마나 좋을까. 해군 함대에는 자네 같은 친구가 절실하거든.」

실제로 빌리 버드는 버려진 아이였다. 사생아였는지도 모른다. 그렇지만 귀한 집안에서 태어난 것이 분명했다. 순혈종 경주마처럼 귀한 피가 흐르는 명문가의 후손이 틀림없었다.

그 외에 다른 면에서 보면, 빌리는 예리하고 교활한 지적 능력, 그러니까 뱀의 지혜와 같은 것은 조금도 지니지 않고,

그렇다고 비둘기같이 완전히 순결하지도 않은, 그런 사람이었다. 그런 점에서 그는 선과 악을 알게 한다는 의심스러운 지식의 사과를 아직 맛보지 못했지만, 예외적으로 올바른 품성을 지닌 어느 건전한 사람에게서 찾아볼 수 있는 그런 종류의, 그런 정도의 지성을 갖추고 있을 뿐이었다. 그는 글을 읽고 쓸 줄 몰랐다. 그렇지만 노래는 부를 줄 알았다. 때로는 자기 노래를 지어 부르는 것이 글을 모르는 나이팅게일 아닌가 싶었다.

자의식? 그에게는 그런 것도 거의 없는 것 같았다. 기껏해야 사람들이 세인트버나드 품종의 개[24]도 그 정도는 지니지 않을까 생각할 만큼의 자의식이 있을 뿐이었다.

늘 바다 위에서 악천후와 더불어 살아온 그는 육지에 대해서는 고작해야 해변, 아니 그것보다 더 자세히 말해, 무슨 선견지명으로 앞날을 내다봤는지 바닷가 근처 내륙 지역에 하나하나 들어서기 시작한 댄스홀과 윤락가와 술집들이 모여 있는 곳, 간단히 말해 흔히 〈즐거운 천국〉[25]이라 불리는 지역 정도밖에 몰랐다. 그러했기에 그는 점잖음이나 체면처럼 인습적으로 꾸며 만들어 낸 겉치레들과 어느 모로나 잘 어울리기 마련인 부도덕한 행동이나 태도에 물들지 않은 채 타고난 천진한 품성을 그대로 유지하고 있었다. 그렇다면 선원들,

24 원래 스위스의 알프스 산악 지대에서 구조견으로 기르던 개. 몸집은 크지만 굉장히 온순하고 인내심이 많은 것으로 유명하다.
25 fiddlers'-green. 술과 춤과 바이올린 연주가 끊이지 않는 환락의 세계. 19세기 영국 선원들 이야기에서는 바다에서 적어도 50년을 보낸 선원들이 죽은 뒤에 가는 이상향의 세계로 전해진다.

〈즐거운 천국〉을 자주 드나드는 선원들은 도덕적 결함이 없었는가? 그건 아니었다. 육지 사람들과 비교하면 설혹 그들이 나쁜 짓을 저지른다 해도 그것이 비뚤어진 마음에서 비롯되는 경우는 많지 않았다. 오히려 어떻게 보면 그것은 마음이 사악해서라기보다 오랫동안 배에 갇혀 있다가 풀려난 뒤 원기 왕성한 기분을 억제하지 못하고 분출하는 바람에 저지르는 행동이었는지도 모른다. 말하자면 자연의 법칙에 따라 있는 그대로 숨김없이 드러난 행동이었던 것이다. 빌리는 애초부터 타고난 운명 덕분에 좋은 기질을 지녀 많은 점에서 올곧은 야만인, 어떻게 보면 세상 물정에 밝은 교활한 뱀이 스멀스멀 다가가기 전의 아담과 닮은, 그런 사람이었다.

여기서 만일 요즘 많은 사람이 거들떠보지도 않는 인간 타락이라는 교리에 담긴 가르침을 분명하게 확인해 보고자 한다면, 문명이라는 겉옷을 입은 사람인데도 특이하게 원시적이고 순수한 미덕을 갖춘 사람의 경우를 눈여겨봐야 한다. 특히 주목해서 볼 것은, 그런 사람이 지닌 미덕은 관습이나 관례에 따라 형성된 것이 아니라 오히려 동떨어진 것이라는 점이다. 흡사 카인의 도시[26]가 세워지기 전, 그리고 도시화된 인간이 출현하기 전에 예외적으로 물려받은 미덕 아닌가 싶을 정도다. 타락하지 않는 순수한 미각으로 판단하면, 그런 특성을 지닌 인물은 산딸기 맛과 같이 그 어떤 것도 첨가하

---

26 아담과 이브의 첫째 아들 카인은 동생 아벨을 살해한 뒤 에덴에서 쫓겨나 동쪽 놋으로 가서 첫아들 에녹을 낳은 다음 아들의 이름을 딴 〈에녹〉이라는 도시를 세웠다.

지 않은 천연의 맛을 지닌 사람이라 할 수 있다. 반면에 머리 끝에서 발끝까지 온통 문명화된 사람은 아무리 좋은 혈통을 지니더라도 여러 성분이 혼합된 포도주처럼 어딘가 고개를 갸우뚱거리게 만드는 의심쩍은 맛을 지닌 사람이라 할 수 있다. 아무튼 그런 원시적인 특성을 물려받은 사람이, 마치 카스파어 하우저[27]처럼, 우리 시대의 기독교 중심지[28]에서 어리둥절한 채 부랑아처럼 떠돌다가 발견되었다면, 그런 인물에게는 2천여 년 전 따뜻한 마음을 지닌 한 시인이 어느 시골 사람, 자신이 살던 곳을 떠나 황제의 도시 로마로 들어선 그 선한 시골 사람을 안타까운 마음으로 기원하는 다음의 그 유명한 글이 여전히 유효하지 않을까 싶다.[29]

가난하지만 정직하고, 말과 생각이 확고한,
그대, 파비안이여, 대체 무슨 까닭에 그 도시로 갔단 말인가?

---

27 1828년 5월 독일 뉘른베르크 거리에서 10대 소년으로 발견된 정체불명의 인물. 자기는 어린 시절 집 밖으로 나가지도 못한 채 어두운 골방에서 혼자 지냈다고 주장한 것이나, 나중에 자상으로 죽임을 당한 것 모두 많은 논쟁을 불러일으켰다. 또한 그가 바덴 대공 가문 출신이지만 왕족 간 불화로 출생이 가려졌다는 주장도 있다.
28 인간의 타락이나 카인의 도시 등 본문에서 언급된 내용으로 볼 때 〈문명화된 도시〉를 의미한다.
29 시인은 고대 로마의 시인이자 풍자 작가였던 마르쿠스 발레리우스 마르티알리스(40?~103?)를 말하며, 인용된 글은 그가 남긴 유명한 경구집 『에피그라마타Epigrammata』 I. iv. 1-2에 나온다.

우리의 〈멋쟁이 배꾼〉 빌리는 사람들이 어딘가에서든 봤으면 좋겠다 싶은 남성적인 아름다움을 지니고 있었다. 하지만 그에게는 호손의 작은 이야기 중 하나에 나오는 아름다운 부인처럼 딱 한 가지 이상한 결점이 있었다.[30] 사실 그 결점이라는 것이 그 부인처럼 눈에 띄는 흠은 아니었다. 다만 이따금 목에 무슨 문제라도 있는 듯 목소리가 고장 났다. 빌리는 악천후가 몰아칠 때나 위험한 상황이 펼쳐질 때면 선원으로서 으뜸가는 존재였다. 그런데 평상시에는 내면의 조화로움을 표현하기라도 하듯 음악적으로 들리던 그의 목소리가 갑자기 분개해 격정적인 감정에 사로잡히기라도 할라치면, 말더듬이가 신체 조직상 문제로 말을 더듬는 것처럼, 아니 그보다 더 심하게 더듬더듬 말을 내뱉지 못하고 삼키는 듯한 증상을 보이곤 했다. 이런 특이한 점에 비춰 보면 빌리는 에덴의 교활한 방해꾼이자 질투에 눈멀어 일을 망쳐 버린 자[31]가 이 지구라는 행성에서 살아가는 모든 인간에게 여전히 어느 정도 개입한다는 분명한 예가 아닐 수 없었다. 모든 경우에서, 그 훼방꾼은 이런저런 방식으로 슬쩍 작은 패를 하나 손에 쥐고 사실상 우리에게 한 가지 잊지 말아야 할 것이 있다고 말하는 것 아닐까? — 자기가 지상에서도 모든 일에 관여하고 있다는 사실을?

여기서 내가 〈멋쟁이 배꾼〉 빌리에게 그런 결함이 있다고

---

30 미국 소설가 너새니얼 호손의 단편소설 「반점 The Birth-Mark」의 주인공인 과학자 에일머의 아내 조지아나. 호손은 한때 멜빌의 친구였다.
31 사탄.

언명하는 것은, 이 이야기에서 그가 보통 알려진 영웅들과 다른 인물로 소개된다는 점, 그리고 그가 주인공으로 등장하는 이 이야기가 로맨스가 아니라는 점을 분명하게 보여 주는 명백한 증거로 남겨 두기 위함이다.

3장

빌리 버드가 느닷없이 징집되어 〈인도미터블〉호에 승선했을 때, 그 전함은 지중해 함대에 합류하기 위해 항해 중이었다. 그리고 얼마 지나지 않아 함대와 합류한 그 전함에 임무가 부여되었다. 74문의 포를 지닌 그 전함도 함대의 기동 작전에 참여하게 된 것이다. 물론 이따금 항해 능력이 뛰어나다는 이유로 프리깃함이 없을 때는 일시적으로 정찰함이 되어 개별 임무를 받아 파견되기도 하고, 좀 더 지속적인 별도 임무를 부여받아 항해하기도 했다. 아무튼 이런 작전 임무와 관련된 모든 일은 이 이야기와 별로 관련이 없다. 이 이야기는 특정한 전함, 바로 〈인도미터블〉호의 선내 생활과 그 전함의 선원이었던 한 사람의 활동에 국한된 내용으로 전개되기 때문이다.

그때가 1797년 여름이었다. 그런데 그해 4월 스핏헤드에서 소요가 발생했고, 그 뒤를 이어 5월 노어에 정박한 함대에서 훨씬 더 심각한 두 번째 반란이 일어났었다.[32] 노어에서

---

32 스핏헤드는 잉글랜드 남단에 있는 와이트섬 북동 해안과 영국 본토 사이에 있는 수심이 깊고 안전이 보장된 좁은 해협이며, 노어는 템스강 어귀에

일어난 두 번째 반란은 통칭 〈대반란〉이라고 알려져 있는데, 말 그대로 심각한 수준이었다. 그 반란은 실제로 영국 입장에서 보면 프랑스 총재 정부[33] 시절 나온 각종 선언문보다도, 다른 나라를 점령하면서 그 나라 국민에게 개종을 요구하는 프랑스 군대보다도 더 위협적이었다.

대영 제국으로서는 노어 대반란이 도시 전체를 방화하겠다는 위협에 처한 런던에서 소방대가 파업에 나선 것과 같은 차원의 문제였다. 나라가 위기에 처했을 때 영국 왕국으로서는, 몇 년 뒤 전투에 나선 함대의 모든 전함에 영국이 영국민에게 바라는 것이 무엇인지 분명히 보여 주었던 그 유명한 깃발에 담긴 정신[34]과 같은 것을 당연히 기대했을 것이다. 반란이 일어났을 때가 바로 그런 위기였다. 그때의 반란은 왕국의 항구 밖 정박지에 계류되어 있던 3층 갑판함이나 74문

있는 사주로 영국 함대의 주요 정박지 중 하나다. 스핏헤드와 노어에서 일어난 반란은 영국 해군 병사들이 징집 제도, 불평등한 급여, 질 낮은 급식, 휴가 제한 등에 불만을 품고 일어난 것이었다. 스핏헤드의 시위는 비교적 온건해 타협이 이루어졌으나, 노어 반란은 더 과격한 데다 정치적 문제까지 개입되어 끝내 강제 진압되었다.

33 프랑스 대혁명 시기인 1792년에 공화제를 선포하고 1793년 1월 루이 16세를 단두대에서 처형한 이후 1795년 10월까지 존속했던 국민 공회의 뒤를 이어, 1795년 11월 2일부터 1799년 11월 9일 나폴레옹 보나파르트의 쿠데타로 소멸될 때까지 프랑스 대혁명의 마지막 4년 동안 존속했던 5인 체제 정부를 말한다.

34 노어 대반란 이후, 1805년 넬슨 제독이 전투 중 적의 탄환에 맞아 결국 전사한 트라팔가르 해전에 참전하면서 자신이 지휘하던 전함 〈빅토리〉호의 함미 돛대에 깃발을 내걸었는데, 그 깃발에 〈영국은 모든 이가 자신에게 부여된 의무를 다하기를 기대한다England expects that every man will do his duty〉라는 글귀가 적혀 있었다고 한다.

빌리 버드 221

의 포를 장착한 전함[35]들, 당시 구세계에서 유일하게 자유를 구가하던 전통적인 강대국의 오른팔 격인 함대에 속한 그 전함들에 타고 있던 수천 명에 달하는 블루재킷 선원이 우렁찬 함성과 함께 세 국가의 연합을 나타내는 세 개의 십자가 문양[36]을 다 지우고 바탕을 빨갛게 칠한 영국 국기를 전함의 돛대 꼭대기에 내건 것이 신호가 되었다. 뚜렷하게 명시된 국가의 기초로서 법률과 자유를 상징하는 국기라는 깃발을 미친 듯이 날뛰는 반란을 상징하는 적국의 붉은 운석과도 같은 깃발로 바꾼 셈이었다. 다시 말해, 함대 내 일상적인 문제에 대한 불평에서 시작해 합당하게 제기된 불만이, 불길에 휩싸인 프랑스에서 아직 꺼지지 않은 불덩이들이 해협을 건너 날아와 더 크게 불을 지핀 듯, 이성을 잃은 대소동으로 불타올랐던 것이다.

그 사건은 한동안 디브딘[37](위기에 처한 유럽 상황에서 영국 정부에 인상적인 도움을 주었던 작사가)의 씩씩한 노래, 무엇보다 영국 선원들의 헌신적인 애국심을 찬양하는 노래를 통해 아이러니하게도 정반대 의미로 표현되었다.

---

35 3층 갑판함은 갑판이 3층으로 이루어진 전함으로, 갑판마다 포를 장착한 큰 전함을 말한다. 〈인도미터블〉호처럼 74문의 포를 장착한 전함은 대체로 갑판이 2층이다.
36 영국 국기는 잉글랜드, 스코틀랜드, 아일랜드를 상징하는 십자가 문양을 합쳐서 만들어진 것이다.
37 Charles Dibdin(1745~1814). 18세기 말에서 19세기 초까지 활동한 영국의 유명한 극작가이자 작사가·작곡가·가수. 선원들이 부르는 노래를 많이 작곡한 것으로 알려져 있다.

내 목숨은, 이 목숨은 폐하의 것이로다!³⁸

영국의 해군사를 기록한 역사가들이 영국 해군의 장엄한 역사를 이야기하는 가운데 노어 대반란과 같은 사건을 축소한 것은 당연한 일이었는지도 모른다. 그런 역사가 중 한 사람(G. R. P. 제임스³⁹)은 그 사건을 정말 건너뛰고 싶었다고 솔직하게 인정하면서, 〈불편부당하게 기록한다고 해서 일일이 다 다룰 수는 없고 까다롭게 선별하지 않을 수 없었다〉라고 말한 적이 있다. 그런 그가 그 사건에 관해 거론한 내용을 보면 그것은 사건의 상세한 이야기와 전혀 상관없는, 그러니까 사건의 서술이 아니라 참고 사항에 지나지 않았다. 그런데 그런 사건의 상세한 이야기는 도서관에서도 쉽게 찾을 수 없었다.

시대를 불문하고 미국을 포함해 세계 곳곳의 여러 나라에서 벌어지는 사건 중 일부 사건들처럼, 노어 대반란은 그 성격상 정책적인 판단이나 국가 자긍심이란 관점에서 보면 역사의 뒤안길로 사라지게 만들고 싶은 사건이었다. 물론 그런 사건들을 소홀히 다룰 수는 없겠지만, 역사에서는 나름 조심스럽게 다루는 방식이 있다. 명망 있는 가문에서 자란 사람

---

38 디브딘이 작사·작곡한 노래 「가련한 잭Poor Jack」에 나오는 부분.

39 조지 페인 레인스퍼드 제임스George Payne Rainsford James(1799~1860). 19세기 영국의 소설가이자 역사 작가. 그러나 실제로 멜빌이 거론하고자 했던 역사가는 6권으로 된 『영국 해군사, 1793-1827 *The Naval History of Great Britain, 1793-1827*』를 쓴 윌리엄 M. 제임스William M. James(1780~1827)다.

이 자기 집안에 나쁜 일이나 불행한 일이 생기면 집 밖으로 말이 새어 나가지 않게 조심하는 것처럼, 국가도 마찬가지다. 그 비슷한 상황이 벌어지면 나라의 명성에 금이 가지 않도록 신중해질 수밖에 없다.

첫 번째 반란(스핏헤드 반란)은 정부 측과 주모자들 사이의 협상이 이루어지고, 일부 심한 폭력 행위에 대해 정부가 양해하고 난 뒤 어렵게 가라앉았다. 일단 문제가 평화롭게 해결된 셈이었다. 그러나 예기치 않게 노어에서 더 큰 규모로 일어난 반란은 당국 입장에서 도저히 받아들일 수 없었을 뿐더러 안하무인격인 적대적이고 뻔뻔한 선원들의 요구 사항을 놓고 연이어 열린 협의 과정에서 부각되었듯이, 선원들이 들고일어나게 만든 원인이 무엇인지 분명하게 보여 주었다 — 붉은 깃발을 내건 것으로 그들의 뜻을 충분히 전달하지 못했다면 더 확실하게 보여 주겠다는 식이었다. 그러나 노어 반란도 결국 진압되었다. 어쩌면 해병대가 보여 준 국가에 대한 흔들림 없는 충성심과 전함 승조원 가운데 일부 영향력 있는 사람들이 자진해서 국가에 대한 충성심을 다시 발동시켰기 때문일지도 모른다. 어떤 면에서 보면, 노어 반란은 체질적으로 건강한 사람의 몸에 전염성 열병이라는 질환이 침입했지만 그 몸이 곧 털고 일어난 것과 비슷한 데가 있었다.

어찌 되었든, 얼마 지나지 않아 반란을 일으킨 수천 명 가운데 일부는 — 순전히 애국심이 발동해서 그런 것인지, 싸우기 좋아하는 호전적인 본능 때문인지, 아니면 둘 다인지 모르겠지만 — 나일 해전[40]에서 넬슨 제독이 승리의 관을 쓰도록 도왔고, 트라팔가르 해전[41]에서는 그에게 해군 금관 가운데 최고 금관을 안겨 주는 데 기여했다. 두 해전은, 특히 트라팔가르 해전은 반란을 일으킨 선원들에게 그들의 죄를 면해 주는 정식 사면이자 최고로 멋진 사면이었다. 그리고 해군의 활약상을 생생하게 기록으로 알리고 전투에 나선 함대의 영웅적 기세와 장엄한 분위기를 전달하고자 하는 모든 이에게 두 해전은, 특히 트라팔가르 해전은 인간의 역사에서 필적할 상대가 없는, 유례없이 위대한 해전이었다.

4장

〈세상이 시작된 이래 가장 위대한 뱃사람〉[42]에 관하여

이런 식의 이야기를 써 내려갈 때는 대로를 따라 쭉 가야 한다고 마음을 다잡지만, 몇몇 샛길이 이리 오라며 유혹의

---

40 1789년 넬슨이 지휘한, 영국 지중해 함대가 이집트에 주둔한 나폴레옹의 프랑스 함대를 거의 괴멸시킨 전투.

41 1805년 스페인 남서 해안의 트라팔가르곶에서 넬슨의 함대가 프랑스와 스페인 연합 함대를 상대로 대승을 거둔 전투. 이 해전에서 총상을 입은 넬슨은 결국 해전 중에 전사한다.

42 영국 빅토리아 여왕 시대의 계관 시인 앨프리드 테니슨이 워털루 전투에서 나폴레옹을 패퇴시킨 1대 웰링턴 공작 아서 웰즐리를 찬양하는 시「웰링턴 공작의 죽음에 바치는 송가 Ode on the Death of the Duke of Wellington」에 나오는 구절.〈가장 위대한 뱃사람〉은 넬슨 제독을 말한다.

손짓을 하면 뿌리치기 힘들다. 나도 대로를 벗어나 샛길로 들어설 참이다. 혹시 독자 여러분이 나와 동행해 준다면 그보다 더 큰 기쁨과 영광이 없을 것 같다. 탈선의 즐거움, 적어도 이런 짜릿한 즐거움만은 누릴 거라고 약속할 수 있다. 어떤 사람들은 터무니없이 그렇게 하면 죄를 짓는 거라고 할지도 모르지만, 이런 일탈은 문학적으로 죄를 짓는 것에 불과하니 무슨 상관이겠는가.

새삼스레 말할 필요도 없이 분명한 것은, 중국에서 유럽으로 화약이 처음 전해졌을 때 모든 전쟁에서 가히 혁명적이라 할 만큼 큰 변화가 일어난 것에 견줄 정도로, 우리 시대의 여러 발명이 마침내 해상 전투에도 큰 변화를 불러왔다는 사실이다. 사용하기가 여간 불편하지 않았던 유럽 최초의 소형 화기는 겁이 많아 칼과 칼이 맞부딪치며 적과 직접 맞붙어 싸우는 일이 두려웠던 직공들에게 대단히 훌륭한 무기였겠지만, 잘 알려진 대로 많은 기사가 상스러운 무기라며 거들떠보지도 않았다. 그러나 내륙에서 기사도의 용맹성이라는 것이 비록 그 찬란했던 빛을 많이 상실하기는 했지만, 기사가 사라지면서 완전히 없어진 것은 아니듯, 바다에서도 마찬가지였다.

오늘날 적과 마주쳤을 때 과시하듯 내보이는 어떤 용감무쌍함 같은 것이 변화된 환경에서는 거의 통하지 않을 정도로 구식이 되긴 했지만, 그래도 아우스트리아의 돈 후안, 도리아, 판 트롬프, 장 바르, 영국 해군의 많은 제독, 그리고 1812년 영국과의 전쟁에서 활약한 미국의 디케이터와 같은 해군 거물들[43]이 보인 고귀하게 타고난 용맹성, 누구도 따라올 수 없는 그런 용감함의 자질이 그들이 타고 다니던 목조 전함과 더불어 쓸모없게 된 것은 아니었다.

그렇긴 해도 과거를 제대로 평가하면서 현재는 현재로서 가치를 인정할 줄 아는 사람 편에서는 포츠머스항에 쓸쓸히 정박해 있는 노후선의 선체, 넬슨 제독의 〈빅토리〉호[44]인 그 선체가 훼손될 수 없는 불멸의 명성을 기린다고 하지만 이제 쇠망한 기념비밖에 못 되는 모습으로 물 위에 떠 있는 것일 수도 있다. 그러면서 동시에 〈모니터스〉호[45]의 선체나 그보다 훨씬 더 튼튼한 유럽 장갑함들의 선체에 대한 경멸을 나타내는 시적 비난, 그림처럼 아름다운 선체의 외양 때문에 강하게 경멸하는 인상은 주지 못하지만 부드럽게 시적으로 비난하는 것으로 보일 수도 있다. 그렇다고 그 사람을 탓할 수는 없을 것 같다. 물론 불가피한 일이긴 하지만, 장갑함들

---

43 아우스트리아 돈 후안은 신성 로마 제국 황제였던 카를 5세의 사생아로, 1571년 레판토 해전에서 오스만 제국을 물리친 해군 사령관. 안드레아 도리아는 제노바 도리아 가문 출신의 대담무쌍한 해군 제독. 마르튼 판 트롬프는 해군 전술의 아버지라 불리는 네덜란드 해군 사령관. 장 바르는 뛰어난 재주와 용맹으로 유명했던 프랑스의 해군 장교. 스티븐 디케이터 주니어는 스물다섯 살에 함장 자리에 오를 정도로 뛰어난 능력을 발휘했던 미국 해군 장군. 디케이터는 원문에 〈the American Decaturs〉라고 복수로 되어 있는 것으로 보아 역시 미국 독립 전쟁 당시 해군 장교로 활약했던 아버지 스티븐 디케이터 시니어까지 언급한 것으로 보인다.

44 트라팔가르 해전에서 넬슨 제독이 지휘했던 기함. 1백 문 이상의 포를 갖춘 1등급 전함이다.

45 미국 남북 전쟁 때 북군이 건조한 장갑함 중 하나. 증기 동력의 장갑함이 해상을 지배할 것임을 알리는 계기가 되었다.

은 옛 전함들이 보여 주는 균형미나 기품 있는 외형미를 갖추지 못해 보기 흉한 것이 사실이다. 그런데 오로지 이런 점 때문에 시적 비난이라는 것을 상상했을까? 당연히 다른 이유도 있을 것이다.

어쩌면 바로 앞에서 언급한 시적 비난을 전적으로 이해하지 못하지 않으면서도 새로운 질서를 위해 그런 비난을 그냥 넘겨 버리고 싶고, 필요하다면 우상 파괴 수준까지 나아가 그런 비난을 깔아뭉갤 사람들이 있을 수도 있다. 군사 공리주의자들이 그런 사람일 것이다. 예를 들면 그런 사람들은 〈위대한 뱃사람〉인 넬슨 제독이 쓰러진 장소를 표시하기 위해 〈빅토리〉호의 함미 갑판에 새긴 별 모양 문양을 보고 자극받아 넬슨이 전투 중에 여봐란듯이 화려하게 자기 모습을 드러낸 것은 불필요한 행동이었을 뿐만 아니라, 무모한 데다 허영기마저 느껴지는 군인답지 못한 행동이었다는 생각을 넌지시 내보일 수도 있다.

또한 이렇게 덧붙일 수도 있다. 트라팔가르 해전에서 넬슨의 그런 행동은 사실상 죽음에 대한 도전 그 이상도 그 이하도 아니며, 그래서 죽음이 찾아왔고, 만일 그런 허세만 없었다면 전투에서 승리를 거둔 함대 사령관이었던 그가 살아남았을 수도 있었을 거라고. 그러면서 그들은 만약 넬슨이 살아남았다면 그가 죽어 가면서 내린 여러 현명한 지시 사항이 지휘권을 물려받은 후임 사령관에 의해 뒤엎어지지 않았을 테고, 전투의 승패가 결정되었을 때 넬슨이 직접 전투로 많은 곳이 부서져 엉망진창이 된 함대를 안전한 곳에 정박시켰을지도 모르며, 만일 그랬으면 전투의 폭풍우에 이어 불어닥친 실제 자연의 폭풍우 속에 전함이 난파되어 인명 손실까지 벌어지는 안타까운 사태를 피할 수 있었을 거라고 생각했을지도 모른다.

글쎄, 잘은 모르겠지만, 설혹 여러 가지 이유로 함대를 안전한 곳에 정박시키는 일이 가능한지를 놓고 벌인 치열한 논쟁은 일단 제쳐 놓는다 해도, 전쟁에 관한 한 벤담을 추종하는 공리주의자들은 필시 위와 같은 주장을 내세울 것이 분명하다.

그러나 〈그랬을지도 모른다〉는 식의 추정은 어떤 주장을 내세우는 근거로 너무나 빈약하다. 그리고 분명한 것은, 적과의 교전에서 더 큰 문제가 무엇인지 예상하고 그것을 세심하게 대비 — 가령 코펜하겐 해전[46]에서 그랬듯이, 위험한 해로에는 부표를 띄우고 그것을 지도에 표시해 두는 식의 대비 — 하는 자세에서는, 비록 전투 중에 무모하게 자신을 드러내긴 했지만, 넬슨만큼 극도로 조심하고 신중했던 사령관이 거의 없었다고 봐야 한다.

군인에게 개인 차원의 신중함은 그것이 이기적인 생각에서 비롯된 것이 아니라고 할지라도 그렇게 특별한 덕목이 아님은 분명하다. 오히려 지나치다 싶을 정도로 명예를 존중하는 마음, 아직 활활 타오르지 않은 감정을 확 끌어당기는 그

---

46 1801년 덴마크 코펜하겐 정박지에서 넬슨이 이끄는 영국 함대와 프랑스의 압력으로 영국에 대항했던 덴마크 함대 사이에 벌어진 전투. 이 전투에서 영국군이 대승했다.

빌리 버드

런 마음가짐, 즉 정직한 의무감이 최고 덕목이라 할 수 있다. 어쩌면 이런 이유로 〈웰링턴〉[47]이라는 이름이 보다 단순한 〈넬슨〉이라는 이름보다 우리 피를 끓어오르게 만드는 우렁찬 나팔 소리가 되지 못하는지도 모른다. 워털루 전투에서 승리를 거둔 공작을 기리는 송가에서 앨프리드[48]는 감히 그 공작을 전 시대를 통틀어 가장 위대한 군인이라고 부르지 않았다. 하지만 같은 송가에서 그 시인은 넬슨을 〈세상이 시작된 이래 가장 위대한 뱃사람〉으로 불렀던 것이다.

트라팔가르에서 전투가 시작되기 직전, 넬슨은 자리에 앉아 짤막한 유서를 작성했다. 자신의 명예로운 죽음으로 인해 그 전투가 자신이 해전에서 거둔 승리 가운데 가장 웅대한 승리로 끝나리라는 것을 예감한 그가 성직자와 같은 경건한 마음에서 그 자신의 빛나는 무공을 상징하는 보석처럼 화려한 증거들로 몸을 치장한 것이, 그가 자신의 몸을 제단에 산 제물로 바치기 위해 그렇게 몸을 장식한 것이, 말 그대로 자만심에서 비롯된 허영이라고 치부하자. 그렇다면 위대한 서사시나 드라마에서 훨씬 더 영웅적 묘사를 담은 모든 시구도 과장되게 꾸며 낸 표현이 아니고 무엇이겠는가? 기회가 주어졌을 때 넬슨과 같은 본성을 지닌 사람들을 추동해 용감하게 행동하도록 이끌었던 끓어오르는 감정, 그런 감정의 고양을 시인들이 시적으로 표현한 것 아니고 무엇이겠는가?

---

47 워털루 전투에서 승리를 거둔 웰링턴 공작 아서 웰즐리. 주 42 참고.
48 주 42 참고.

5장

앞서 말한 대로, 노어에서 발발한 반란은 진압되었다. 그러나 모든 불평불만이 해소되고 바로잡힌 것은 아니었다. 물론 바로잡힌 것도 있었다. 예를 들어 군납업자들이 어느 나라 군납업자나 가지고 있는 특유의 일부 관행에 따라 공급하던 물품, 그러니까 싸구려 의복 혹은 싱싱하지 않거나 정량을 속인 식료품 등은 더 이상 납품할 수 없게 되었다. 그렇지만 한 가지, 징병 제도만은 그대로 유지되었다. 수 세기 동안 관례에 따라 인정되고 최근까지도 맨스필드 대법관[49]이 사법적으로 옹호한 함대에 병력을 충원하는 방식, 지금은 잠시 유예된 상태로 있지만 아직 공식적으로 폐기되지 않은 그 징병 방식을 당시에는 포기하기 어려웠다. 그런 방식의 징병 제도를 폐지한다면 영국에 없어서는 안 될 함대의 기능이 마비될 수 있었다. 증기 동력 없이 오로지 돛에 의해 움직이는 전함으로 구성된 함대에서 그 많은 돛이며 수천 문에 이르는 함포를 포함해, 한마디로 모든 것을 사람의 힘으로 움직이고 작동시켜야 했기 때문이다. 더욱이 전란의 소용돌이에 휩싸인 유럽에서 현재 벌어지고 있는 위급한 상황뿐만 아니라 앞으로 있을지도 모를 뜻하지 않은 사태에 대비해 모든 등급의 전함을 증강하는 터라 함대는 계속 병력을 보충해야 했던 것이다.

---

[49] 제1대 맨스필드 백작 윌리엄 머리. 1756년에서 1788년까지 영국 왕좌 재판소 법관이었다.

두 반란이 일어나기 전부터 존재했던 선원들의 불만은 반란이 진압된 후에도 잠복 상태로 계속 남아 있었다. 따라서 산발적이든 전면적이든, 어떤 식의 소동이 다시 있으리라 우려하는 것은 당연했다. 그런 우려 중 한 가지 예를 들어 보자. 이 이야기의 배경이 되는 시기와 같은 해 스페인 해역에 당시 해군 중장으로서 함대에 있던 허레이쇼 넬슨 경에게 〈캡틴〉호에 달려 있던 그의 표지기를 떼어 내 〈테세우스〉호[50]에 달라는, 즉 〈테세우스〉호를 지휘하라는 함대 사령관의 명령이 하달되었다. 그 이유는 새롭게 본국을 떠나 함대에 편입된 〈테세우스〉호가 실은 본국에 있을 때 노어 대반란에 가담한 전함이어서 선원들의 기질상 위험한 일이 발생할지 모른다는 우려 때문이었다. 그리고 넬슨과 같은 지휘관이라면 부하들을 강압적으로 복종하게 만들기보다 그 존재만으로도 부하들의 마음을 사로잡아 본인만큼 열정적인 충성심은 아니지만 어느 정도 진정한 충성심을 불러일으킬 수 있으리라는 생각도 한몫했다. 사실 한동안 여러 전함의 함미 갑판을 오가는 장교들은 불안감을 떨쳐 버리지 못했고, 해상에서 다시 그런 일이 재발하지 않게 미리 철저한 경계를 펼쳐야 한다는 긴장감에서 벗어날 수 없었다. 그런 데다 부지불식간에 교전이 벌어질지도 모르고, 교전이 벌어지면 함포를 담당하는 대위들이 어떤 경우에는 그 포를 발사하는 부하들 뒤에 의무인 양 칼을 뽑아 들고 서 있어야 하는 것 아닌가 하는 생

---

50 〈캡틴〉호의 뒤를 이어 넬슨이 1797년부터 지휘하던 74문의 함포를 장착한 전함. 넬슨은 이 전함을 타고 임무 수행 중 적탄에 오른팔을 잃었다.

각이 들 정도였다. 그러니 그때 상황이 어떠했을지 충분히 짐작 가고도 남는다.

6장

앞에서 언급한 대로 당시 상황이 불안했지만, 빌리가 흔들 침대에 몸을 싣고 흔들흔들 한가한 시간을 보내는 74문 포전함 위에서 선원들의 모습을 보면 최근 대반란이 있었다는 사실을 전혀 모르는 듯했다. 적어도 일반 사람들 눈에는 그렇게 보일 수 있었다. 수병들의 태도도 거의 그렇고, 임관 장교들의 표정이나 행동에서도 전혀 그런 낌새를 눈치챌 수 없었기 때문이다. 보통 전함에 근무하는 장교들은 자연스럽게 그들 지휘관의 인품에 따라 태도나 행동이 달라지기 마련이다. 지휘관이 출중한 성품을 지닌 사람이라면 그의 부하들도 그 성품을 닮아 간다.

정식 직함과 이름이 〈함장 아너러블[51] 에드워드 페어팩스 비어 대령〉인 비어 함장은 나이가 마흔 살 정도 되는 총각으로, 당시 뛰어난 뱃사람이 많이 배출된 시대라고는 하지만 그래도 매우 비범했다. 그가 비록 지위가 더 높은 귀족과 아주 가까운 사이이긴 했지만, 해군 장교로서 승진을 거듭한 것은 그런 관계와 전혀 무관했다. 이런저런 임무를 많이 수행하고 여러 해전에 참전하면서도 그는 늘 부하들의 복지에

---

51 백작 이하 귀족이나 고위 관리, 혹은 의원 등에 대한 경칭.

신경 쓰는 장교였다. 물론 복무규율을 위반하는 일은 결코 그냥 넘어가지 않았다. 자기 직무와 관련된 일은 하나부터 열까지 모조리 꿰고 있을 뿐 아니라, 무턱대고 분별없이 그러는 것은 아니지만 좀 무모하다 싶을 정도로 대담했다. 그런 그가, 서인도 제도 해역에서 벌어진 해전에서 로드니 제독[52]이 프랑스의 드 그라스 제독[53]에게 빛나는 승리를 거둘 때 로드니 제독의 부관으로 용맹하게 싸운 덕분에 함장이 되었다.

아마 민간인 복장을 하고 해변을 돌아다니면 그를 뱃사람으로 보는 사람이 거의 없었을 것이다. 특히 그가 일상적인 대화를 나눌 때는 뱃사람들이 사용하는 항해와 관련된 용어로 멋 부리며 말하는 경우가 전혀 없는 데다, 신중한 몸가짐에 뱃사람들의 시답잖은 유머 따위는 좋아하지 않는 것 같은 인상을 주어 더욱 그랬다. 항해 중에, 특별히 그가 나서서 뛰어난 능력을 보여 줘야 하는 일이 없을 때면 심중을 드러내지 않고 유난히 조용한 것도 따지고 보면 그의 독특한 성향에서 크게 벗어나지 않았다. 키가 현저히 큰 것도 아니고 눈에 띌 정도로 멋진 휘장을 달지도 않는 이 신사, 함장실에서 갑판으로 나서는 이 신사를 향해 바람을 피해 모여 있는 장교들이 말없이 경의를 표하며 목례하는 광경을 육지 사람

---

52 7년 전쟁 당시 영국 해군 제독으로, 서인도 제도 해역에서 뛰어난 전과를 올려 많은 섬을 점령했던 제1대 로드니 남작 조지 브리지스. 영국에서는 넬슨 제독과 더불어 뛰어난 명장으로 꼽힌다.
53 프랑스 해군 제독 프랑수아 조제프 폴 드 그라스 백작. 미국 독립 전쟁 때 조지 워싱턴 장군을 도와 영국군을 패퇴시킨 것으로 잘 알려져 있다.

이 봤다면, 아마 그를 왕의 손님으로 왕의 배를 탄 민간인, 어쩌면 왕의 사절로서 중요한 임지로 떠나는 몸가짐이 신중한 지체 높은 귀족으로 오해했을지도 모른다. 그런데 실제로 앞에 나서지 않고 삼가는 이런 태도는 때로 결연한 의지를 타고난 남성들이 지닌, 있는 그대로의 겸양에서 비롯된 것일 수도 있었다. 필요한 일이 아니면 특별히 눈에 띄는 행동에 나서지 않으려는 이런 겸양은 어느 계층 사람에게서든 찾아볼 수 있지만, 본질적으로는 귀족적인 덕목이 아니었을까 싶다.

세상 다양한 분야에서 누구보다 영웅적인 활동을 하는 사람 가운데도 일부 그런 사람이 있겠지만, 비어 함장은 아주 일상적인 면모를 보이다가 마치 꿈꾸듯 여유롭게 공상에 빠져드는 경우가 있었다. 가령 어떤 때는 한 손으로 밧줄과 같은 장비를 잡은 채 함미 갑판에 바람을 맞으며 서서 텅 빈 바다를 멍하니 바라보곤 했다. 그럴 때 별것 아닌 사소한 문제가 불거져 생각의 흐름이 끊기면 화가 나는 듯 얼굴이 살짝 일그러지기도 했지만, 감정을 잘 다스려 이내 원래 모습으로 돌아오는 것이 바로 그 사람의 특징이었다.

그는 해군에서 〈별처럼 빛나는 비어〉라는 호칭으로 아주 잘 알려진 인물이었다. 아무리 훌륭한 자질을 갖추고 있다 해도 눈부실 정도로 빛나는 자질을 보이지 않는 그에게 그런 호칭이 붙은 내막은 이렇다. 비어 함장이 서인도 제도 순항을 마치고 영국으로 돌아왔을 때 제일 먼저 그를 반겨 주고 축하해 준 사람은, 그가 좋아하는 친척으로 통이 크고 솔직한 심성을 지닌 덴턴 경이었다. 그런데 그 전날 덴턴 경이 우연히 앤드루 마벌[54]의 시집을 넘기던 중, 전에도 읽은 적 있는 「애플턴 저택」이라는 시가 문득 눈에 들어왔다. 그 저택은 17세기 독일 전쟁[55]의 영웅이자 비어 함장과 덴턴 경의 조상이었던 인물[56]이 거주하던 저택 중 하나였는데, 아무튼 그 시에서 다음과 같은 구절이 덴턴 경의 눈에 띄었다.

이 아이는 처음부터 소중히 보살핌을 받고 자랐으라
천국과도 같은 가정에서,
페어팩스와 별처럼 빛나는 비어의
엄격한 규율하에.

아무튼 그렇게 비어 함장을 만났을 때, 덴턴 경은 로드니 제독이 대승을 거둔 해전에서 용맹하게 싸우다 이제 막 돌아온 사촌 비어를 끌어안자마자 같은 집안사람인 그 뱃사람에게서 가문의 자긍심을 느끼고 감정이 북받쳐 올라 열광적으로 이렇게 외쳤다고 한다. 「이 얼마나 기쁜 일인지, 에드, 정

---

54 Andrew Marvell(1621~1678). 영국의 형이상학파 시인이자 풍자 작가이며 정치인. 「수줍은 여인에게To His Coy Mistress」라는 연애시와 귀족의 시골 저택에 관한 시 「애플턴 저택Upon Appleton House」 등으로 유명하다.
55 로마 가톨릭교를 지지하는 국가들과 개신교를 지지하는 국가들 사이에 벌어진 30년 전쟁(1618~1648)으로 추정.
56 캐머런의 제3대 페어팩스 경이었던 토머스 페어팩스. 페어팩스 경 딸의 가정 교사였던 앤드루 마벌은 페어팩스 경의 후원을 받았다. 비어는 페어팩스 경의 부인인 앤 드 비어 집안의 성(姓)이다.

말 차고 넘치는 기쁨 아닌가, 별처럼 빛나는 나의 비어여!」
이 말이 세상에 퍼졌다. 그러자 성 앞에 붙은 이 새로운 호칭을, 집안사람들이 〈인도미터블〉호의 함장인 비어 대령을, 먼 친척으로 나이는 더 많지만 해군에서 거의 같은 지위의 장교로 있는 또 다른 비어와 구분하기 위해 사용하다 보니 이제는 그의 성 앞에 영원히 따라붙게 되었다.

7장

곧 이어질 장면에서 〈인도미터블〉호의 지휘관이 하는 역할에 비춰 보면, 앞 장에서 대강 서술한 그에 관한 이야기를 더 보충하는 것이 좋겠다.

해군 장교로서 자질은 차치하고 비어 함장은 남다른 데가 많았다. 영국의 유명한 뱃사람 가운데 적지 않은 사람이 대단히 헌신적으로 장기간 고된 임무를 수행하면서 오로지 그 일에만 푹 빠져 지냈다. 하지만 완벽에 가까울 정도로 모든 면을 갖춘 비어 함장은 주어진 임무에만 매달리는 성격이 아니었다. 그는 유난히 지적인 것을 추구하는 면이 있었다. 책을 좋아해, 바다에 나갈 때면 어김없이 새로운 책을 사서 가져가곤 했다. 잔뜩 싸 들고 가는 것은 아니었지만, 그래도 제법 최고로 꼽을 만한 책들을 챙겼다. 아무리 전쟁 중이라 해도 함정 지휘관들에게는 간혹 혼자 한가롭게 지낼 시간이 있었다. 그런데 지휘관 대부분이 그런 시간을 지겨워하고 따분하게 보냈다. 그러나 비어 함장은 달랐다. 책 내용보다 표지나 장정에 더 많은 관심을 두는 사람들과 달리, 그의 문학적 취향은 세상에서 권위적인 자리를 차지하는 상류층 계급의 엄숙하고 중후한 사람이라면 당연히 찾아 읽는, 그런 종류의 책을 좋아했다. 이를테면 시대를 불문하고 실제 인물들과 사건을 다룬 역사나 전기, 그리고 진부한 표현이나 전통적인 스타일에서 벗어나 몽테뉴처럼 정직하게 상식의 정신을 담아 현실에 대해 철학적으로 사색하는 내용의 글을 쓰는, 인습에서 벗어난 작가들의 책을 선호했다.

그런 책을 읽는 가운데 그는 ― 다른 사람들과 대화를 나누면서 확인하려고 했지만 그러지 못했던 ― 사리에서 벗어나지 않는 진지한 자기 생각을 다시금 확인하고 확신할 수 있었다. 그러므로 가장 근본적인 주제와 맞닥뜨렸을 때 그의 마음속에는 어떤 긍정적인 확신들이 굳건히 자리 잡았고, 더 나아가 그는 자신의 지적 능력이 훼손되지 않는 한 그런 확신들이 본질적으로 변하지 않은 채 그대로 유지되리라 생각했다. 운명적으로 혼란스러운 시대에 던져진 그로서는 참으로 다행이었다. 그가 마음에 간직한 흔들리지 않는 확신들이 물밀듯 들이닥치는 새로운 견해들, 사회적이거나 정치적이거나 그 밖의 다른 분야와 관련된 새로운 견해들, 타고난 지위나 능력이 그보다 못하지 않은 그 시대 많은 사람을 격류가 휩쓸고 지나가듯 떠내려가게 만든 새로운 견해들을 막아주는 훌륭한 둑이 되어 주었던 것이다.

타고난 계급이 그와 같은 귀족 계급에 속하는 이들은 혁신적인 주장을 펼치는 사람들에게 분노를 표출하는 일이 많았다. 그들이 화를 내는 이유는 주로 혁신가라 자처하는 사람들의 이론이 특권 계층, 즉 자신들의 이익을 해친다고 여기기 때문이었다. 반면에 비어 함장은 공평무사한 시각에서 혁신가들의 이론에 반대했다. 그가 보기에, 혁신가들은 현재 제도 속에서 자신들의 이론을 실현할 능력이 없을뿐더러 세계 평화와 인류의 참된 복지에 오히려 적대적인 태도를 보이기 때문이었다.

비어 함장과 지위가 같은 일부 장교들, 그와 비교하면 축적된 지식이나 진지성 면에서 부족하긴 하지만 때로 비어 함장이 불가피하게 어울릴 수밖에 없는 그 장교들은 비어 함장을 사람들과 어울리는 능력이 부족한 무미건조하고 책밖에 모르는 장교라고 생각했다. 어쩌다 비어 함장이 그들과 따로 떨어져 있으면, 그들은 이때다 싶어 자기네끼리 이렇게 속닥거렸다. 「비어, 별처럼 빛나는 비어는 고귀한 사람이지. 관보에서 뭐라고 얘기하든 허레이쇼 경(넬슨 경을 말한다)도 실은 비어만큼 뛰어난 뱃사람이나 전사는 아니잖아? 하지만 우리끼리니까 하는 말인데, 비어한테 묘하게 현학적 성향이 있는 것 같지 않아? 맞아, 말아 놓은 해군 밧줄에 왕의 실 가닥 하나가 끼여 있는 것 같다고나 할까?」

그들이 이런 식으로 자기들끼리 터놓고 비판하는 데는 몇 가지 명백한 이유가 있었다. 우선, 함장이 하는 이야기가 전혀 재미있거나 흔한 이야기가 아니기 때문이었다. 또 하나는 당대의 감동적인 인물이나 화제가 된 사건과 관련해서 어떤 핵심적인 내용을 예로 들어 설명할 때면, 현대의 비근한 예를 거론하기보다 옛날 옛적 역사적인 인물이나 사건을 끄집어내기 때문이었다. 어떻게 보면 비어 함장은 그렇게 단순하고 어리숙한 사람들의 사정을 전혀 신경 쓰지 않았던 것이다. 사실 단순하고 어리숙한 사람들, 글을 읽는다고 해도 고작해야 신문밖에 읽지 않는 사람들에게는 멀고 먼 과거의 일이 아무리 적절한 예라 해도 얼른 와닿지 않는, 대단히 낯선 이야기로밖에 들리지 않는다. 하지만 천성적으로 비어 함장과 같은 기질을 타고난 사람에게는 그런 일에서 어떤 배려나 고려를 생각하는 것이 쉽지 않다. 비어 함장과 같은 사람들은 너무 강직해서 다분히 직선적인 성향을 내보이기 쉽고, 때로는 국경을 넘어 먼 길 날아가며 언제 국경선을 넘었는지 전혀 개의치 않는 철새처럼, 높은 곳에서 나무보다 숲을 보며 멀리 날아간다.

8장

여기에서 비어 함장 휘하 장교들이 누군지, 대위들은 누구이고 그 밖의 다른 임관 장교들은 누군지 굳이 구체적으로 밝힐 필요는 없을 것 같다. 준사관들도 마찬가지다. 하지만 부사관 가운데 이 이야기와 관련이 많은 한 사람은 바로 소개하는 편이 좋겠다. 그 사람의 초상을 좀 그려 보려고 하는데, 글쎄, 제대로 묘사할 수 있을지 모르겠다.

그 사람은 바로 선임 위병 부사관 존 클래거트다. 그런데 선임 위병 부사관이 대체 무슨 임무를 담당하는 직책인지, 육지 사람들에게는 조금 알쏭달쏭하게 들릴지도 모르겠다. 원래 부사관의 주 임무는 검이나 날이 휜 단검과 같은 무기를 어떻게 사용하는지 사병들에게 가르쳐 주는 것이었다. 다 알고 있는 사실이다. 그런데 아주 오래전부터 총포류가 발달하면서 서로 맞서 백병전을 벌이는 일이 드물어지고 검을 만드는 강철보다 화약 제조에 쓰이는 질산 칼륨과 황이 중요해짐에 따라 그런 부사관의 역할도 끝나고 말았다. 이후 커다란 전함에 소속된 선임 위병 부사관의 주된 임무는 경찰서장과 같은 존재가 되어 사병들이 바글바글한 아래쪽 포열 갑판에서 질서를 유지하는 일이었다.

클래거트는 나이가 서른다섯 살쯤 되는 사람으로, 키가 크고 몸은 좀 야윈 편이었지만, 그런대로 봐줄 만한 체격이었다. 손은 조그맣고 고와 그동안 거친 일을 해본 적이 없는 것 같았다. 얼굴은 사람들의 시선을 한눈에 받을 정도로 잘생긴 편이었다. 턱을 빼면 이목구비가 뚜렷한 것이 그리스의 메달에 새겨진 인물을 연상케 했다. 하지만 턱은 티컴세[57]의 턱처럼 수염이 없는 데다 기묘하게 툭 튀어나온 모양인데, 그 생김새로 보면 찰스 2세 시대 역사적 증언대에 섰던 증인으로 점잔 빼듯 느릿느릿 말을 이어 가는 성직자 특유의 말투로 가톨릭 음모 사건이라고 주장된 사건을 조작한 타이터스 오

---

57 북아메리카 쇼니족 인디언의 족장. 1812년 전쟁에서 영국군과 연합해 미국에 대항했다. 멜빌은 티컴세를 용감한 인디언 전사의 원형으로 보고 있다.

츠 신부[58]의 턱을 떠올리게 했다. 눈은 또 어떤가? 클래거트의 눈매를 살펴보면, 바라보는 시선이 누구를 보살피고 가르쳐 주려는 듯한 인상을 주어, 그가 맡은 일을 하는 데 도움이 되었다. 이마는 골상학적 관점에서 보면 보통 이상의 지능을 지닌 사람들의 모습과 비슷했다. 그 이마 위에 군데군데 뭉쳐 있는 부드럽게 빛나는 검은 옥빛의 곱슬머리가 그 아래 파리한 얼굴을 더욱 돋보이게 했다. 창백한 듯 보이는 안색은 호박빛이 은은하게 감돌아, 세월이 지나 빛이 바랜 오래된 대리석의 색감과 비슷했다.

그의 이러한 안색은 붉은빛이거나 짙은 청동빛을 띤 다른 선원들의 얼굴과 색다르다 싶을 정도로 대조적이어서, 햇빛이 들어오지 않는 곳에서 주로 일한 것이 일부 영향을 준 것 아닌가 싶었다. 물론 그런 얼굴빛이 사람들에게 반드시 불쾌한 인상을 주는 것은 아니지만, 그래도 사람들이 보면 그 기질이나 핏줄에 어딘가 결함이 있거나 비정상적인 데가 있는 것 아닌가 하는 느낌을 받지 않을 수 없었다. 그러나 전반적인 생김새나 태도를 보면, 그가 해군에서 맡은 직책과 어울리지 않게 나름 교육도 받고 경력도 많은 것 같았다. 그래서 근무에서 벗어나 한가로울 때 그의 모습은 사회적으로나 도덕적으로 뛰어난 자질과 품성을 갖춘 사람인데, 그만이 알고 있는 어떤 이유로 인해 정체를 감추고 살아가는 사람처럼 보

---

58 영국 국교회 사제. 1678년 로마 가톨릭교도들이 정권을 장악하려 한다는 위증으로 가톨릭을 반대했던 휘그당의 세력을 강화했지만, 이후 가톨릭 신자였던 제임스2세가 왕위에 오르면서 위증죄로 투옥되었다.

이기도 했다. 사실 그가 예전에 어떤 삶을 살았는지, 알려진 것이 전혀 없었다. 영국 사람이라고 추정되는데, 말하는 것을 들어 보면 억양에서 태생이 영국 사람이 아니라 아주 어릴 적에 영국으로 귀화한 것 같은 느낌도 들었다. 포열 갑판이나 전함의 함수 쪽에 있는 상갑판에서 이러쿵저러쿵 떠돌아다니는 이야기 가운데는 옛날 기사처럼 의협심이 강한 이 선임 위병 부사관이 어떤 사기 사건에 휘말려 왕좌 재판소 법정에 섰는데, 합의 조건으로 자진해서 해군에 입대했다는 소문도 있었다. 당연히 이 소문을 사실이라고 입증해 줄 사람이 한 사람도 없었지만, 그래도 그 소문은 꼬리에 꼬리를 물고 은밀히 퍼져 나갔다. 가만히 보면, 특히 이 이야기가 벌어진 시기에는 임관 장교보다 계급이 아래인 병사들과 관련된 소문이 일단 포열 갑판에서 시작되어 서서히 퍼지면 전함 승조원 가운데 나이 들어 세상 물정 다 안다는 사람들은 그런 말들을 전혀 신빙성 없는 소문이 아니라 사실처럼 받아들이는 것 같았다. 클래거트처럼 소양을 갖추었으나 바다 일을 전혀 해본 적 없는 상태에서 나이 들어 해군에 들어와 가장 밑바닥 일부터 시작할 수밖에 없었던 사람, 그러면서도 입대전 뭍에서 어떻게 살아왔는지 자기 이야기를 전혀 입 밖에 내지 않는 사람에 관한 소문이 바로 그런 경우에 해당했다. 그리고 예전에 그 사람의 진면목이 어땠는지 정확히 알 수 없는 불확실한 상태에서는, 그 사람에게는 불쾌한 일이겠지만, 갖가지 좋지 않은 억측이 떠도는 것이 어쩌면 자연스러운 일 아니었을까 싶다.

그런데 오후 교대 근무 시간에 선원들이 은밀히 주고받는 클래거트에 관한 쑥덕공론이 막연하나마 그럴듯하게 들렸던 것은, 당시 영국 해군이 한동안 병력을 선발해 점호 명부를 유지하는 문제에 대해 매우 까다롭게 굴 처지가 아니었다는 사실에서 비롯되었다. 말이 나왔으니 하는 말이지만, 당시는 해상에서나 육지에서 사람들을 강제 징집해 배에 태우는 일로 민심이 흉흉했다. 게다가 더 이상 비밀도 아닌 또 다른 문제가 있었다. 런던 경찰 당국은 신체 건강한 용의자들, 그러니까 조금 수상쩍다 싶으면 누구든 마구잡이로 체포해 즉결 심판을 내리듯 그 자리에서 해군 조선소로 보내기도 하고 전함에 태우기도 했다. 더 나아가 자원입대한 사람 중에는 그 동기가 애국심이 발동해서도 아니고, 그렇다고 해상에서 지내며 전쟁을 모험 삼아 경험해 보고 싶다는 충동적인 욕구가 불쑥 솟아나서도 아닌 경우가 있었다. 그리 크지 않은 액수지만 파산해 빚을 진 빚쟁이나 문란한 행동으로 도덕적 문제가 있는 사회의 골칫거리들이 편하고 안전한 피난처를 찾아 해군에 입대했던 것이다. 군에 들어가는 것이 안전하기는 했다. 중세 범법자들이 성역으로 피신하면 교회의 보호를 받아 안전했던 것처럼,[59] 일단 입대해 왕의 배에 타면 안전하게 지낼 수 있었다. 아무튼 당국의 묵인하에 자행된 그런 불법적이고 부정한 조치들을 당시 정부로서는 당연히 당당하게 내세우며 떠벌일 생각조차 할 수 없었고, 그래서 결과적으로

---

59 중세에는 교회법이 국가의 법보다 우위에 있어, 범법자들이 일단 교회에 피난처를 구하면 교회의 동의 없이 체포할 수 없었다.

사회에 아무런 영향력 없는 계층에게만 해당했을 뿐 사람들의 기억에서 거의 사라졌다. 그런데 그런 불법적이고 부정한 조치들이 자행되었다는 사실로 인해 내가 진실임을 보증할 수 없어 꺼내기 찜찜한 어떤 이야기가 실제로 있을 법한, 그럴듯한 이야기로 들린 적이 있었다. 책 이름이 떠오르지는 않지만, 분명 어떤 책에서 읽은 기억이 있는 이야기였다. 그런데 그 이야기와 똑같은 이야기를 지금으로부터 40년도 더 지난 어느 날 멋진 삼각모를 쓴 퇴역 노인에게서 들었다. 볼티모어 출신 흑인으로 트라팔가르 해전 참전 용사였다는 그 노인과 나는 그리니치에 있는 그의 집 테라스에서 아주 재미있게 대화를 나누었다. 그런데 그때 신속하고 빠르게 항해하는 것이 필수 임무였던 전함에서 병력 부족으로 일손이 모자란 경우 달리 묘책이 없으면, 교도소의 죄수 가운데 필요한 숫자를 추려 내 그 자리에서 바로 징집해 부족한 인원을 메웠다는 말을 들은 것이다. 그 말이 사실인지 아닌지 오늘날에 와서 직접 확인하고 나서는 일이 앞에서 언급한 여러 가지 이유로 쉽지는 않을 것 같다. 그러나 그 말이 맞는다면, 당시 날아다니는 하르피이아[60]처럼 아수라장이 된 바스티유 감옥의 소음과 먼지 위로 피어오른 전쟁에 직면한 영국 해협의 상황에 비춰 볼 때, 그런 식으로 교도소 죄수를 징집하는 것이 얼마나 중대한 일이었을지 짐작이 간다. 그 당시가 어떤 시대였는지는 그때를 되돌아보는, 아니 책으로 읽어서 아는

---

60 그리스 신화에서 에게해에 있는 섬 위로 날아다니며 인간의 영혼을 잡아먹고 산다는 여자의 얼굴과 몸에 새의 날개와 발톱을 지닌 괴물.

빌리 버드

우리에게도 아주 분명하게 와닿는다. 그러나 우리 할아버지 세대 사람들, 흰 수염 날리는 그분들 가운데서도 생각이 깊은 분들에게는 그 시대의 분위기가 카몽이스의 〈희망봉의 정신〉[61]과 같은 특성, 즉 뭐라고 말할 수 없을 정도로 어마어마한 위협이 되어 모든 것을 뒤엎을 정도로 험악한 상황으로 비쳤을 것이 분명하다. 미국도 그런 위협적인 상황에 대한 불안감에서 벗어나지 못했다. 전례 없는 나폴레옹의 정복 전쟁이 절정에 달했을 때 미국인 가운데 옛날 벙커힐 전투[62]에 참전한 적 있는 사람들은, 프랑스 혁명의 혼란 속에서 갑자기 득세한 이 무례한 자가 흡사 『요한의 묵시록』에 예시된 심판을 실행하기라도 하듯 꾸미고 있는 궁극적인 음모를 대서양이 방벽이 되어 막아 주지 못할지도 모른다는 생각에 불안해했던 것이다.

그러나 포열 갑판에서 오가는 클래거트에 관한 험한 소문들이 그리 믿을 것이 못 되는 것은 그런 말을 퍼뜨리는 자들, 전함에서 나름의 지위와 권한을 지닌 그런 자들이 다른 승조

---

61 Luís Vaz de Camões(1524~1580). 포르투갈의 시인. 포르투갈에서는 셰익스피어나 호메로스, 단테 등에 버금가는 위대한 시인으로 칭송받는다. 카몽이스의 〈희망봉의 정신〉이란 그가 포르투갈의 역사와 신화를 엮어 포르투갈 사람들의 영웅적 업적을 찬양하며 쓴 애국적 서사시 『우스 루지아다스 Os Lusíadas』(1572)에 등장하는 신화적 인물 아다마스토르를 말한다. 〈희망봉〉을 의인화한 아다마스토르는 위험한 바다와 막강한 자연의 힘을 상징하지만, 결국 포르투갈 사람들, 특히 탐험가인 바스쿠 다가마에 의해 정복되는 것으로 그려진다.

62 미국 독립 전쟁 중이던 1775년 보스턴 외곽에 있는 벙커힐에서 미국군과 영국군이 치열하게 맞붙었던 전투. 1천 명 이상의 영국군과 4백 명에 달하는 미국인이 전사하거나 부상당한 것으로 전해진다.

원들에게 인기를 얻는 일은 언감생심, 꿈도 꾸지 못할 일이기 때문이었다. 그런 데다 원한을 품고 있거나 이유가 있든 없든 무턱대고 싫어하는 사람을 심하게 깎아내리는 말을 하는 문제에 관한 한 뱃사람들도 뭍사람들과 별반 다르지 않게 말을 부풀리거나 꾸며 댔던 것이다.

선임 위병 부사관 클래거트가 해군에 입대하기 전에 어떻게 지냈는지, 〈인도미터블〉호 선원들이 실제로 알고 있는 것은 천문학자들이 하늘에 나타난 혜성을 처음 관측하기 전에 그 혜성이 어떤 경로로 나타났는지 짐작으로 추측할 정도, 바로 그 정도였다. 함상에서 귀가 밝다는 사람들이 소문을 듣고 내리는 판단이 입에서 입으로 전해지지만, 대체로 소문의 주인공이 본성이 무례하고 교양 없는 사람들에게 어떤 도덕적 인상을 심어 주었는지 정도만 전해질 뿐이었다. 사실 그런 소문을 듣는 사람들이 인간의 사악함에 대해 알고 있는 거라고 해봐야 대단히 한정적일 수밖에 없어 그냥 저속하고 비열한 행위 — 야간 교대 근무 시간에 선원들이 잠들어 있는 흔들 침대에서 물건을 훔치거나 속임수로 사람을 꾀어 선원을 모집하거나 부두에서 사기 행각을 벌이는 일 등 — 만 귀에 들어올 뿐이었다.

그렇지만 앞에서 넌지시 암시했듯이, 클래거트가 해군에 입대해 풋내기 전함 승조원으로서 처음에는 가장 천한 귀찮고 지겨운 일을 배정받고 그 일을 다 받아들였지만 얼마 지나지 않아 그 일에서 벗어났다는 이야기는 괜한 쑥덕공론이 아니라 사실이었다.

클래거트는 입대하자마자 바로 탁월한 능력을 발휘했을 뿐 아니라 기질적으로 절제력이 뛰어나 늘 평정심을 잘 유지한 데다 상관들이 흡족할 만큼 공손한 태도를 보였으며, 특별히 어떤 경우에 이례적으로 드러나듯 남다른 재능으로 문제의 핵심을 꼭 집어내는 능력도 내보였다. 여기에 고결할 정도의 애국심까지 더해져 깜짝 놀랄 만큼 순식간에 선임 위병 부사관으로 승진했다.

흔히 위병 하사라 불리는 병사들이 바로 이 바다의 경찰서장 격인 클래거트의 직속 부하였다. 그의 지시에 고분고분 잘 따르는 그들의 복종심은, 육지에 있는 기업의 일부 사업 부서에서 주의를 기울이면 알 수 있듯이 집단 전체의 도덕적 의지와 상당히 거리가 먼, 그것과 상관없이 나타나는 태도였다. 선임 위병 부사관이라는 자리에 오르면서 클래거트는 자기 주위에 모여드는 여러 부류의 직속 부하들, 계급이 더 낮은 사병들에게 남몰래 영향력을 행사할 수 있는 그 졸개 격 부하들을 자기 손안에 넣었다. 그리고 그런 지위에 오른다는 것은, 직속 부하에게 지시를 내리면 그 지시 사항이 교묘하게 작동되면서 전함 병사 전체에 심각하지는 않지만 왠지 모르게 불편함과 불쾌함을 안겨 줄 수 있음을 의미했다.

9장

빌리 버드에게는 앞 돛대 망루에서의 생활이 아주 잘 어울렸다. 망루보다 더 높은 곳에 있는 활대에서 당장 해야 할 일이 없을 때면, 젊고 재빨라 망루꾼으로 선발된 사람들이 방석처럼 말아 올린 조그만 보조 가로돛을 등지고 편하게 빈둥거리며 노닥거리는 모습이 꼭 공중에 무슨 동호회라도 결성한 것 같았다. 할 일 없는 게으른 신들처럼 높은 곳에서 이런저런 이야기를 길게 주고받기도 하고, 수시로 사람들이 분주히 오가며 열심히 일하는 그들 발아래 갑판의 풍경을 기분 좋게 내려다보곤 했다. 그러니 빌리와 같은 성향을 지닌 젊은이가 그런 망루꾼 무리에 속한 것을 대단히 만족스럽게 받아들이는 것은 당연했다. 그는 늘 누가 부르면 지체 없이 기민하게 움직였다. 괜한 빌미로 다른 사람들을 화나게 하고 싶지 않았기 때문이다. 상선에서 일할 때도 마찬가지였다. 그런데 전함으로 바꿔 탄 뒤에도 동료 망루꾼들이 이따금 아무런 악의 없이 놀려 댈 정도로 그는 하나도 빠뜨리지 않고 꼼꼼하게 일을 처리했다. 이처럼 빌리가 대단히 바지런하고 시원시원하게 움직이는 데는 나름대로 속사정이 있었다. 그가 징집되어 전함에 올라탄 다음 날 난생처음으로 함미 갑판에서 앞 상갑판으로 이어지는 통로에서 정식 체벌 장면을 목격했는데, 그 장면이 그의 머릿속에 꼭 박혀 있었던 것이다. 체벌 이유는 전함이 방향을 바꾸고 있는데 몸집이 작고 나이도 어린 신참 함미 갑판원이 배정받은 위치를 벗어나 직무를 소홀히 했기 때문이었다. 전함이 항로를 바꾸며 기동할 때 함미 갑판원은 자기 위치에서 그때그때 신속하고 민첩하게 돛을 풀거나 단단히 잡아매는 것이 임무였다. 그런데 자리를 벗어나 직무를 유기하면 전함의 기동에 심각한 지장을 초래할 수 있었다. 맨살로 드러난 해당 병사의 등에는 매질을 당해 석쇠 모양으로 이리저리 그어진 자국이 선명했다. 그 모습을 본 빌리는 간담이 서늘해졌다. 그것만이 아니었다. 체벌이 끝나 매질한 사람이 휙 던져 준 모직 셔츠를 들고 그 자리를 벗어나 곧장 모여 있던 다른 병사들 사이로 달려가던 그 병사의 얼굴에서 겁에 질린 끔찍한 표정을 보고 빌리는 큰 충격을 받았다. 그때 빌리는 결심했다. 의무를 게을리해서 그런 식으로 벌받는 일은 절대로 없어야겠다고, 심지어 어떤 일을 하거나 하지 않아서 욕먹는 일도 없게 하겠다고. 그러니 어쩌다 자루가 보관 장소가 아닌 곳에 놓여 있거나 흔들 침대에 물건들이 어질러져 있다는 별것 아닌 문제로 곤란한 상황에 몰렸을 때, 그는 얼마나 놀라고 걱정이 태산 같았는지 모른다. 그런 문제는 아래쪽 갑판의 위병 하사들이 감독 관리하는 사항이었고, 그래서 그 일로 인해 어느 위병 하사가 그에게 은근히 겁을 주기도 했던 것이다.

아니, 하나에서 열까지 모든 일에 조심하고 또 조심했는데 어떻게 그런 일이 생길 수 있지? 그는 이해할 수가 없었다. 너무도 황당했다. 젊은 망루꾼들에게 그 이야기를 해봤지만, 그들은 믿을 수 없다며 별로 관심 있게 듣지 않았다. 그런데 그가 털어놓은 걱정거리를 놓고 놀리듯 익살맞게 받아넘기며 이렇게 말한 사람이 있었다. 「빌리, 그거 자네 자루지? 이봐, 자네가 그 안으로 들어간 다음 아가리를 묶어 놔봐. 그러면 누가 자루를 건드리는지 대번에 알 수 있을 거야.」

나이가 들어 격한 일에서 배제된 노병이 한 사람 있었다. 최근 그에게 갑판 근처의 커다란 주 돛대를 빙 둘러싸고 있는 난간에 밧줄로 감아 맨 장치를 주시하면서 그 돛대를 지키는 돛대지기 일이 배정되었다. 앞 돛대 망루꾼인 빌리는 근무 시간이 아닐 때 그 사람을 알게 되어 어느 정도 친해졌다. 해결하지 못한 걱정거리 때문에 골치 아팠던 빌리는 어쩌면 그 사람이 자기한테 현명한 해결책을 알려 줄지도 모른다는 생각이 들었다. 그는 오랫동안 영국 해군에 복무하면서 이제 영국 사람이 다 된 나이 든 덴마크인이었다. 입이 무거워 별말 없는 데다 주름살도 많고 군데군데 영광의 상처를 안고 사는 사람이었다. 세월에 물들고 온갖 풍상을 겪은 탓에 고대 양피지와 같은 피부색의 쭈글쭈글한 얼굴은 퍼런 흉터투성이였다. 전투 중에 예기치 않게 화약통이 폭발하는 바람에 입은 상처였다.

그는 이 이야기가 시작되기 2년 전쯤 넬슨 지휘하의 〈아가멤논〉호에서 복무했었다. 당시 허레이쇼 넬슨 경이 함장으로 있던 〈아가멤논〉호는 해군의 기억 속에 불멸의 전함이었을지 몰라도, 지금은 헤이든[63]의 에칭화 속에 해체되고 일부 부서져 늑재가 그대로 드러난 채 거대한 골격만 남아 있을 뿐이었다. 어쨌든 〈아가멤논〉호의 승조원으로 복무하던 중, 그는 얼굴 한쪽에 관자놀이와 뺨을 따라 비스듬히 베이는 상

---

63 영국의 의사이자 해부학자이며 판화 가운데 특히 에칭화로 유명한 프랜시스 시모어 헤이든 경을 말한다. 그의 에칭화 가운데 해체된 〈아가멤논〉호를 그린 「아가멤논호의 해체Breaking up of the Agamemnon」(1870)가 있다.

처를 입어 동틀 무렵의 한 줄기 햇살이 검은 얼굴에 내려앉은 것처럼 긴 흉터 자국이 남았다. 〈인도미터블〉호 승조원 사이에서 그 덴마크인이 〈포연을 뚫고 적함으로 돌진〉이라는 별명으로 통하게 된 것은 바로 그 긴 흉터 자국과 그 흉터가 생긴 사연, 그리고 퍼런 흉터로 뒤덮인 얼굴 때문이었다.

덴마크 출신 노병의 작은 족제비눈이 던진 시선이 처음으로 우연히 빌리 버드에게 머물렀을 때, 깊게 팬 그의 모든 주름이 익살스럽게 움직였다. 상대야 기분 나쁠지 몰라도 혼자 속으로 뭔가 즐거웠던 모양이다. 유별나다 싶을 정도로 냉정한 구석이 있는 노인이 지혜라고 하기에는 너무 단순한 구닥다리 안목으로 이 〈멋쟁이 배꾼〉에게서 전함의 환경과 전혀 딴판인, 묘하게 어울리지 않는 어떤 면을 봤거나, 아니면 봤다고 생각한 것은 아니었을까? 그러나 몰래 숨어서 드문드문 빌리를 지켜보고 난 뒤 그 늙은 멀린[64]이 수상쩍을 정도로 까닭 모르게 속으로 즐거워하던 태도가 바뀌었다. 그래서 그 후 두 사람이 만날 때면 우선 그 노인의 얼굴에 실실 놀리는 듯한 표정이 나타나지만 잠시뿐이고, 곧이어 저런 기질을 타고난 젊은 친구가 곳곳에 함정이 매설된 세상에서 어떤 일을 겪을지 궁금해하며 깊은 생각에 빠진 골똘한 표정이 그 자리를 대신했다. 경험이나 수완이 부족하고, 그렇다고 자신을 지키기 위해서라면 언제든 적의를 품고 흉포하게 날뛰는 구석도 전혀 없는 젊은이가 단순히 용기 하나만으로 교활함이

---

64 아서왕의 이야기에 나오는 유명한 마법사. 스승처럼 아서왕을 지도하고 이끌었으며 나중에는 원탁의 기사들의 조언자 역할을 하기도 했다.

넘쳐나는 복잡 미묘한 세상에 맞서는 것은 말도 안 되는 얘기였다. 저토록 순진무구한 사람이 도덕적 위기에 처했을 때는 언제든 자신의 모든 기능과 능력을 날카롭게 곤두세우거나 의지를 더욱 굳건히 가다듬는다? 그건 이런 간교한 세상에서 가능하지 않다는 생각이 노인의 표정에 담겨 있었다.

그러나 덴마크 출신 노병은 조금 거리를 두긴 했지만 빌리를 좋아했다. 단순히 빌리와 같은 인물에 어떤 철학적 관심이 생겼기 때문만은 아니었다. 또 다른 이유가 있었다. 그 노인이 별난 행동을 보이고, 가끔 곰 비슷한 괴팍한 성질을 부려 젊은 사람들이 좀처럼 곁에 가려 하지 않았지만, 빌리는 그런 것에 아랑곳하지 않고 그를 뱃사람의 영웅으로 존경하며 가까이 다가갔다. 빌리는 〈아가멤논〉호 선원이었던 그 노련한 뱃사람 곁을 지나갈 때면 늘 예의를 갖춰 인사하는 것도 잊지 않았다. 어떤 신분에 속하든, 혹은 간혹 불평 대상이 되든 안 되든, 나이 드신 분들에게 빠뜨릴 수 없는 존경의 마음, 바로 그런 마음을 담은 인사였다. 주 돛대지기 노병은 관심 없는 척했지만, 그래도 그 안에는 유머 기질 비슷한 것이 있었다. 그래서 자기가 어른이랍시고 젊고 강건한 골격을 지닌 빌리를 놀리고 싶었는지, 아니면 심오한 또 다른 이유가 있었는지 모르겠지만, 아무튼 처음 빌리와 말을 주고받을 때부터 줄곧 빌리라는 이름을 〈베이비〉로 바꿔 불렀다. 그렇게 덴마크 출신 노병이 빌리를 〈베이비 버드〉라는 별명으로 부르자, 결국엔 그 별명이 앞 돛대 망루꾼인 빌리의 이름이 되어 모든 승조원 사이에 퍼졌다.

어쨌든 큰일은 아니지만 이해할 수 없는 일로 고민에 빠져 있던 빌리는 그 주름투성이 노병을 찾아갔다. 노인은 교대 근무가 끝나 상층 포열 갑판의 포탄 상자 위에 혼자 앉아 생각에 잠겨 있다가 그 근방을 거드름 피우며 오가는 사람들을 이따금 조금 냉소적인 눈길로 둘러보곤 했다. 그에게 다가간 빌리는 어떻게 그런 일이 벌어질 수 있는지 궁금하다며 자신의 고민을 털어놓았다. 바다의 선지자인 그 노인은 앞 돛대 망루꾼이 상세하게 설명하는 고민거리를 귀담아들으며 주름살을 야릇하게 실룩거리고, 무엇이 문제인지 캐내려는 듯 족제비눈 같은 작은 눈을 반짝였다. 이야기를 마친 앞 돛대 망루꾼이 이렇게 물었다. 「어르신, 제 얘기를 다 들으셨으니 이 문제를 어떻게 생각하시는지, 말씀 좀 해주십시오.」

노인은 입고 있던 선원용 방수 외투의 앞깃을 말아 올리더니 얼굴에 비스듬히 그어진 흉터 자국이 머리카락이 많이 빠져 숱이 별로 없는 머리로 이어지는 부분을 천천히 문지르면서 짤막하게 대답했다. 「베이비 버드, 지미 렉스(선임 위병 부사관을 말한다)[65]가 자네를 안 좋게 보고 있는 거야.」

「지미 렉스라뇨!」 빌리는 하늘을 닮은 눈을 크게 뜨며 짧게 소리쳤다. 「왜요? 그 사람은 저를 〈호감 가는 유쾌한 젊은 친구〉라고 부른다던데요? 사람들이 그랬어요.」

「그자가 정말 그랬대?」 머리가 희끗희끗한 노인이 씩 웃더니 말을 이었다. 「이봐, 베이비, 지미 렉스는 듣기 좋은 말만

---

65 〈지미 렉스Jimmy Legs〉는 해군의 선임 위병 부사관을 지칭하는 은어.

한다고.」

「아닙니다, 늘 그렇게 좋은 말만 하는 것 같지는 않아요. 하지만 저한테는 항상 그랬어요. 지나갈 때마다 좋은 말만 해주셨거든요.」

「베이비 버드, 그게 다 자네를 안 좋게 보기 때문이라고.」

말투도 그렇고, 거듭 반복되는 안 좋게 본다는 말도 그렇고, 신참인 빌리로서는 노인의 말이 누군가 풀어 주기를 원했던 그 수수께끼와 같은 일만큼이나 참으로 이해하기 어려웠다. 혼란스러웠다. 그는 노인의 입에서 어느 정도 기분 좋은 신탁과 같은 말을 끄집어내려고 애썼지만 소용없었다. 늙은 바다의 케이론은 제자인 젊은 아킬레우스[66]에게 가르칠 것을 충분히 가르쳐 주었다고 생각했는지, 입술을 오므려 입을 꼭 다물고는 무슨 다짐이라도 하듯 주름살을 한데 모은 굳은 표정을 지으며 더 이상 아무 말도 하지 않았다.

그동안 살아온 많은 세월, 그리고 머리야 자기가 더 명민할지 모르지만 평생을 자기보다 지위 높은 사람에게 복종하며 살아온 사람이 겪어야 했던 그 모든 경험, 이 모든 것이 덴마크 출신 노병에게 냉정하다 싶을 정도의 자기방어적 냉소주의를 심어 주었고, 그러다 보니 그런 태도가 그의 주된 특성이 되었던 것이다.

---

66 케이론은 반인반마의 매우 현명하고 뛰어난 현자로, 그리스 신화에서 많은 영웅의 스승으로 묘사된다. 특히 아킬레우스는 그 밑에서 전사가 갖춰야 할 모든 것을 배워 트로이 전쟁의 영웅이 된다.

10장

빌리 버드는 자신이 털어놓은 고민거리를 듣고 덴마크 출신 노병이 요점 정리식으로 아주 간단하게 내놓은 이상한 대답을 영 미덥지 않게 생각했다. 그런데 다음 날 한 사건이 벌어지는 바람에 빌리는 자신의 그런 생각이 맞는다는 확신이 들었다. 정오가 되자 순풍이 불어 준 덕분에 전함은 신난 듯 최고 속력으로 항로를 따라 나아갔다. 점심시간이 되어 망루에서 내려온 빌리는 동료들과 시시덕거리며 식사하고 있었다. 그런데 갑자기 배가 기울어 수프 냄비에 담긴 국물을 새로 박박 문질러 깨끗하게 청소한 갑판에 엎지르고 말았다. 그때 우연히 식사 자리가 마련된 칸막이 구역 안의 포열을 따라 손에 지휘봉인 양 등나무 줄기로 만든 가는 막대기 하나를 든 선임 위병 부사관 클래거트가 지나가고 있었는데, 그 앞을 가로질러 기름이 둥둥 뜬 수프가 흘렀다. 다행히 쏟아져 흐르는 수프를 밟지 않고 그 위로 발걸음을 떼어 건너간 클래거트는 아무 잔소리도 하지 않고 계속 앞으로 걸어갔다. 식사하는 중에 그럴 수도 있는 일이라서 괜스레 트집 잡고 나설 일이 아니었던 것이다. 그런데 곧 누가 수프를 엎질렀는지 알게 된 클래거트의 안색이 변하고 말았다. 잠시 걸음을 멈춘 그는 빌리에게 짧게 뭐라고 소리치고 싶었던 모양이다. 그러나 그런 마음을 누르고 호물호물 흐르는 수프를 가리키며 등 뒤에서 가는 막대기로 빌리의 어깨를 장난치듯 툭툭 두드렸다. 그러고는 이따금 던지는 특유의 그 듣기 좋은 낮은 목소리로 말했다. 「멋지게 일을 저질렀어! 하는 짓이 예쁘니까 얼굴도 예쁜 거라고!」 클래거트는 이렇게 툭 던지고는 그냥 지나쳐 갔다. 등지고 앉아 그의 모습을 볼 수 없었던 빌리는 클래거트가 그렇게 의중을 알 수 없는 말을 던지며 얼굴에 그려 낸 억지웃음, 아니 찡그렸다고 해야 더 어울리는 표정을 보지 못했다. 잘생긴 입 양쪽으로 입꼬리를 서늘하게 끌어 내리던 그 냉담한 표정을 볼 수 없었다. 아무튼 클래거트가 그런 표정을 지었지만, 그 자리에 있던 모든 사람은 그의 말을 재밌자고 한 말로 받아들였고, 더욱이 그 말이 자기네들보다 높은 사람의 입에서 나와 속으로야 어떻든 〈겉으로는 재미있는 척〉 웃어 줄 수밖에 없었는지 웃음을 터뜨렸다. 클래거트의 말이 은연중에 자기를 멋쟁이 선원으로 생각하고 있다는 사실을 보여 줬다고 여긴 빌리도 기분이 고조되어 덩달아 신나서 웃음을 터뜨렸다. 그러고는 같이 식사하던 동료들을 향해 소리쳤다. 「이거 보라고. 그런데 지미 렉스가 나를 안 좋게 본다고 말한 사람은 대체 무슨 생각으로 그런 거냐고!」

「어이, 잘생긴 친구, 도대체 누가 그런 거야?」 빌리의 말에 좀 놀랐는지, 도널드라는 선원이 물었다. 갑자기 물어보는 그 말에 앞 돛대 망루꾼은 조금 당황한 표정을 지었다. 그 선임 위병 부사관이 어떤 식으로든 별나게 자기한테 악의를 가지고 있다는 기분 언짢은 의견을 제시한 사람은 〈포연을 뚫고 적함으로 돌진〉이라는 별명을 가진 덴마크 출신 노병 한 사람뿐이라는 생각이 문득 떠올랐기 때문이다. 그사이 다시 발걸음을 옮기기 시작한 부사관은 잠시나마 씁쓰레한 억지 웃음이 아니라 어느 정도 본심이 드러난 표정, 어쩌면 가슴 속 의중이 얼굴에 드러난 잔뜩 일그러진 표정을 지었던 것이 분명하다. 왜냐하면 맞은편에서 아무 생각 없이 장난치며 걸어오던 북 치는 어린 수병 하나가 부사관과 살짝 부딪치면서 그를 바라보다가 갑자기 왜 저러나 싶을 정도로 당황하고 겁먹은 얼굴로 쩔쩔맸기 때문이다. 선임 위병 부사관은 그 어린 수병을 막대기로 냅다 한 대 내리치면서 잔뜩 화난 목소리로 소리쳤다. 「똑바로 보고 다니라고!」 부사관의 얼굴은 여전히 일그러진 표정 그대로였다.

11장

 선임 위병 부사관에게 무슨 문제라도 있나? 그런데 그 문제가 어떤 것이든 간에 빌리 버드와 무슨 상관이란 말인가? 수프를 엎지르기 전에는 부사관이 공식적으로든 비공식적으로든 빌리와 특별히 만나거나 접촉한 일이 전혀 없었는데, 도대체 그게 어떻게 빌리와 직접적으로 관련된단 말인가? 부사관이 어떤 문제로 골치를 썩든 말든 그 문제가 대체 왜 상선 선원이었을 때 평화 유지자로서 누구와도 기분 상하지 않게 잘 지내던 사람, 더욱이 클래거트 스스로 〈호감 가는 유쾌한 젊은 친구〉라고 칭했던 사람과 무슨 상관이 있단 말인가? 그렇지 않은가? 덴마크 출신 노병의 말을 빌리자면, 대체 무슨 이유로 지미 렉스는 〈멋쟁이 배꾼〉을 안 좋게 보는 걸까?

하지만 통찰력 있는 사람이라면 최근 두 사람이 우연히 마주친 사건이 무엇을 암시하는지 알겠지만, 어쨌든 확실한 것은 분명 무슨 까닭이 있기 때문에 클래거트가 속으로는 은근히 빌리를 싫어하고 안 좋게 본다는 사실이었다.

그렇다면 클래거트의 개인사 중에 드러나지 않은 더 은밀한 어떤 사건이나 빌리 버드 자신은 전혀 모르지만 그와 관련된 어떤 사건이 있다든지, 74문의 포를 장착한 전함에서 마주치기 전부터 클래거트가 빌리를 알고 있었다는 사실을 암시해 주는 어떤 낭만적인 사건이 벌어진 적이 있다든지 하는 이야기를 지어내는 일은 그다지 어렵지 않다. 어쩌면 그런 이야기를 만들어 내는 것이 이 일, 그러니까 왜 클래거트가 빌리를 미워하는지, 그 궁금증 속에 숨어 있는 수수께끼 같은 이유를 재미있게 설명하는 데 도움이 될 수도 있다. 사실 그런 종류의 사건은 전혀 존재하지 않았다. 그러나 다분히 현실적인 그 문제, 『우돌포의 비밀』[67]이란 소설을 쓴 래드클리프의 창의력이라면 충분히 고안해 낼 수 있는, 래드클리프식 로맨스 소설의 중요한 요소인 바로 그 불가사의한 사정이 깃들어 있는 그 문제에는 필연적이라고 추정할 수 있는 분명한 이유가 있을 수밖에 없다. 아무리 어떤 사람이 누구에게도 해를 끼치지 않는다 해도 그 사람을 보는 것만으로 특이한 어떤 사람 마음속에 저절로 깊은 반감이 꿈틀거린다면, 게다가 그 사

---

67 영국 소설가 앤 래드클리프가 1794년에 네 권으로 내놓은 장편소설. 고딕 소설의 고전으로 꼽힌다.

람이 누구에게 해를 입히지 않는다는 그 사실 때문이 아니라면, 그보다 더 불가사의한 일이 어디 있겠는가? 그러므로 그 일에도 분명 어떤 이유가 하나는 있을 터였다.

자, 그럼 전함의 상황을 보자. 많은 인원이 들어찬 상태로 항해 중인 거대한 전함에서는 개성이 다른 사람들이 서로 맞부딪치며 지낼 수밖에 없다. 그보다 더 짜증스러운 일이 어디 있을까? 함상에서는 계급이 다른 거의 모든 사람이 거의 모든 다른 사람과 이런저런 식으로 접촉하는 것이 일상이다. 그러니 그런 곳에서 보기만 해도 화나는 사람과 절대 마주치지 않으려 한다면 문제를 일으킨 요나를 선원들이 바다에 던져 버리듯[68] 그를 바다에 내던지든지, 아니면 자기 자신이 바다로 뛰어드는 수밖에 없다. 아무튼 전함의 이런 상황이 성자를 닮은 구석이라고는 하나도 없는 어느 특이한 인물에게 궁극적으로 어떤 영향을 미칠지 누가 상상할 수 있겠는가?

그러나 이런 암시만으로는 클래거트를 제대로 이해할 수 없다. 보통 사람들을 대하다 그에게 다가가려면 〈그 사이에 놓인 죽음과도 같은 무서운 공간〉[69]을 건너야 한다. 차라리 우회로를 따라 다가가는 것이 최선 아닌가 싶다.

오래전에 나보다 나이가 많은 어느 정직한 학자가 어떤 사람에 관한 이야기를 들려준 적이 있다. 그 학자와 마찬가지로 그 사람도 이제는 이 세상에 존재하지 않지만, 아무튼 그

68 『요나』 1장 1~16절 참고.
69 스코틀랜드의 시인 토머스 캠벨의 시 「발트해의 전투The Battle of the Baltic」에 나오는 구절.

는 어디 한 군데도 흠잡을 데 없는 훌륭한 사람이어서 누구도 공개적으로 그 사람을 폄훼하는 말을 하지 않았다고 한다. 물론 몇몇 사람은 자기네들끼리 쑥덕였던 모양이다. 「그렇다네. ○○○은 숙녀가 부채로 아무리 톡톡 두드려도 꿈쩍하지 않는 괴짜였지. 자네도 알고 있겠지만, 나는 조직화된 종교는 물론 어느 조직 체계에 세워진 철학도 따르지 않아. 그렇지만 내 생각엔 〈세상의 지식〉이라고 알려진 것 말고 다른 곳에서 끌어낸 그 어떤 단서도 없이 ○○○에게 다가가 가까워지려고 하는 것은, 이를테면 그 사람의 미궁 속으로 들어갔다가 빠져나오는 것은, 그래 그건 거의 불가능한 일이라고 보네. 적어도 나한테는 말일세.」

「그럴 리가요.」 나는 이렇게 말했다. 「○○○이 어떤 사람들에게는 연구 대상이 될 만큼 아무리 별나다 해도 인간이잖아요. 그리고 세상에 대한 지식이란 인간 본성, 그리고 그 본성의 다양성을 다루는 것 아닌가요? 분명 그런 것 같은데요.」

「맞는 얘기네. 하지만 그건 인간 본성에 관한 피상적인 지식에 불과하지. 통상적인 목적에만 들어맞는 지식일 뿐이야. 그런데 좀 더 심오한 문제와 관련해서는 나도 자신이 없다네. 세상을 안다는 것과 인간 본성을 안다는 것이 서로 다른 지식 분야인지 아닌지 모르겠어. 같은 사람인데, 그 사람 속에는 그 두 지식이 공존할 때도 있지만 그것들이 거의, 아니 전혀 상관없이, 따로 들어가 있기도 하거든. 사실 세상을 살아가는 보통 사람의 경우엔 계속해서 세상과 부딪치며 살다 보니 악한 사람이든 선한 사람이든 어떤 예외적인 사람의 본질을 이해하는 데 긴요한 섬세한 정신적 통찰력이 무뎌지기 마련일세. 이건 좀 중요한 문제이기도 한데, 언젠가 한 젊은 여자가 나이가 제법 든 늙은 변호사를 농락하듯 가지고 노는 것을 본 적이 있어. 그 늙은이가 망령이 들어 맹목적인 사랑을 퍼부어서 그런 게 아니었지. 절대 그런 게 아니야. 따지고 보면 그 늙은 변호사는 법만 잘 알았지, 그 젊은 여자의 마음을 잘 몰랐던 거야. 어두컴컴해서 보이지 않는 정신이라는 공간을 쿡이나 블랙스톤[70]과 같은 사람들이 유대의 선지자들만큼 환한 빛을 비춰 줄 수 있겠나? 못 하지. 그런데 그 선지자란 사람들이 누군지 아나? 그들은 대부분 속세를 등진 은둔자라네.」

당시 세상 경험이 별로 없었던 나는 그 학자의 말에 담긴 뜻을 제대로 이해하지 못했다. 그래도 지금은 어느 정도 알 것 같다. 사실 성서를 기초로 한 어휘들이 좀 더 오랫동안 전승되었다면 보통을 넘어서는 별난 사람들을 규정하거나 이름 붙이는 일이 별로 어렵지 않았을 것이다. 사정이 이렇다 보니 우리는 티 날 정도로 성서적 요소가 가미되었다는 비난에서 벗어난 어떤 근거를 찾아 참고하지 않을 수 없다.

플라톤의 글을 제대로 옮긴 신뢰할 만한 번역서에 수록된 용어의 정의를 열거한 목록, 플라톤 자신이 말뜻을 명확히

[70] 영국에서 법의 지배를 확립하고 의회 지도자로 권리 청원을 기초한 에드워드 쿡 경과 옥스퍼드 대학교 최초의 영국법 교수로 영미법에서 대단한 권위를 지닌 저서 『영국법 주해』를 남긴 윌리엄 블랙스톤 경을 말한다. 윌리엄 블랙스톤은 우리가 잘 알고 있는 〈열 명의 범인을 놓치더라도 한 명의 무고한 죄인을 만들면 안 된다〉라는 말로 유명하다.

규정해 놓은 것으로 알려진 그 목록에 이런 용어가 나온다. 〈자연적 타락 — 천성으로 타고난 타락.〉 칼뱅주의적 느낌을 풍기지만, 이 용어는 원죄를 갖고 태어난 전 인류에 관한 칼뱅의 독단적 교리와 전혀 상관없다. 분명한 것은, 이 용어는 그 안에 담긴 의미로 보아 오로지 개인에게만 적용될 수 있다는 점이다. 이런 타락으로 인해 교수대에 오르거나 감옥에 갇힌 예가 그리 많지도 않다. 어쨌든 이런 타락에 어울리는 주목할 만한 예를 찾으려면, 그런 예에는 저속할 정도로 짐승 같은 속성이 담긴 것이 아니라 늘 지성이 두드러지게 나타나기 때문에, 다른 곳을 탐색해 봐야 한다. 바로 문명이다. 특히 그 문명이 조금 엄숙한 형태라면 그런 타락이 이루어지기에 더욱 좋은 환경이 된다. 그 문명 속 타락은 점잖은 태도나 체면이라는 망토로 제 몸을 가리고 있다. 그리고 그 안에는 조용히 뒤따르며 도움을 아끼지 않는 금기 덕목들이 있다. 가령 그 경계 안에 포도주 같은 것은 절대로 들여놓지 않는다. 그 안에 어떤 악덕이나 사소한 죄가 없다고까지는 말하지 않겠다. 하지만 그 안에 이상한 자부심이 있어 돈을 밝히고 탐욕스러운 태도를 보이더라도 악이나 죄는 끼어들지 못한다. 요컨대 문명 속 타락은 천박하거나 방탕한 성격의 타락이 아니다. 과격함에서 벗어난 진지한 타락이다. 인간에게 아첨을 떨지는 않지만, 그렇다고 인간을 비판하거나 나쁘게 말하지도 않는다.

그러나 여러 유명한 사례에서 볼 수 있듯이, 예외적 기질을 지닌 사람에게서 더욱 눈에 띄는 점은 바로 다음과 같은 것이다. 어떤 사람이 내보이는 침착한 성향이나 신중한 태도를 보면 그 사람이 특별히 이성의 법칙을 따르는 것 같지만, 마음속에는 이성의 법칙에서 완전히 벗어나 제멋대로 날뛰는 이성과 아무 상관 없는 비이성적인 것이 있다. 그런 사람은 오히려 이성을 자신의 비이성적 행동을 합리화하기 위한 도구로 이용하기도 한다. 말하자면, 미치지 않고서는 생각도 못 할 목적을 이루기 위해 제멋대로 악의에 찬 행동을 할 때는 상당히 현명하고 건전하며 아주 신중하게 판단한다. 이런 부류의 사람들은 진짜 미친 것이며, 위험한 인물 가운데서도 가장 위험한 존재다. 그들은 시도 때도 없이 계속해서 광기를 내보이는 것이 아니라, 특별히 어떤 대상으로 인해 이따금 불쑥 광기가 일어나기 때문이다. 그런데 그 광기는 은밀한 것일 가능성이 높다. 혼자 가슴속에 품고 있는 광기라고 할까? 그래서 그런 사람에게서 광기가 극에 달하더라도 보통 사람 눈에는 그 사람의 행동이 지극히 정상으로 보일 수밖에 없다. 앞에서 언급한 것처럼, 그런 사람들의 목적이 무엇이든 간에 — 그리고 그 목적이 무엇인지 절대 밝히지 않지만 — 목적을 이루는 방식과 겉으로 드러난 처리 과정이 항상 완벽에 가까울 정도로 합리적이기 때문이다.

그런 사람 가운데 한 사람이 바로 클래거트였다. 그가 광적으로 흥분하는 성격을 지니게 된 것은 잔인한 훈련을 받아서도 아니고, 불온한 책을 읽어서도 아니고, 방탕하게 살아왔기 때문도 아니었다. 태어날 때부터 가지고 있었다. 간단히 말해, 〈천성으로 타고난 타락〉이었다.

그런데 혹시 이런 것이 어떤 형사 사건에서 판사들을 당혹스럽게 만드는, 그러니까 피고가 부인하거나 감추는 특이한 그 무엇 아닐까? 그 때문에 간혹 배심원들이 수임료를 받은 변호사들의 구구절절한 주장을 견뎌야 할 뿐 아니라, 훨씬 더 무슨 말인지 알 수 없는 의학 전문가들의 말도 지겹게 듣고 앉아 있어야 하는 것 아닐까? 왜 이런 일을 그들에게만 맡기는가? 도대체 왜 명망 있는 성직자들은 소환하지 않는가? 성직자들은 주어진 소명에 따라 그들만의 방식으로 많은 사람과 접촉하고, 때로는 의사와 환자보다도 더 편안한 시간에 속내를 털어놓으며 이야기를 주고받는다. 그러므로 그들은 도덕적 책임과 관련된 그런 복잡한 사건이 뇌 속의 어떤 광적인 집착 때문에 벌어진 일이든 광견병에 걸린 개처럼 갑자기 미친 듯 흥분해서 그런 것이든, 그 사건에 대해 뭔가 알고 있다. 설혹 그런 성직자들이 법정에서 하는 진술이 서로 엇갈린다 해도, 그 생각의 차이가 보수를 받고 일하는 의학 전문가들이 서로 반박하며 주장하는 의견 차이보다는 절대로 크지 않다.

어떤 사람들은 이것이 무슨 알아듣지도 못할 말이냐며 고개를 절레절레 흔들지도 모르겠다. 그런데 왜 이해를 못 하는가? 〈악의 세력〉[71]이라는 표현이 담겨 있는 성경 같은 느낌이 들어서? 만일 그렇다면 그것은 전혀 내가 의도한 바가 아니다. 왜냐하면 그런 느낌을 풍기면 오늘날 많은 독자가 이

---

71 정말 불가사의하게 그 이유를 모를 정도로 너무나 자주 등장하는 악의 무리. 『데살로니카인들에게 보낸 둘째 편지』 2장 7절 참고.

이야기를 마음에 들어 하지 않을 테니 말이다.

 이 이야기의 주요 핵심이 선임 위병 부사관의 감춰진 본성과 연관 있기 때문에 불가피하게 이번 장을 할애해서 언급했다. 다음 장에서는 이 이야기의 신빙성을 뒷받침해 주는 내용을 식사 시간에 일어난 사건과 관련이 있는 한두 가지 단서와 더불어 다뤄 보겠다.

12장

 클래거트는 체격도 나쁜 편이 아니고 턱을 제외하면 얼굴도 잘생겼다고 앞에서 말한 바 있다. 옷을 단정하게 입고 차림에 신경 쓰는 것으로 보아, 외모가 남들의 호감을 살 만하다는 것을 그도 알고 있는 것 같았다. 반면에 빌리 버드의 모습에는 어딘가 영웅다운 장엄함이 깃들어 있었다. 물론 창백한 클래거트의 얼굴에서 풍기는 지적인 면모를 빌리의 얼굴에서는 찾아볼 수 없었다. 그러나 근원이 다르긴 해도 클래거트와 마찬가지로 내면 어딘가에서 퍼져 나와 얼굴을 환히 빛나게 하는 어떤 기운 같은 것이 있었다. 가슴속 모닥불이 빌리의 뺨에서 붉은 장밋빛으로 타오르며 광채를 발산하고 있었기 때문이다.

 두 사람의 풍채가 눈에 띄게 대조적이라는 사실을 생각하면, 앞서 이야기한 식사 장면에서 선임 위병 부사관 클래거트가 빌리에게 〈하는 짓이 예쁘니까 얼굴도 예쁜 거라고!〉라는 말을 들먹였을 때, 물론 그 말을 들은 젊은 선원들은 눈치 채지 못했지만, 그 부사관은 십중팔구 아름답고 매력적인 빌리의 생김새를 보고 그때 처음 빌리에 대한 기분 나쁜 심정을 넌지시 비꼰 것이 분명했다.

논리적으로 보면 질투심과 반감은 양립할 수 없는 감정이지만, 실제로는 창과 앵[72]처럼 한 몸으로 태어나 서로 결합되어 솟구치는 감정일 수 있다. 그렇다면 질투심은 반감처럼 추하고 기이한 것인가? 한번 보자. 법정에서 자기 죄를 인정하느냐는 질문을 받는 피고 가운데 감형을 기대하며 자신의 끔찍한 범죄 행위에 대해 유죄를 시인하는 경우는 많지만, 과연 자신이 품고 있는 질투 감정을 솔직하게 털어놓는 사람이 어디 있단 말인가? 그런 점에서 대체로 질투심에는 흉악한 중범죄보다 더 부끄럽고 망신스러운 무언가가 있는 것 같다. 게다가 사람들은 모두 자신의 질투심을 인정하지 않으며, 절대로 그런 감정을 품은 적이 없다고 주장하기도 한다. 그뿐 아니라 어떤 지성인이 실제로 질투심을 품었다고 하면, 일반 사람들이야 그렇다 해도 보통 이상의 품성을 지닌 사람들조차 그 사실을 좀처럼 믿지 않는 경향이 있다. 그렇지만 질투심은 뇌가 아니라 가슴에서 비롯되는 것이기에 지적으로 뛰어난 사람도 질투 감정에서 벗어날 수 없다. 아무리 그렇다 해도 클래거트의 질투심은 일반 사람들의 질투심과 성격이 달랐다. 그렇지만 그가 빌리 버드를 향해 내보인 질투심은 사울이 젊고 훌륭한 다윗을 떠올리며 불안한 심정에서

[72] 태국에서 태어난 샴쌍둥이 형제.

얼굴을 일그러뜨린 것과 같은 근심 어린 질투도 아니었다.[73] 클래거트의 질투는 그보다 더 심오한 이유에서 비롯되었다. 그가 빌리 버드의 잘생긴 얼굴, 씩씩하고 건강한 모습, 젊다는 사실을 숨기지 않고 즐기며 사는 순수한 태도를 탐탁지 않은 눈으로 삐딱하게 보았다면, 그것은 겉으로 드러난 빌리의 이런 모습이 그의 타고난 본성을 뒷받침하며 잘 어울리기 때문이었다. 클래거트가 자석에 이끌리듯 느낄 수밖에 없었던 빌리의 본성은, 꾸밈없는 우직함으로 단 한 번도 악의적 의도를 품은 적이 없을 뿐 아니라, 뱀이 반사적으로 냅다 물듯 느닷없이 악의적인 행동을 취한 적도 없어 보였으니 오죽하랴. 클래거트는 빌리의 선한 영혼이 그 젊은 친구의 내면에 자리 잡고 있으면서 마치 창문으로 바라보듯 하늘을 닮아 푸른 그의 눈으로 세상을 바라보는 것 같다고 여겼다. 그리고 붉게 물든 빌리의 뺨에 보조개를 만들어 주고, 모든 관절을 유연하게 해주어 그의 모든 행동이 자연스러워 보이게 하고, 물결치듯 나부끼는 곱슬머리 속에서 춤추며 그를 누구보다 출중한 〈멋쟁이 배꾼〉으로 만들어 준 것이 바로, 어떻게 말로 표현할 수 없는 그 선한 영혼 아닌가 싶었던 것이다. 빌리 버드에게 존재하는 그런 도덕적 비범함을 제대로 알아보는 지적 능력을 지닌 사람이 그 전함에서는 어쩌면 선임 위병 부사관 클래거트뿐이었는지도 모른다. 그런데 클래거트

---

73 이스라엘의 초대 왕 사울은 다윗이 백성들의 인기를 한 몸에 받는 데다 아름다운 용모를 갖춘 것에 질투를 느껴 다윗을 죽이려고 창을 던지기도 했다. 『사무엘상』 18장 참고.

의 그런 지적 안목이 그의 감정, 그의 내면에서 은밀하게 다양한 형태로 잠복해 있는 그의 감정, 때로는 비뚤어진 심정에서 내보이는 경멸감 — 순진무구함에 대한 경멸감 — 의 형태로 나타나는 그의 감정을 한층 더 악화시킬 뿐이었다. 단지 순수하다는 것, 그것뿐이지 않은가! 그러나 클래거트는 심미안으로 그 순수함이 지닌 매력, 그 순수함 속에 담긴 용감할 정도로 허물없고 편안한 기질을 보고 자신도 그런 순수함을 공유하고 싶었으나 체념하고 말았던 것이다. 본성적으로 사악함의 기운이 지나쳐 그것에 눌릴 수밖에 없는 클래거트와 같은 사람들은 자기 안에 있는 본래의 사악함을 마음만 먹으면 언제든 감출 수 있지만 완전히 없앨 수는 없었다. 그런 타고난 본성은, 그런 본성을 지닌 사람들이 변함없이 늘 그렇듯이, 그 본성 안에 있는 또 다른 기질이나 감정 같은 것에 의지해 사악함을 뿌리치려 해도 그러지 못하고 이내 다시 뒷걸음치며 사악함으로 돌아간다. 그래서 이 세상에 존재하는 책임을 창조주에게 돌릴 수밖에 없는 전갈처럼 자신에게 할당된 역할을 끝까지, 죽어라 행한다.

13장

　감정, 내면 가장 깊은 곳에 자리 잡고 있는 감정은 맡은 역할을 연기할 웅장한 무대를 요구하지 않는다. 그 뿌리 깊은 감정은 걸인과 넝마주이 같은 밑바닥 인생들의 무대에서도 제 역할을 잘 수행한다. 그런데 그 감정에 불을 지핀 상황이 아무리 대수롭지 않고 하찮은 것이라 할지라도, 그 상황이 불러올 파장은 가늠하기 어려울 정도로 엄청날 수 있다. 지금 이 이야기의 경우, 그 감정이 연기를 펼칠 무대는 바닥을 북북 문질러 깨끗이 닦은 포열 갑판이고, 그 감정을 자극한 것 중 하나는 전함의 한 선원이 엎지른 수프였다.

선임 위병 부사관 클래거트가 자기 발 앞에서 진득진득 흐르는 액체를 누가 쏟았는지 알았을 때, 그는 — 어쩌면 어느 정도 자기 마음대로 생각한 것일지도 모르지만 — 그렇게 수프를 쏟은 것이 확신컨대 실수가 아니라고 받아들였음이 틀림없다. 그는 자기가 좋게 보지 않는다는 사실을 알고 그에 대한 응수로 자연스럽게 울컥 솟아난 감정을, 빌리가 그런 식으로 교활하게 내보였다고 생각했던 것이다. 그리고 그는 빌리의 그런 응수를 바보 같은 짓거리라고 생각하지 않았을까 싶다. 아니, 어린 암소가 발길질해 봐야 별로 해를 끼치지 못하듯, 물론 발길질하는 것이 어린 암소가 아니라 발굽에 편자를 박은 종마라면 얘기가 달라지겠지만, 그래 봤자 아무 소용 없는 짓이라고 생각했을 것이 틀림없다. 어쨌든 빌리는 클래거트의 질투심이라는 속 쓰린 감정을 경멸이라는 날카로운 침으로 콕 쑤신 것이나 다름없었다. 그 사건으로 인해 클래거트는 자기가 거느리는 아주 음흉한 위병 하사 가운데 하나인, 머리가 희끗희끗하고 몸집이 작은 〈찍찍이〉가 자기 귀에 속닥속닥 몰래 일러바친 보고들이 사실임을 확인했다. 그 위병 하사는, 남의 일에 참견하기 좋아하는 선원들을 앞

세워 아래 갑판의 음침한 구석을 지하실의 쥐처럼 찍찍거리는 소리를 내면서 약아빠진 표정으로 이리저리 돌아다니는 바람에 선원들이 비꼬아 〈찍찍이〉라는 별명을 붙여 준 사람이었다.

그 위병 하사는 상관인 클래거트가 골칫거리인 앞 돛대 망루꾼을 잡을 작은 덫 — 앞에서 언급한 소소한 괴롭힘도 사실은 다 선임 위병 부사관이 시킨 일이었다 — 을 곳곳에 설치하는 데 필요한 믿을 만한 앞잡이로 자신을 골라잡자, 당연히 클래거트가 그 망루꾼을 좋아하지 않는다고 결론 내렸다. 그래서 그는, 상관의 충직한 아랫사람으로서 선한 앞 돛대 망루꾼이 아무 뜻 없이 천진난만하게 장난친 것을 왜곡해서 전하고, 더 나아가 그 선원이 내뱉는 갖가지 입에 담지 못할 욕설을 자기가 엿들었다고 꾸며 내 상관의 감정이 적의로 불타오르게 만드는 것이 자신의 일이라고 생각했다. 선임 위병 부사관은 위병 하사가 전하는 보고들이 사실인지 아닌지 따지지도 않고 그대로 믿었다. 특히 욕설에 관한 보고는 곧이곧대로 받아들였다. 그럴 수밖에 없었던 것이, 겉으로 드러나진 않지만, 선임 위병 부사관이 얼마나 인기 없는 직위인지 그 자신이 잘 알고 있었기 때문이다. 그 시절 선임 위병 부사관은 자기가 맡은 임무를 열심히 수행하느라 선원들의 인기를 얻는다는 것을 생각도 할 수 없었다. 그 정도는 클래거트도 다 알고 있었다. 그는 자기가 없는 곳에서는 고참 선원들이 자기한테 야유도 퍼붓고 웃기는 말로 놀리기도 한다는 것 또한 알았고, 그들이 자기한테 붙인 별명(지미 렉스)도

재미로 부른다지만 속으로는 경멸과 혐오의 뜻이 담겨 있음을 알았다.

그러나 전함의 순찰 경관인 선임 위병 부사관을 누구나 싫어한다는 사실에 비춰 보면, 클래거트의 감정을 부추기기 위해 굳이 밀고자가 필요한 것은 아니었다. 아주 교묘한 타락, 그 사악함은 모든 것을 감추고 은밀하게 작동해야 하므로 대단히 비상한 신중함이 늘 버릇처럼 따라붙는다. 그런데 모욕을 당했다는 의심이 들면 그 타락, 그 사악함의 은밀함이 저절로 무장 해제되고, 급기야 그 의심의 원인을 따져 분명하게 밝힌다든가 제정신으로 따지지 않게 된다. 따라서 내키지는 않지만, 짐작과 추측을 확실한 사실로 받아들여 행동에 나서는 것이다. 그리고 그 반격은 의심과 짐작에 지나지 않는 모욕에 비하면 터무니없이 엄청난 보복의 성격을 지닌다. 사실 누구든 복수하려 한다면 고리대금업자가 인정사정없이 제 돈을 강제로 징수하듯 극단적으로 나서지 않겠는가? 그렇다 하더라도 클래거트에게 양심이 있다면 과연 그렇게까지 할까? 물론 양심이라는 것이 사람들의 이마 생김새가 다르듯 다 다르지만, 모든 지적 존재는 어느 정도 양심이라는 것을 갖고 있다. 심지어 〈믿고 무서워 떠는〉[74] 성경의 귀신들에게도 일말의 양심이 있지 않은가? 그러나 클래거트의 경우 양심은 그의 의지를 변호하는 역할만 하면서 별것 아닌 사소한

---

74 『야고보의 편지』 2장 19절 참고. 「당신은 한 분이신 하느님을 믿고 있습니까? 그것은 좋은 일입니다. 그러나 마귀들도 그렇게 믿고 무서워 떱니다.」

것들을 부풀려 사람 잡아먹는 도깨비로 둔갑시킬 뿐이었다. 그래서 빌리가 수프를 엎질렀을 때, 그 순간 마음속에 품었을 의도, 그리고 빌리가 자기한테 욕설했다는 밀고자의 말, 다른 것은 더 볼 것도 없이 이 두 가지만 하더라도 빌리에게 보복할 이유로 충분하다는 판단에 클래거트의 양심도 아마 동조했을 것이다. 아니, 마음속에 품었던 간단한 적의에서 이제는 보복해도 된다는 정당성을 부여했을 것이다. 적의를 품고 은밀한 곳에서 먹잇감을 찾아 이리저리 어슬렁거리는 클래거트와 같은 사람들은 가이 포크스와 다름없고, 또한 바리사이파와 같은 인간이다.[75] 그리고 어느 한쪽의 일방적인 악의라는 개념도 진정 생각하지 못하는 사람들이다. 빌리를 향한 선임 위병 부사관의 은밀한 괴롭힘은 아마 빌리가 짜증이나 화를 낼지 어떨지, 그 성질을 시험해 보는 것으로 시작되었을지도 모른다. 그러나 그런 식으로 괴롭혀도 빌리가 아무런 반응을 보이지 않아 공개적으로 적의를 드러낼 수도 없었고, 단순히 그 반응을 빌미로 그럴듯하게 자신의 보복을 정당화할 수도 없었다. 따라서 식사 시간에 일어난 그 수프 사건은, 비록 별것 아니었지만, 클래거트가 비밀리에 스승으로 모시고 있는 그의 그 독특한 양심으로선 매우 반갑지 않

---

75 가이 포크스는 영국 가톨릭 신자로, 1605년 당시 국왕이었던 제임스 1세를 암살하고 가톨릭 왕을 내세워 영국을 가톨릭 국가로 만들려던 화약 음모 사건을 주도한 인물이다. 〈분리된 자〉라는 뜻의 바리사이파는 예수가 활동하던 시절 율법과 선조들의 전통을 중시한 유대교 경건주의 분파로, 율법을 정확히 지키려는 열정 속에 자기들이 옳다는 자부심이 강해 냉혹한 엄격성을 지닌 것으로 유명하다. 이와 같은 바리사이파 사람들의 속성을 멜빌은 클래거트에게 적용하는 것으로 보인다.

을 수 없었다. 그뿐 아니라 그 사건으로 인해 그는 뒤이어 계속 새로운 실험을 하게 되었는지도 모른다.

14장

앞에서 이야기한 그 마지막 사건, 즉 수프 사건이 있고 며칠 지나지 않아 그 어떤 일보다 더 빌리를 곤혹스럽게 만든 일이 일어났다.

그날 밤은 바다 위에 떠 있는 전함의 위도상 위치에 비해 비교적 따뜻했다. 근무가 끝나 아래 선실로 내려갈 시간이 되었을 때, 앞 돛대 망루꾼 빌리는 맨 위 상층부의 갑판에서 잠을 자기로 했다. 그의 흔들 침대는 아래쪽 포열 갑판 위에 흔들리면 서로 부딪칠 정도로 빽빽하게 걸려 있는 수백 개의 흔들 침대 사이에 있었기에, 그곳에선 너무 더워 잠을 이루지 못할 것 같아 상층부 갑판으로 올라갔다. 그런 뒤 바람이 불어 가는 쪽 활대 아래, 전함에 실린 보트 가운데 가장 큰 대형 보트가 놓여 있는 앞 돛대와 주 돛대 사이 중간쯤 능선처럼 쌓아 둔 둥근 목재들이 있는 곳에 마치 어둠이 내려앉은 산허리에 자리를 펼치듯 자리 잡고 누웠다. 앞 돛대와 가까운 활대 끝부분 근처에 누운 그의 옆에는 아래 갑판에서 올라온 다른 세 명의 선원이 나란히 누워 있었다. 빌리는 앞 돛대 망루꾼으로 근무할 때는 앞 상갑판 선원들이 근무하는 갑판 위 돛대 꼭대기에 있어야 했기 때문에 관례에 따라 앞 갑판 근처 공간에서는 비교적 편하게 누워 잠잘 수 있었다.

그런데 막 잠들려고 할 때 누군가 건드리는 바람에 빌리는 비몽사몽 중에 일어나지 않을 수 없었다. 그 사람은 다른 세 명의 선원이 잠들었는지 미리 확인해 둔 것이 분명했다. 그가 빌리의 어깨를 툭 건드려 빌리가 머리를 쳐들자 바로 빌리의 귀에 작은 소리로 속사포를 쏘듯 속삭였다. 「빌리, 아무도 모르게 바람 불어 가는 쪽 앞 돛대 체인[76]이 있는 곳으로 와. 비밀리에 전해 줄 말이 있어. 아무 말 하지 말고 조용히. 그곳에서 보자고. 서둘러.」 그러고 나서 그 사람은 사라졌다.

근본이 착한 다른 사람들처럼 빌리에게도 그 착한 본성과 따로 떼어 놓고 생각할 수 없는 약점이 있었다. 그 약점 가운데 하나가 주저함이었다. 가령 누가 전혀 터무니없어 보이지도 않고 그렇다고 불쾌하거나 불법적인 것도 아닌 제안을 하면, 아무리 급작스러운 제안이라도 그 자리에서 맞바로 거절하지 못했다. 그렇다고 누가 마음에 들지 않는 제안을 하더라도 마음이 여려 아무런 반응도 하지 않고 말없이, 그냥 무덤덤하게 듣기만 하는 성격도 못 되었다. 무엇에 대한 두려움을 느낄 때도 그렇지만, 정직함과 자연스러움의 범위를 벗어난 것에 느끼는 불안의 감정도 금방 일어나는 것이 아니라 한참 뒤에 나타나는 편이었다. 그런 데다 지금 이 경우는 막 잠들 찰나에 깬 상태라 아직 정신이 좀 멍한 상태였다.

사정이 그랬지만, 그는 기계적으로 몸을 일으켜 세웠고,

---

[76] 돛대 끝에서 양 뱃전에 치는 밧줄 사다리 아랫부분을 단단히 붙들어 매는 체인.

선잠에서 깨어난 상태로 대체 비밀리에 할 말이 무엇인지 궁금해하며 그 사람이 알려 준 장소로 향했다. 그곳은 뱃전에 높게 두른 파도막이 나무 벽 밖에 설치되어 있는 여섯 개의 폭이 좁은 갑판 중 하나였다. 나무 벽 밖에 있어 구멍이 세 개인 큰 도르래들과 여러 개의 밧줄을 엮어 만든 밧줄 사다리와 돛대 뒤 버팀 밧줄 때문에 잘 보이지 않는 장소였다. 그 당시 큰 전함에는 선체 크기에 비례해 크기를 다르게 설치한 그런 갑판들이 있었는데, 간단히 말해 바다 위로 뻗어 나온 타르를 바른 발코니 같은 곳이었다. 다른 곳과 차단된 외딴 장소이기 때문에 진지한 성향의 비국교도인 나이 많은 한 선원은 벌건 대낮에도 그곳을 개인의 예배당으로 삼아 기도를 올리기도 했다.

그 한적하고 외진 공간에 빌리가 들어서자 곧 그 낯선 사람이 나타났다. 아직 달은 뜨지 않았고, 별빛은 밤안개에 묻혀 있었다. 빌리는 그 사람의 얼굴을 분명하게 확인할 수 없었으나, 전체적인 윤곽이나 행동거지로 보아 함미 갑판원 중 한 사람이 틀림없었다.

「쉿! 빌리.」 그 사람은 좀 전과 다름없이 조심스러우면서도 빠르게 속삭였다. 「자네, 강제로 끌려온 거 맞지? 나도 그렇거든.」 그는 빌리의 반응을 기다리기라도 하듯 잠시 말을 멈췄다. 하지만 대체 무슨 뜻으로 그런 말을 하는지 알 수 없어, 빌리는 아무 대답도 하지 않았다. 그러자 그 사람이 말을 이었다. 「우리만 강제로 징집된 게 아니야, 빌리. 우리 같은 사람이 많아. 자네, 도와줄 수 있겠나? 유사시에 말이야.」

「대체 그게 무슨 말이야?」 잠이 확 달아난 빌리가 물었다.

「쉿! 조용, 조용!」 다급하게 속삭이는 목소리가 점점 쉰 소리로 바뀌었다. 「이것 좀 봐봐.」 그 사람은 밤빛을 받아 흐릿하게 반짝거리는 작은 물건 두 개를 보여 주며 말을 이었다. 「봐봐, 빌리, 이거 자네 거야. 자네가 도와—」

그런데 그 순간, 빌리는 갑자기 불끈하는 심정에서, 그러나 단호하게 말하지는 못하고 주저하는 목소리로 애써 자기 뜻을 전달하고자 그 사람의 말을 끊고 끼어들었다. 「제, 제, 젠장, 당신이 무슨 꾸, 꿍, 꿍꿍이를 꾸미는지, 무슨 의도로 그러는지 모르겠지만, 당장 당신이 있던 곳으로 도, 도, 돌아가는 게 좋을 거야!」 그 순간 당황한 그 사람은 돌처럼 굳어 꼼짝도 하지 않았다. 빌리는 자리를 박차고 일어섰다. 「당장 돌아가지 않으면 저 나, 난간 너머 바다로 더, 던, 던져 버릴 테니 알아서 해!」 잘못 알아들을 여지가 없는 단호한 말에 그 낯선 밀사는 도망치듯 돛 아래 활대가 던지는 어두운 그림자가 드리운 주 돛대 쪽으로 사라졌다.

「이봐, 무슨 일이야?」 갑판에서 잠자다 빌리가 목소리를 높이는 바람에 깨어난 앞 갑판원이 투덜거렸다. 그러다 빌리가 모습을 드러내자, 그가 계속 말을 이었다. 「아, 잘생긴 친구로구먼, 맞지? 그런데 자네가 말을 더, 더 더듬던데 무슨 일이 있는 거 아냐? 맞지?」

이제는 목이 풀린 빌리가 원래 목소리로 대답했다. 「아, 그게 실은 함미 갑판원 하나가 여기, 우리 구역에 들어왔기에 원래 자리로 돌아가라고 한 겁니다.」

「어이, 앞 돛대 망루꾼, 그게 전부야?」 또 한 사람이 걸걸한 목소리로 물었다. 얼굴과 머리가 벽돌색이어서 동료 앞 갑판원들 사이에서 〈빨간 고추〉로 알려진 성질 급한 늙은 선원이었다. 「그런 쥐새끼 같은 놈은 포병 딸과 결혼시켜야 한다니까!」 그런 작자들은 대포 위에 올려놓고 매질해야 한다는 뜻이었다.[77]

그래도 빌리의 대답이 잠깐 사이 벌어진 그 일에 대해 무슨 일이냐고 물어보던 두 선원의 궁금증을 만족스럽게 해소해 준 셈이었다. 전함의 각 구역을 맡아 담당하는 선원들 가운데 앞 갑판원들은 대개 고참 선원으로, 저마다 바다에 관한 나름의 선입견이 있어 한 번 고집을 부리면 좀처럼 꺾기 힘들었다. 게다가 그들은 다른 구역 선원이 자기네 구역을 침범하면 가만히 있지 않았다. 특히 함미 갑판원들이 그럴 때는 그냥 넘어가는 법이 없었다. 그럴 만한 이유가 있었다. 주로 풋내기 선원들로 이루어진 함미 갑판원들은 돛폭을 줄이거나 돛을 감아올려 활대에 묶을 때 외에는 돛이나 활대에 절대 올라가지 않을 뿐 아니라, 밧줄 가닥을 맞추어 잇기 위해 가닥을 갈라놓을 때 사용하는 뾰족한 쇠막대를 다루거나 도르래를 돌리는 일에는 전혀 손도 쓰지 못하는, 아무짝에도 쓸모없는 존재라는 것이 앞 갑판원들의 판단이었다.

---

77 〈포병 딸과 결혼하다〉라는 표현은 옛날 해군에서 체벌을 내릴 때 해당 병사를 함포의 포신 위에 눕힌 다음 손과 다리를 묶어 놓고 매질한다는 의미로 쓰였다고 한다.

15장

 그 일, 낯선 사람이 찾아와 할 말 있다고 했던 그 일 때문에 빌리는 몹시 혼란스러웠다. 무슨 음모를 꾸미듯 누가 은밀하게 접근한 적이 한 번도 없었다. 정말 생전 처음 겪는, 전혀 새로운 경험이었다. 그 일이 있기 전에는 그 함미 갑판원을 전혀 알지 못했다. 두 사람이 근무하는 위치가 상당히 떨어져 있었기 때문이다. 앞 돛대 망루꾼인 빌리는 근무 시간이면 앞쪽 돛대 위 망루에 있고 그 사람은 후미 갑판에 있던 터라 알고 지낼 사이가 아니었던 것이다.

 〈대체 이것이 무엇을 의미할까? 몰래 접근해 온 그 작자가 내 눈앞에 쳐들어 보여 주었던 그 반짝이는 두 물건이 금화였을까? 그렇다면 그 금화는 어디서 난 걸까? 배에서는 단추 하나 구하기도 힘든데, 어떻게 그런 금화를······.〉 생각하면 할수록 혼란스럽고 불안해 마음이 편치 않았다. 그자의 제안이 무엇을 의미하는지 이해할 수는 없었지만, 그래도 본능적으로 뭔가 나쁜 짓과 관련이 있음을 알아채고 굉장히 불쾌한 생각이 들어 무조건 발을 빼기로 한 빌리의 모습은, 목장의 시원한 공기를 마시던 어린 말이 별안간 어느 화학 공장에서 날아온 지독한 악취를 들이마시고 계속 콧바람을 내뿜어 코와 폐에서 그 악취를 몰아내려는 모습과 다를 바 없었다. 일단 그렇게 마음먹고 나니, 빌리는 다시 그자와 만나 얘기를 나누면 대체 무슨 꿍꿍이로 접근했는지 캐낼 수도 있겠다 싶었지만, 이제는 더 이상 접촉하고 싶은 생각이 싹 사라지고 말았다. 물론 누구라도 당연히 그러겠지만, 깜깜한 밤에 몰래 찾아온 그자가 벌건 대낮에는 어떤 모습일지 보고 싶다는 호기심이 없었던 것은 아니다.

다음 날 오후, 빌리는 첫 교대 근무 시간에 상층 포열 갑판 앞쪽 흡연 구역으로 설정된 곳에서 담배를 피우는 사람들을 내려다보면서 그중 한 사람을 유심히 살폈다. 주근깨투성이의 달덩이 같은 얼굴과 허연 속눈썹이 가리고 있는 옅은 푸른색의 흐릿한 두 눈만 봐서는 잘 모르겠지만, 전반적인 생김새나 골격이 그자 아닌가 싶었다. 그러나 아직 확신할 수 없었다 — 함포에 몸을 기댄 채 희희낙락 떠들고 있는 자기 또래 그 젊은이는 상냥하지만 어딘가 좀 멍청해 보였다. 게다가 그는 선원은커녕 함미 갑판원으로도 어울리지 않을 정도로 몸집이 매우 오동통한 것이 둔해 보이기까지 했다. 더 말할 것도 없이 그자는 어느 심각한 계략을 꾸미는 음모자나, 아니 그런 음모자의 부하한테서도 찾아볼 수 있는 모습이 아니었다. 골똘히 이런저런 생각, 특히 위험천만한 음흉한 생각에 깊이 빠져 있는 것 같은 모습이 절대 아니었기에 더더욱 확신이 서지 않았다.

사실 빌리는 모르고 있었지만, 그 사람은 주위를 살피듯 눈길을 돌리다가 먼저 빌리를 보았다. 그래서 빌리가 자기를 보고 있다는 것을 알고는 같이 담배 피우던 사람들과 나누던 대화를 계속하며 오래전부터 알고 지낸 사람을 봐서 반갑다는 듯 빌리를 향해 고개를 숙여 아는 체했다. 그로부터 하루인가 이틀 뒤 저녁에 포열 갑판을 거닐던 그가 우연히 빌리

곁을 지나치다가 서로 잘 아는 사이라도 되는 듯 한마디 쏙 던졌다. 전혀 예기치 못한 뜻밖의 상황이었고, 더군다나 그동안 여러 정황상 그렇게 말을 툭 던지고 가는 수상한 그의 모습에 너무 당황한 나머지 빌리는 어떻게 대응해야 할지 몰라 무시하고 지나쳤다.

빌리는 점점 더 혼란스러웠다. 머릿속을 맴도는 온갖 쓸데없는 추측으로 너무 괴로웠다. 도저히 받아들일 수 없는 그런 추측을 어떻게 해서든 지워 버리려고 애썼다. 그런 와중에도 정말 의심스러운 사안을 알고 있으면서 그것을 관련 부서에 보고하지 않는 것은 충성스러운 블루재킷 선원으로서 의무를 다하지 않는 것이라는 생각이, 이상하리만큼 전혀 떠오르지 않았다. 아니, 어쩌면 그런 절차를 밟아야 한다는 생각이 들었더라도 고자질하는 추잡한 짓거리 아닐까 하는 마음에, 그리고 신참이 그런 문제로 분란을 일으키기보다 그냥 넘어가는 것이 좋지 않을까 싶어 그 생각을 접었을 것이다. 아무튼 그는 그 문제를 혼자만 알고 있기로 했다. 그러다가 바람이 잦아들어 전함도 잠잠하게 떠 있는 상쾌하고 따뜻한 밤기운 탓도 있었겠지만, 도저히 참을 수 없었던 빌리는 덴마크 출신 노병에게 털어놓아야 마음이 놓일 것 같았다.

그렇게 해서 두 사람은 갑판 위에 설치된 현장에 등을 기대고 갑판에 나란히 앉았다. 말없이 한참을 앉아 있다가 마침내 빌리가 먼저 말을 꺼내 무슨 사정인지 얘기했다. 그러나 앞에서도 언급했듯이 까닭을 알 수 없는 주저함 때문에, 그리고 누구에게도 이야기를 있는 그대로 털어놓지 못하는 성격 탓에 부분적으로, 그것도 사람 이름은 밝히지 않은 채 설명했다. 빌리의 이야기를 듣자마자 현자다운 통찰력을 지닌 덴마크 출신 노병은 빌리가 말한 것 이상을 꿰뚫어 본 듯했다. 그는 이마의 주름살을 한 지점에 모으며 골똘한 표정을 지은 채 잠시 생각하더니, 곧이어 가끔 그의 얼굴에 나타나는 뭔가 자꾸 캐묻는 듯한 표정을 싹 지우고 입을 열었다.
「내가 말하지 않았나, 베이비 버드?」

「무슨 말요?」빌리가 물었다.

「왜, 말했었지, 지미 렉스가 자네를 안 좋게 보고 있다고 말이야.」[78]

「아니, 지미 렉스가 그 미친 함미 갑판원과 무슨 관련이 있다는 거죠?」빌리는 너무 놀라서 되물었다.

「오라, 함미 갑판원이었구먼. 고양이 발이로군, 고양이 발!」늙은 멀린은 이렇게 큰 소리로 외친 뒤, 그 고양이 발이라는 말이 바로 그때 잔잔한 바다 위를 가볍게 스치듯 지나간 한 차례 가벼운 바람을 가리킨 것인지, 아니면 그 함미 갑판원과 묘하게 관련지어 언급한 것인지 아무 말도 하지 않은 채 씹는담배를 까만 이빨로 물어 비틀어 뗐다. 빌리가 좀 전에 놀라서 다급하게 던졌던 질문을 거듭 던졌지만, 그는 아무 대답도 하지 않았다. 그 이유는 누가 전하든 대부분의 델포이 신탁에서처럼, 자신이 신탁을 전하듯 툭 내뱉은 짧은 말이 항상 아주 명료하고 분명한 것이 아니라 모호한 구석이 있는데도 누군가 의심스럽다는 듯 되물으면 절대 대답하는

[78] 각주 65 참고.

법 없이 입을 꼭 다무는 것이 그의 습관이었기 때문이다.

이 노병은 그동안 살아오면서 산전수전을 다 겪었기 때문에 아주 차갑게 느껴질 정도로 신중한 태도를 보이며, 그 어떤 일에도 끼어들지 않고 조언도 하지 않게 되었을 가능성이 높다.

16장

그렇다. 젊은 선원 빌리는 자신이 〈인도미터블〉호 함상에서 겪은 뜻밖의 사건들 배후에 선임 위병 부사관이란 존재가 있다는 덴마크 출신 노병의 정곡을 찌르는 주장에도 불구하고, 그 자신의 표현을 빌려 말하자면 〈늘 자기한테 듣기 좋은 얘기만 해주는〉 선임 위병 부사관이 아니라 다른 누군가가 그 사건들과 관련된 것이 분명하다고 생각하고 있었다. 사실 그가 이런 생각을 하는 것은 놀라운 일이었다. 그러나 또 다른 한편으로는 그리 놀랄 일도 아니었다. 따지고 보면 어떤 문제에서는 나이 들어 경험 많은 선원 가운데서도 세상 물정을 전혀 모르는 사람들이 있었다. 그런데 건장한 체격의 우리 앞 돛대 망루꾼 빌리와 비슷한 성향을 지닌 젊은 선원이라면 무슨 말이 더 필요하겠는가. 그런 젊은이는 몸집만 크지 어린아이와 마찬가지다. 그런 데다 어린아이의 순진무구함이란 사실 아무것도 모르는 무지와 하등 다를 바가 없는데, 그런 순진함은 경험을 쌓으며 세상을 알아가기 시작하면 점점 줄어들기 마련이다. 그러나 빌리 버드는, 세상 물정에 이해가 높은 편은 아니지만 그런대로 조금씩 나아진 반면, 때 묻지 않은 순진함은 거의 아무런 영향도 받지 않고 그대로 남아 있었다. 사실 경험이 좋은 스승이 될 수도 있다. 하지만 살아온 햇수로 보면, 빌리는 경험도 일천하지 않은가. 그뿐 아니라 빌리는 직관적으로 악한 것을 알아채는 능력도 전혀 갖추고 있지 않았다. 그런 직관이 본질적으로 경험을 능가하는 경우가 드물어 대체로 경험이 적은 젊은이에게 어울릴 수도 있고, 어떤 경우에는 정말 젊은이에게 딱 들어맞는 것이지만, 빌리에게는 그런 직관도 없었다.

사정이 이런데 빌리가 어떻게 뱃사람이 아닌 다른 사람을 이해하고 알 수 있단 말인가. 시대에 어울리지 않는 뱃사람, 뱃사람치고는 정말 참다운 사람, 어릴 때부터 배와 함께 자란 청년 빌리는, 근본을 따지고 보면 뭍사람과 같은 부류지만, 어떤 면에서는 뭍사람과 색다른, 아주 독특한 사람이었다. 뱃사람은 숨김없이 솔직담백하지만, 뭍사람은 예민하고 섬세하며 술수에도 능하다. 세상 살아가는 일이 뱃사람에게는 특출한 예견이 필요한 게임이 아니다. 몇 수 앞서 판세를 내다보며 말을 움직이고, 우회적인 방법으로 목적을 달성하는 복잡한 체스 게임도 아니다. 뱃사람이 바라보는 삶이란 그저 답답하고 단조롭고 공허한 게임에 지나지 않는다. 따라서 그 게임을 한다고 초라한 촛불 하나 태울 필요도 없고, 그럴 가치도 없다는 것이 뱃사람들의 생각이었다.

그러므로 뱃사람들, 즉 선원들을 하나의 계층으로 생각한다면, 그들은 성격상 청소년기에 속한다. 따라서 그들의 일탈도 청소년들의 유치함에서 비롯되는 행동과 비슷하다. 이런 속성은 특히 빌리가 살았던 시대 선원들에게서 더 많이 찾아볼 수 있다. 물론 당시 모든 선원에게 적용되던 특정 사항들이 젊은 선원들에게서 여러모로 더 두드러지게 나타난다. 아무튼 모든 선원은 일단 명령이나 지시 사항이 떨어지면 아무런 토도 달지 않고 무조건 따르는 데 익숙하다. 그러니까 그들의 함상 생활이란 상부의 지시에 따라 좌우된다고 할 수 있다. 또한 그들은, 겉으로는 아무리 공정해 보이는 일이라도 불신의 시선을 더 예리하게 단련하지 않은 채 괜히 관여했다가 아주 지저분한 일에 휘말릴 수 있다는 사실을 누구나 동등하게 — 적어도 표면적으로는 똑같이 — 보유한 능력, 즉 내면에서 자연스럽게 발동하는 어떤 힘으로 바로 깨닫는 경우, 상대를 가리지 않고 되는대로 아무하고나 교류하지 않는다. 그렇다 보니 잘 다스려 겉으로 드러내지 않는 불신의 태도가 몸에 배고, 그런 태도를 장사하는 사람들은 물론 장사나 거래보다 좀 더 고상한 관계에서 알게 된 일반 사람들에게도 내보여, 마침내 누구를 만나든 거의 무의식적으로 일단 불신의 시선을 보낸다. 그래서 어떤 선원들은 그런 불신의 태도가 자신의 전반적인 특성 가운데 하나로 마음속 깊숙이 자리 잡고 있다는 사실을 알면 실로 깜짝 놀라 자빠질 것이다.

17장

 식사 자리에서 벌어진 그 작은 소동 이후, 빌리 버드에게는 흔들 침대나 옷가지를 넣어 둔 자루와 같은 것으로 인해 이따금 마주치곤 했던 곤란한 상황이 더 이상 벌어지지 않았다. 그러는 사이 빌리는 예전보다 더 자주는 아니지만 이따금 지나가는 길에 누구를 마주치면 밝은 얼굴로 환하게 미소를 짓거나 듣기 좋은 몇 마디 말을 던지곤 했다. 분명 눈에 띌 정도로 미소도 커지고 말도 더 유쾌해졌다.

 이렇게 상황이 나아지는가 싶었는데, 클래거트에게서 또 다른 식의 감정 표출이 나타나기 시작했다. 두 번째 근무 교대 시간이 되어 한가로울 때 혁대를 맨 단정한 차림의 빌리가 상층 포열 갑판 위를 건들건들 걸어가다 무리를 지어 지나가는 젊은 수병들과 신나게 농담을 주고받는 모습이 어쩌다 눈에 띄면 클래거트는 몰래 지켜보았다. 클래거트는 유쾌한 바다의 히페리온[79]인 빌리의 모습을 명상하듯 차분하면서도 우울한 시선으로 바라보았고, 그러면 이상하게도 두 눈에 이제 막 열병을 앓기 시작한 것처럼 눈물이 가득했다. 고통을 많이 겪은[80] 사람과 다를 바 없는 표정이었다. 정말 그랬다. 그리고 때로는 그 우울한 표정 속에 운명과 저주만 없었다면 빌리를 사랑할 수도 있었을 텐데 그러지 못하는 사람의 간절함과 은근한 갈망이 서려 있었다. 그러나 그런 표정이

---

79 고대 그리스 신화에 나오는 천상의 빛의 신. 태양의 신으로도 불린다.
80 『이사야』 53장 3절 참고.

이어지지 못하고 금방 사라지면서, 이내 후회하는 듯 그의 얼굴이 괴로움에 찌들려 초췌해지는가 싶더니 순간적으로 우글쭈글한 호두처럼 변하면서 단단하게 굳어 버리곤 했다. 이따금 앞 돛대 망루꾼 빌리가 다가오는 모습을 미리 보면, 그는 빌리가 가까이 오는 순간 옆으로 살짝 비켜 지나가게 해주면서 번쩍거리는 이를 씩 드러내며 비꼬는 듯한 미소를 흘리고, 잠깐이지만 빌리의 모습에서 눈을 떼지 않았다. 그러나 예기치 않게 느닷없이 마주칠 때면 어둑어둑한 대장간의 어느 모루에서 불꽃이 튀듯, 그의 눈에서 붉은 섬광 같은 것이 뻗어 나왔다. 평온할 때는 가장 부드러운 농도의 짙은 자줏빛에 가까운 안구에서 그런 강렬한 빛이 순식간에 번뜩이며 나온다는 것이 참으로 묘했다. 물론 그런 식으로 예측할 수 없이 벌어지는 눈빛의 변화를 그 시선의 대상인 빌리가 전부 본 것은 아니지만, 어쨌든 그런 눈빛들이 무슨 뜻인지 천성이 순진한 빌리로서는 이해할 수 없었을 것이다. 게다가 골격이 단단한 빌리의 체격은, 정말 아무것도 모르는 순진무구한 사람에게 악의를 품은 존재가 다가오고 있다는 것을 본능적으로 알아챌 민감한 정신 구조와 전혀 어울리지 않았다. 그래서 빌리는 그저 선임 위병 부사관이 가끔 정말 유별나게 행동한다고 대수롭지 않게 생각했을 뿐이다. 그게 전부였다. 젊은 선원 빌리는 아직 〈너무 좋은 말만 하는 사람〉에 관해 얘기를 들은 바가 없었지만, 사실 이따금 선임 위병 부사관이 내보이는 솔직한 태도나 그가 건네는 듣기 좋은 말에는 모두 다른 뜻이 숨어 있었다.

만일 앞 돛대 망루꾼 빌리가 어떤 행동이나 말로 그 부사관의 악감정을 불러일으켰다는 것을 스스로 알았다면 사정이 달라졌을 것이다. 시야가 예리해지지는 않더라도 더 올바르게 사태를 파악해 부사관의 별난 행동을 의심스러운 눈으로 바라봤을 테니. 말하자면, 순진함이 그의 시야를 가리고 말았던 것이다.

또 다른 경우에도 사정은 마찬가지였다. 빌리는 함상의 근무 위치가 달라 병기 담당 부사관이나 선창 관리 부사관과 접촉할 일이 없었기 때문에 그 두 사람과 한 마디도 주고받은 적이 없었다. 그런데 이제 이 두 사람이 빌리와 우연히 마주치면, 누가 남모르게 관여해 빌리에게 편견을 갖게 된 것처럼 전과 달리 묘한 눈길로 바라보기 시작했다. 당연히 빌리는, 해군에서 사용하는 표현을 빌리자면 선임 위병 부사관과 같이 식사하는 그 두 부사관이나 창고 담당 부사관, 의무 담당 부사관, 그리고 계급이 같은 다른 부사관들이 선임 위병 부사관이 은밀하게 들려주는 이야기를 귀 쫑긋 세우며 귀담아듣는다는 사실을 잘 알고 있었다. 그러나 그 두 사람의 야릇한 시선이 의심스러우니 주의해야 한다는 생각을 전혀 하지 못했다.

이따금 우리 〈멋쟁이 배꾼〉 빌리의 태도에서 묻어나는 남자다운 대범함, 그리고 누구든 빠져들지 않을 수 없게 만드는 선한 품성, 게다가 그 선한 품성이 상대방의 기분을 상하게 할 수 있는 어떤 정신적 우월감에서 비롯된 것이 아니라는 사실로 인해, 빌리는 어디서나 인기가 있었다. 하지만 동료 선원 대부분이 보여 주는 그런 호의로 인해, 빌리는 몇몇 부사관이 분명 뭔가 암시하며 자신에게 던지는 그 무언의 시선을, 그 안에 담긴 전반적인 의미를 가늠할 수도 없었지만 대수롭지 않게 여겼다.

앞에서 언급한 이유로 인해 빌리는 당연히 함미 갑판원을 볼 일이 없었다. 그런데 어쩌다 우연히 마주치면 그자가 반갑다는 듯 스스럼없이 알은체할 뿐 아니라, 때로는 기분 좋게 한두 마디 던지고 지나갔다. 수상쩍은 그 젊은 선원이 실제로 어떤 음모를 품고 있었는지, 아니면 단순히 어떤 음모를 전하는 자에 불과했는지는 알 수 없지만, 그가 우연히 빌리와 마주칠 때의 태도에서는 이제 원래 계획을 완전히 포기한 것이 틀림없어 보였다.

아무튼 그자는 나이에 어울리지 않게 너무 일찍 마음이 비뚤어진 바람에(야비한 악당들은 모두 일찍부터 악한 심성을 지닌 자다) 나쁜 일에 휘말린 것이 아닌가 싶었다. 그런데 좀 우둔하다 싶어 끌어들이려 했던 사람이 우직하게 곧바로 자기를 한 방 먹이며 굴욕을 안겼으니 정말 당혹스러웠을 것이다.

그런데 이쯤 되면 눈치 빠른 사람은 빌리가 그 함미 갑판원을 찾아가, 처음 보는 사이인데 사람들 눈에 띄지 않는 앞돛대 체인 있는 곳에서 갑자기 만나자고 한 목적을 다짜고짜 캐묻고 싶은 마음을 가라앉히기 어려웠을 거라고 생각할지도 모르겠다. 아울러 빌리가 함상에서 어떤 음모를 꾸미는 것과 관련된 듯한 밀사의 은밀한 제의에 무슨 근거나 뒷배가 있는지 알아내기 위해 강제 징집된 몇몇 다른 선원을 찾아가 어떻게 생각하는지 물어보는 것이 당연하다고 여길지도 모르겠다. 눈치 빠른 사람이라면 아마 그렇게 생각할 수도 있다. 하지만 단순히 눈치 빠른 영리함만으로는 빌리 버드와 같은 성격의 사람을 올바르게 이해할 수 없다. 그런 영리함을 넘어서는 그 무엇, 아니 그것과 다른 무엇이 있어야 제대로 이해하지 않을까.

클래거트 얘기도 해보자. 앞서 상세하게 설명한 모습에서 보듯, 본능적으로 불쑥불쑥 드러나기도 하지만, 대체로 자제력 있고 합리적인 태도 속에 감춰진 그의 편집광적인 성향 — 실제로 편집광이라고 한다면 — 은 흡사 지하 저 깊은 곳의 불길처럼 그의 내면 깊숙한 곳으로 더 파고들며 타오르고 있었다. 그 불길 속에서 뭔가 결정적인 것이 솟아 나올 것이 틀림없었다.

18장

앞 돛대 체인이 있는 곳에서 이루어진 은밀한 만남 — 빌리가 그 자리에서 단번에 끝내 버린 면담 — 이후, 이제부터 이야기할 사건들이 있기 전까지는 특별히 그 만남과 직접 관련된 그 어떤 일도 일어나지 않았다.

이미 어디선가 얘기했지만, 그 시기 지브롤터 해협에 포진해 있던 영국 해군 전대에 프리깃함이 부족했기 때문에(물론 작전 수행이 가능한 전함보다는 유능한 수병이 더 부족했지만) 〈인도미터블〉호는 간혹 정찰 임무를 대신 수행하기도 하고, 더 중요한 임무를 맡아 멀리 항해하기도 했다. 이렇게 멀리 항해해야 하는 중요한 임무를 맡은 것은 그 전함의 항해 능력이 동급의 다른 전함에서는 찾아보기 드물 정도로 뛰어나기 때문이기도 하지만, 그 전함의 함장이 지닌 기질도 크게 작용했을 것이다. 그 함장은 훌륭한 군함 조종술에 필요한 자질을 갖추었을 뿐만 아니라, 예상치 못한 어려움이 생겨 즉각적이고 선제적으로 조처해 문제를 해결하는 데 적합한 기질을 지니고 있었다. 한번은 〈인도미터블〉호가 중요한 임무를 띠고 전대에서 최대한 멀리 벗어나 항해하고 있는데, 오후 근무 시간[81] 후반에 돌연 적군의 군함 한 척이 나타났다. 프리깃함으로 판명되었다. 망원경으로 〈인도미터블〉호 승조원의 수도 많고 무기 규모도 훨씬 월등하다는 것을 감지한 적함은 재빠르게 움직여 돛을 잔뜩 펼치고 달아나기 시작했다. 가망 없는 상황인데도 적함을 추격하기 시작해 첫 교대 근무 시간[82] 중반까지 계속 이어졌지만, 적함은 추격을 따돌리고 멀찍감치 달아나고 말았다.

적함 추격이 중단되고 얼마 지나지 않아 적함 발견 이후 고조되었던 흥분이 아직 완전히 가시기 전이었다. 동굴 같은 자기 구역에서 올라온 선임 위병 부사관 클래거트가 주 돛대 근처에 다가가서 섰다. 적함 추격이 실패로 끝난 것에 심사

---

81 정오에서 오후 4시까지 이어지는 근무 시간. 주 15 참고.
82 오후 4시에서 오후 6시까지 이어지는 근무 시간.

가 뒤틀린 비어 함장은 함미 갑판의 바람이 불어오는 쪽으로 혼자 걷고 있었고, 손에 모자를 든 채 예를 갖춘 클래거트는 함장의 눈에 띄기를 바라며 서 있었다. 클래거트가 서 있는 곳은 계급이 낮은 수병들이 뭔가 특별한 사정이 있어 갑판 장교나 함장과의 면담을 원하는 경우 면담 장소로 이용되고 있었다. 그러나 그 당시에는 수병이나 부사관들이 함장과 면담하는 일이 드물었다. 다만 정해진 관례에 따라 어떤 예외적인 이유가 있을 때는 면담이 보장되었다.

골똘히 생각에 잠겨 갑판을 거닐다 함미 부분에서 방향을 틀어 막 돌아서던 함장은 클래거트가 공손히 손에 모자를 들고 서 있는 모습을 보고 자기를 기다리고 있음을 알아차렸다.

여기서 말해 둘 것이 있다. 비어 함장은 전함이 마지막으로 고국에서 출항하려던 시점에야 부사관인 클래거트를 개인적으로 알게 되었다. 그때 수리를 위해 항구에 정박한 배에 있던 클래거트는 〈인도미터블〉호의 선임 위병 부사관이 다쳐 하선하는 바람에 그 자리를 보충하라는 전보 통지를 받고 처음으로 〈인도미터블〉호에 승선했던 것이다.

자기를 알아봐 주기를 기다리며 공손한 자세로 서 있는 자가 누군지 알아챈 순간 함장의 얼굴이 조금 특이한 표정으로 뒤덮였다. 사실 어느 정도는 알고 있지만 속속들이 알 만큼 오래된 사이가 아닌 사람과 불쑥 마주치리라 전혀 생각하지 못했다는 뜻밖의 표정, 바로 그런 표정과 비슷했다. 그러면서도 그 사람의 모습에서 어떤 낌새를 눈치챈 함장은 막연하나마 역겨운 느낌을 갖지 않을 수 없었다. 하지만 걸음을 멈춘 함장은, 첫마디 억양으로 보아 짜증 비슷한 기색을 느낄 수 있었지만, 그래도 몸에 밴 장교로서의 품위를 갖추고 물었다.

「아니, 어떻게? 무슨 일인가, 선임 위병 부사관?」

무슨 일인지 털어놓으라는 함장의 명령에 클래거트는 부하로서 불가피하게 나쁜 소식을 전할 수밖에 없어 괴롭지만, 그래도 양심상 숨길 수 없어 보태거나 빼는 것 하나 없이 실상을 그대로 보고해야겠다는 결연한 태도로 말문을 열기 시작했다. 그런대로 교육받은 사람의 언어로 전달된 그의 말은, 꼭 이런 식으로 말했다는 것이 아니라, 대충 다음과 같은 취지를 담고 있었다. 적함을 추격하고, 혹시 있을지 모르는 전투에 대비해 준비하는 과정에서 한 선원이 위험한 인물이라는 사실을 알게 되었는데, 최근 불가피하게 중대한 범죄를 저지른 사람들뿐 아니라 그 문제의 선원과 마찬가지로 정식 입대가 아닌 다른 방식으로 폐하의 해군에 들어온 사람들까지 승선시킨 전함에 그런 인물이 있다는 것을 함장님께 충분히 이해시킬 정도로 확인한 사실이라고.

대략 이런 식으로 말이 이어지자 비어 함장은 짜증 섞인 목소리로 클래거트의 말을 가로막았다. 「이봐, 빙빙 돌리지 말라고. 〈강제 징집된 사람들〉이라는 얘기잖아.」

클래거트는 분부대로 하겠다는 몸짓으로 계속 말을 이었다. 바로 얼마 전 그(클래거트)는 그 문제의 선원이 부추긴 것이 틀림없어 보이는 어떤 움직임이 포열 갑판에서 남모르게 진행 중이라는 의심을 품기 시작했는데, 아직 명확히 밝혀지지 않은 상태에서 정당한 근거 없이 의심만으로 윗선에 보고하는 것은 맞지 않는다고 생각했다고 말했다. 그런데 그날 오후, 앞서 거론한 그 문제의 선원을 예의 주시하는 가운데 비밀리에 뭔가 이루어지고 있다는 의심이 거의 확실하게 굳어졌다는 것이다. 그러면서 그는 그 일에 크게 관련된 그 문제의 선원 개인에게도 매우 나쁜 결과를 초래할 뿐 아니라 최근에 있었던 엄청난 반란들, 그러면서 그 이름을 굳이 댈 필요가 없는 그 반란들로 인해 당연히 해군 모든 함장의 고민과 걱정이 더 커질 것이 뻔한 이런 보고를 올리면서 자기한테도 중대한 책임이 있음을 통감한다고 안타까움과 비통함이 묻어나는 목소리로 덧붙였다.

클래거트를 통해 이 문제를 처음 접했을 때, 비어 함장은 너무 놀라 불안감을 완전히 감출 수 없었다. 그러나 클래거트의 말이 이어지고, 그런 식으로 증언하는 증인의 태도에서 엿보이는 어떤 기미를 눈치챘는지 함장은 듣고만 있을 수 없다는 듯한 표정을 지었다. 클래거트의 말을 가로막고 싶었지만 참았다. 결국 클래거트는 다음과 같은 말로 보고를 끝냈다. 「함장님, 우리 〈인도미터블〉호가 제발 그런 일은 겪지 않았으면 합니다. 그 함정 —」

「그건 신경 쓰지 말게!」 순간적으로 함장의 표정이 분노로 바뀌면서 위압에 가까운 목소리가 터져 나왔다. 함장은 노어 반란 당시 한동안 함장이었던 사람의 목숨을 위태롭게 만들 만큼 유례없이 비극적이었던 그 반란 한가운데 있었던 함정의 이름을 클래거트가 입 밖에 내려 한다는 것을 직감했다.

반란 당시 사정이 그러했기 때문에 함장은 일부러 그 함정을 언급하려고 하는 것 아닌가 싶어 분개했던 것이다. 사실은 어느 부사관이 함장 앞에서 불필요하게 최근 반란들에 관한 말을 꺼낸 적이 있는데, 그때 함장이 그 부사관을 대단히 주제넘고 건방지다며 혼쭐냈기에 일반 장교들은 그 반란들에 관해 되도록 말을 삼가려고 항상 조심하고 있었다. 더욱이 자존심에 관한 한 누구보다 예민했던 함장은 그 함정 얘기를 자신에 대한 경고로 받아들일 수밖에 없었다. 그리고 함장은 처음으로 클래거트에게 실망을 금치 못했다. 지금까지 지켜본 바로는 맡은 바 임무를 수행하는 데 대단한 재주와 감각을 보여 주었는데, 이번 일에서는 그런 능력을 보여 주지 못한 것 같다는 생각이 들었기 때문이다.

그러나 함장의 머릿속을 스쳐 지나가던 이런저런 생각과 그 비슷한 의구심들이 한순간에 지워지며 대신 자리 잡은 아직 명료하지 않은 어떤 직관적인 추측이 기분 나쁜 소식을 어떻게 받아들여야 할지, 마음의 방향을 정하는 데 실질적으로 영향을 미쳤다. 대체로 사람들이 아니라고 부인하고 나서지만, 사실 포열 갑판에서 이루어지는 복잡다단한 생활은 다른 형태의 삶과 마찬가지로 비밀스러운 구석과 수상쩍은 샛길이 놓여 있었다. 분명한 것은, 그런 포열 갑판의 생활과 관련된 모든 것을 오래전부터 익히 알고 있었던 비어 함장은 부하의 보고 내용에 담긴 전반적인 취지에 덮어 놓고 흔들리거나 당황하지 않았다는 사실이다. 더 나아가 함장은, 최근 사건들을 반면교사로 삼아 불순종이나 반항이 되풀이될 징후가 명백해지면 신속하게 조치해야겠지만, 그럼에도 불구하고 그의 제보를 확인하겠다며 지나치게 따지면 부하들이 불만과 적개심을 품고 있다는 생각을 지우지 못하고 계속 떠올릴 테고, 그러다 보면 결국 사리 판단이 흐려지지 않을까 하는 생각도 들었다. 제보자가 자기 부하인 데다 수병들을 감시하는 책임자이긴 하지만, 그래도 신중해야 했다. 만일 앞서 클래거트가 함장 앞에서 공식적으로 내보인 애국적 열정이 짜증 날 정도로 과도하고 부자연스럽지 않았다면 비어 함장이 그런 생각을 하지 않았을지도 모른다. 그리고 그 부사관이 제보 내용을 세세하게 설명하면서 내보인 침착하면서도 다소 허세가 있는 듯한 태도로 인해, 비어 함장은 묘하게 옛날 대위 시절 자신이 재판부의 일원으로 참여했던 뭍에서 열린 군사 재판에서 어느 중대 범죄 사건의 증인으로 출석해 위증한 한 악단원을 떠올렸다. 그래서 반란과 관련된 함정을 언급하려던 클래거트를 단호하게 제지하고 나선 함장은 바로 이렇게 말했다. 「그러니까 자네 말은 우리 함정에 위험한 인물이 적어도 한 사람은 있다, 이거지? 그렇다면 그자의 이름을 대보게.」

「앞 돛대 망루꾼 윌리엄 버드입니다, 함장님.」

「윌리엄 버드라고?」 비어 함장은 놀란 기색을 감추지 않고 말을 되받았다. 「얼마 전 랫클리프 대위가 상선에서 데려온 젊은 친구를 말하는 건가? 사람들이 〈멋쟁이 배꾼〉이라고 부르는 그 빌리? 그 젊은 친구는 인기가 많은 것 같던데.」

「맞습니다, 함장님. 젊고 잘생긴 녀석이지만 아주 음흉합니다. 그자가 교묘하게 동료 선원들의 환심을 사는 데는 다 이유가 있었습니다. 그래야 그 녀석이 위급한 상황에 몰렸을 때 모든 사람이 위험을 무릅쓰고 옹호해 줄 테니까요. 혹시 랫클리프 대위님이 함장님께 말씀드리지 않았나요? 버드라는 그놈을 태우고 떠난 보트가 상선의 선미 아래쪽을 지날 때 보트 앞쪽에서 벌떡 일어나 보란 듯이 능란하게 내뱉던 말을 말입니다. 그자는 그런 식으로 강제 징집에 대한 불만을 숨기고 아주 기분 좋은 척한 겁니다. 함장님은 그놈의 잘생긴 얼굴만 보셨겠지만, 홍자색 데이지꽃과 같은 그놈 얼굴 속에는 사람을 낚는 덫이 숨겨져 있을 수 있습니다.」

사실 승조원 가운데 유난히 돋보이는 〈멋쟁이 배꾼〉 빌리는 당연히 처음부터 함장의 관심을 끌었다. 함장은 휘하 장교들에게 자기감정을 노골적으로 드러내는 일이 거의 없었지만, 그래도 랫클리프 대위에게는 정말 운도 좋지 어떻게 〈사람속〉 가운데 그렇게 멋진 표본을 찾아냈느냐며, 옷을 벗겨 모델로 세워 조각상을 만들면 타락하기 전 젊은 아담의 모습 그대로일 거라고 칭찬해 주었다.

빌리가 자신이 선원으로 일했던 상선 〈라이츠 오브 맨〉호를 향해 던진 작별 인사에 관해, 임검 장교였던 랫클리프 대위는 있는 그대로 정중히 함장에게 보고했었다. 다른 뜻이 있었던 것은 아니고, 그냥 좋은 이야깃거리쯤으로 생각해서였다. 비어 함장은 비록 빌리의 그 작별 인사말을 풍자가 섞인 재치 넘치는 말로 잘못 이해하긴 했지만, 강제 징집된 사람이니 당연히 그런 말을 던질 수 있는 것 아니냐며 오히려 빌리를 더 좋게 생각했었다. 해군의 일원으로 강제 징집된 것을 그처럼 즐겁고 재치 있게 받아들이는 그 정신이 훌륭하다고 생각했던 것이다. 그런 데다 적어도 함장이 관찰한 바에 따르면, 그 앞 돛대 망루꾼의 행실 또한 함장이 처음에 품었던 예감, 맡은 바 임무도 잘 수행하리라는 예감이 틀리지 않음을 확인시켜 주었다. 그동안 그 신참이 보여 준 선원으로서 자질이 너무 뛰어났기에, 함장은 진작부터 진급 담당 장교에게 그를 추천해 자기가 더 자주 눈여겨볼 수 있는 곳, 즉 뒤 돛대 망루의 책임자로 임명할 생각이었다. 뒤 돛대 망루에서 우현을 감시하는 사람의 나이가 좀 많았다. 그게 주된 이유는 아니지만, 아무튼 그 자리에 적합하지 않다고 생각하던 참이어서 그 사람을 빌리로 교체하고 싶었던 것이다. 여기서 덧붙여 설명하자면, 뒤 돛대 망루병은 주 돛대나 앞 돛대의 아래쪽 돛처럼 폭이 넓고 묵직한 돛을 다룰 필요가 없기 때문에 품행이 바르고 정신적으로 건강한 젊은이가 담당하는 것이 제일 좋을 뿐 아니라, 실제로도 그곳 망루 책임자로는 보통 그런 젊은이가 선발되었다. 그리고 책임자 아래 사람들을 보면 손재주가 있는 사람도 있지만 나이 어린 젊은 친구가 대부분이었다. 요컨대 비어 함장은 애초부터 빌리 버드를, 그 당시 해군 용어로 표현하자면, 〈최고로 유리한 거래〉[83]로 얻은 존재로 생각했던 것이다. 영국 국왕의 해군으로

---

83 원문의 〈King's bargain〉을 알기 쉽게 옮긴 것이다. 〈king's bad bargain〉이라는 표현이 무능하거나 게으른 병사나 선원을 가리키는 것으로 보아 〈king's bargain〉은 뛰어난 병사나 선원으로 이해해도 된다.

서는 적은 지출로, 아니 전혀 아무런 지출도 하지 않고 큰 이익을 얻은 셈이었다.

비어 함장은 클래거트의 말이 끝나고 짧은 침묵이 이어지는 동안 위에서 언급한 과거 여러 가지 일을 머릿속에 생생하게 떠올렸다. 그리고 이어서 〈홍자색 데이지꽃과 같은 그놈 얼굴 속에는 사람을 낚는 덫이 숨겨져 있다〉라는 마지막 말에 담긴 뜻이 무엇인지 신중하게 생각해 보았다. 그런데 그 말을 이리 재고 저리 재며 생각할수록 클래거트가 제보한 내용을 점점 더 신뢰할 수 없었던 함장은 갑자기 몸을 돌려 클래거트를 바라보며 낮은 목소리로 말했다. 「이봐, 선임 위병 부사관, 이렇게 막연한 이야기를 하려고 나를 기다린 건가? 자네 말을 들어 보면 대체로 버드라는 자를 고발하는 것 같은데, 그 친구가 무슨 행동을 하고 어떤 말을 했기에 그렇게 확신하는지 말해 보게. 잠깐,」 함장은 클래거트 앞으로 더 가까이 다가가며 말을 이었다. 「신중하게 말해야 하네. 이 자리에서 바로 얘기하게. 그리고 이번 건과 같은 사안에서 거짓 증언을 하면 활대 끝에 매달 테니 알아서 잘 말하게.」

「아, 함장님!」 함장이 부당하게 너무 가혹한 어조로 추궁하는 것이 자기로선 애석하다고 탄원이라도 하듯, 클래거트는 탄식하며 한숨을 내쉬었다. 그러고는 바로 머리를 치켜들고 — 당당하게 자기주장을 펼치듯 몸을 똑바로 세우고 — 빌리가 이런 행동을 하고 저런 말을 했다고 상세하게 진술하기 시작했다. 그의 진술을 그대로 믿고 종합하면, 버드에게 치명적인 범죄 혐의를 씌울 수 있는 추정이 성립되었다. 그리고 클래거트는 자신이 사실이라고 주장하는 진술 가운데 일부는 그것을 입증해 줄 증거를 바로 제시할 수 있다고 덧붙였다.

짜증과 불신의 눈빛이 뒤섞인 회색 눈으로 클래거트의 차분한 보랏빛 눈을 깊숙한 곳까지 꿰뚫어 보듯 응시하며 잠자코 듣고 있던 비어 함장은 말이 끝나자 잠시 그의 말을 되새기며 생각에 잠겼다. 그사이 자신을 빤히 쳐다보던 함장의 시선에서 벗어난 클래거트는 뭐라고 말하기 어려운 표정 — 자신의 책략이 제대로 먹히는지 궁금해하는 듯한 표정, 어쩌면 동생 요셉을 질투한 다른 형제들이 요셉의 옷에 염소 피를 묻혀 아버지를 속이기로 하고 그중 대표로 나선 한 형이 걱정하는 아버지에게 동생의 옷을 보이며 동생이 죽었다고 거짓말할 때[84] 지었을 법한 표정 — 으로 함장이 과연 어떤 생각을 하고 있는지 궁금해하며 함장을 찬찬히 뜯어보았다.

비어 함장은 도덕적 자질 속에 숨어 있는 뛰어난 어떤 특성으로 인해 누구를 만나든 근본적으로 어떤 본성을 지닌 사람인지 직관적으로 판별하는 능력이 있었다. 그러나 지금 클래거트와 관련해서는 뭔가 불확실하다는 생각에 사로잡혀 강한 의구심만 들 뿐 그가 어떤 사람인지, 그가 무슨 마음을 품고 있는지 확신할 수 없었다. 함장이 내보인 이런 당혹감은 클래거트가 확실하게 지목한 대상, 즉 혐의가 있다고 고발한 빌리 때문이라기보다 제보자인 클래거트와 관련해서 어떻게 대처하는 것이 최선인지 심사숙고하는 데서 비롯되

84 『창세기』 37장 참고.

었다. 사실 처음에 비어 함장은 당연히 클래거트가 자기주장을 뒷받침하는 증거로 언제든 제시할 수 있다는 그 증거를 가져오라고 하고 싶었다. 그런데 그런 식으로 일을 처리하기 시작하면 곧 소문이 퍼질 테고, 그러면 현재와 같은 상황에서 전함 승조원들에게 바람직하지 못한 영향을 미칠지도 모른다는 생각이 들었다. 만일 클래거트가 증인으로서 거짓을 일러바친 거라면, 이번 사안은 그대로 종결될 것이었다. 그래서 비어 함장은 이 고발 건을 심리하기에 앞서 실제적 견지에서 고발자를 시험해 보고 싶었다. 그러면 판을 크게 벌이지 않고 조용히 일을 진행할 수 있을 거라고 생각했다.

그가 실행에 옮기기로 한 조치에는 널찍한 함미 갑판보다 사람들의 시선에 덜 노출된 곳으로 장소를 바꾸는 일도 포함되었다. 물론 비어 함장이 갑판에서 바람이 불어오는 쪽을 향해 산책을 시작했을 때 하급 장교실에서 나와 갑판에 있던 몇몇 장교가 해군의 예법을 준수해 바람을 피하는 곳까지 물러나 있었고, 함장이 클래거트와 대화를 나누는 내내 누구 하나 감히 앞으로 나서서 거리를 좁히지 않았다. 또한 면담이 이루어지는 동안 비어 함장은 목소리를 낮춰 얘기했고, 클래거트 역시 맑고 부드러우면서도 나지막한 목소리로 말을 이어 나갔다. 그런 데다 밧줄 속을 파고드는 바람 소리와 뱃전을 때리는 파도 소리로 인해 두 사람의 목소리는 더더욱 다른 사람 귀에 들리지 않았다. 그렇지만 면담이 꽤 길게 이어지는 바람에 높은 망루에 올라 있던 일부 망루병과, 함미 갑판과 선수루 사이 중간 갑판이나 더 앞쪽 상갑판에 있던 선원들이 진작 두 사람의 면담 장면을 목격한 터였다.

어떻게 조치할지 결정한 비어 함장은 바로 행동에 나섰다. 느닷없이 클래거트를 향해 돌아선 함장이 다짜고짜 물었다. 「선임 위병 부사관, 지금 버드가 망루에서 근무 중인가?」

「아닙니다, 함장님.」

이 말이 끝나자마자 함장은 가장 가까이 있던 한 소위 후보생인 부사관을 불렀다. 「미스터 윌키스! 가서 앨버트에게 나한테 오라고 하게.」 앨버트는 함장의 시중을 드는 소년인데, 굉장히 신중하고 자기가 해야 할 일을 하나도 놓치지 않기 때문에 함장이 신뢰하고 있었다. 소년이 나타났다.

「자네, 앞 돛대 망루병 버드가 누군지 알고 있지?」

「네, 알고 있습니다.」

「가서 그 친구를 찾아봐. 아마 지금 비번이라 쉬고 있을 거야. 가서 다른 사람들 귀에 들리지 않게 몰래 전하게, 함미에서 내가 좀 보잔다고. 그자가 다른 사람하고 말할 틈을 줘서는 안 되네. 말은 자네하고만 하도록 하게. 그자를 데리고 함미로 올 때까지 그래야 하네. 다시 한번 말하지만, 그자가 자기가 가는 곳이 함장실이라는 사실을 알기 전까지는 절대 다른 사람과 말을 섞지 않도록 하라고. 알았으면 어서 가보게. 선임 위병 부사관, 자네는 아래 갑판으로 내려가 있게. 그곳에 조용히 대기하고 있다가 앨버트가 그자를 데리고 오면 그자를 따라 함장실로 들어오게.」

19장

앞 돛대 망루꾼 빌리는 함장, 클래거트와 무슨 밀담을 나누기로 약속이라도 한 듯 함장실에 세 사람만 있어 적잖이 놀랐다. 하지만 빌리가 놀란 것은 어떤 불안감이나 불신 때문이 아니었다. 사실 근본적으로 정직하고 인간미 넘치지만 아직 성숙하지 못한 본성을 지닌 사람은 보통 다른 사람도 다 자기와 비슷하리라 착각해 사람들이 은밀하게 가하는 위협의 징조를 때늦게, 뒤늦게 눈치챈다. 젊은 선원의 머릿속에 떠오른 것은 오직 이런 생각이었다. 〈그래, 내가 늘 그럴 거라고 생각했지만, 함장님이 나를 좋게 보시는 게 분명해. 혹시 나를 함장님 보트의 책임자로 삼으시려는 것 아닐까? 그러면 정말 좋지. 어쩌면 그래서 나에 관해 물어보려고 선임 위병 부사관님을 부르신 건지도 몰라.〉

「그 문 닫아, 보초.」 함장이 먼저 말문을 열었다. 「밖에서 잘 지켜. 아무도 들여보내면 안 돼 ─ 자, 선임 위병 부사관, 이제 자네가 나한테 했던 말을 그대로 이자 면전에서 해보게.」 함장은 서로 얼굴을 마주 보는 두 사람을 무엇 하나 놓치지 않고 살피려는 태세로 가만히 서 있었다.

클래거트는 마치 보호 시설 통로에서 곧 발작을 일으킬 것 같은 조짐을 보이는 환자에게 다가가는 의사처럼, 발걸음을 조심스럽게 떼며 침착하고 태연한 태도로 천천히 빌리 앞으로 다가섰다. 그리고 최면이라도 걸듯 빌리의 눈을 빤히 들여다보며 함장에게 들려주었던 고발 내용을 간략하게 되풀이했다.

　처음에는 그가 하는 말을 이해하지 못했으나 곧 무슨 말인지 알아챈 빌리의 장밋빛 붉은 뺨이 한센병 환자처럼 하얗게 질리고 말았다. 결박당해 꼼짝 못 하고 입에 재갈까지 물린 사람처럼, 빌리는 미동도 않고 말없이 서 있었다. 그러는 사이 빌리가 놀라서 두 눈을 크게 뜨자 그 푸른 눈을 계속 주시하고 있던 고발자의 두 눈이 이상하게 변하면서 눈빛이 평소의 짙은 보랏빛에서 흐릿한 자줏빛으로 바뀌었다. 미지의 심해 생명체에 달린 싸늘하게 툭 튀어나온 두 눈과도 같은 그의 눈은 지구가 아닌 외계 생명체처럼 인간적인 표정을 모두 상실한 채 오로지 정보만 탐지하려는 듯 번득이는 눈빛을 발산했다. 처음에 최면을 걸듯 바라보던 시선이 무엇을 홀리려는 음흉한 뱀의 눈길이었다면, 그 뒤에 이어진 눈빛은 전기가오리의 눈매처럼 무엇인가 갈망하며 흔들리는 눈길이었다.

　「자네, 말해 봐!」 클래거트의 모습보다 빌리의 모습에 더 충격받은 비어 함장이 제자리에서 꼼짝 못 한 채 서 있는 빌리에게 소리쳤다. 「말해 보라고! 자네를 변호해 보란 말이야.」 함장이 호소하듯 말했지만, 빌리는 말을 잊은 채 이상한 몸짓을 하며 꾸르륵꾸르륵 목젖을 울릴 뿐이었다. 경험이 일천한 미성숙한 사람한테 그렇게 난데없는 고발이 이루어졌으니 얼마나 말문이 막히고 기가 차겠는가. 너무 놀라기도 하고, 한편으로는 고발자에 대한 두려움 때문인지 모르겠지만, 어쨌든 그 순간 그동안 잠복해 있던 그의 결함이 나타났다. 그리고 곧 그 결함 정도가 점점 커지면서 몸에 경련이 일어난 것처럼 입이 떨어지지 않았다. 어서 자신을 변호해 보라는 함장의 명령에 고통스럽지만 힘껏 따르려고 필사적으로 머리와 온몸에 신경을 집중시키려 해도 뜻대로 되지 않는 빌리의 얼굴은 죄를 지어 산 채로 땅에 묻히면서 이제 막 숨이 막혀 몸부림치는 베스타 신전의 여사제[85] 얼굴에서 볼 수 있는 표정으로 뒤덮였다.

그때까지 빌리가 말을 더듬는 언어 장애가 있다는 사실을 전혀 알지 못했던 비어 함장은 빌리의 모습을 보고 옛날 학교 다닐 때 똑똑했던 동급생 친구를 떠올리면서 곧 그 사실을 알게 되었다. 옛날 그 친구는 선생님이 질문을 던지자 자기가 답하겠다고 제일 먼저 자리에서 일어났으나, 빌리처럼 말문을 열지 못하고 우물쭈물하는 바람에 모두를 깜짝 놀라게 했다. 사정을 알게 된 비어 함장은 빌리에게 가까이 다가가서 어깨에 손을 얹고 진정시키며 말했다. 「서두를 것 없네. 천천히 편하게 해, 천천히.」 그러나 아버지가 아들을 달래듯 부드러운 목소리로 던진 함장의 이 말이 함장의 의도와 달리 빌리의 감정을 건드려, 빌리는 어떻게든 말을 내뱉으려고 더 애썼고, 그 결과 몸이 더더욱 굳으면서 그의 얼굴에는 십자가에 못 박힌 사람에게서 볼 수 있는 괴로운 표정이 역력했다. 그리고 바로 다음 순간, 야간에 포를 발사한 함포에서 불

---

[85] 고대 로마 시대, 로마 신화에 나오는 불과 화로의 여신 베스타를 모시는 신전에서 성스러운 불길을 관리하는 여섯 명의 여사제는 순결 서약을 지켜야 했는데, 그 서약을 어기면 생매장당했다고 한다.

꽃이 튀듯 빌리의 오른팔이 눈 깜짝할 사이 뻗어 나오더니 클래거트가 쓰러지고 말았다. 빌리의 오른손 주먹이, 원래부터 그곳을 가격하려고 했는지 아니면 운동선수처럼 단단한 체격에 키가 커서 저절로 주먹이 그곳으로 향했는지 알 수 없지만, 아무튼 그의 주먹이 클래거트의 얼굴을, 지적으로 보이게 만드는 그 멋진 이마를 정통으로 가격했던 것이다. 마치 똑바로 세워져 있던 두껍고 묵직한 판자가 기우뚱거리며 쓰러지듯, 클래거트의 몸뚱어리가 뒤로 쓰러지며 길게 쭉 뻗고 말았다. 쓰러져 한두 번 숨을 헐떡이던 클래거트는 이내 꼼짝도 하지 않았다.

「아이고, 정말 되는 게 하나도 없는 놈이군.」 비어 함장은 거의 속삭이듯 낮은 목소리로 말했다. 「대체 이게 무슨 짓이야! 어쨌든 이리 와서 도와주게.」

두 사람은 쓰러진 클래거트의 허리를 잡아 앉은 자세로 일으켜 세웠다. 빈약한 체격의 몸이 두 사람이 들어 올리는 대로 순순히 무력하게 따라 움직였다. 죽은 뱀을 다루는 것과 다를 바 없었다. 두 사람은 다시 클래거트를 바닥에 내려놓았다. 허리를 펴서 몸을 일으킨 비어 함장은 한 손으로 얼굴을 감싼 채 발아래 쓰러져 꼼짝하지 않는 클래거트와 마찬가지로 아무 감각도 없이 서 있었다. 이 사건이 어떤 결과로 이어질지, 지금 당장 어떤 조치를 하고 그 후 어떻게 하는 것이 최선일지 생각하면서 머리를 이리저리 굴리지 않았을까? 이윽고 함장이 천천히 얼굴을 감싼 손을 내렸다. 월식으로 가려졌던 달이 제 모습을 감추기 전과 다른 모양으로 서서히 다시 나타나듯, 함장의 얼굴은 좀 전과 다른 표정이었다. 함장실에서 지금까지 빌리에게 보여 주었던 자상한 아버지와 같은 모습에서 군대 훈육관의 모습으로 변해 있었다. 상관으로서 격식을 갖춘 목소리로 함장은 빌리에게 뒤에 있는 작은 방(손으로 그쪽을 가리키며)으로 가서 다시 부를 때까지 대기하라고 지시했다. 빌리는 아무 말 없이 기계적으로 함장의 명령에 따라 움직였다. 비어 함장은 함미 갑판 쪽으로 열려 있는 문으로 가서 밖에 있는 보초병에게 말했다. 「누구 시켜서 앨버트를 이리 오라고 하게.」 잠시 뒤 소년이 함장실로 왔고, 함장은 바닥에 엎어져 있는 클래거트의 모습을 보지 못하게 하려고 애쓰면서 말했다. 「앨버트, 군의관에게 가서 내가 좀 만나고 싶다고 해. 그리고 내가 부를 때까지 다시 올 필요 없으니 그리 알고.」

군의관 — 진지하고 신중한 감각에 경험이 많아 어떤 일에도 쉽게 놀라지 않는 차분한 성격의 인물이었다 — 이 함장실로 들어서자 비어 함장은 앞으로 다가가서 군의관을 맞이했다. 그렇게 앞으로 나서는 바람에 군의관이 클래거트를 제대로 보지 못하게 가로막는 꼴이 되었지만, 그것도 모른 채 상관인 함장에게 경례하려는 군의관을 제지하며 비어 함장이 서둘러 말했다. 「경례는 됐네. 그나저나 저기 저 친구, 상태가 어떤지 봐주게.」 함장은 바닥에 쓰러져 있는 클래거트를 가리켰다.

군의관은 함장이 가리키는 곳을 바라보았다. 군의관은 침착한 성격이었지만, 바닥에 쓰러져 있는 사람을 보고 놀라는 눈치였다. 클래거트의 얼굴은 항상 창백했는데, 코와 귀에서 진한 검은 피가 흘러나오고 있었다. 전문가인 군의관의 눈에는 살아 있는 사람의 모습이 아니었다.

「그런 것 같단 말이지?」 비어 함장은 군의관의 모습을 유심히 지켜보며 말했다. 「나도 그렇게 생각했네. 하지만 다시 한번 확인해 주게.」 함장의 말을 듣고 통상적인 몇 가지 검사를 한 군의관은 자신이 첫눈에 보고 내린 심증이 맞는다는 것을 확인했다. 그러고는 진심으로 걱정된다는 눈길로 함장을 올려다보며 무슨 일이 있었냐고 캐묻듯 강렬한 시선을 던졌다. 그러나 비어 함장은 한 손으로 이마를 짚은 채 꼼짝하지 않고 서 있을 뿐이었다. 그러더니 비어 함장이 별안간 무슨 발작이라도 하듯 군의관의 팔을 붙잡고 클래거트의 몸을 가리키며 소리 질렀다. 「이건 하느님이 아나니아[86]에게 내린 심판이야! 보라고!」

군의관은 여태까지 〈인도미터블〉호 함장이 그렇게 흥분한 모습을 본 적이 없어 적잖이 당황했고, 아직 사건의 경위를 알지 못한 상태지만 본래의 신중한 태도를 잃지 않은 채 대체 무엇 때문에 이런 비극적인 사건이 벌어졌는지, 또다시 진심으로 걱정되어 묻는 듯한 눈길로 함장을 바라보았다.

그러나 이번에도 비어 함장은 골똘히 생각에 잠긴 채 꼼짝하지 않고 서 있기만 할 뿐이었다. 그러다가 또다시 발작하

---

86 아내 삽피라와 함께 하느님께 바칠 돈을 빼돌렸다가 성령을 속였다는 베드로의 질책을 받고 쓰러져 죽은 사람. 성경에서 거짓말쟁이의 전형이다. 『사도행전』 5장 1~11절 참고.

듯 격한 목소리로 외쳐 댔다. 「하느님의 천사가 쳐서 죽인 거라고! 그렇다 해도 그 천사는 교수형에 처해야 해!」

앞서 무슨 일이 있었는지 알지 못하는 군의관으로선 논리적 맥락이 전혀 없이 불시에 터져 나온 격정적인 고함을 듣고 몹시 불안할 수밖에 없었다. 그런데 잠시 뒤 정신을 가다듬은 비어 함장이 조금 진정된 목소리로 사건이 어떻게 벌어졌는지, 전후 사정을 간략히 알려 주었다.

「자, 이리 오게. 빨리 처리해야 해.」 이어서 함장은 덧붙였다. 「저자(시신을 말하는 것이었다)를 저쪽 작은 칸막이 방으로 옮겨야 하네.」 함장은 앞 돛대 망루꾼이 격리된 방의 맞은편을 가리켰다. 군의관은 뭔가 은밀하게 일을 처리하고 싶다는 의미의 요청에 또다시 당혹스럽기도 하고 뭐라고 설명할 수 없는 이상한 느낌이 들기도 했지만, 부하로서 시키는 대로 따를 수밖에 없었다.

「이제 가도 되네.」 비어 함장이 평상시 태도로 말했다. 「이제 가보게. 곧 임시 군법 회의를 소집할 걸세. 가서 대위들에게 무슨 일이 있었는지 알려 주게. 미스터 모던트에게도 알려 주고.」 미스터 모던트는 해병대 대위를 말하는 것이었다.[87] 「그리고 그들에게 이 일을 절대 누설해서는 안 된다고 전하게.」

---

87 이 이야기가 전개되던 시기에는 74문의 함포를 장착한 〈인도미터블〉호와 같은 전함에 함포병 일부와 저격병이나 보초병으로 해병대가 다른 승조원들과 함께 근무했다고 한다. 해병대 대위는 전함에 승선한 해병대원들을 지휘하는 중대장을 말한다.

20장

 군의관은 불안과 근심이 가득한 무거운 마음으로 함장실을 나섰다. 비어 함장의 정신에 갑자기 무슨 이상이라도 생긴 것 아닐까? 아니면 엄청 기이한 사건 때문에 일시적으로 흥분한 걸까? 군의관은 다른 방법이 없다면 몰라도, 임시 군법 회의는 별로 현명한 방책이 아니라고 생각했다. 또한 일단 빌리 버드를 구금하고, 시기가 시기인 만큼 그런 예외적인 사건은 관례에 따라 그 이상 조치를 유보했다가 전함이 소속 전대에 합류하면 제독에게 일임하는 것이 적절한 대처 방안 같았다. 그러면서 군의관은 비어 함장이 평소 태도와 달리 몹시 불안해하며 격앙된 상태에서 소리치던 모습을 다시 떠올렸다. 함장이 제정신 아닌가? 그러나 그렇다 하더라도 그것이 의심할 만한 증거가 되지는 않았다. 그렇다면 어떻게 해야 하지? 부하로서 함장이 실제로 미치지는 않았지만 지적 능력이나 판단력에 문제가 있다고 의심 가는 것만큼 견디기 어렵고 괴로운 상황은 없을 듯싶었다. 함장의 명령을 따지고 들면 무례할 테고, 그렇다고 명령을 거역하면 명령 불복종이 될 터이니 정말 난감한 일이었다.

 비어 함장의 명령에 따라 군의관은 그 사건을 대위들과 해병대 대위에게 전달했다. 물론 함장의 상태에 대해서는 아무 말도 하지 않았다. 이야기를 전해 들은 장교들은 군의관이 얼마나 놀라고 걱정했을지 충분히 공감했다. 그리고 군의관이 생각한 것처럼 그들도 이런 문제는 당연히 제독에게 일임

해야 한다고 생각하는 것 같았다.

21장

무지개에서 보랏빛이 어디서 끝나고 주홍빛이 어디서 시작되는지, 그 경계를 분명하게 그을 수 있는 사람이 있을까? 무지개의 일곱 빛깔 차이를 분명하게 안다고 해도, 어느 빛깔이 정확히 어디에서 그다음 빛깔로 섞여 들어가는지 누가 알 수 있을까? 온전한 정신과 온전치 못한 정신의 경우가 바로 그렇다. 그 차이가 명확하게 드러난다면 문제 될 것이 없을 것이다. 그러나 정도의 차이는 있지만 그 경계가 명확하지 않아 추정만 할 수 있는 경우에는 누구라도 그 경계를 정확히 알 수 없을 것이다. 물론 그런 경우라도 일부 전문가들은 수수료를 받고 굳이 구분하려 하겠지만, 그런 사람들을 제외하면 누구도 정신이 온전하다, 온전치 못하다 단정 지어 말할 수 없을 것이다.

군의관이 의사라는 전문가 입장에서나 개인적으로 추측했듯이, 비어 함장이 정말 갑자기 정신 이상 증세를 보인 것인지 아닌지는 누구든 이 이야기가 제공하는 사실을 바탕으로 스스로 판단할 수밖에 없을 것 같다.

지금까지 이야기해 온 그 불행한 사건이 하필이면 아주 중대한 시점에 발생했다는 것은 너무나 분명한 사실이었다. 왜냐하면 반란이 진압되고 얼마 지나지 않아 해군 당국이 모든 해군 지휘관에게 동시에 갖추는 것이 쉽지 않은 두 가지 자질, 즉 신중한 판단력과 엄정함을 요구하면서 앞으로 어떻게 대비해야 할지 고민하던, 대단히 중요한 시기였기 때문이다. 더구나 이 사건에는 중요한 문제가 또 있었다.

〈인도미터블〉호 함상에서 그 사건이 일어나기 전 상황과 사건이 일어난 시기의 상황이 기묘하게 곡예를 부리는 가운데, 그리고 사건을 공식적으로 심판해야 하는 당시 군법을 고려할 때, 클래거트와 빌리로 체화된 무죄와 유죄가 사실상 뒤바뀌고 말았다. 법률적 관점에서 보면, 그 비극적 사건의 명백한 피해자는 죄 없는 사람을 희생 제물로 삼으려 했던 사람임이 분명하다. 게다가 해군 당국 입장에서 보더라도 후자, 즉 죄 없는 사람이 저지른 누구도 부정할 수 없는 그 행위는 군 범죄 가운데서 가장 극악무도했다. 하지만 그것이 전부는 아니었다. 그 사건에는 본질적인 옳음과 그름의 문제가 얽혀 있었다. 따라서 그 옳고 그름의 문제가 더 분명하게 드러날수록 국가에 충성을 바치는 해군 지휘관이라도 그와 같은 근원적 토대에서 문제를 결정할 권한이 없는 한, 자신이 나서서 책임지기에는 너무 난감한 사건이었다.

그러므로 〈인도미터블〉호 함장이 대체로 빠른 결정을 내리는 사람이긴 해도 빠르고 신속한 조치 못지않게 신중하게 처리할 필요가 있다고 느낀 것은 놀랄 일이 아니었다. 자신이 어떻게 행동해야 할지 방침을 정하고, 그에 따른 세부 절차까지 하나하나 결정하려면 신중해야 한다고 생각했던 것이다. 그뿐 아니라 함장은 사건을 매듭짓는 최종 조치가 마련되는 시점까지 모든 상황을 고려해 가능한 한 공개되지 않도록 주의하는 것이 바람직하다고 생각했다. 이런 생각이 잘못된 것일 수도 있고 잘한 것일 수도 있다. 그러나 확실한 것은, 그 후 한두 곳의 하급 장교실이나 고급 장교실에서 대화가 은밀하게 오가면서 일부 장교들이 함장을 심하게 비난했다는 사실이다. 이런 사실을 놓고 함장의 친구들은, 직업 군인인 〈별처럼 빛나는 비어〉를 질투해서 그러는 거라 치부했고, 잭 덴턴이라는 함장의 사촌도 침을 튀기면서 그런 못된 질투심이 문제라고 거들었다. 그러나 아무튼 함장의 비위에 거슬리는 그런 비난은 상상이 만들어 낸 것이지만 나름대로 근거가 없지 않았다. 그것은 그 사건을 비밀에 부치려고 한 것이나 한동안 그 사건과 관련된 모든 정보나 사실을 살인 사건이 발생한 함미 갑판의 함장실에 꼭꼭 가둬 놓고 새어 나가지 못하게 한 조치들 탓이었다. 그리고 이와 같은 특이한 조치를 보면 야만스러운 표트르가 창건한 러시아 수도의 왕궁에서 몇 차례 비극적인 사건이 발생하는 와중에 채택한 정책들과 어느 정도 비슷한 의도가 있는 것 아닌가 하는 의심을 사기에 충분했다.[88] 사실 〈인도미터블〉호의 비어 함장은 함정이 전대와 합류할 때까지 앞 돛대 망루꾼을 삼엄한

---

[88] 여기서 표트르는 러시아 대제였던 표트르 1세를 말하며, 그가 설립한 수도는 1713년에서 1918년까지 러시아 제국의 수도였던 상트페테르부르크를 가리킨다. 표트르 1세는 낙후된 러시아를 건축, 예술, 군사, 과학 등 다방면에서 유럽 최고 국가 반열에 올려놓은 러시아의 차르였지만, 그가 취한 여러 가지 억압 정책 때문에 멜빌이 〈야만스러운 자〉로 지칭한 것으로 보인다. 왕궁의 비극적 사건이란 알렉산드르 2세를 살해한 사건을 비롯해 19세기 말에 있었던 왕국 내 모략과 음모 등을 빗대어 말한 거라고 할 수 있다.

감시하에 가둬 두는 것 외에 그 어떤 조치도 유보하고 싶었다. 대단히 엄중한 사건이기 때문에 제독의 판단에 맡기고 싶었던 것이다.

그러나 진정한 군 장교는 자기희생이나 헌신이라는 관점에서 보면 독실한 수도자와 같은 존재라 할 수 있다. 군 장교가 군인으로서 의무를 다하겠다고 맹세한 충성 서약을 지키는 것이나 수도자가 수도원의 규율에 따르겠다는 서약을 지키는 것 모두 똑같은 자기 부인과 희생정신에서 나오기 때문이다.

그 사건에 대한 신속한 조치가 이루어지지 않을 경우 앞 돛대 망루꾼이 저지른 일이 포열 갑판에 알려질 것이고, 그러면 곧이어 잠복해 있던 노어 반란의 불씨가 승조원들 사이에서 되살아날 가능성이 크다고 생각한 비어 함장은 사태가 긴급하다고 느껴 다른 사항들을 고려할 여유가 없었다. 그렇지만 비어 함장은 단순히 권위를 위한 권위를 좋아하는 사람이 아니었다. 규율을 중요하게 여기는 엄격한 지휘관이긴 하지만, 위험이 따르더라도 도덕적 책임을 혼자 짊어져 자신을 돋보이게 하는 일과는 거리가 아주 먼 사람이었다. 자기보다 계급이 높은 상관이나 같은 계급 동료들, 혹은 부하들과 상의하는 것이 적절한 일을 혼자 나서서 해결하는 사람은 더더욱 아니었다. 그래서 이런저런 생각 끝에 비어 함장은 그 사건을 휘하 장교들이 참여하는 즉결 재판에 넘기는 것이 관례에 어긋나지 않으리라 판단 내리고, 나름 만족해했다. 함장으로서 재판 과정을 감독하고, 필요한 경우에는 공식적으로

든 비공식적으로든 개입할 권한을 쥐고 있으면 되었다. 어쨌든 자기가 최종 책임을 지면 문제없을 거라고 생각한 것이다. 즉결 심판을 위한 임시 군법 회의를 소집하면서 비어 함장은 부함장, 해병대 대위, 항해장으로 재판부를 구성했다.

비어 함장이 선원이나 수병과 관련된 사건에 해군 장교와 함께 해병대 장교를 포함시킨 것이 어쩌면 일반적 관례에서 벗어난 일로 보일 수도 있었다. 그러나 함장은 자기 함정에 탄 해병대 대위가 사려 깊은 데다 신중한 판단력을 지녔으며, 자신이 한 번도 겪어 본 적 없는 그 난감한 사건을 다루는 데 나름 능력이 있을 거라고 생각해 그를 지명했다. 그렇다고 염려스러운 면이 전혀 없었던 것은 아니다. 그 해병대 대위는 지극히 착한 성격에 정겹고, 식사도 잘하고 잠도 잘 자서 그런지 살이 찌는 체질의 푸근한 사람이었다. 그러나 해병대 장교로서 전투가 벌어지면 언제든 용감하게 행동하겠지만, 그 비극적인 사건에 얽혀 있는 속사정과 관련된 도덕적 딜레마를 해결하는 데도 과연 전적으로 신뢰할 만한 사람인지 알 수 없었기 때문이다. 부함장이나 항해장은 당연히 비어 함장이 잘 알고 있었다. 두 사람은 정직하고, 이따금 솔선수범을 보이며 용감하게 행동해 누구나 인정하는 장교였다. 하지만 그들의 능력은 전문 분야에 속하는 기민한 함정 조종술과 전투 능력에 한정될 뿐이었다.

어쨌든 그 불행한 사건이 벌어진 선실에서 군법 회의가 열렸다. 그 선실, 즉 함장실은 선미루 갑판 아래 전체 공간을 차지하고 있었다. 그 공간에서 함미 가까운 쪽 양옆에는 사적으로 사용하는 작은 방이 하나씩 있었는데, 하나는 임시 감방이 되었고, 다른 하나는 시체 안치소가 되었다. 그리고 두 방 사이에 있는 더 작은 칸막이 방 앞으로 전함의 최대 폭과 거의 같은 상당히 긴 사각형 모양의 공간이 자리 잡았다. 그 길쭉한 공간에는 머리 위로 적당한 크기의 채광창이 하나 있고, 양 끝에 창틀을 댄 둥근 창이 하나씩 있었다. 유사시에는 구경이 크고 포신이 짧은 캐러네이드 포의 총안으로 쉽게 전환할 수 있도록 설치된 창이었다.

군법 회의 개최 준비가 신속하게 이루어졌고, 빌리 버드의 죄상에 대한 신문이 진행되었다. 사건의 유일한 증인인 비어 함장은 부득이하게 자신의 지위를 내려놓고 재판장에 출석할 수밖에 없었다. 그래도 바람이 불어오는 쪽에서, 그러니까 조금 위치가 높은 곳에서 재판부를 내려다보며 증언하고, 바람이 불어 가는 쪽에 앉은 재판부는 아래쪽에서 증언을 듣는 모양새가 되도록 하는,[89] 어쩌면 아주 사소한 부분에서 자신의 지위를 유지하려는 모습이 특이하기는 했다. 아무튼 함장은 클래거트의 고발 내용을 하나도 빠뜨리지 않고 전하는 한편, 피고가 그 내용을 듣고 어떻게 받아들였는지도 목격한 대로 증언하면서 그 비극적 사건이 벌어진 과정을 간명하게 죄다 진술했다. 함장의 증언을 들은 세 장교는 깜짝 놀라 빌리 버드를 바라보았다. 그들로서는 클래거트의 주장대로 빌

---

89 선상에서 〈바람이 불어오는 쪽weather-side〉과 〈바람이 불어 가는 쪽lee-side〉은 그 중간의 기준점으로 보면 〈바람이 불어오는 쪽〉이 더 높은 곳이다.

리가 반란 음모를 꾸밀 사람이라고는 도저히 믿어지지 않았으며, 그가 그런 끔찍한 행위를 저지를 사람이라고 전혀 예상하지 못했기 때문이다.

재판장 역할을 맡은 부함장이 피고를 바라보면서 물었다. 「비어 함장님의 증언이 있었다. 비어 함장님이 증언하신 내용, 그대로인가 아닌가?」 이런 상황이라면 빌리가 말을 심하게 더듬으리라 예상할 수 있을 테지만, 의외로 심하게 더듬지 않는 목소리로 빌리가 대답했다. 「비어 함장님은 진실 그대로 말씀하셨습니다. 네, 함장님이 말씀하신 그대로입니다. 하지만 선임 위병 부사관님의 말은 사실이 아닙니다. 나라의 녹을 먹고 사는 사람이 어찌 폐하께 진실을 고하지 않을 수 있겠습니까.」

「나는 귀하를 믿는다.」 증인인 함장이 말했다. 다른 경우라면 드러나지 않았을 함장의 속내가 묻어나는 목소리였다.

「그 말씀, 정말 감사합니다, 함장님!」 빌리가 감정을 억누르지 못하고 더듬거리는 목소리로 말했다. 또 다른 질문이 이어지자 곧 자제력을 되찾기는 했지만, 감정이 북받쳐 오르는지 여전히 목소리를 더듬으며 대답했다. 「아닙니다. 우리 두 사람 사이에 원한 같은 것은 없었습니다. 저는 단 한 번도 선임 위병 부사관님께 악의를 품은 적이 없습니다. 그분이 죽은 것은 안타까운 일이지만, 그분을 죽이려고 했던 것은 아닙니다. 만일 제가 말만 제대로 할 수 있었다면 그렇게 그분을 치지 않았을 겁니다. 그분이 함장님 앞에서 제 얼굴에 대고 모욕적으로 거짓말을 해서 제가 무슨 말이든 하려고 했는데 말이 안 나와 주먹으로 대신 답한 것뿐입니다. 그게 다입니다. 정말입니다!」

격한 감정 속에서 무엇 하나 숨기지 않고 솔직하게 말하는 빌리의 정직한 태도를 보고 재판부는 조금 전 자신들을 당혹하게 했던 그 말들, 비극적 사건의 증인인 함장의 증언과 무슨 반란이냐는 식으로 고발 내용을 강하게 부인하고 나선 빌리의 말에 바로 뒤이어 나온 〈나는 귀하를 믿는다〉라는 함장의 짤막한 말에 담긴 모든 의미가 진실임을 확인할 수 있었다.

그다음에는 빌리에게 전함 어느 구역에서 골치 아픈 일(돌려서 한 말이지만 반란을 의미했다)이 일어날 조짐이 있었는지, 혹시 알고 있거나 의심 가는 부분이 있는지 물었다.

대답이 금방 나오지 않았다. 재판부는 빌리가 우물쭈물하는 것이 앞서 빌리가 말할 때 나타났던 모습, 대답들을 지연시키거나 가로막았던 목소리상의 문제, 즉 말을 더듬는 증상 탓이라고 생각했다. 하지만 이번에는 주된 이유가 다른 데 있었다. 사정은 이랬다. 그 질문을 받자 빌리는 곧바로 앞 돛대 체인이 있는 곳에서 함미 갑판원과 만났던 일을 떠올렸다. 하지만 그때 일을 말하면 동료를 밀고하는 셈이 되는데, 빌리는 천성적으로 그런 고발자 노릇을 역겹게 여겼다 — 누가 가르쳐 준 것도 아닌데 나름의 잘못된 명예 의식이었다. 함미 갑판원을 만났을 당시 그 일을 국가에 충성을 다하는 전함 승조원으로서 마땅히 상부에 보고했어야 한다. 만일 보고하지 않았다며 고발당하고, 그 일이 사실로 판명되면 가장 무거운 벌을 받을 것이 뻔했지만, 빌리가 차마 고발하지 못한 것은 바로 그 명예 의식 때문이었다. 실제로는 함상에서 음모를 꾸미는 그 어떤 일도 진행되지 않는다는 막연한 느낌과 더불어 그 명예 의식이 그의 머릿속을 지배하고 있었던 것이다. 드디어 그가 입을 열었다. 그리고 당연히 그런 일 없다는 대답이 나왔다.

「한 가지 더 물어보겠네.」 해병대 대위가 처음으로 말문을 열었다. 뭔가 난감하다는 듯 진지한 목소리였다. 「자네는 선임 위병 부사관이 자네를 고발한 내용이 거짓이라고 진술했네. 그런데 자네가 말한 대로 두 사람 사이에 아무런 악감정도 없었다면, 대체 무슨 까닭으로 그 부사관이 그런 거짓말을 했을까? 그것도 그런 악의적인 거짓말을 말이야?」

어쩌다 보니 빌리가 아무리 머리를 짜내도 전혀 이해할 수 없는 정신적 영역을 건드린 셈이 된 그 질문에, 빌리는 몹시 당황한 기색을 보이며 어쩔 줄 몰라 했다. 누구라도 쉽게 상상할 수 있겠지만, 어떤 사람들이 그런 빌리의 모습을 보았다면 그동안 죄를 감추고 있다가 부지불식간에 들켜 버려서 그러는 거라고 해석할 수도 있었다. 물론 빌리는 어떤 식으로든 답변하려 애쓰는 눈치였다. 그러다가 돌연 그래 봤자 소용없다는 생각이 들었는지 포기하고, 함장이 최선을 다해 자기를 도와줄 사람이자 친구라도 되는 듯 고개를 돌려 비어 함장을 바라보며 호소의 눈길을 보냈다. 한동안 아무 말 없이 자리에 앉아 있던 비어 함장이 벌떡 일어서더니 해병대 대위를 바라보며 말했다. 「귀관이 물어본 말은 당연히 나올 수 있는 질문이오. 그런데 저 친구가 제대로 대답할 수 있을까? 아니, 다른 사람 누구라도 잘 못 할 거요. 저기, 저 안에 쓰러져 있는 사람이라면 모를까.」 함장은 시신이 있는 방을 가리키며 말을 이었다. 「하지만 우리가 부른다고 저 방에 쓰러져 있는 자가 올 수 있을까? 못 오지. 그리고 귀관이 지적한 문제 말인데, 나는 그 문제가 사실상 판결에 중요한 영향을 미치지 못할 것으로 보이오. 본 사건과 관련해 어느 군사 법정에서든 주먹으로 가격한 행위, 그 폭행의 결과에 관심을 국한시킬 필요가 있소. 그 결과는 마땅히 가해자의 폭행으로 생긴 것이니, 그 행위 외 다른 어떤 것과도 연관 짓지 말아야 한다는 뜻이오. 선임 위병 부사관을 부추긴 동기가 무엇이고 폭행을 불러일으킨 요인이 무엇이든, 그런 것과 상관없이 결과만 갖고 따져야 한다는 거요.」

함장의 발언에 담긴 전체적인 의미를 빌리로서는 전적으로 수긍할 수 없었다. 빌리는 함장의 발언을 듣고 아무 말도 하지 않았지만, 뭔가 절실히 묻고 싶다는 듯한 의미심장한 표정으로 함장을 바라보았다. 빌리의 표정에는 태생이 고귀한 개가 주인이 좀 전에 취한 몸짓이 자기 지능으로는 알 수 없으니 알려 주면 안 되겠냐는 듯한 의미가 담겨 있었다. 또한 재판부의 세 장교 역시 함장의 발언을 의외라고 생각하는 것 같았다. 특히 해병대 대위는 너무 뜻밖이라는 표정이었다. 사실 그들로서는 심리가 충분히 이루어지지 않았는데도 함장이 너무 성급하게 예단한 것으로 받아들일 만도 했다. 이전에는 〈나는 귀하를 믿는다〉라는 함장의 말 때문에 정신적으로 좀 혼란스러웠는데, 이번 발언으로 인해 혼란스러움이 더 가중되었다.

해병대 대위가 또다시 말문을 열었다. 의심을 지우지 못한 말투로 동료 장교와 비어 함장 모두에게 하는 말이었다. 「본 사건에서 수수께끼로 남은 문제를 조금이나마 밝혀 줄 사람이 한 명도 없는 셈이군요. 제 말은 적어도 이 전함 승조원 가운데는 그런 사람이 없다는 뜻입니다.」

「깊은 생각이 담겨 있는 발언이오.」 비어 함장이 다시 말을 꺼냈다. 「무슨 뜻인지 알겠소. 그렇소, 수수께끼가 하나 남았소. 그렇지만 그건, 성경 구절을 빌려 얘기하면, 〈악의 세력〉[90]으로 심리학과 신학을 연구하는 사람들이나 논의할 문제지 군사 법정과는 아무 상관 없지 않겠소? 더욱이 우리가 그 문제를 조사하려 해도 저기, 저 친구가 영원히 입을 봉하고 있으니 가능하지 않다는 건 굳이 더 말하지 않아도 잘 알 테고 말이오.」 함장은 또다시 시체가 있는 방을 가리키며 이렇게 맺었다. 「우리가 다뤄야 할 문제는 피고의 행위, 그것뿐 아니겠소?」

함장의 말에, 특히 마지막에 다시 한번 피고의 행위를 거론한 말에 어떻게 대꾸해야 할지 몰랐던 해병대 대위는 안타깝지만 더 이상 말을 계속할 수 없었다. 그런데 처음부터 당

---

90 『데살로니카인들에게 보낸 둘째 편지』 2장 7절 참고. 여기서 비어 함장이 성경 구절을 언급한 것은 논리만으로는 판단을 내릴 수 없는 사건의 논의를 중단시키고자 하는 의도로 볼 수 있다. 또한 수수께끼로 남은 문제를 〈불법〉과 연관시킨 것은 비어 함장이 이 사건 이면에 위법 행위가 있음을 알고 있다는 것을 암시한다.

연히 재판장 역할을 맡았지만 별말 없던 부함장이 비어 함장의 눈길, 몇 마디 말보다 더 효과적이었던 그 눈길에 압도되어 알았다는 듯 다시 재판장 역할로 돌아가 피고인 빌리에게 말했다. 「버드,」 어딘가 어색하고 불안한 목소리였다. 「버드, 더 할 말 있으면 지금 해보게.」

이 말을 듣자마자 젊은 선원 빌리는 곧바로 또다시 비어 함장 쪽으로 고개를 돌렸다. 그러고는 함장의 모습에서 본능적으로 지금은 침묵이 최선이라는 자신의 직감을 재차 확인하고 재판장에게 대답했다.「더 이상 할 말이 없습니다.」

재판이 진행되는 동안 빌리 곁에는 한 해병대원이 내내 지키고 서 있었다. 함장실로 앞 돛대 망루꾼 빌리가 들어서고, 이어서 선임 위병 부사관이 따라 들어섰을 때 함장실 문밖에서 보초를 서고 있던 바로 그 병사였다. 그 해병대원에게 처음 빌리를 감금할 때 감시자와 함께 들어가 있으라고 했던 뒷방으로 빌리를 다시 데려가라는 지시가 떨어졌다. 해병대원이 빌리를 데리고 자리를 벗어나 시야에서 사라지자, 빌리를 앞에 두고 심리한다는 것만으로도 당혹스럽고 여간 답답하고 불편하지 않았던 재판부의 세 장교는 비로소 마음의 불편함에서 벗어났는지 동시에 앉은 자리에서 몸을 이리저리 비틀었다. 그들은 이 사건을 길게 끌지 않고 빨리 결정해야 한다고 느끼면서도 쉽게 결정 내리지 못하겠다는 곤혹스러운 표정으로 서로 바라볼 뿐이었다. 그러는 사이 비어 함장은 의식적으로 그런 것은 아니지만 어쩌다 보니 세 장교에게서 등을 돌리고 선 자세로, 갑자기 머릿속에 떠오른 어떤 생각에 사로잡힌 표정으로 바람 불어오는 쪽 둥근 창을 통해 해 질 녘 잔잔한 텅 빈 바다를 바라보고 있었다. 재판부의 세 장교가 간간이 목소리를 낮춰 진지하게 뭔가 짧게 상의하는 것을 제외하고는 계속 침묵이 이어졌다. 그런데 그런 분위기가 오히려 함장이 정신 차리고 더 활발히 움직이게 만든 것 같았다. 등지고 서 있다가 돌아선 함장은 함장실을 가로질러 왔다 갔다 했다. 그러는 중에 전함이 바람 부는 쪽으로 흔들리는 바람에 비스듬히 기운 갑판을 오르는 모양새가 되면서 자연히 바람 불어오는 쪽으로 다시 올라섰다. 함장 자신은 몰랐겠지만, 다른 사람들은 함장의 그런 행동에서 설혹 바람이나 바다처럼 강력한 어떤 근원적이고 자연적인 본능의 세력과 맞서더라도 그 난관을 극복하겠다는 마음의 결의를 엿볼 수 있었다. 곧 함장은 세 장교 앞에 다가섰다. 세 장교의 얼굴을 쓱 훑어본 뒤 함장은 자기 생각을 전하기 위해 마음을 정리하기보다, 지적으로는 성숙하지 못하지만 선의를 지닌 세 사람에게, 자신이 판단하기에는 자명한 이치인 어떤 원칙들을 명시적으로 설명해 줄 필요가 있는 그들에게, 자기 생각을 어떻게 전하는 것이 최선인지 속으로 골똘히 생각하며 서 있었다. 사람이 많이 모인 집회에서 연설하려던 사람이 어쩌면 이와 비슷한 태도, 어떻게 전해야 할까 하는 초조함 때문에 연설을 바로 시작하지 못하고 머뭇거리는지도 모른다.

드디어 함장이 말을 꺼냈다. 함장이 말하는 내용과 그 말을 전하는 방식에는 혼자 이런저런 궁리 끝에 현역병들에게 시키는 실전에 가까운 훈련을 수정하거나 강도를 완화해 온 그동안의 경험이 스며 있었다. 또한 함장의 말을 듣다 보면 머리끝에서 발끝까지 실질적인 기질을 내보이는 어떤 함장들이 간혹 그들끼리 모여서 비어 함장을 박식한 척하는 사람으로 비난하는 이유를 알 수 있었다. 물론 그런 함장들도 영국 해군에서 〈별처럼 빛나는 비어〉와 같은 계급의 장교 가운데 그만큼 유능한 사람을 찾을 수 없다는 사실을 솔직히 인정했다.

함장은 다음과 같이 말했다. 「지금까지 나는 증인에 불과했지, 그 이상은 아니었소. 그리고 나는 귀관들의 보좌역으로서 태도를 계속 유지하려고 노력할 생각이었지 다른 생각은 전혀 하지도 않았소. 귀관들이 얼마나 난감해하며 주저하는지, 귀관들 역시 위기에 봉착했다는 것을 알아차리기 전까지는 그랬다는 뜻이오. 나는 귀관들의 그 망설임이 틀림없이 군인으로서 의무가 도덕적 양심의 가책, 연민의 감정으로 되살아난 양심의 가책과 충돌한 데서 비롯된 거라고 생각하오. 연민이라면 나도 귀관들과 마찬가지로 어찌 그런 감정을 느끼지 않을 수 있겠소? 하지만 나는 가장 중요한 책무를 명심하면서 양심의 가책, 어쩌면 이 사건의 판결을 무력화시킬 수도 있는 그 양심의 가책에 맞서 분투 중이오. 여러분, 나 역시 이 사건이 예외적이라는 사실을 감출 생각이 전혀 없소. 사변적 관점에서 보면, 이 사건은 어쩌면 궤변론자들로 구성된 배심 재판에 넘기는 편이 더 나을 수도 있소. 하지만 궤변론자나 도덕주의자가 아닌 우리에게는 군법에 따라 실질적으로 다

뭐야 할 사건일 뿐이오.

그런데도 양심의 가책, 그 양심의 가책이 어스름 속에 움직이듯 귀관들의 마음속에 꿈틀거리지 않소? 맞서 싸우시오. 그것이 제 모습을 분명히 드러내도록 하시오. 자, 편하게 생각해 봅시다. 양심의 가책이라는 게 이런 의미 아니겠소? 만일 우리가 정상 참작이라는 것을 신경 쓰지 않고 선임 위병 부사관의 죽음을 피고의 소행으로 간주할 수밖에 없다면, 피고의 행위는 사형에 처해야 하는 범죄가 될 것이니 당연히 사형이라는 형벌이 따라야 하지 않겠소? 그러나 누구도 부인할 수 없는 피고의 그 명백한 행위는 오로지 자연적 정의[91] 관점에서 고려해야 하오. 우리가 하느님 앞에서 아무 죄도 저지르지 않는 사람으로 여기는 사람에게, 같은 인간으로서 어찌 즉석에서 치욕스러운 사형 선고를 내릴 수 있단 말이오? 내 말이 자연적 정의를 제대로, 올바르게 표현한 것인지 모르겠지만, 그렇지 않소? 여러분도 가슴 아파하며 동의할 것이오. 나 역시 그렇게 느끼고 있소. 진심이오. 이게 바로 자연이오. 그러나 우리가 달고 있는 이 배지가 과연 자연에 대한 우리의 충성을 증명할까? 아니오. 국왕에 대한 충성을 보여 주는 것이오. 비록 이 바다, 신성한 원시 자연인 이 바다가 자연에 속하고 우리가 그 속에서 선원으로 살아가고 존재한다 할지라도, 국왕의 신하인 장교로서 우리의 의무도 그

---

91 natural justice. 영국의 대헌장Magna Carta에 기원을 두는 정당한 법 절차. 누구든 자기 자신이 관련된 사건에 재판관이 될 수 없다는 편견의 배제 원칙과 누구든 의견 진술 기회를 부여받지 아니하고는 비난받지 않는다는 청문을 통한 공정성의 원칙을 말한다.

에 상응하는 자연적 영역에 있지 않겠소? 그 진실이 아무리 별것 아니라 하더라도 장교로 임관한 그 순간부터 우리는 가장 중요한 관점에서 보면 이미 타고난 자유 행위자가 아니오. 전쟁을 선포할 때 국가가 전장에 나가 싸워야 하는 우리 임관 장교와 사전에 상의합니까? 우리는 국가의 명령에 따라 싸울 뿐이오. 혹시 우리가 그 전쟁을 인정하는 판단을 내린다고 하더라도 그건 우연의 일치에 지나지 않소. 다른 점에서도 마찬가지요. 지금도 그렇고. 가령 현재 진행 중인 재판 절차에 따라 유죄 판결이 내려진다고 가정해 봅시다. 그런 판결의 책임이 우리를 통해 작용하는 군법에 있겠소, 아니면 판결을 내리는 우리 자신에게 있겠소? 우리는 그 군법이나 그 군법의 엄중함에 관한 한 아무런 책임이 없소. 우리가 맹세한 책임이란 군법이 아무리 무자비하게 작동한다 하더라도 그 법을 준수하고 그 법을 실행하는 것 아니겠소?

그런데 그렇다손 치더라도 이 사건의 예외적인 면이 귀관들의 가슴을 뭉클하게 만드는 것 같소. 나라고 다르겠소? 마찬가지요. 하지만 우리, 뜨거운 가슴이 차가워야 할 머리를 배신하도록 놔두진 맙시다. 육지에서 형사 재판이 열릴 경우, 올곧은 판사라면 누구라도 법정 밖에서 피고의 친척이라는 어떤 여린 여인이 자신을 불러 세워 눈물 흘리며 선처를 호소하는 일을 허용하지 않을 거요. 안 그렇소? 여기서 내가 말하는 가슴이란 바로 남성 안의 여성성, 그러니까 그 애처로운 여인과 같은 마음을 말하는 것이오. 가슴 아프고 힘든 일이긴 하지만, 그 여인을 제쳐 놓아야 하오.」

함장은 여기서 말을 멈추더니, 잠시 세 장교의 표정을 진지한 눈길로 살펴보다가 다시 말을 이었다.

「표정을 보니, 귀관들의 내면에는 가슴뿐 아니라 양심, 개인적 양심도 꿈틀거린다고 주장하는 듯하오. 그렇다면 말해 보시오. 우리와 같은 지위에 있는 장교들의 경우 법전에 명확하게 규정되어 있는 제국의 양심에 사적 양심이 굴복해야 하는지, 아니면 그럴 필요 없는지. 그 법전에 명시된 법령에 따라 공식적으로 일을 처리해야 하는 것 아니오?」

함장의 말에 세 장교는 자리에 앉은 채 몸을 이리저리 굼질거렸다. 함장이 주장하는 바가 길게 이어지면서 오히려 그것이 그들 내면에서 자연스럽게 일어난 갈등을 더욱 혼란스럽게 할 뿐이어서, 이해하기보다 어찌할 바 모르겠다는 표정들이었다.

세 장교의 모습을 눈치챈 함장은 잠시 멈추는가 싶더니 느닷없이 어조를 싹 바꾸었다.

「자, 우리 마음을 좀 가라앉히기 위해 사실로 돌아가 하나하나 짚어 봅시다 — 전시에 항해 중인 전함에서 승조원 중 한 사람이 자기 상관을 주먹으로 가격해 죽였소. 전시 법규에 따르면, 주먹으로 때린 것 자체가 그 결과와 상관없이 사형에 처할 수 있는 중범죄에 해당하오. 그런 데다 —」

「그렇습니다, 함장님.」해병대 대위가 감정이 실린 목소리로 끼어들었다. 「한 가지 의미로만 보면 맞는 말씀입니다. 하지만 분명한 것은 버드라는 그자가 반란을 일으키려고 한 것도 아니고, 살인도 의도하지 않았다는 사실입니다.」

「분명히 그렇소. 맞는 말이오. 군사 법정이 아닌 일반 법정이라면, 독단적인 면이 덜하고 자비로운 면이 더 많은 일반 법정이라면, 그런 항변이 정상 참작의 큰 이유가 될 거요. 가장 최근에 있었던 순회 재판에서 무죄가 선고된 사례도 있었으니까 말이오. 하지만 여기서는 어떻게 해야 할까? 우리는 〈반란 방지법〉[92]의 법률 조항에 따라 재판을 진행해야 하오. 이 법은 정신적 측면에서 그것의 출발이 되었던 전쟁, 바로 전쟁을 쏙 빼닮았소. 생김새로 보면 실제로 아이가 자기 아버지를 닮은 것 이상이오. 폐하께 충성하기로 한 군인 가운데는, 실제로 우리 전함도 마찬가지지만, 자기 의지에 반해 강제로 징집되어 폐하를 위해 싸우는 사람들이 있소. 어쩌면 그들의 양심에 반하는 일일지도 모르지. 비록 우리 중 일부는 같은 동료로서 그들의 처지를 이해할 수도 있겠지만, 해군 장교인 우리가 어떻게 그것까지 신경 쓸 수 있겠소? 적군들은 더더욱 개의치 않을 것이오. 적은 우리 휘하 지원병들과 마찬가지로 강제 징집된 자들도 똑같이 칼로 쳐 죽이려 할 것 아니겠소? 적의 해군에 강제 징집된 자들도 일부는 자기네 국왕을 죽인 후 등장한 프랑스 총재 정부[93]를 우리만큼

---

92 잉글랜드 왕국 군대에서 시작해 이후 영국 군대에 이르기까지 거의 2백 년 가까이 영국 의회에서 매년 통과시킨 군에 관한 통치, 규제, 전쟁 준비, 예산 등을 규정한 법. 1688년 명예 혁명으로 윌리엄 3세가 아내인 메리 2세와 잉글랜드의 공동 통치자가 되는 것에 반대해 제임스 2세에게 충성하는 상당수 군 병력이 반란을 일으킨 것에 대응해 1689년에 의회가 통과시킨 법이 최초의 〈반란 방지법〉이다. 이것이 나중에 〈전시 법규〉의 토대가 되었다. 오늘날 영국 군내 반란 행위는 2006년 제정된 국군 법에 의해 처리되고 있다.

혐오할지 모르오. 우리도 마찬가지란 뜻이오. 전쟁은 오로지 정면만 바라볼 뿐이오. 외관만 보는 거요. 그리고 전쟁의 자식인 〈반란 방지법〉은 그 아버지를 닮는 법이오. 버드가 어떤 의도를 품었든 아니든, 그것은 아무런 효력을 발휘할 수 없소.

그런데 말이오, 귀관들의 심정을 마땅히 존중해야 하고 귀관들이 그런 염려와 우려로 인해 지극히 난처하고 어려운 상황이긴 하지만, 나로서는 이런 말을 반복할 수밖에 없소. 우리가 이렇게 질질 끄는 사이 적이 출현해 교전이 벌어질 수도 있다는 사실 말이오. 우린 결정을 내려야 하오. 유죄 판결을 내리든 석방하든 둘 중 하나요.」

「유죄 판결을 내리되 형벌을 낮출 수는 없겠습니까?」 처음으로 항해장이 더듬거리는 목소리로 물었다.

「대위, 현 상황에서 그렇게 하는 것이 아무리 합법적이라 하더라도 그런 관대한 처분에 뒤따르는 결과를 생각해야 하오. 사람들(전함의 승조원)은 저마다 타고난 감각을 지니고 있소. 그들 대부분은 우리 해군의 관습과 전통을 잘 아는데, 그런 처분을 어떻게 받아들이겠소? 귀관이 그들에게 사정을 설명할 수 있다 해도, 물론 장교 신분으로서 우리가 그렇게 하면 안 되지만, 여하튼 설명한다 한들 오랫동안 독단으로 시행된 규율 속에서 지낸 그들은 무엇을 이해하고 분별할 만한 지적 감수성을 지니지 않았소. 전혀 아니지. 우리가 나서서 아무리 말로 공표하고 설명한들 그들에게 앞 돛대 망루꾼

93 주33 참고.

의 행위는 그저 하극상이라는 파렴치한 행위에서 자행된 살인에 불과할 따름이오. 그런 죄에 어떤 형벌이 뒤따라야 하는지, 그들은 잘 알고 있을 거요. 그런데 그런 형벌을 내리지 않는다? 이유가 뭘까? 아마 거듭해서 생각하고 또 생각할 거요. 귀관도 배를 타는 사람들이 어떤 자들인지 잘 알 거요. 최근 노어에서 있었던 반란 행위를 되돌아보지 않을까? 되돌아볼 거요. 그로 인해 잉글랜드 전역이 공포로 흔들리며 어떤 충격에 휩싸였는지 그들은 알고 있소. 만일 관대한 선고를 내린다면 그들은 우리가 겁먹었다고 생각할 게 뻔하오. 우리가 겁나서 움찔한 거라고, 자기네들을 두려워하는 거라고 생각할 거요. 현재와 같은 중대한 시기에는 예외적으로 더더욱 엄정한 법 집행이 요구되는데, 자칫 그로 인해 또 다른 분란이 발생할까 봐 두려워하는 거라고 말이오. 그들이 그런 억측을 한다면, 우리에게 얼마나 치욕스러운 일이겠소? 규율이고 뭐고 다 엉망이 될 거요. 아마 귀관들은 잘 알고 있을 거요, 함장인 내가 군인으로서 의무와 법을 늘 상기하며 한결같이 확고부동하게 추구하는 것이 무엇인지 말이오. 그렇지만 동료들이여, 진심으로 간청하건대 오해하지 말아 주오. 저 불운한 젊은이에게 귀관들이 느끼는 감정을 나도 느끼고 있소. 아마 그 친구도 우리 심정을 알고 있을 거요. 우리가 군대라는 불가피한 환경에서 어쩔 수 없이 그런 중형을 내릴 수밖에 없다는 점을 관대한 품성을 타고난 그 젊은이도 이해할 거요.」

이 말과 함께 함장은 암묵적으로 세 장교에게 결론을 내리라고 지시하듯 자리를 뜨더니, 갑판을 가로질러 다시 창틀을 댄 둥근 창 근처 자기 자리로 돌아갔다. 함장실 맞은편에는 고뇌에 찬 재판부가 아무 말 없이 앉아 있었다. 국왕의 충성스러운 신하이자 평범하고 실리를 중시하는 세 장교는 사실 비어 함장이 언급한 몇 가지 점에서 생각을 달리하고 있었다. 그러나 그들에게는 자신들이 정말 진지한 사람이라고 존중하는 사람이자 계급도 더 높고 정신적인 면에서도 더 뛰어난 함장과 논쟁할 능력이 없었다. 그런 능력이 있다고 하더라도 그들은 함장과 논쟁할 생각이 조금도 없었다. 함장의 말은 그들에게 어느 정도 영향을 미쳤으나, 사실 대체로 선뜻 수긍할 수 있는 것은 아니었다. 그렇지만 함장이 마지막에 호소하듯 한 말, 그러니까 당시 함대의 불확실한 상황을 고려하면 전함 승조원이 함상에서 상관을 폭행해 죽게 만든 사건에 사형 선고를 내려 신속히 처벌하지 않고 다른 식으로 처분한다면 복무규율에 심각한 결과를 초래하리라는 깊은 생각에서 함장이 던진 말은, 그래도 해군 장교들의 본능에 와 닿은 듯했다.

아마 세 장교의 마음 상태는, 1842년 미국의 쌍돛대 전함 〈소머스〉호 지휘관이 영국의 〈반란 방지법〉을 본떠서 만든 이른바 〈전시 법규〉라는 법령에 따라 소위 임관을 앞둔 부사관 한 명과 또 다른 부사관 두 명을 전함 탈취를 기도한 반란자라는 죄목으로 처형하기로 했을 때, 그 지휘관의 마음 상태, 불안과 초조감에 시달려 지쳐 버린 마음 상태와 어딘가 비슷한 데가 있었을 것이다. 사실 그때 그 결정은 전시가 아닌 평화 시, 그것도 고국에서 멀리 떨어지지 않은 데서 내려졌지만, 나중에 육지에서 열린 해군의 사건 조사 법정에서 그 처형 행위가 정당했다고 입증해 주었다. 역사적으로 말이다. 여기서는 〈소머스〉호 사건을 예로 들 뿐, 그 어떤 논평이나 의견도 달지 않겠다. 사실 따지고 보면, 〈소머스〉호의 함상 상황과 〈인도미터블〉호의 상황은 달랐다. 그러나 두 전함의 지휘관이 느낀 긴급한 위기감은, 근거가 충분하든 그렇지 않든, 상당히 비슷했을 것이다.

어떤 무명작가가 이런 말을 했다. 「어느 전투가 끝난 지 40년이 흐른 뒤 전투에 참여하지 않았던 사람이 그때 그 전투를 어떻게 치러야 했는지 추론하기는 쉽다. 그러나 포화 세례를 받아 시야를 가릴 정도로 포연이 자욱한 가운데 개인적으로 전투를 지휘한다는 것은 또 다른 문제다. 실리적인 면과 도덕적인 면을 둘 다 고려하면서도 긴급하고 신속하게 행동해야 하는 긴요한 다른 비상사태도 마찬가지다. 자욱한 안개가 더욱 짙게 깔릴수록 수심이 얕은 수역을 항해하는 얕은 흘수의 선박은 더 큰 위험에 처한다. 따라서 누군가 물에 빠질 수 있다는 위험을 감수하더라도 속도를 높여 안개 속에서 빠져나와야 한다. 선교에서 잠 못 자며 일하는 사람이 느끼는 책임감을 아늑한 선실에서 카드놀이나 하는 사람들은 전혀 생각하지 못하는 법이다.」

정리하면, 빌리 버드는 정식으로 기소되어 활대에 매달아 교수형에 처한다는 선고를 받았다. 밤에 판결이 내려졌기 때문에 사형은 이튿날 새벽 근무 시간에 집행하기로 했다. 판결이 밤에 내려지지 않았다면, 관례에 따라 판결 즉시 형 집행이 이루어졌을 것이다. 전시에 육지의 전투 지역이나 해상에서는 임시 군법 회의에서 사형 판결이 날 경우 — 간혹 육지의 전투 지역에서는 사령관이 고개를 한 번 끄덕이는 것으로 판결 나기도 한다 — 항소 기회도 없이 바로 형 집행이 이루어진다.

22장

재판부의 결정을 피고에게 전하겠다고 자진한 사람은 비어 함장이었다. 피고가 구금된 칸막이 방으로 간 함장은 그곳에서 피고를 감시하고 있던 해병대 병사에게 잠시 자리를 비키라고 지시했다.

두 사람만 남아 면담하는 가운데 선고 내용을 전했을 것은 분명한데, 그 외에 무슨 일이 있었는지는 누구도 알지 못한다. 하지만 잠시나마 그 작은 방에 단둘이 남은 상황, 그리고 근본적으로 인간의 본성 가운데서도 아주 보기 드문 — 보통 지능을 지닌 사람들이 아무리 교양을 많이 쌓는다 해도 거의 믿기 어려울 정도로 진기한 — 특성을 공유하고 있는 두 사람의 품성에 비춰 보면, 감히 다음과 같은 몇 가지 추측을 해 봄 직하다.

둘만 있는 상황에서 만일 비어 함장이 사형 선고를 받은 사람에게 아무것도 감추지 않았다면 — 그런 판결을 내리는 과정에서 자신이 한 역할이 무엇이고, 동시에 그런 결정을 내리게 한 자신의 의도가 무엇이었는지 솔직하게 다 털어놓았다면 — 함장의 정신에 부합했을 것이다. 빌리로선 그런 결정을 내린 함장의 정신과 거의 같은 정신으로 그 고백을 받아들였을 가능성도 없지 않다. 어쩌면 자신을 믿고 속내를 털어놓는 함장의 태도에 스며 있는, 자신을 존중하고 좋게 평가해 주는 마음을 기쁘고 고맙게 여겼을 수도 있다. 판결 내용을 전하는 문제도 그렇다. 자신이 죽는 것을 두려워하지 않는 사람이라고 판단해 그 내용을 전했으리라는 것을 모르지 않았을 터다. 더 많은 일이 있었을 수도 있다. 결국에는 비어 함장이 겉으로 냉철하고 무심해 보이는 태도 속에 감추고 있던 격한 감정을 간간이 드러냈을지도 모른다. 함장은 빌리의 아버지뻘 되는 나이였다. 철두철미하게 군인의 의무에 헌신한 함장이 형식과 격식에 물든 인간 속에서 스스로 원시적 인간의 모습으로 변해, 아브라함이 하느님의 가혹한 명령에 복종해서 굳은 마음으로 어린 아들 이사악을 제물로 바치기 직전에 그 아들을 끌어안았을지도 모르듯,[94] 마침내 빌리를 자기 가슴에 품었을지도 모른다. 그러나 여기서 설명하려고 시도하는 것과 비슷한 상황에서 벌어졌을지 모를 그 성스러운 일을 말하는 것은, 여하튼 이 세상에서 그런 일이 있었다고 밝혀진 경우가 거의 없으므로 불가능하다. 마찬가지로 위대한 자연의 보다 고귀한 계층에 속하는 두 사람이 서로 끌어안는 일이 있었는지 언급하는 것도 가당치 않을 것 같다.

94 『창세기』 22장 1~19절 참고.

살아남은 자에게는 그 누구도 침해할 수 없는 그 순간에 관한 사적 비밀이 있지 않겠는가. 두 사람이 내보인 인간적인 것을 초월한 고결함의 결과로 신의 섭리에 따른 신성한 망각이 종국에는 모든 것을 덮어 버리고 말았던 것이다.

칸막이 방을 나선 비어 함장이 맨 처음 마주친 사람은 부함장이었다. 부함장이 본 함장의 얼굴, 그토록 강인했던 사람이 그 순간 보인 고뇌 어린 표정에 쉰 살 먹은 부함장도 깜짝 놀라지 않을 수 없었다. 사형 선고를 받은 사람보다 그 선고를 내리는 데 크게 영향을 미친 사람이 더 큰 괴로움을 겪었다는 것은 부득불 곧이어 필연적으로 언급할 수밖에 없는 장면에서 사형 선고를 받은 사람이 외치는 소리를 통해 분명하게 드러난다.

23장

짧은 시간 동안 빠르게 이어진 일련의 사건에 대해 적절히 서술하려면 어느 정도 시간을 들여야 할지도 모른다. 특히 그런 사건을 제대로 이해하는 데 도움을 주기 위해 이런저런 설명이나 논평이 필요한 경우에는 더욱 그럴 것이다. 사실 살아서 함장실을 떠나지 못한 사람과 사형 선고를 받고 함장실을 떠난 사람이 함장실에 들어간 시각과 앞에서 언급한 함장과 빌리 두 사람만의 면담이 종료된 시각까지 채 한 시간 반이 걸리지 않았다. 하지만 그 정도 시간이면 전함 승조원 가운데 적지 않은 사람 사이에서 선임 위병 부사관과 선원 한 사람을 함장실에 붙들어 놓는 이유가 무엇인지, 온갖 추측이 난무하기에 충분했다. 이미 두 사람이 함장실로 들어가는 것은 보았는데 나오는 것은 보지 못했다는 소문이 포열 갑판과 돛대 망루로 퍼져 나가고 있었다. 어떤 면에서 보면 거대한 전함에서 동고동락하는 사람들은 한 마을 사람 같아, 눈에 띄는 모든 움직임은 물론 움직임이 없는 것까지 다 현미경으로 들여다보듯 일일이 주시할 수밖에 없다. 사정이 그렇다 보니 사나운 비바람이 불어올 기미가 전혀 없어 바다도 잔잔한데 오후 두 번째 교대 근무 시간에 전 승조원에게 집합 명령이 하달되었다. 상황도 상황이지만 그 시간에 전체 집합 명령이 떨어지는 것이 흔한 일은 아니어서, 승조원들은 두 사람이 늘 보이던 곳에서 한동안 계속 모습을 보이지 않는 것과 관련해 뭔가 특별한 발표가 있으리라 어느 정도 짐작하고 집합 장소로 모여들었다.

바다는 잔잔했다. 거의 보름달에 가까운 달이 하늘에 두둥실 떠오르며 하얀 상갑판을 환하게 밝혀 주면서 갑판 위에 고정된 설치물과 움직이는 사람들의 모습이 그려 내는 선명한 그림자가 가리고 있는 곳을 빼고는 상갑판 곳곳이 은은한 빛으로 채워졌다. 함미 갑판 양쪽으로 무장한 해병 경비원들이 정렬해 있고, 비어 함장은 장교실의 장교 전원이 둘러서서 지켜보는 가운데 승조원들을 향해 연설하기 시작했다. 함장은 전함의 최고 지위에 딱 어울리는 태도로 함장실에서 있었던 일을 분명한 말투로 간략히 전했다. 선임 위병 부사관이 사망했고, 그를 죽인 사람은 이미 즉결 재판 심리를 거쳐 사형 선고를 받았으며, 이튿날 이른 아침 근무 시간에 사형 집행이 이루어질 거라는 내용이었다. 함장은 연설하는 동안 반란이라는 단어를 입 밖에 내지 않았다. 또한 이 기회에 복무규율 유지에 관해 지루하게 설교하듯 일장 연설을 할 수도 있었지만, 그렇게 하지 않았다. 어쩌면 현 상황에 비춰 해군에서 규율을 위반했을 때 어떤 결과를 맞을지 너무 자명해, 굳이 설명할 필요 없다고 생각했는지도 모른다.

승조원들은 입을 굳게 다물고 서서 함장이 전하는 말을 들었다. 그 광경은 지옥이 존재한다고 믿는 신도들이 교회에 모여 앉아 칼뱅주의 이론을 설교하는 성직자의 말을 묵묵히 듣는 광경과 흡사했다.

그러나 연설이 끝나자, 상황이 바뀌었다. 무슨 말인지 알아들을 수 없는 웅성거림이 퍼지더니 그 소리가 점점 더 커졌다. 그러자 바로 그 순간 한 신호에 따라 갑판 장교와 그 밑의 조수들이 모두 해산해 각자 근무 위치로 돌아가라는 뜻으로 호각을 요란하게 불어 댔고, 그 날카로운 소리가 승조원 무리를 뚫고 지나자 웅성거림이 잦아들었다.

클래거트와 같이 식사하던 부사관들에게 클래거트의 시신 수장 준비 지시가 하달되었다. 그 지시 후 어떻게 되었는지, 그 상황 설명을 이런저런 시답잖은 말이 가로막지 않도록 여기서 덧붙이자면, 선임 위병 부사관은 적당한 시간에 그의 계급에 어울리는 격식을 갖춰 모든 장례 절차를 준수해 바다에 수장되었다.

비극적인 사건을 처리하는 모든 공적 진행 절차와 마찬가지로 이번 사건을 처리하는 과정에서도 관례를 엄격히 준수하는 가운데 모든 절차가 이루어졌다. 클래거트의 시신을 처리하는 문제에서나 빌리 버드와 관련된 조치에서도 징집되어 전함에 승선한 선원들, 그리고 특히 누구보다 관례에 집착하는 전함의 수병들 사이에서 바람직하지 못한 추측이 피어오르지 않도록, 어느 한 부분에서도 관례에서 벗어나는 일이 있어서는 안 되었다.

비슷한 이유로 비어 함장과 사형 선고를 받은 빌리 사이 모든 대화나 접촉은 이미 앞에서 언급한 둘만의 면담을 끝으로 더 이상 이루어지지 않았다. 더욱이 빌리의 신변이 사형 집행 사전 준비 절차라는 통상적인 관례를 따라야 해서 면담을 할 수도 없었다. 통상적인 예방 조치가 이루어진 가운데 — 적어도 눈에 띄는 특별한 조치는 없이 — 함장실에서 빌리를 이송하는 절차가 경계병의 감시하에 진행되었다.

전함 내에서는 부하들이, 장교들이 염려하는 이런저런 그릇된 추측이나 짐작을 가능한 한 하지 않게 하는 것이 암묵적인 규칙이다. 그리고 어떤 분란이 일어날까 봐 정말 걱정된다면, 그럴수록 그런 염려를 감춘 채 드러내지 말아야 한다. 호들갑 떨지 않고 차분하게 더욱 경계를 늦추지 말아야 하는 것은 당연하다.

현 상황에서 죄수를 지키는 보초병에게 군목을 제외한 누구도 죄수와 말 한마디 나누지 못하게 하라는 엄명이 하달되었다. 그리고 이 부분을 아주 확실히 하기 위해 몇몇 조치가 눈에 띄지 않고 조심스럽게 시행되었다.

24장

74문의 함포가 장착된 구형 전함에서 상층 포열 갑판으로 알려진 갑판에는 그 위를 덮는 상갑판이 있었다. 상갑판에는 무장한 부분도 있지만 나머지 상당 부분이 비바람에 노출되어 있었다. 따라서 일반적으로 흔들 침대는 상갑판에 설치하지 않고 하층 포열 갑판과 숙소 갑판에 설치했다. 숙소 갑판은 승조원들의 숙소이자 그들의 짐 자루를 쌓아 두는 공간인데, 그 갑판 양옆에는 온갖 잡동사니를 담은 커다란 상자나 이동식 찬장 같은 것들이 줄지어 놓여 있었다.

〈인도미터블〉호 상층 포열 갑판의 우현 쪽, 포열을 이루며 일정한 간격으로 놓인 함포들 사이 움푹 들어간 공간 한 곳에, 빌리 버드는 보초의 감시를 받으며 쇠사슬에 묶인 채 납작 엎드린 자세로 누워 있었다. 함포들은 모두 그 시대의 무거운 대구경 포였다. 육중하게 움직이는 목재 포차 위에 탑재된 포에는 포 후미를 감아 총안 옆 방호벽에 달린 고리와 연결되어 발사 후 반동을 막기 위한 굵은 밧줄과 화약 장전 후 포를 총안으로 끌어내는 강한 밧줄 등으로 이루어진 둔중한 여러 장치가 달려 있었다. 포와 포차, 그리고 머리 위쪽 고리에 걸려 있는 화약을 재는 긴 꽂을대와 화약에 불을 붙이는 밧줄이 감겨 있는 짧은 막대기들 모두 통례에 따라 검은

색으로 칠해져 있었다. 포의 반동을 막기 위해 설치된 대마로 만든 굵은 밧줄 역시 같은 색으로 칠해진 것이 꼭 장의사의 검은 복장 같았다. 이처럼 장례식 분위기를 풍기는 주변의 거무튀튀한 갖가지 장치와 대조적으로, 엎드린 자세로 누워 있는 빌리가 입고 있던 겉옷, 얼룩이 묻어 좀 더럽게 보이는 흰색 점퍼와 역시 흰색 두꺼운 면바지가 그가 누워 있는 어두침침하고 움푹 들어간 공간에서 그나마 흐릿한 빛을 받아 어렴풋이 아른거렸다. 마치 4월 초, 고지의 어두컴컴한 동굴 입구에 아직 녹지 않고 색만 변한 채 남아 있는 눈 더미 같았다. 빌리는 이미 수의를 입고 있는 셈이었다. 아니면 입고 있는 옷이 수의 대신이었는지도 모른다. 그가 엎드려 있는 곳 위에서, 상갑판을 떠받치는 두 개의 육중한 갑판보에 걸려 있는 야간 전투용 랜턴 두 개가 흔들거리며 그의 모습을 희미하게 비춰 주었다. 전쟁 청부업자들(어느 나라에서나 정당한 방식이든 아니면 술수를 동원해서든 무고한 사람들의 죽음의 대가로 자기 몫을 예상하고 챙기는 자들)이 공급하는 기름을 채운 랜턴들이 깜빡거리며 거무스름한 주황빛을 흩뿌리긴 했지만, 그 불빛은 나무 마개로 포구를 막아 놓은 포들이 고개를 들이밀고 있는 총안의 좁은 틈으로 어떡해서든 비집고 들어오려 애쓰는 뿌연 달빛을 더욱 흐릿하게 만들 뿐이었다. 이따금 다른 랜턴들도 제 불빛을 뿌리긴 했지만 전함 양측으로 줄지어 늘어선 포들이 그 불빛들을 가로막는 바람에, 마치 단을 쌓아 놓은 듯한 양쪽 포열 사이로 희미하게 드러난 널찍한 긴 통로에서 가지를 치듯 포와 포 사이에 만들어진 움푹 들어간 공간은 대성당의 한쪽 구석에 있는 조그만 고해실이나 부속 예배실처럼 어둠에 묻혀 얼핏얼핏 보일 뿐이었다.

〈멋쟁이 배꾼〉 빌리가 엎드려 있는 갑판이 바로 그런 곳이었다. 장밋빛으로 불그레한 그의 얼굴에서 창백한 기미는 찾아볼 수 없었다. 바람과 햇빛이 차단된 곳에 여러 날 격리된다면 그 장밋빛 혈색이 사라질지 모르지만. 그런데 따뜻한 느낌을 주는 불그레한 피부 아래에서 광대뼈가 각을 이루며 그 윤곽을 조금씩 드러내기 시작했다. 밖으로 드러나지 않은 뜨거운 가슴속에서, 전함 화물칸에 은밀하게 숨어 있던 불씨가 화물 속의 면화를 태우듯, 짧은 기간에 겪은 몇몇 경험이 뜨거운 불길을 키우며 그의 얼굴 근육 조직을 삼켜 버리고 있는지도 몰랐다.

그러나 사악한 운명에 붙들려 꼼짝 못 하듯 사슬에 묶인 채 두 대포 사이에 엎드려 있는 빌리가 느꼈을 고통, 넉넉한 마음씨의 한 젊은이가 몇몇 사람이 노골적으로 드러낸 사악한 마음을 처음 대한 뒤 느낀 그 괴로움, 금방이라도 터질 듯 팽팽하게 부풀어 올랐던 그 고통은 이제 사라지고 없었다. 비어 함장과 단둘이 면담을 나누는 과정에서 마음이 치유되는 어떤 일이 있었는지, 그 후 빌리의 고통은 자취를 감추었다. 황홀경에 빠진 듯 전혀 꼼짝하지 않은 채 빌리는 그냥 누워 있었다. 이전에도 언급했지만, 한창나이 젊은이의 얼굴에 나타나는 그 순진무구한 표정, 빌리 특유의 순진한 모습은 요람 속에서 잠든 아기의 표정과 닮아 있었다. 한밤중 조용한 방 안에 따뜻한 난로 불빛이 어린 뺨에서 간간이 신비스럽게 가만히 피어올랐다가 잦아드는 보조개를 부드럽게 비춰 주듯, 쇠사슬에 묶여 황홀경에 든 상태에서 떠도는 어떤 회상, 혹은 어떤 꿈에서 피어오른 잔잔한 행복의 빛줄기가 빌리의 얼굴 위를 흐르며 퍼지다가 다시 아련히 사라지고, 그러다 또다시 환하게 퍼져 나갔기 때문이다.

군목이 그런 빌리의 얼굴을 보더니 자기가 온 사실을 모른다는 것을 감지하고는 잠시 빌리의 모습을 유심히 바라보았다. 그러고는 슬며시 그 자리에서 물러나 모습을 감추었다. 어쩌면 자신이 비록 전쟁의 신 마르스에게서 급여를 받는 처지이긴 하지만,[95] 그래도 그리스도를 믿는 목사인데 자기가 무슨 위안의 말을 해도 자신이 본 빌리의 표정, 황홀함에 젖어 행복해하는 그 표정을 초월하는 어떤 평화로움도 안겨 줄 수 없다고 느꼈기 때문일지 모른다. 그렇게 자리를 떠난 군목은 깊은 밤중에 다시 나타났다. 이제는 황홀한 꿈에서 깨어났는지 주위를 둘러보던 죄수 빌리는 군목이 다가오는 것을 보고 공손하게, 그리고 유쾌한 표정으로 반갑게 맞았다. 이어진 면담에서 선한 군목은 빌리 버드가 자신은 죽을 수밖에 없으며 새벽에 죽게 된다는 사실을 하느님의 뜻에 따른 것으로 경건하게 받아들이도록 이해시키려 노력했으나 아무 소용 없었다. 빌리 스스로 자기 죽음을 곧 다가올 별것 아닌 일인 양 대수롭지 않게 여겼기 때문이다. 그런 빌리의 태도

---

95 평화를 신봉하는 하느님의 아들인 자신이 군목으로 전쟁에 참여하고 있는 현실에 대한 아이러니를 보여 준다.

는 어린아이들의 놀이 중 하나인 장례식 놀이를 하면서 제법 관도 갖춰 놓고 문상객 역할도 하며 스스럼없이 죽음을 대하는 태도와 비슷했다.

그렇다고 빌리가 어린아이처럼 진정 죽음이 무엇인지 이해할 능력이 없었다는 것은 아니다. 그는 죽음이 무엇인지 알고 있었다. 다만 그는 무작정 죽음을 두려워하는, 그런 분별없는 두려움이 없었을 뿐이다. 그런 두려움은 이른바 미개한 사회, 모든 면에서 때 묻지 않은 순결한 자연에 더 가까운 미개한 사회보다 고도로 문명화된 사회에 더 널리 퍼져 있었다. 그리고 어디선가 얘기했듯이,[96] 빌리는 근본적으로 야만인이었다. 현재 옷차림만 뺀다면, 로마의 장군 게르마니쿠스[97]가 전쟁에서 승리를 거두고 로마에서 개선 행진을 할 때 그 뒤를 따라갈 수밖에 없었던 살아 있는 전리품인 잉글랜드의 포로들, 동족인 그 포로들 못지않은 야만인이었다. 그리고 빌리는 그 후 야만인들과도 닮은 구석이 너무나 많았다. 그 후대 야만인들은, 아마도 대개 젊은이였을 텐데, 어쨌든 적어도 명목상으로나마 기독교로 개종한 초기 영국인 가운데 엄선해서 로마로 보낸 사람들(오늘날에는 미개한 섬에서 개종한 야만인들을 런던으로 보낼지도 모른다)인데, 당시 교황이 이탈리아 사람들의 모습과 다르게 불그레하니 환한 얼굴색에 곱슬한 금발을 지닌 그들의 아름다운 모습에 신기하다고 찬사를

---

96 2장 참고.
97 Germanicus Julius Caesar(B.C.15~A.D.19). 고대 로마 제국의 제위 계승권자이자 장군. 영국을 정복하기 위한 싸움에서 몇 차례 큰 승리를 거뒀다.

아끼지 않으며 이렇게 탄성을 내질렀다고 한다. 「〈앵글스〉(현대의 〈잉글리시English〉가 이 단어에서 파생되었다), 그래, 저들을 〈앵글스〉라 부른단 말인가? 저들의 모습이 천사와 같다고 그렇게 부르는 것인가?」[98] 만일 그 일이 더 후대에 벌어졌다면 아마 사람들은 프라 안젤리코가 그린 천사들, 그중에서도 너무나 아름다운 영국 처녀들처럼 부드럽고 연한 장미 꽃봉오리와 같은 얼굴색에 헤스페리데스의 동산에서 사과를 따는 천사들을 심중에 두고 교황이 그런 말을 했으리라 생각했을지도 모른다.[99]

만일 그 선한 군목이 옛날 묘석에 그려진 두개골과 그 밑에 교차된 두 개의 뼈로 나타나는 해골의 형상에 담겨 있는 죽음에 대한 관념과 비슷한 관념을 젊은 야만인 빌리의 마음에 새겨 주려고 노력한 것이 헛된 일이었다면, 마찬가지로 그에게 구원이니 구세주니 하는 생각을 갖게 하려는 노력 또한 어느 모로 보나 공연한 일이었다. 빌리가 군목의 말에 귀를 기울이긴 했지만, 그것은 어떤 외경심이나 존경의 마음이 생겨서가 아니라 본디부터 타고난 정중한 마음 때문이었다.

98 〈앵글스Angles〉는 독일에서 영국인 브리튼섬으로 이주한 서게르만족인 앵글족이다. 〈앵글스〉가 〈천사들〉을 뜻하는 〈에인절스Angels〉와 발음이나 표기가 비슷한 것을 두고 교황이 하는 말이다.
99 프라 안젤리코Fra Angelico(1395?~1455)는 이탈리아 르네상스 시대 화가로, 〈천사와 같은 수도사〉라는 의미의 이름에 걸맞게 성화를 많이 그렸다. 헤스페리데스는 그리스 신화에서 헤라의 과수원을 지키는 세 님프를 말하는데, 그 과수원에는 불멸을 가져다주는 황금사과 나무가 있었다고 한다. 〈천사들〉은 프라 안젤리코가 그린 「헤스페리데스의 동산」에 나오는 천사들을 말한다.

분명한 것은, 근본적으로 빌리는 군목이 하는 모든 말을 자신과 같은 지위나 계층의 승조원 대부분이 추상적인 강연이나 설교, 아니면 지루한 일상 세계에 흔해 빠진 지극히 평범한 어조로 전해지는 담화를 받아들이는 것과 비슷한 태도로 대했다는 사실이다. 그리고 군목의 설교를 받아들이는 빌리의 태도는, 아주 오래전 이 세상 것이 아닌 초월적인 기적들로 가득한 기독교 정신을 전하러 열대 섬에 당도한 개척자를 그 섬에서 뛰어나다는 어느 야만인 — 이를테면 쿡 선장[100] 시대나 그 직후 타히티섬의 어떤 원주민 — 이 대하는 태도와 전혀 다르다고 할 수 없었다. 빌리는 예의 바르게 군목의 말을 듣기는 했지만, 그것을 마음속에 받아들여 자기 것으로 만든 것은 아니었다. 마치 누가 선물을 쥔 손을 내밀며 가져가라고 하지만, 선뜻 그 손바닥에 놓인 선물에 손을 갖다 대지 않는 것과 마찬가지였다.

그러나 〈인도미터블〉호의 군목은 선한 마음을 제대로 이해할 줄 아는 신중하고 지각 있는 사람이었다. 그는 군목으로서 맡은 바 소명을 고집스럽게 관철하고 싶지는 않았다. 사실 비어 함장의 권유에 따라 어떤 대위가 찾아와 그에게 빌리에 관한 모든 것을 소상히 알려 준 바 있었다. 그러나 최후의 심판에 들어설 때는 종교보다 죄 없음이 훨씬 더 나은 덕목이라고 생각했기에, 섭섭하기는 했지만 그만 물러나기로 했다. 물론 영국인의 한 사람으로서 처음 참으로 이상한

---

[100] James Cook(1728~1779). 영국의 탐험가이자 항해사. 1768년에 원정대를 이끌고 타히티섬을 탐험했다.

행동을 하는 것 아닌가, 더욱이 그 상황에서 정식 성직자라면 누구라도 더더욱 이상한 행동으로 여겼을 그런 행동을 한 것 아닌가 하는 기분이 없지는 않았다. 군목은 허리를 숙였다. 그리고 그와 같은 인간이자 군법에 따라 중죄인이 된 사람, 비록 죽음의 문턱에 있지만 그 어떤 종교의 교리로도 개종시킬 수 없을 것 같은 사람, 그런데도 자신의 미래에 대해 두려움이 없는 사람, 그런 빌리의 매끈하고 고운 뺨에 입술을 갖다 댔다.

존경받는 군목은 근본적으로 따지면 젊은 선원이 죄가 없다는 사실을 진작 알고 있었는데(자기가 따르는 종교에 반항하고 싶은, 불쑥 치밀어 오르는 이교도적인 생각을 억누르기 힘들었다), 군대 규율에 따라 순교자로 죽을 수밖에 없는 그 젊은이의 운명을 막아 보려 손가락 하나 까딱하지 않았다는 것은 놀랄 일이 아니다. 만일 그렇게 했다간 응분의 처벌을 각오해야 하는 것은 물론, 갑판 장교나 그 밖의 다른 해군 장교들의 직분처럼 군법에 따라 분명히 규정된 자신의 직분을 겁 없이 넘어서는 위반 행위가 되기 때문이었다. 거두절미하고, 군목은 누구나 전쟁의 신 마르스가 이끄는 군대에 복무하는 평화의 왕[101]의 대리인이다. 그러므로 군목은 크리스마스 때 제단 위에 머스킷 소총을 올려놓는 것과 같은 부조화를 상징하는 존재일 수밖에 없다. 그렇다면 군목의 존재 이유는 무엇인가? 그것은 대포로 증거되는 군의 목적을 간접적

---

101 구약성서에서 선지자 이사야가 이 세상에 나오리라 예언했던 예수 그리스도. 『이사야』 9장 5절 참고.

으로 도와주고, 무력이라는 무도한 폭력 외에 다른 모든 것을 실질적으로 폐기할 때 온순한 자들의 종교를 동원해서 인가해 주는 데 있다.

25장

 밤이었다. 상갑판은 달빛으로 환했지만 그 아래, 석탄 광산 속에 층층으로 뻗어 있는 수평 갱도처럼 여러 층으로 된 동굴과도 같은 다른 갑판들은 어둠에 묻혀 있는 밤이 지나가고 있었다. 불수레를 타고 하늘로 사라지며 엘리야에게 겉옷을 떨어뜨려 주는 선지자처럼,[102] 서서히 물러나는 밤은 으스름한 자신의 겉옷을 어둠을 뚫고 나오는 새벽에 넘겨주었다. 투명할 정도로 얇은 양털과도 같은 하얀 수증기들이 고랑을 이루며 펼쳐져 있는 동녘에 수줍은 듯 얌전하게 새벽빛이 나타났다. 하늘에 서서히 차오르는 새벽빛. 갑자기 함미에서 종소리가 여덟 번 울려 퍼졌고,[103] 이어서 화답이라도 하듯 함수 쪽에서 더 우렁찬 금속성 소리가 한 차례 울렸다. 새벽 4시였다. 은빛 호각을 불어 대는 소리가 곳곳에서 귓전을 때리기 시작했다. 형 집행에 입회하라고 모든 승조원을 소집하

---

102 『열왕기하』 2장 1~18절 참고.
103 항해하는 선박은 종소리로 시간을 알리는데, 일반적으로 시각에 따라 종소리 횟수가 정해지는 것이 아니라 근무 시간에 따라 달라진다. 여덟 번 울리는 것은 중간 근무(자정에서 새벽 4시까지)가 끝나는 새벽 4시를 알리는 종소리다. 주 15 참고.

는 소리였다. 무거운 포탄을 담아 두는 그물 선반들이 둘러 싸고 있는 커다란 승강구를 통해 쏟아져 나온, 아래에서 근 무하고 있던 사람들이 이미 갑판 위에 나와 있던 근무자들과 섞여 주변을 뒤덮기 시작했다. 그들이 모인 곳은 주 돛대와 앞 돛대 사이 갑판이었다. 그 갑판에 있는 전함에 탑재된 대 형 보트와 그 양옆으로 돛자락을 펼 때 사용하기 위해 쌓아 둔 긴 재목 더미들 위에는 화약 운반 담당 소년들이나 어린 선원들이 올라가 한 자리씩 차지했다. 그곳은 키가 작은 그 들이 구경하기에 안성맞춤이었다. 돛대 위 망루에 올라가 근 무를 서고 있던 또 다른 무리는 74문 포를 장착한 전함의 크 기로 보아 그리 작지 않은 망루의 난간 너머로 몸을 기울여 아래 모여 선 동료 승조원들을 내려다보았다. 어른이든 소년 이든 모두가 작은 소리로 수군거리기만 할 뿐 분명하게 말을 내뱉지는 않았다. 전과 다름없이 장교들이 둘러싼 가운데 비 어 함장은 함미루 갑판의 선단 가까이에서 앞을 바라보고 서 있었다. 그 바로 아래 함미 갑판에는 전날 사형 집행에 관한 사실을 공표했을 때와 마찬가지로 완전 무장한 해병대원들 이 도열해 있었다.

옛날에는 해상에서 수병을 교수형에 처할 때 보통 앞 돛대 맨 아래 활대에서 형 집행이 이루어졌다. 그런데 이번에는 특 별한 이유가 있는지 주 돛대 맨 아래 활대에서 진행되었다. 주 돛대의 바람 불어 가는 쪽으로 팔처럼 쭉 뻗은 활대 아래 로 곧 죄수가 끌려 나왔고, 그 곁에 군목도 함께 있었다. 그때 사람들이 봤다며 나중에 전한 말에 따르면, 마지막 장면에서 선한 군목은 사형 집행 때 으레 보이기 마련인 형식적 무심함을 거의 내보이지 않았다. 사형수와 몇 마디 짧게 주고받기는 했지만, 그가 한 말보다는 그가 사형수인 빌리를 바라보는 모습이나 대하는 태도에 전하고자 하는 진정한 복음의 메시지가 담겨 있었다. 갑판 장교의 두 조수가 사형수에게 마지막 순간을 준비시키는 일이 빠르게 진행되었고, 그 일이 끝나자 드디어 최후의 순간이 임박했다. 빌리는 함미 쪽을 바라보며 서 있었다. 마지막 순간이 찾아오기 직전, 그동안 아무 말도 하지 않던 빌리가 비로소 말문을 열었다. 전혀 더듬거리지 않고 말이 터져 나왔다. 「비어 함장님께 신의 가호가 있기를!」 목에 굴욕적인 교수용 밧줄을 매달고 있는 사람의 입에서 나오리라고는 전혀 예상하지 못한 그 말 — 중죄를 지은 죄인이 관례로 형 집행에 참석한 사람들을 존중해 그들이 모여 있는 함미 쪽을 향해 던진 축복을 기원하는 말, 나뭇가지에 앉았던 새가 훌쩍 공중으로 날아오르며 맑은소리로 노래하듯 또렷한 목소리로 내뱉은 그 말은 참으로 놀라운 효과를 불러일으켰다. 그런 데다 그 말이 가슴 찢어지도록 아프고 통렬했던 최근 사건들을 겪으며 이제는 정신적으로 승화된 젊은 선원의 아름다운 모습, 빼어나게 멋진 그 모습과 어우러지며 울려 퍼졌으니 효과가 가히 어떠했겠는가.

그도 그럴 것이, 갑판과 망루에 있던 모든 승조원이, 어떤 의지 작용에 의한 것이 아니라 스스로 모두가 마치 전류를 타고 흐르듯 들려오는 빌리의 말을 그대로 전하는 전달 매체라도 된 듯, 빌리의 말을 받아 공명하는 메아리처럼 한목소

빌리 버드 **349**

리로 우렁차게 외쳤다. 「비어 함장님께 신의 가호가 있기를!」 바로 그 순간 그들의 가슴속에는 오직 빌리만 존재한 것이 틀림없었다. 또한 그들의 눈에는 오로지 빌리 한 사람만 보였을 것이다.

빌리의 입에서 또렷하게 터져 나온 그 말, 그리고 바로 뒤이어 그 말을 되받은 메아리처럼 천둥 치듯 울려 퍼진 우렁찬 외침에 비어 함장은, 극기의 냉철한 자기 절제력을 발휘하고 있는지, 아니면 충격처럼 밀려온 벅찬 감동에 일시적으로 온몸이 마비되었는지, 전함 무기고의 소총 걸이에 세워진 머스킷 소총처럼 그 자리에 얼어붙은 듯 꼿꼿하게 서 있을 뿐이었다.

파도에 밀려 가끔 바람 불어 가는 쪽으로 기울던 선체가 유유히 다시 자세를 잡으며 균형을 유지하자, 미리 조율된 무언의 신호, 즉 마지막 신호가 떨어졌다. 바로 그 순간, 뜻하지 않게 정말 우연히, 신비스러운 예견 속에 나타난 하느님의 어린 양[104]의 양털에서 빛나는 빛처럼 찬란하고 온화한 빛이 동녘 하늘 아래 부드러운 양털처럼 나지막이 피어오른 수증기를 밝게 물들이기 시작했다. 그와 동시에 모든 사람이 제자리에서 꼼짝하지 않고 선 채 얼굴을 들어 바라보는 가운데 빌리의 몸이 공중으로 올라가기 시작했다. 활짝 핀 장미꽃처럼 붉은 여명의 빛줄기를 한 몸에 받으며, 그렇게 공중으로 올라갔다.

포박된 빌리의 몸, 활대 끝에 다다른 그 몸에서 순간 아무

---

104 『요한의 복음서』 1장 29~34절 참고.

런 움직임이 보이지 않자, 사람들은 너무 놀란 나머지 멍하니 넋을 잃고 말았다. 온화한 날씨에 크고 무거운 대포들이 장착된 거대한 전함이 그 웅장함에 어울리도록 위엄 있게 움직이는 것만 느껴질 뿐, 온 사방이 적막에 휩싸였다.

26장

그로부터 며칠 뒤, 바로 앞에서 언급한 그 기묘한 현상과 관련해 혈색 좋은 동그란 얼굴에 철학자의 심오함보다는 회계사의 정확성에 어울리는 성격을 지닌 회계와 군수 담당 장교가 식사 자리에서 군의관에게 말했다. 「그건 의지력 속에 숨어 있는 힘이 겉으로 드러난 게 아닐까요?」 그러자 성격이 좀 까다롭다는 인상을 풍기는 키가 크고 호리호리한 체격에 온유하기보다는 정중한 태도와 더불어 신중하면서도 매서운 면이 있는 군의관이 이렇게 대답했다. 「미안한 말씀이지만, 저는 그렇게 생각하지 않습니다. 과학적으로 집행된 교수형에서, 특히 특별 지시를 받아 제가 직접 이끌었던 형 집행에서 완전히 공중에 매달린 사형수의 몸에서 어떤 움직임이 나타난다면, 그것은 근육 조직에서 자동으로 일어나는 기계적 경련을 의미합니다. 따라서 미안한 말씀이지만, 장교님 말씀처럼 그런 움직임이 없는 것이 의지력의 작용 때문이라고 말할 수 없는 것은 움직임이 없는 원인을 그런 자동적 근육의 힘 때문이라고 말할 수 없는 것과 같습니다. 이치에 맞지 않습니다.」

「그런데 군의관님이 말씀하시는 그 근육의 경련이라는 건 이번 교수형과 같은 경우 늘 어느 정도 일어나는 현상 아닌가요?」

「지당한 말씀입니다, 회계 장교님.」

「그렇다면 군의관님은 이번처럼 경련이 일어나지 않는 것을 어떻게 설명하시렵니까?」

「회계 장교님, 분명한 것은 이번에 일어난 그 기묘한 현상과 관련해서 장교님이 이해하고 계신 부분과 제가 이해하는 부분이 완전히 다르다는 점입니다. 장교님은 그걸 의지력으로 설명하시지만, 사실 그 의지력이란 과학적 용어에 해당하지 않습니다. 그렇다고 감히 제가 현재 알고 있는 지식으로 그 현상을 설명하겠다고 나서고 싶지도 않습니다. 설혹 우리가 이렇게 가정한다고 칩시다. 당김줄[105]에 처음 손을 대자마자 최후의 순간 감정이 엄청나게 격해지면서 버드의 심장 박동이 돌연 멈추었다고요. 마치 시계의 태엽을 신경 쓰지 않고 끝까지 마구 감다가 체인이 갑자기 탁 끊어지는 것처럼, 그렇게 그 순간 심장이 멈춘 거라고 가정한다 해도 그 뒤에 일어난 현상을 어떻게 설명할 수 있겠습니까?」

「그러면 몸에서 아무런 경련이 일어나지 않은 것이 정말 이상한 현상이라는 사실을 군의관님도 인정하시는군요.」

「이상한 현상이긴 하죠. 일단 겉으로 보면 지금 당장 그 원인을 뭐라고 짚어 낼 수 없으니까요.」

---

105 선박에서 돛이나 활대, 깃발 등을 올리거나 내릴 때 사용하는 밧줄.

「그래도 한번 말씀해 보시죠, 군의관님.」 회계 장교는 집요하게 물고 늘어졌다. 「그렇다면 그 사람이 그렇게 죽은 것이 교수용 밧줄 때문입니까, 아니면 무슨 안락사 기법 같은 것이 있었던 겁니까?」

「아니, 안락사 기법이라뇨? 그건 장교님이 말씀하신 의지력과 같은 겁니다. 또다시 미안한 말씀을 드려야겠는데, 저는 그 안락사 기법이라는 말도 과학적 용어로서 신빙성이 없다고 생각합니다. 다 상상이 만들어 낸 것이고, 극히 추상적인 말입니다. 간단히 말씀드리면, 지적으로 이해할 수 없다는 뜻입니다. 그런데 —」 여기서 군의관은 갑자기 말씨를 바꾸더니 이렇게 말했다. 「실은 의무실에 환자가 한 명 있는데, 위생병들에게 맡기고 싶지 않아서요. 죄송하지만, 먼저 자리를 떠야겠군요.」 그러고는 정중히 예를 갖춰 일어나 식사 자리를 떠났다.

27장

처형 순간과 그 뒤 한두 순간 잠깐 이어진 정적, 규칙적으로 선체를 씻어 내듯 부딪혔다 밀려가는 파도 소리나 조타수가 잠시 한눈파는 사이 바람을 맞은 돛이 펄럭이는 소리로 더욱 깊게 느껴지는 정적, 그 적막한 고요가 뭐라고 표현하기 어려운 소리로 인해 서서히 깨지기 시작했다. 평원은 가만히 놔둔 채 열대 산악에만 쏟아진 폭우로 급격히 불어난 물줄기가 급류를 이루며 산줄기를 타고 흐르는 소리를 들어 본 사람이라면, 그 급류가 처음에는 깎아지른 급경사 숲을 진창물을 튀기며 뚫고 지나갈 때 내던 투덜거리는 듯한 그 소리를 들어 본 사람이라면, 그때 들렸던 그 소리를 머릿속에 그릴 수 있을지도 모르겠다. 가까운 곳에서, 상갑판에 무리 지어 모인 사람들이 내는 그 소리가 아련히 먼 곳에서 시작된 것처럼 들린 것은 속삭이듯 중얼거릴 뿐 무슨 소리인지 분명하지 않았기 때문이다. 그런 까닭에 육지에서 떼로 모여든 군중의 생각이나 감정이 어느 한순간 돌변하는 바람에 그 속뜻을 예측할 수 없는 것 이상으로, 그 분명치 않은 소리가 무슨 의미인지 알 수 없었다. 어쩌면 빌리가 내뱉은 축복의 말을 저도 모르게 따라 외쳤던 승조원들이 분명하게 의사 표시는 못 한 채 그 말을 철회하고 싶다는 의미로 숙덕이는 소리였는지도 모른다.

그러나 그 숙덕이는 소리가 노도와 같은 함성으로 커지기 전에 미리 전략적으로 준비해 두었다는 듯 명령이 떨어졌다. 불시에 예기치 않게 떨어진 명령이어서 그 효과가 훨씬 더 컸다.

「갑판 장교, 호각을 불어 우현 근무자들이 근무 위치로 돌아가도록 하게. 잘 지켜보고.」

갑판 장교와 그의 조수들이 불어 대는 호각 소리가 물수리들이 외치듯 울어 대는 소리만큼 날카롭게 허공을 뚫고 지나가자 언제 그랬냐는 듯 숙덕이던 소리가 잠잠해졌다. 이어서 기계적으로 규율을 따르는 데 익숙한 무리가 흩어지며 그 수가 반으로 줄었다. 남은 사람 대부분에게도 갑판에 있는 장교들이 필요에 따라 지시한 일들, 가령 활대를 손질하는 일 등이 배정되었다.

함상에서 열린 임시 군법 회의에서 사형 선고가 언도되고, 뒤이어 절차에 따라 진행된 일은 사람들이 눈치챌 정도로 서두르지는 않았지만 아주 신속하게 이루어졌다. 빌리가 살아 있을 때 잠자던 흔들 침대는 돛포로 된 관으로 만들기 위해 이미 바닥짐과 그 밖의 것들로 채워진 상태였다. 그리고 돛 꿰매는 사람과 그의 조수들이 수장을 준비하는 장의사 역을 맡아 모든 준비를 빠르게 마쳤다. 준비가 완료되자, 앞에서 언급했던 전략적인 사전 계획에 따라 승조원들을 장례식에 입회시키기 위한 두 번째 집합 명령이 하달되었다.

마지막으로 이루어진 빌리의 장례 절차에 관해서는 세세하게 설명하지 않고 간단히 언급하고 지나가겠다. 관을 얹은 두꺼운 판자가 기울어지면서 그 위에 놓인 관이 스르륵 미끄러져 바다로 떨어질 때, 또다시 사람들이 숙덕거리는 소리가 들리기 시작했다. 이번에는 숙덕이는 소리가, 바닥짐으로 묵직해진 흔들 침대 관이 미끄러져 바닷속으로 첨벙 떨어지는 광경이 신기한 듯 유심히 지켜보고 있던 어느 커다란 바닷새들이 관이 떨어지면서 바닷물이 묘하게 부글부글 끓어오르자 그곳으로 날아가며 내는 날카로운 소리와 뒤섞여 더 기이하게 들렸다. 그런데 그 바닷새들이 선체 가까이 날아오자, 이중 관절이 앙상하게 드러난 날개 끝부분에서 뼈가 삐걱거리는 듯한 소리가 분명하게 들려왔다. 가벼운 바람이 부는 대기 아래로 전함이 수장 지점을 뒤로하고 항해를 계속하는 동안, 날개를 활짝 편 바닷새들은 제 그림자를 수면에 뿌리면서 만가를 부르듯 깍깍 울어 대며 여전히 빌리가 수장된 지점 위를 낮게 선회했다.

앞선 시대 선원들처럼 미신을 떨쳐 내지 못하는 선원들, 그리고 경이로웠던 존재가 평온하게 공중에 걸려 있다가 지금은 깊은 바닷속으로 가라앉는 광경을 지켜보았던 전함의 수병들에게는 그 바닷새들의 움직임이, 비록 먹잇감을 향한 단순한 동물적 욕망에서 비롯된 것이긴 하지만 평범하고 진부한 의미가 아닌 더 중요한 의미로 비쳤다. 승조원들 사이에서 뭔가 의심스러운 움직임이 일자 곧 그 움직임을 저지하는 일이 시작되었다. 더 이상 움직임을 용납하지 않겠다는 신호였다.

별안간 북소리가 전함 곳곳에 울려 퍼졌다. 적어도 하루에 두 번씩 울려 누구에게나 익숙한 북소리였지만, 이번에는 그 소리에서 어떤 위압적인 신호 같은 것을 느낄 수 있었다. 일반적으로 사람들은 오랫동안 군대 규율을 충실하게 지키다 보면 온순함의 충동 같은 것이 몸에 배어, 공식적인 명령이 하달되면 그 충동이 본능적인 반응과 너무나 흡사하게 신속히 바로 작동한다.

북소리가 울리자 무리가 흩어지기 시작했고, 대부분 상갑판 아래 두 포열 갑판의 포열을 따라가며 자취를 감추었다. 평소와 다름없이 함포를 담당하는 수병들은 각자 맡은 포 옆에 반듯한 자세로 말없이 서 있었다. 시간이 되자 겨드랑이에 칼을 찬 부함장이 함미 갑판의 자기 자리에 서서 그 아래 포열 갑판 각 구역을 지휘하는 대위들로부터 차례대로 보고를 받기 시작했다. 칼을 허리에 차고 보고하는 대위들의 마지막 보고가 끝난 뒤, 부함장은 관례에 따라 함장에게 경례하고는 종합 보고를 했다. 전체 보고가 다 끝날 때까지 시간이 꽤 걸렸다. 평소보다 한 시간 일찍 북을 친 이유가 바로 여기에 있었다. 보고 시간을 길게 잡아 모든 사항을 상세히 보고하게 한 것이다.

관례에서 벗어난 그런 변화를 비어 함장이 승인했다. 어떤 사람들이 생각하듯 기율이 엄한 비어 함장이 그런 예외적 조처를 내린 것은, 그가 부하들이 일시적인 감정으로 그런 분위기에 젖어 있다고 생각하지만 그런 분위기 속에 함축된 뭔가 심상치 않은 조짐에 대해 긴급히 대처할 필요가 있다고 판단했기 때문이다. 비어 함장은 간혹 이런 말을 하곤 했다. 「인간에게는 형식을 갖춘 관례, 정확하게 조율된 관례가 전부야. 아주 중요한 거지. 리라 연주로 숲속 야생 동식물들을 마법 걸듯 매료시켰던 오르페우스의 이야기 속에 숨어 있는 의미가 바로 그런 거라고.」[106] 그는 영국 해협 건너편에서 벌

---

[106] 오르페우스는 그리스 신화에 나오는 시인이자 악사로, 현악과 서사시를 담당하는 뮤즈 칼리오페의 아들이다. 리라 연주로 숲속 식물들을 춤추게 하고 거친 짐승을 얌전하게 한 것으로 잘 알려져 있다. 특히 뱀에게 물려 죽은 아내 님프 에우리디케를 구하러 저승으로 내려가 저승의 신 하데스를 음악 연주로 감동시켜 아내를 데리고 이승으로 나오지만, 저승에서 다 나올 때까지 뒤를 돌아보지 말라는 조건을 지키지 못해 끝내 아내를 구하지 못한 슬픈 사랑의 주인공이다. 비어 함장은 오르페우스의 잘 조율된 완벽한 음악이 관례에 대한 자기 생각을 상징한다고 보고 있다.

어진 형식을 갖춘 관례의 파괴와 그 결과 빚어진 일을 두고도 한때 이 말을 언급한 적이 있었다.

관례에서 벗어난 점호 명령이 함상 전체에 퍼지고 뒤이어 보고까지 끝나자, 모든 일이 정해진 시간에 착착 진행되었다. 함미 갑판에서는 군악대가 성가를 연주했고, 군악대 연주가 끝나자 군목이 통상적으로 하는 아침 예배를 집전했다. 예배가 끝나고 해산을 명하는 북소리가 울리자, 전시 규율과 결의를 다지는 데 도움이 되는 음악과 종교 의식으로 마음이 누그러진 승조원들이 평소와 같이 질서 정연한 태도로, 함포 곁에 서서 전투에 대비할 필요가 없을 때 배정된 각자 위치로 흩어졌다.

한낮이 되었다. 얼마 전까지만 하더라도 태양 빛을 받아 찬란하게 빛나던 바다 위에 낮게 걸려 있던 양털 모양의 수증기들이 이제는 그 태양 빛에 빨려 들어간 듯 사라지고 없었다. 전함 주변의 평온한 기운을 품은 깨끗한 대기는 대리석 상인의 작업장에서 아직 옮겨지지 않은 연마된 각석이 내보이는 매끄러운 느낌을 주었다.

28장

순수한 허구 작품에서 추구할 수 있는 형식의 균형미는 본질적으로 꾸며 낸 것보다 실제 일어난 사실과 더 많이 관련된 이야기에서 쉽게 구현할 수 없다. 한 치의 타협도 없이 있는 그대로 언급된 진실에는 늘 매끄럽지 못하고 울퉁불퉁한 거친 구석이 있기 마련이다. 따라서 그런 이야기의 결론은 건물을 지을 때 마지막 꼭대기 장식으로 건물이 완성됐음을 알리는 것처럼 〈이렇게 끝났소〉라고 할 수가 없을 듯하다.

대반란이 일어난 그해 〈멋쟁이 배꾼〉이 어떻게 살아왔는지 충실하게 보여 주었다. 이 이야기가 그의 삶이 끝남과 동시에 마무리되어야겠지만, 후일담에 해당하는 이야기를 덧붙이더라도 크게 이상하지 않을 것이다. 짤막하게 세 장만 추가하면 될 것 같다.

프랑스 총재 정부 시절 원래 프랑스 왕조의 해군에 속했던 전함들의 이름을 전면적으로 수정하는 가운데 전함 〈생루이〉호의 이름이 〈아테이스트〉호[107]로 바뀌었다. 프랑스 혁명기에 이름이 바뀐 다른 전함들과 마찬가지로, 〈아테이스트〉라는 이름은 당시 프랑스 지배 권력이 지닌 거만한 이교도적 태도를 공공연히 드러낸 것이었다. 게다가 비록 그렇게 의도한 것은 아니겠지만, 가만히 생각해 보면 전함에 붙인 이름치고는 가장 적절하다고 할 수 있었다. 실제로 〈데바스타시옹〉[108]이나 〈에러버스〉(지옥), 그리고 당시 전함에 붙였던 그 비슷한 이름들에 비하면 정말 그랬다.

〈인도미터블〉호가 먼 곳으로 단독 파견되어 순항하는 동안 앞서 기록한 사건들이 함상에서 일어났고, 그 뒤 영국 함

---

107 〈아테이스트Athéiste〉는 무신론자라는 뜻으로, 전함의 이름을 이렇게 바꾼 것에서 로마 가톨릭교회에 적대적인 프랑스 혁명기 정부의 태도를 알 수 있다.

108 dévastation. 황폐, 폐허라는 의미.

대에 합류하기 위해 귀환하는 도중에 프랑스 전함 〈아테이스트〉호와 우연히 마주쳤다. 두 전함 사이에 교전이 벌어졌고, 비어 함장은 휘하 돌격대원들을 적함 뱃전에 설치된 현창 너머로 진입시키기 위해 〈인도미터블〉호를 적함 바로 옆에 나란히 붙이려고 시도하다가 적함 주 선실 창에서 발사된 머스킷 소총의 탄환에 맞고 말았다. 중상을 입은 함장은 갑판 위에 쓰러졌고, 곧바로 맨 아래층 갑판에 있는 한 선실로 옮겨졌다. 그곳은 원래 소위 후보 부사관들이 쓰는 선실이지만, 전시에는 병실로 이용되었다. 그곳에는 이미 부상당한 부하 몇 명이 누워 있었다. 부함장이 지휘권을 넘겨받았다. 그의 지휘하에 전투가 계속되어, 결국 적함은 나포되었다. 적함은 얼마 지나지 않아 침몰할 정도로 심하게 파손되었지만, 굉장히 운이 좋아 교전이 벌어진 곳에서 그리 멀지 않은 영국령 항구 지브롤터로 예인할 수 있었다.

지브롤터항에서 비어 함장은 다른 부상자들과 함께 육지로 후송되었다. 비어 함장은 생사의 기로에서 며칠 견디는가 싶더니 마침내 숨을 거두고 말았다. 그는 안타깝게도 너무 일찍 전사하는 바람에 나일 해전과 트라팔가르 해전[109]에는 참전하지 못했다. 그런 까닭에 비어 함장은, 비록 철학적 엄격함을 지니긴 했지만 그 정신을 발휘해 가슴속 깊숙이 숨겨두었던 격렬한 감정, 군인으로서 드높은 야망을 마음껏 펼쳐 가슴 벅찬 최고 명성을 얻을 수도 있었지만, 안타깝게 그러지 못했다.

109 3장 주 34와 41 참고.

비어 함장이 숨을 거두기 얼마 전, 신체의 통증을 완화해주면서 인간의 좀 더 섬세한 부분에도 신비로운 영향을 미치는 마법의 약 아편에 취해 누워 있을 때 무슨 말인가 중얼거렸다고 한다. 그를 돌보던 사람은 그게 무슨 의미인지 이해할 수 없었지만, 〈빌리 버드, 빌리 버드〉였다고 한다. 무슨 회한 섞인 어조가 아니었다는 사실은 함장을 돌보던 사람이 〈인도미터블〉호 해병대 대위에게 전한 말에서 분명히 드러난 듯했다. 임시 군법 회의 재판부의 일원으로 사형 선고를 내리는 데 누구보다 마음 내켜 하지 않았던 해병대 대위는 사실 빌리 버드가 누구인지 너무나 잘 알고 있었다. 그는 그 사실을, 함장을 돌보던 사람이 전하는 말을 듣는 동안 내내 감추고 있었다.

29장

빌리에 대한 사형 집행이 끝나고 몇 주 지났을 때, 당시 해군 신문 가운데 하나로 정식 인가를 받은 한 주간지에 〈지중해에서 온 소식〉이란 제목 아래 다른 기사들과 함께 그 사건에 대한 기사가 실렸다. 그 기사는 의심의 여지없이 대체로 선의로 쓴 것이었지만, 틀림없이 그 기사 작성자가 일부 소문을 통해 사실들을 접했을 텐데도 시각이 한쪽으로만 치우쳐 일부는 왜곡해서 전하는 꼴이 되고 말았다. 아무튼 그 기사는 다음과 같은 내용으로 보도되었다.

지난달 10일, 전함 〈H. M. S. 인도미터블〉호 함상에서 비통한 사건이 발생했다. 그 전함의 선임 위병 부사관 존 클래거트는 전함 승조원 중 하급자 일부가 모종의 음모를 꾸미고 있으며, 그 음모 주동자가 징집 선원인 윌리엄 버드라는 사실을 알게 되었다. 그런데 클래거트가 함장 앞에서 윌리엄 버드의 죄상을 밝히는 도중에 앙심을 품은 버드가 별안간 칼집에 있던 칼을 꺼내 클래거트의 심장을 찔렀다고 한다.

살해 행위와 사용된 살해 도구로 보아, 그 살해범이 영국인이 아니라 영국인의 성을 받아들인 외국인이라는 것을 충분히 짐작할 수 있다. 현재 우리 나라 군이 비상한 상황에 처해, 어쩔 수 없이 군에서는 그런 외국인을 다수 편입시키는 실정이다.

희생자의 품성을 생각하면 범죄의 극악무도함과 범인의 도를 넘어선 사악한 행위는 더욱더 비난받아 마땅하다. 희생자는 착실하고 점잖으며 분별 있는 중년 남성으로, 누구보다 해군 장교들이 잘 알겠지만, 우리 나라 해군이 능률적으로 임무를 수행하는 데 크게 기여하는 부사관 계급에 속하는 충실한 군인이었다. 그가 맡은 직무는 부담은 크고 빛은 나지 않아 책임감이 없으면 하지 못하는 일이었지만 그는 자신의 직무에 충실했고, 그런 충직함은 그가 지닌 강한 애국심으로 더욱 크게 빛났다. 고 닥터 존슨이 불편한 심기에서 했다고 알려진, 〈애국심은 무뢰한의 마지막 피난처〉[110]라는 말을 반박하고자 한다면, 다른 예도 많겠지만 이번 사건의 불운한 희생자의 품성이 바로 그 말을 보기 좋게 반박하는 하나의 예가 되지 않을까 싶다.

범인은 자신이 지은 죄로 응분의 처벌을 받았다. 그 처벌이 신속하게 이루어진 것이 군 당국으로선 다행이면서도 작전 수행에 큰 도움이 된 것으로 알려졌다. 현재 〈H. M. S. 인도미터블〉호 함상에서는 어떤 불안 요소도 찾을 수 없이 모든 일이 순조롭게 진행된다고 전해지고 있다.

오래전에 발간되어 이제는 누구도 잘 기억하지 못하는 한 주간지에 실린 위 기사가 지금까지 인간이 남긴 기록 중에서 유일하게 존 클래거트와 빌리 버드가 각기 어떤 기품을 지닌 인간이었는지 증언해 준다.

30장

한동안 해군 곳곳에서 범상치 않은 일들이 벌어졌다. 해군에서 벌어진 사건으로 많은 이의 이목이 집중되었던 그 사건과 관련된 것으로 밝혀지면 무엇이든 기념물로 바뀌었다. 고참 선원인 블루재킷들은 앞 돛대에 망루꾼을 매달았던 활대의 행방을 몇 년 동안이나 찾아 나서기도 했다. 그 활대에 대

---

110 patriotism is the last refuge of a scoundrel. 사실 닥터 존슨의 이 말은, 애국심을 폄훼하는 것이 아니라 나라를 사랑하는 어떤 의미 있는 행위 없이 그저 자신을 내세우거나 방어하기 위해 애국심을 내세우는 사람을 겨냥한 것이라고 한다.

해 알고 있는 사람들은 함정에서 해군 조선소로, 다시 조선소에서 함정으로 계속해서 찾아 나섰다. 심지어 그 활대가 조선소에 그저 긴 아래 활대로 변해 보관되어 있을 때도 계속 찾아와서 구경하곤 했다. 그들에게는 그 활대의 한 조각이 예수가 못 박혀 죽은 십자가의 한 조각과도 같았다. 그 비극적인 사건의 이면에 감춰진 사실에 대해 잘 모르는 그들은, 해군 당국으로선 어쨌든 그런 식으로 처벌하는 것이 불가피했다고 생각하는 한편으로, 그래도 빌리가 의도적으로 누구를 살해할 사람이 아니며 반란을 일으킬 만한 사람도 아니라는 것을 본능적으로 느끼고 있었다. 그들은 〈멋쟁이 배꾼〉의 젊고 건강한 모습을, 누구를 비웃거나 변덕 부리듯 은근히 역겨운 감정을 품은 적이 없어 단 한 번도 추하게 일그러지지 않았던 그 순진한 얼굴을 떠올리곤 했다. 그들이 간직한 빌리에 대한 인상은 그가 가고 없다는 사실, 게다가 신비롭게 사라졌다는 사실로 더욱더 깊이 각인된 것이 분명했다.

그 당시 〈인도미터블〉호의 포열 갑판에서, 빌리의 본성과 그 본성이 지닌 의식적이지 않은 순박함과 단순함에 대한 사람들의 일반적인 평가가 결국에는 빌리가 맡았던 일을 대신하게 된 또 다른 앞 돛대 망루꾼, 일부 선원들처럼 자연스럽고 소박한 시적 기질을 지닌 그 망루꾼의 손을 거쳐 세련되지는 않지만 꾸밈없는 말로 표현되었다. 그가 타르 묻은 검은 손으로 쓴 시구는 한동안 그 전함 승조원들 사이에서 회자되다가 마침내 포츠머스[111]에서 거칠게나마 한 편의 시로

[111] 영국 남부의 햄프셔주에 있는 항구 도시. 영국 해군에서 가장 중요한

인쇄되어 발표되었다. 그 시의 제목에 빌리의 이름이 들어 있다.

수갑 찬 빌리

외로운 선실로 들어선 경건한 모습의 군목이
이곳에서 무릎을 꿇더니 기도한다
나, 빌리 버드와 같은 사람들을 위해. ─ 하지만 보라
선실의 둥근 창을 통해 갈 곳 잃은 달빛이 스며드노니!
경비병의 단도를 은빛으로 빛나게 하고 이 어둡고 외진 구석을 은은히 밝히는 달빛,
그러나 빌리 최후의 날 이 달빛도 사라지겠지, 그날 동이 트면.
내일이면 저들이 나를 활대 끝 고리 달린 도르래처럼 만들 테지.
활대 끝에 대롱대롱 매달린 진주처럼
내가 브리스틀 몰리에게 주었던 귀고리처럼 ─
오, 판결문이 아니라 바로 나로구나, 저들이 공중에 매다는 것이.
오오, 오오, 오오, 모든 것이 위로 오른다, 나 또한 올라가야 하리.
이른 아침에, 갑판에서 활대 위로.
굶주렸던 배, 이제는 그럴 일 없으리.

조선소와 군 기지가 자리 잡은 군항이기도 하다.

저들이 한입 먹을 것은 주리니 — 나 떠나기 전에 비스킷 한 조각은 주리니.

그래, 같이 식사하던 동료 한 명쯤은 마지막 작별의 술 한 잔 건네주겠지.

나를 감아올리는 밧줄, 내 목을 맬 밧줄을 보고 사람들은 고개를 돌려 버리겠지만

누가 나를 끌어 올리는지 하늘은 알리니!

저 당김줄을 당기라는 호각 소리도 없어라 — 이게 다 속임수는 아닐까?

눈이 흐려진다. 꿈을 꾸고 있는 것이 분명하다.

나를 끌어 올린 굵은 밧줄을 손도끼로 내려칠까? 모든 것이 떠내려갈까?

럼주 마시라는 북소리, 빌리가 그 소리를 모를까?

그래도 도널드가 판자 곁에 서서 지켜보겠노라 약속했기에

나는 가라앉기 전에 다정하게 손을 흔들어 주리라.

그러나 — 그건 아니야! 생각해 보니, 그때 되면 나는 이미 죽어 있을 테니.

웨일스 사람이었던 타프가 가라앉을 때가 기억난다.

연분홍 꽃봉오리 같았던 그의 뺨.

그러나 저들은 나를, 나를 흔들 침대 속에 넣어 깊은 바다로 떨어뜨리리라.

깊이 가라앉고 또 가라앉으며, 얼마나 빨리 잠들어 꿈을 꾸겠는가.

슬며시 잠이 오기 시작한다. 감시병, 거기 있소?

손목의 이 수갑 좀 느슨하게 해주고, 내 몸을 한 바퀴 완전히 굴려 주시오.

잠이 온다. 축축한 해초들이 내 온몸을 휘감으며 죄어 온다.

역자 해설
마음의 공명(共鳴) 울리기

먹고사는 일

원시 시대부터 오늘날에 이르기까지 인간사에서 가장 중요한 문제는 무엇일까? 생존의 기본, 먹고사는 문제 아닐까? 사실 문명(文明)도 먹고사는 문제를 해결하려는 인간의 노력이 일궈 낸 발전의 결과물이다. 그러나 사정은 어떠한가? 문명이 발달하고 문화가 진화의 꽃을 활짝 피우고 있지만 많은 사회 구성원에게는 먹고사는 문제가 여전히 미해결 상태다. 오늘날 현대 사회를 진단하며 철학자나 사회학자들이 피로 사회, 위험 사회, 분노 사회 등으로 부르는 데서 알 수 있듯, 현대 사회는 자본주의가 지닌 내재적 모순과 폐단이 그대로 드러나면서 가진 자와 못 가진 자의 격차가 더욱 벌어지고, 그로 인해 양극화와 불평등이 더욱 심화하고 있다. 이처럼 아무리 문명이 발달해도 여전히 먹고사는 일이 시급히 해결해야 할 생존의 문제인 사람이 많다.

먹고사는 일의 어려움은 예술가도 피해 갈 수 없다. 예술가에게도 밥벌이가 중요하기 때문이다. 예로부터 예술가는 가난하다는 생각, 거꾸로 가난해야 예술을 할 수 있다는 인식이 통념처럼 사람들의 머릿속에 각인되어 있다. 예술은 고고한 가치를 지닌 작업이므로 밥벌이를 신경 쓰지 않고 그 일에 전념해야 한다는 뜻일 것이다. 그런데 이렇게 생각해 보자. 혹시 예술가에게는 예술 작업이 유일한 밥벌이 수단 아니었을까? 그럼에도 그들이 가난하다는 것은 그 밥벌이 수단의 무용성 때문 아닐까? 그 밥벌이 수단이 당대 현실에서 유용한 수단으로 대접받지 못했기 때문 아닐까? 그 이유가 물질주의에 경도된 대중의 천박한 인식 때문이든, 당대 사람들의 심미적 안목 부족 때문이든, 예술가의 쓸모없는(?) 작업이 쓸모 있는 것으로 드러날 즈음에는 이미 그 예술가가 세상을 떠난 경우가 많다. 대중의 인식은 때늦고 더디다.

『모비딕』으로 유명한 허먼 멜빌도 예외는 아니다. 자신의 인생을 실패작이라고 생각했던 멜빌의 생애를 보면, 그가 작품 활동을 하든 다른 직업에 종사하든 내내 먹고사는 문제가 머릿속을 사로잡았던 것 같다. 생계에 보탬을 주고자 자신의 경험을 바탕으로 많은 작품을 썼지만 독자들에게 외면받기 일쑤였고, 평단의 평가가 좋은 경우에도 일반 독자들의 판단은 다른 듯 판매에 실패하는 경우가 많았다. 첫 작품 『타이피』와 후속작 『오무』가 비교적 성공을 거둔 이후에는 실패의 연속이었다. 대표작인 『모비딕』은 생전에 3천 부 정도밖에 팔리지 않았으며, 출판사를 구하지 못해 많은 작품을 잡지에 연재하기도 했다. 특히 노년에 시집을 출간할 때는 주변의 도움으로 겨우 25부만 찍어 냈다.

그러나 인간에게 먹고사는 일, 즉 본능적인 생존에의 욕구가 삶의 전부는 아닐 것이다. 영혼의 본질이 무엇인지 탐색하고, 숭고한 인간의 가치를 찾아내 자기실현으로 나아가려는 의지도 분명 있다. 그렇다면 예술 행위는 설혹 밥벌이가 수단이 되지 못할지언정 소중한, 쓸모 있는 분투 가운데 하나임이 분명하다. 어쩌면 멜빌은 현실의 어려움을 경험하는 가운데 더 나은 세상을 꿈꾸며 현실을 뛰어넘는, 현실을 초월하는 이상(理想)의 구도를 상상했는지도 모른다. 몸은 현실에 있지만, 머리는 각박한 세상을 치유하는, 모두가 어울려 사는 공동체로 향하는 험난한 길을 닦고 있었는지도 모른다.

책에 실린 작품들은 말년에 쓰기 시작해 미완성으로 남긴 「빌리 버드」를 제외하고 모두 1851년에 나온 『모비딕』 실패 이후 생활고에 시달리던 멜빌이 생계를 위해 여러 잡지사에 글을 투고하던 1853년에서 1854년 사이에 쓴 작품이다. 월 스트리트에서 일하는 어느 필경사의 이야기를 다룬 「필경사 바틀비」, 1849년 영국 런던을 방문했을 때와 1851년 미국 매사추세츠주의 어느 제지 공장을 방문했을 때 경험을 바탕으로 쓴 「총각들의 천국, 처녀들의 지옥」, 가난과 자선에 대한 미국인과 영국인의 태도를 비꼬면서 대조시킨 「빈자의 푸딩, 부자의 빵 부스러기」, 한 발명가의 야망과 좌절을 다룬 「행복한 실패」 모두 잡지에 익명으로 발표되었다는 사실에서, 당시 멜빌의 사정이 어떠했는지 짐작할 수 있다. 그러기에 어떻게 보면 이 작품들은 궁핍한 삶을 이어 가는 절망적인 상황에서 역설적으로 더 예리하게 단련된 시각으로 당시 사회의 내재된 모순과 병폐, 그리고 그릇된 인식을 보다 선명하게 바라본 결과 탄생했다고 할 수 있다. 「빌리 버드」 역시, 조금 다른 차원에서 보면, 같은 인식의 동심원에 속하는 작품이다. 무엇이 도덕적으로 옳고 그르냐는 문제보다 사회의 질서를 중시하는 전함(戰艦)이라는 공간에서 죽음을 맞이하는 젊은 선원의 이야기를 통해, 문명이라는 이름 뒤에 감춰진 문제, 즉 부도덕한 사회에서 도덕적인 인간이 겪는 비극적 운명, 순수 세계와 경험 세계의 대립이라는 현대 사회의 딜레마를 보여 주기 때문이다. 간단히 말하면, 각 작품 모두 문명의 발전 속에 드리운 그늘과 어둠이 무엇인지 여러 각도에서 조명하는 가운데, 먹고사는 일을 수월하게 해줄 문명이 오히려 많은 사람을 더 가난하고 굶주리게 만들며 사회 밖으로 떠미는 역설적인 상황에서 우리에게 필요한 것이 무엇인지 넌지시 암시한다.

질서 속에 감춰진 진실

현대 자본주의 문명은 이성, 합리성, 효율성을 동원해 무질서해 보이는 자연 현상에서 질서와 법칙을 찾아내는 과학의 원리를 인간사에 그대로 적용하면서, 규범과 규율과 법이라는 유기적인 네트워크를 통해 사회 질서를 유지하며 지속적으로 발전해 왔다. 그러나 능력의 차이에 따라 부와 권력의 편차가 생기고, 그 결과 사회에 속한 사람들이 부자와 가난한 자, 권력을 쥔 자와 그 권력에 종속된 자, 사회 적응자와 부적응자 등으로 구분된다. 요컨대 능력이 없는 사람은 불행한 타자가 된다.

멜빌이 보여 주는 것은 바로 문명이 발달한 현대 사회 속 불행한 타자를 둘러싼 문제, 해결되지 않는 사회적·윤리적 딜레마다.「필경사 바틀비」에 나오는 변호사 사무실의 사무 질서와 업무 관례,「총각들의 천국, 처녀들의 지옥」에서 순서에 맞춰 질서 정연하게 차례대로 나오는 총각들의 음식과 처녀들 앞에 놓인 기계들의 규칙적이고 중단 없는 움직임,「행복한 실패」에서 늙은 삼촌이 문명의 도구라고 발명한 유압 기계 장치,「빌리 버드」의 전함 내 규율과 전시에 적용되는 법률 등은 현대 사회의 질서에 대한 은유라 할 수 있다. 반면에 사무실의 질서에 어긋나는 바틀비라는 존재, 개체성을 상실한 채 기계의 부품이 되어 버린 처녀들, 결국에는 실패로 끝날 주인의 기계 장치를 등에 지고 가는 흑인 하인, 사건의 진실 여부와 상관없이 군법에 따라 처형되는 빌리 버드, 이들은 모두 현대 사회가 안고 있는 어두운 진실의 피해자이자 불행한 타자다. 풍요라는 질서와 그 속에 감춰진 억압과 빈곤이라는 진실, 현대 사회가 안고 있는 내재적 모순, 이것이 멜빌이 드러내고 싶었던 암울한 풍경이다.

문제는 불행한 타자를 바라보는 시각이다. 우리는 정말 그들을 사회 질서를 해치는 적이나 불필요한 존재로 배제하고 차단하며 더더욱 질서와 규범과 법을 강조해야 하는가? 바틀비나 〈백지장처럼 하얀 얼굴로 죽음을 향하고 있는〉 처녀들이나 순진한 영혼을 지녔기에 오히려 활대에 매달려 처형되는 운명을 맞이한 빌리 버드처럼, 불행한 타자들은 타고난 결함을 지닌 존재인가, 아니면 사회가 안고 있는 구조적 모순의 희생자인가? 개인의 불행을 오로지 그 개인 탓으로 돌리며 그들을 자선 대상으로만 여겨야 하는가? 그 어떤 조건과 상관없이 그들을 나와 다른, 또 한 사람의 인간으로 대할 수는 없는가? 바로 이런 것이 멜빌이 이 책에 수록된 작품들을 통해 제기한 가장 근본적인 물음이다. 그런 물음들을 통해 멜빌은 우리 사회가 그 타자의 행동이나 실존적 상황을 그들 입장에서 이해하기보다 사회 규범이나 규율 혹은 법의 테두리에서 분석하고 규정하려는 것은 아닌지, 그리고 그런 규정을 통해 그 타자를 통제하려는 것은 아닌지 묻는다.

불행한 타자의 실존적 상황은 상황 그 자체다. 가난은 가난일 뿐이다. 가난은 그 어떤 위로의 말로 감출 수 없으며, 그 어떤 현란한 수사로 표현하거나 설명할 수 없다. 그런 것은 위선이다. 가령 고용주인 변호사가 바틀비를 대하는 태도나 자비의 행동이 과연 진정성에서 우러나온 순수한 것인가? 자연의 풍요로움을 들먹이며 말로써 〈빈자(貧者)〉의 처지를 애써 외면하려는 태도는 또 어떤가? 〈부자들의 빵 부스러기〉가 과연 진정한 자선인가? 그런 위선은 몰이해를 낳고, 몰이해는 불행한 타자의 고통을 더욱 가중시키며 그들이 처한 현실의 비참함을 더욱 도드라지게 할 뿐이다. 또한 그런 위선은 그들을 외로움과 말 없는 고독 속으로 침잠하게 만든다. 바틀비의 조용한 저항이 그렇고, 제지 공장 기계 앞에 앉아 침묵으로 일관하는 처녀들이 그렇고, 자신의 죄 없음을 항변하지 못하고 말을 더듬는 빌리 버드가 그렇다. 더욱이 그들이 하는 일, 법률 문서를 그대로 베끼는 필경 작업, 기계의 움직임에 맞춰 종이를 만들어 내는 일, 앞 돛대 망루에 올라 망보는 일 모두가 그들을 말 없는 사람으로 만든다.

또한 그 외로움과 고독은 멜빌이 작품에서 그려 내는 공간을 통해 시각화된다. 맨해튼이라는 식민지를 놓고 쟁탈전을 벌이는 가운데 네덜란드가 영국의 공격을 저지하기 위해 설치한 장벽Wall에서 그 명칭이 시작된 월 스트리트. 그 월 스트리트의 어느 고층 건물 안 변호사 사무실에 다른 필경사들의 공간과 격리된 바틀비의 외로운 공간, 비루한 세상을 등진 총각들이 값진 코스 요리와 함께 여흥을 즐기는 천국 같은 공간과 기계 부품이 되어 버린 가난한 시골 처녀들의 가련한 노동 공간, 가난한 부부의 조그만 오두막과 자선 연회가 벌어지는 거대한 공간, 세상과 단절된 전함에서 비교적 넓은 갑판과 대조되는 앞 돛대 망루의 좁은 공간. 이와 같이 폐쇄된 공간들과 그 공간들의 대비를 통해 멜빌은 불행한 타자, 가난한 자의 외로움과 고독을 여실히 보여 준다.

마음의 공명

멜빌은 스스로 힘들었던 시기를 살면서, 자본주의의 물결이 밀려 들어오는 현실을 쓸쓸히 관찰하고 기록하는 가운데 궁극적으로는 나름의 비극적 인식에 도달한 듯하다. 한때 바틀비가 근무했다는 배달 불능 우편물 취급소의 편지들처럼 삶의 모든 기대와 희망은 결국 죽음으로 귀결되는 것 아닌지. 모든 것이 〈물살 흐르는 대로 휩쓸려 가다가 결국 망각의 세상으로 사라지고〉 마는 것은 아닌지. 세상의 모든 비극적 결말은 불행한 타자의 운명에 국한되는 것이 아니라 우리 모두가 맞이해야 할 운명(「아, 바틀비! 아, 인간이여!」) 아닌지. 멜빌은 그런 인식을 토대로 현실을 뛰어넘고 싶다는 소망을 품었을 것이다. 그래서 생애 마지막 작품인 「빌리 버드」에서 공중으로 들어 올려져 활대 끝에서 죽음을 맞이하는 빌리 버드의 모습을 통해 자신의 소망을 상징적으로 보여 주는지도 모른다. 부조리한 세계를 떠나 〈붉은 여명의 빛줄기를 한 몸에 받으며, 그렇게 공중으로 올라[가는]〉 빌리 버드의 죽음은 기대와 희망이 사라진 산문적 수평 세계를 초월한, 순수와 낭만이 살아 있는 시적 수직 세계의 표현이다.

그러나 멜빌의 바람은 단순히 이상(理想)의 추구에 머물지 않는다. 활대에서 내려져 바다에 수장된 빌리 버드의 시신, 그리고 이후 많은 선원의 행동을 통해 멜빌은 따뜻한 마음의 공명(共鳴)이 무엇보다 절실하다고 말하는 듯하다. 말하자면, 과학적 증거나 합리성, 혹은 규범과 규율과 법과 질서를 앞세우며 강조할 것이 아니라, 같은 마음을 바탕으로 어울려 사는 사회에서 서로의 다름과 다양성을 인정해야 한다는 것이다. 그래야 소음 가득한 부조리한 세상, 사회적 격차와 불평등이 팽배한 세상에서 각 개인이 겪는 삶의 경험에 대한 진정한 이해가 가능하지 않겠는가? 그리고 그런 이해와 공명의 마음이 있어야 연대가 가능하고, 그 연대를 바탕으로 우리 사회가 처한 문제점을 하나하나 해결할 방안을 마련할 수 있지 않겠는가? 이것이 바로 멜빌이 궁핍한 시기에 쓴 중·단편들을 통해 우리에게 말하고 싶었던 이야기인지도 모른다. 「행복한 실패」에서 실패를 통해 겸손하게 세상을 바라보는 깨달음을 얻은 늙은 삼촌의 다음 말이 멜빌이 세상 사람들에게 전하고 싶은 메시지 아니었을까?

「절대로 그 어떤 것도 발명하려 들지 말거라 ─ 행복 말고는 그 어떤 것도.」

멜빌의 중·단편을 번역해 보라고 권유하고 격려해 준 열린책들 전 편집이사 김영준 님과 열린책들 모든 분에게 감사드린다. 또한 거친 원고를 정성으로 다듬고 편집해 준 이현미 님께 진심으로 감사하다는 말을 전한다. 살아가는 일이 부족한 저를 묵묵히 지켜보며 지지해 주는 모든 분께도 고맙다는 말을 전한다.

번역은 *Complete Shorter Fiction of Herman Melville* (Everyman's Library, 1997)을 원본으로 삼았고, *Billy Budd, Sailor: And Other Stories* (Penguin Books, 1986)도 참고했다. 다만, 원고 상태의 작품을 처음 편집해 출간한 1924년 이후 몇 차례 편집 과정을 거친 「빌리 버드」는 〈Herman Melville Electronic Library〉와 〈An Electronic Classics Series Publication〉를 토대로 번역했음을 밝힌다.

허먼 멜빌 연보

1819년 출생 8월 1일 뉴욕에서 아버지 앨런 멜빌과 어머니 마리아 한세보르트 멜빌 사이에서 8남매 중 셋째로 태어남. 스코틀랜드계 집안 출신인 아버지는 중개상이자 프랑스 직물 수입상이었고, 캘빈주의 교리를 신봉하는 네덜란드계 집안 출신인 어머니는 네덜란드 개혁 교회의 독실한 신자였음. 할아버지 토머스 멜빌은 미국 독립 전쟁의 불씨가 된 〈보스턴 차 사건〉에 가담한 군인이었고, 『레더스타킹 이야기*Leatherstocking Tales*』로 유명한 소설가 제임스 페니모어 쿠퍼의 친구였던 외할아버지 페터르 한세보르트는 영국군의 공격을 받은 뉴욕의 스탠윅스 요새를 방어하는 데 큰 공을 세운 장군이었음. 허먼은 독립 전쟁 영웅들의 후손이라는 사실에 자긍심을 지님. 어머니의 영향으로 태어난 지 3주 만에 세례를 받음.

1824년 5세 가족이 맨해튼에 새로 지은 집으로 이사. 형 한세보르트와 함께 뉴욕 메일 하이스쿨에 다님.

1826년 7세 성홍열에 걸림. 이후 시력이 약해짐.

1828년 9세 몇 차례 이사한 뒤 브로드웨이에 정착.

1829년 10세 형과 함께 컬럼비아 문법 예비 학교로 전학.

1830년 11세 외가의 도움으로 분에 넘치는 삶을 살던 아버지는 외가의 금전적 도움이 끊기고 사업도 실패해 집세가 밀리자, 가족을 데리고 올버니로 이사함. 이후 아버지는 사업 실패를 만회하고자 모피 사업을 시작함. 10월 올버니 아카데미에 입학해 1년 동안 다니지만 수업료를 내지 못해 도중에 그만둠.

1832년 13세 1월 정서적으로 불안했던 아버지가 정신 착란 증세를 보이다 사망. 이후 어머니는 더욱 종교적 믿음에 헌신함. 어린 시절 이런 어머니의 영향을 받아 이후 허먼도 정통 캘빈주의에 몰두함. 3월 형 한 세보르트가 아버지의 모자와 모피 사업을 물려받아 가족을 부양함. 허먼은 뉴욕 주립 은행 임원이었던 외삼촌의 도움으로 은행에서 일하면서 큰아버지 토머스 멜빌 주니어의 농장 일도 도와줌. 이즈음 허먼 집안은 성(姓)에 'e'를 붙여 'Melville'로 바꿈.

1834년 15세 5월 형이 운영하던 가죽 공장에 화재가 발생해 직원을 구하지 못하자, 은행 일을 그만두고 형의 모피 상점에서 일함.

1835년 16세 모피 상점에서 일하면서 올버니 고전학교에 다니고, 지역 토론학회에도 적극 참여함.

1836년 17세 9월 다시 올버니 아카데미로 돌아가 라틴어를 배우고 토론학회에서도 열심히 활동함.

1837년 18세 3월 미국에 불어닥친 경제 위기 여파로 올버니 아카데미를 그만둠. 4월 형이 파산 신청을 해 농장 일도 하고 매사추세츠 레녹스 근처 학교에서 학생들을 가르침.

1838년 19세 5월 가족이 뉴욕주 랜싱버그의 셋집으로 이사함. 안정적인 직장을 구할 생각으로 랜싱버그 아카데미에 입학해 측량 기술과 공학을 배움.

1839년 20세 이리 운하에서 엔지니어로 일하기 위해 구직 활동을 했으나 뜻을 이루지 못하자, 4월 뉴욕과 영국 리버풀을 오가는 상선 〈세인트 로런스〉호에 선실 보이로 계약함. 5월 주간지 『민주 언론과 랜싱버그 신문*Democratic Press and Lansingburgh Advertiser*』에 L.A.V.라는 필명으로 에세이 「책상에서 떠오른 단상들Fragments from a Writing Desk」을

2회에 걸쳐 발표. 작품 속의 인유로 보아 허먼은 윌리엄 셰익스피어, 존 밀턴, 월터 스콧, 새뮤얼 테일러 콜리지, 조지 고든 바이런, 토머스 모어 등의 작품을 잘 알고 있었던 듯함. 6월 〈세인트 로런스〉호를 타고 리버풀을 향해 출항했다가 10월 1일 뉴욕으로 귀항함. 이때의 경험이 추후 『레드번—그의 첫 항해 Redburn: His First Voyage』(1849)의 토대가 됨. 뉴욕주 그린부시에서 교사로 학생들을 가르쳤으나 급여를 받지 못하자 한 학기 만에 그만둠.

1840년 21세 일자리를 구하기 위해 친구와 함께 일리노이주 갈레나에 있던 큰아버지를 찾아갔으나 여의치 않아 돌아옴. 당시 잡지에 실린 거대한 흰 향유고래 〈모카딕Mocha Dick〉의 포획에 관한 글에 감명받아 형과 함께 뉴베드퍼드로 여행을 떠남. 그곳에서 12월 25일 새로 건조된 포경선 〈아큐슈넷〉호에 승선하기로 계약함.

1841년 22세 1월 3일 〈아큐슈넷〉호를 타고 뉴베드퍼드항을 떠나 남태평양으로 18개월간 항해함. 이 항해 경험이 『모비딕Moby-Dick』(1851)의 기초가 됨. 10월 적도를 지난 〈아큐슈넷〉호가 갈라파고스 제도에 도착. 이때 잠시 섬에 머문 경험이 단편 「마법의 섬The Encantadas」(1854)의 토대가 됨.

1842년 23세 6월 〈아큐슈넷〉호가 마르키즈 제도(지금의 프랑스령 폴리네시아)의 누쿠히바에 정박. 7월 열악한 선내 생활을 견디다 못해 동료와 함께 도망쳐 타이피 골짜기 근처 원주민 집에서 한 달간 보냄. 이후 폴리네시안 여자와 해변에서 자유분방한 생활을 함. 이때의 낭만적 경험이 첫 작품 『타이피—폴리네시아 사람들의 삶을 엿보다 Typee: A Peep at Polynesian Life』(1846)의 주제가 됨. 8월 중순 오스트레일리아의 포경선 〈루시 앤〉호에 승선해 타이피를 떠나 타히티로 향함. 선상 반란에 가담해 타히티의 감옥에 잠시 구금됨. 10월 동료와 함께 타히티 근처 아이미오섬으로 도망쳐 감자 농장에서 일하며 약 한 달간 부랑자처럼 보냄. 이때의 경험이 『오무—남태평양에서의 모험 이야기 Omoo: A Narrative of Adventures in the South Sea』(1847)의 토대가 됨(섬을 유랑하는 자를 타히티어로 〈오무〉라고 함). 11월 섬 생활에 싫증을 느껴 낸터켓에서 출항한 포경선 〈찰스 앤드 헨리〉호에 작살잡이로 계약하고 6개월간의 항해에 나섬.

1843년 24세 5월 〈찰스 앤드 헨리〉호가 항해를 마치자 하와이 제도의 라하이나섬에서 하선. 약 4개월 동안 하와이에서 여러 직업을 전전함. 8월 20일 미 해군에 입대해 프리깃함 〈유나이티드 스테이츠United States〉호에 수병으로 승선.

1844년 25세 10월 〈유나이티드 스테이츠〉호가 보스턴에 귀항하자 전역. 해군으로 생활한 경험이 다섯 번째 작품 『화이트 재킷 — 혹은 전함의 세계 White Jacket; or, The World in a Man-of-War』(1850)에 담김.

1845년 26세 그동안의 모험과 낭만적 경험을 글로 써보라는 가족의 권유를 받고, 첫 작품 『타이피』 완성.

1846년 27세 2월 형 한세보르트의 도움으로 『타이피』가 영국 런던에서 출간되어 베스트 셀러가 되고, 5월 뉴욕에서도 출간.

1847년 28세 『타이피』의 성공에 고무되어, 3월 후속작 『오무』를 런던에서, 5월 뉴욕에서 출간. 두 작품으로 작가와 모험가로서 명성을 얻음. 그동안 많은 도움을 주던 형이 사망하자, 가족을 부양하기 위해 글쓰기에 더욱 전념함. 세 번째 작품 집필에 들어가고 문학잡지에 글을 기고하기 시작. 8월 아버지의 친구이자 가족에게 물심양면으로 도움을 주던 매사추세츠주 대법원장 레뮤얼 쇼의 딸 엘리자베스 '리지' 냅 쇼와 결혼. 캐나다로 신혼여행을 다녀온 뒤 뉴욕시 4번가(지금의 파크 애비뉴)에 신혼살림을 차림.

1849년 30세 2월 16일 첫아들 맬컴 출생. 세 번째 작품 『마디 — 그리고 저 먼 곳으로의 항해 Mardi: And a Voyager Thither』를 3월과 4월에 각각 런던과 뉴욕에서 출간. 그러나 앞서 성공한 두 작품과 마찬가지로 폴리네시아에서의 모험으로 시작하지만 우의적 판타지와 암울한 상징, 억지로 꾸며 낸 것 같은 줄거리 때문에 좋은 평가를 받지 못함. 다시 예전 방식대로 이야기를 전개한 『레드번』을 10월 런던에서, 11월 뉴욕에서 출간.

1850년 31세 1월 런던에서, 3월 뉴욕에서 『화이트 재킷』 출간. 『레드번』과 마찬가지로 돈과 위신 때문에 썼다고 고백한 이 작품은 미 해군에 만연한 악습을 강하게 비판한 내용으로 비평가들의 호평을 받았지만, 판매에는 성공을 거두지 못함. 이후 전에 깊은 인상을 받았던 흰 향유고래에 관한 이야기를 쓰는 데 전념함. 후에 『모비딕』으로 출간하는 그 이야기의 초고를 쓰는 한편, 인간 본성에 내재한 선과 악의 문제를 깊이 다룬 너새니얼 호손의 『주홍글씨 *The Scarlet Letter*』를 읽고 감명받아 서로 친구가 됨. 호손의 조언에 따라 『모비딕』 원고를 수정하는 등 문학적 교분을 쌓기 시작함. 9월 장인 레뮤얼 쇼에게 돈을 빌려 피츠필드에 있는 호손의 집 근처 농장을 구입하고 〈화살촉 Arrowhead〉이라고 이름 붙임. 이후 호손과의 친분이 더욱 두터워지지만, 호손의 지적, 예술적 능력에 매료된 멜빌이 너무 열정적으로 다가서자 호손이 부담을 느끼면서 기질적으로 서로 달랐던 두 사람의 관계가 서서히 소원해짐.

1851년 32세 10월 『모비딕』이 『고래 *The Whale*』라는 세 권짜리로 런던에서 출간, 11월 미국에서 단권으로 『모비딕—혹은 고래 *Moby-Dick; or, The Whale*』로 출간. 그러나 별로 호응을 불러일으키지 못함(당시 미국 독자는 해양 모험보다 서부 개척에 더 관심이 많았음. 『모비딕』은 허먼 생존 시 불과 3천 부 정도밖에 판매되지 않음). 10월 22일 둘째 아들 스탠윅스 출생.

1852년 33세 『모비딕』의 실패로 작가로서 위신에도 금이 가고 금전적으로도 곤란한 상황에 빠짐. 어린 시절 경험을 바탕으로 한 심리 소설 『피에르—혹은 모호성 *Pierre; or, The Ambiguities*』 출간. 평단의 부정적 반응과 판매 실패로 더욱 큰 어려움에 직면함.

1853년 34세 5월 22일 셋째 아이이자 첫딸인 엘리자베스 출생. 거래하던 출판사에 화재가 발생해 남아 있던 책이 모두 소실됨. 『피에르』 실패 이후 미국 독립 전쟁에 참전한 어느 재향 군인의 이야기를 담은 『이즈리얼 포터—50년의 유배 생활 *Israel Potter: His Fifty Years of Exile*』을 출간하려 했으나 출판사를 구하지 못해, 대신 월간 잡지 『푸트넘스 먼슬리 매거진 *Putnam's Monthly Magazine*』에 연재. 같은 잡지 11월과 12월 호에 「필경사 바틀비Bartleby the Scrivener」 연재. 11월 이후부터 1856년까지 〈푸트넘〉사와 〈하퍼〉사의 잡지에 14편의 단편과 짧은 글을 실음.

1854년 35세   『하퍼스 뉴 먼슬리 매거진 *Harper's New Monthly Magazine*』 6월 호에 「빈자의 푸딩, 부자의 빵 부스러기Poor Man's Pudding and Rich Man's Crumbs」 발표. 같은 잡지 7월 호에 「행복한 실패The Happy Failure」 발표.

1855년 36세   3월 2일 둘째 딸 프랜시스 출생. 잡지에 연재했던 『이즈리얼 포터』를 책으로 출간했으나 독자들의 반응을 얻지 못함. 우울증이 심해지면서 정신적으로 육체적으로 암울한 시기를 보냄. 『하퍼스 뉴 먼슬리 매거진』 4월 호에 「총각들의 천국, 처녀들의 지옥The Paradise of Bachelors and the Tartarus of Maids」 발표. 12월 〈푸트넘〉사에 그동안 발표한 단편을 선별해 단편집을 출간하자고 제안함.

1856년 37세   새로 쓴 표제작 「광장The Piazza」과 1853년에서 1855년까지 〈푸트넘〉사 월간지에 발표했던 「필경사 바틀비」, 「마법의 섬」, 「베니토 세레노Benito Cereno」(1855) 등 여섯 편을 모은 『광장 이야기*The Piazza Tales*』를 5월 미국에서, 6월 영국에서 출간. 원래는 제목을 〈베니토 세레노와 그 밖의 짧은 이야기들〉로 하려 했으나 「광장」을 쓰고 나서 제목을 바꿈. 평단은 이 단편집에 호의적 반응을 보였으나 판매가 부진해 경제적으로 큰 도움이 되지 못함. 10월 쇠약해진 몸과 마음을 치유하기 위해 장인의 도움을 받아 유럽, 지중해 연안, 중동 지역 등으로 여행을 떠나 다음 해 5월 돌아옴. 여행 도중 영국 리버풀에 영사로 있던 호손과 만남.

1857년 38세   4월 1일 상업주의의 헛된 꿈에 물들어 부패한 미국을 풍자해 진실성, 도덕성, 물질주의, 종교 등의 문제를 다룬 아홉 번째이자 마지막 소설 『사기꾼 — 그의 가면무도회*The Confidence-Man: His Masquerade*』 출간. 비난에 가까운 혹평만 받음. 이해 말부터 1860년까지 생계를 위해 세 차례 강연 여행을 떠나 〈로마의 동상들〉, 〈남태평양〉, 〈여행〉 등을 주제로 강연함.

1860년 41세 5월 말 동생 토머스가 선장으로 있는 쾌속 범선 〈유성〉호를 타고 남아메리카 최남단 혼곶으로 여행을 떠남. 그러나 고생만 한 끝에 혼자 파나마를 경유해 11월 뉴욕으로 돌아옴. 소설을 포기하고 시로 돌아서, 시집을 내려고 출판사에 원고를 보냈으나 퇴짜 맞음. 이후 이 원고는 소실됨.

1861년 42세 가족을 부양하기 위해 이탈리아, 벨기에 등 해외 영사 직책을 구하려 노력했지만 뜻을 이루지 못함. 남북 전쟁이 일어나자 해군에 자원입대를 신청했으나 거절당함.

1863년 44세 처가의 도움으로 근근이 버티던 중 『모비딕』을 비롯한 많은 작품의 산실이었던 피츠필드의 〈화살촉〉 농장을 유지하기 어려워져 동생 앨런에게 매각. 이후 뉴욕시에 있는 동생의 집을 구입해 가족과 함께 이사.

1864년 45세 남북 전쟁이 한창이던 버지니아 전쟁터로 사촌을 찾아감. 가족 중 전쟁에 참여한 사람이 많아 전쟁의 양상을 잘 이해하고, 그것을 주제로 시를 구상한 것으로 알려짐.

1866년 47세 8월 남북 전쟁의 전투와 병사들의 모습, 그 후유증을 다룬 72편의 서정시와 산문시를 실은 생애 첫 시집 『전투 장면들, 그리고 전쟁의 여러 모습 Battle-Pieces and Aspects of the War』을 자비로 출간. 이 시집은 두 부분으로 나뉘는데, 비교적 긴 시편들로 이루어진 첫 부분은 전투를 중심으로 전투 결과에 대한 평가와 전투를 이끈 장병들에 관한 묘사 중심이고, 짧은 서정시로 이루어진 다른 부분은 주로 애가, 진혼곡, 비문 등으로 구성됨. 판매가 부진해 출판비만 겨우 건짐. 12월 뉴욕항에서 세관 부검사관으로 일하기 시작해 이후 19년 동안 근무하면서 박봉이지만 비교적 안정적으로 생활비를 보탬.

1867년 48세 열여덟 살이던 장남 맬컴이 허먼과 언쟁을 벌인 다음 날 총상을 입고 사망. 사고인지 자살인지 분명하게 밝혀지지 않음. 처가 식구들이 엘리자베스에게 허먼의 정신 상태를 문제 삼아 이혼하라고 권유하지만, 엘리자베스는 허먼 곁을 지키기로 결정함.

1869년 50세 둘째 아들 스탠윅스가 선원이 되어 떠남.

1876년 57세 6월 1856년의 이스라엘과 팔레스타인 여행 경험을 바탕으로 흔들리는 신앙심을 회복하기 위해 예루살렘을 방문하는 신학생을 주인공으로 한 서사시 『클래럴—한 편의 시, 그리고 성지 순례*Clarel: A Poem and Pilgrimage in the Holy Land*』를 숙부의 지원을 받아 두 권으로 출간(판매가 부진하자, 이후 팔리지 않은 책을 모두 불태웠다고 함). 이 시는 1천8백 행에 달하는 장시로, 다윈의 진화론 이후 기독교 신앙을 수용할 것인지 거부할 것인지, 영혼의 딜레마에 빠진 허먼 자신의 문제를 짚어 보고 동시에 당시 종교 위기를 대변함. 오늘날 그의 소설에 비견되는 아주 뛰어난 19세기 미국 시 중 하나로 평가받음.

1885년 66세 아내가 여러 친척에게서 받은 유산으로 생활이 가능해지자, 12월 31일 스스로 아주 수치스럽고 창피한 일이라고 생각했던 세관 검사관직을 그만둠.

1886년 67세 2월 22일 둘째 아들 스탠윅스가 서른여섯 살 나이에 결핵으로 사망.

1888년 69세 9월 선원들의 이야기를 담은 19편의 시를 모은 『존 마와 다른 선원들*John Marr and Other Sailors*』을 가족과 친지들에게만 보여 줄 생각으로 25부 출간. 11월 16일부터 「빌리 버드Billy Budd, Sailor」를 아무도 모르게 집필 시작.

1890년 71세 「빌리 버드」를 계속 쓰면서, 죽기 전에 아내에게 줄 선물로 〈화살촉〉에서 보냈던 행복한 시절과 자연에 관한 시편들을 담은 『잡초와 야생 식물들*Weeds and Wildings*』을 쓰기 시작. 생전에 시집으로 출간되지 않음.

1891년 72세 5월 노년의 명상을 담은 42편의 시를 모은 『티몰리언 *Timoleon*』을 자비로 25부 출간. 살아 있을 때 출간된 마지막 작품. 9월 28일 오전 심장 확장에 따른 심장 마비로 사망. 허먼이 죽고 난 뒤, 출간되지 않은 『잡초와 야생 식물들』의 원고와 어느 노병 선원을 그린 「대니얼 옴Daniel Orme」, 그리고 1891년 4월 19일 날짜의 글로 끝나는 미완성 작품 「빌리 버드」의 원고 뭉치를 아내가 발견함. 1918년 허먼 멜빌의 전기를 준비 중이던 컬럼비아 대학교 교수 레이먼드 위버가 허먼 멜빌의 손녀를 찾아가 집 안에 남아 있던 원고, 편지, 일기 등을 기증받음. 「빌리 버드」의 중요성을 발견한 레이먼드 위버가 1924년 그 작품을 출간하고, 아울러 다른 작품들도 재조명되면서 위대한 미국 작가의 반열에 오름.

열린책들 세계문학 295 필경사 바틀비

옮긴이 윤희기 영문학을 공부하고 대학에서 강의하면서 문학, 철학, 종교 등에 관심이 많아 그 분야의 글을 우리말로 소개해 왔다. 아울러 우리가 사는 세상을 따뜻하게 바라보며 많은 생각을 글로 담으려 노력하고 있다. 옮긴 책으로는 『비평과 이데올로기』, 『의심스러운 싸움』, 『소설』, 『소유』, 『무의식에 관하여』, 『도리안 그레이의 초상』, 『동행』, 『폐허의 도시』, 『예수의 생애』, 『단테』, 『욕망의 발견』, 『정글북』, 『위대한 개츠비』, 『막스 티볼리의 고백』, 『자기계발 수업』, 『앨리스 B. 토클러스의 자서전』 등 다수가 있다.

지은이 허먼 멜빌 **옮긴이** 윤희기 **발행인** 홍예빈
발행처 주식회사 열린책들 **주소** 경기도 파주시 문발로 253 파주출판도시
전화 031-955-4000 **팩스** 031-955-4004
홈페이지 www.openbooks.co.kr **이메일** literature@openbooks.co.kr
Copyright (C) 주식회사 열린책들, 2025, *Printed in Korea.*
ISBN 978-89-329-1295-0 04840 **ISBN** 978-89-329-1499-2 (세트)
발행일 2025년 8월 30일 세계문학판 1쇄

열린책들 세계문학
Open Books World Literature

001 **죄와 벌** 표도르 도스토옙스키 장편소설 | 홍대화 옮김 | 전2권 | 각 408, 512면

003 **최초의 인간** 알베르 카뮈 장편소설 | 김화영 옮김 | 392면

004 **소설** 제임스 미치너 장편소설 | 윤희기 옮김 | 전2권 | 각 280, 368면

006 **개를 데리고 다니는 부인** 안똔 체호프 소설선집 | 오종우 옮김 | 368면

007 **우주 만화** 이탈로 칼비노 단편집 | 김운찬 옮김 | 424면

008 **댈러웨이 부인** 버지니아 울프 장편소설 | 최애리 옮김 | 296면

009 **어머니** 막심 고리끼 장편소설 | 최윤락 옮김 | 544면

010 **변신** 프란츠 카프카 중단편집 | 홍성광 옮김 | 464면

011 **전도서에 바치는 장미** 로저 젤라즈니 중단편집 | 김상훈 옮김 | 432면

012 **대위의 딸** 알렉산드르 뿌쉬낀 장편소설 | 석영중 옮김 | 240면

013 **바다의 침묵** 베르코르 소설선집 | 이상해 옮김 | 256면

014 **원수들, 사랑 이야기** 아이작 싱어 장편소설 | 김진준 옮김 | 320면

015 **백치** 표도르 도스토옙스키 장편소설 | 김근식 옮김 | 전2권 | 각 504, 528면

017 **1984년** 조지 오웰 장편소설 | 박경서 옮김 | 392면

019 **이상한 나라의 앨리스** 루이스 캐럴 환상동화 | 머빈 피크 그림 | 최용준 옮김 | 336면

020 **베네치아에서의 죽음** 토마스 만 중단편집 | 홍성광 옮김 | 432면

021 **그리스인 조르바** 니코스 카잔차키스 장편소설 | 이윤기 옮김 | 488면

022 **벚꽃 동산** 안똔 체호프 희곡선집 | 오종우 옮김 | 336면

023 **연애 소설 읽는 노인** 루이스 세풀베다 장편소설 | 정창 옮김 | 192면

024 **젊은 사자들** 어윈 쇼 장편소설 | 정영문 옮김 | 전2권 | 각 416, 408면

026 **젊은 베르테르의 슬픔** 요한 볼프강 폰 괴테 장편소설 | 김인순 옮김 | 240면

027 **시라노** 에드몽 로스탕 희곡 | 이상해 옮김 | 256면

028 **전망 좋은 방** E. M. 포스터 장편소설 | 고정아 옮김 | 352면

029 **까라마조프 씨네 형제들** 표도르 도스토옙스키 장편소설 | 이대우 옮김 | 전3권 | 각 496, 496, 460면

032 **프랑스 중위의 여자** 존 파울즈 장편소설 | 김석희 옮김 | 전2권 | 각 344면

034 **소립자** 미셸 우엘벡 장편소설 | 이세욱 옮김 | 448면

035 **영혼의 자서전** 니코스 카잔차키스 자서전 | 안정효 옮김 | 전2권 | 각 352, 408면

037 **우리들** 예브게니 자먀찐 장편소설 | 석영중 옮김 | 320면

038 **뉴욕 3부작** 폴 오스터 장편소설 | 황보석 옮김 | 480면

039 **닥터 지바고** 보리스 파스테르나크 장편소설 | 홍대화 옮김 | 전2권 | 각 480, 592면

041 **고리오 영감** 오노레 드 발자크 장편소설 | 임희근 옮김 | 456면

042 **뿌리** 알렉스 헤일리 장편소설 | 안정효 옮김 | 전2권 | 각 400, 448면

044 **백년보다 긴 하루** 친기즈 아이뜨마또프 장편소설 | 황보석 옮김 | 560면

045 **최후의 세계** 크리스토프 란스마이어 장편소설 | 장희권 옮김 | 264면

046 **추운 나라에서 돌아온 스파이** 존 르카레 장편소설 | 김석희 옮김 | 368면

047 **산도칸 — 몸프라쳄의 호랑이** 에밀리오 살가리 장편소설 | 유향란 옮김 | 428면

048 **기적의 시대** 보리슬라프 페치치 장편소설 | 이윤기 옮김 | 560면

049 **그리고 죽음** 짐 크레이스 장편소설 | 김석희 옮김 | 224면

050 **세설** 다니자키 준이치로 장편소설 | 송태욱 옮김 | 전2권 | 각 480면

052 **세상이 끝날 때까지 아직 10억 년** 스뜨루가쯔끼 형제 장편소설 | 석영중 옮김 | 224면

053 **동물 농장** 조지 오웰 장편소설 | 박경서 옮김 | 208면

054 **캉디드 혹은 낙관주의** 볼테르 장편소설 | 이봉지 옮김 | 232면

055 **도적 떼** 프리드리히 폰 실러 희곡 | 김인순 옮김 | 264면

056 **플로베르의 앵무새** 줄리언 반스 장편소설 | 신재실 옮김 | 320면

057 **악령** 표도르 도스토옙스키 장편소설 | 박혜경 옮김 | 전3권 | 각 328, 408, 528면

060 **의심스러운 싸움** 존 스타인벡 장편소설 | 윤희기 옮김 | 340면

061 **몽유병자들** 헤르만 브로흐 장편소설 | 김경연 옮김 | 전2권 | 각 568, 544면

063 **몰타의 매** 대실 해밋 장편소설 | 고정아 옮김 | 304면

064 **마야꼬프스끼 선집** 블라지미르 마야꼬프스끼 선집 | 석영중 옮김 | 384면

065 **드라큘라** 브램 스토커 장편소설 | 이세욱 옮김 | 전2권 | 각 340, 344면

067 **서부 전선 이상 없다** 에리히 마리아 레마르크 장편소설 | 홍성광 옮김 | 336면

068 **적과 흑** 스탕달 장편소설 | 임미경 옮김 | 전2권 | 각 432, 368면

070 **지상에서 영원으로** 제임스 존스 장편소설 | 이종인 옮김 | 전3권 | 각 396, 380, 496면

073 **파우스트** 요한 볼프강 폰 괴테 희곡 | 김인순 옮김 | 568면

074 **쾌걸 조로** 존스턴 매컬리 장편소설 | 김훈 옮김 | 316면

075 **거장과 마르가리따** 미하일 불가꼬프 장편소설 | 홍대화 옮김 | 전2권 | 각 364, 328면

077 **순수의 시대** 이디스 워튼 장편소설 | 고정아 옮김 | 448면

078 **검의 대가** 아르투로 페레스 레베르테 장편소설 | 김수진 옮김 | 384면

079 **예브게니 오네긴** 알렉산드르 뿌쉬낀 운문소설 | 석영중 옮김 | 328면
080 **장미의 이름** 움베르토 에코 장편소설 | 이윤기 옮김 | 전2권 | 각 440, 448면
082 **향수** 파트리크 쥐스킨트 장편소설 | 강명순 옮김 | 384면
083 **여자를 안다는 것** 아모스 오즈 장편소설 | 최창모 옮김 | 280면
084 **나는 고양이로소이다** 나쓰메 소세키 장편소설 | 김난주 옮김 | 544면
085 **웃는 남자** 빅토르 위고 장편소설 | 이형식 옮김 | 전2권 | 각 472, 496면
087 **아웃 오브 아프리카** 카렌 블릭센 장편소설 | 민승남 옮김 | 480면
088 **무엇을 할 것인가** 니꼴라이 체르니셰프스끼 장편소설 | 서정록 옮김 | 전2권 | 각 360, 404면
090 **도나 플로르와 그녀의 두 남편** 조르지 아마두 장편소설 | 오숙은 옮김 | 전2권 | 각 408, 308면
092 **미사고의 숲** 로버트 홀드스톡 장편소설 | 김상훈 옮김 | 424면
093 **신곡** 단테 알리기에리 장편서사시 | 김운찬 옮김 | 전3권 | 각 292, 296, 328면
096 **교수** 샬럿 브론테 장편소설 | 배미영 옮김 | 368면
097 **노름꾼** 표도르 도스토옙스키 장편소설 | 이재필 옮김 | 320면
098 **하워즈 엔드** E. M. 포스터 장편소설 | 고정아 옮김 | 512면
099 **최후의 유혹** 니코스 카잔차키스 장편소설 | 안정효 옮김 | 전2권 | 각 408면
101 **키리냐가** 마이크 레스닉 장편소설 | 최용준 옮김 | 464면
102 **바스커빌가의 개** 아서 코넌 도일 장편소설 | 조영학 옮김 | 264면
103 **버마 시절** 조지 오웰 장편소설 | 박경서 옮김 | 408면
104 **10 1/2장으로 쓴 세계 역사** 줄리언 반스 장편소설 | 신재실 옮김 | 464면
105 **죽음의 집의 기록** 표도르 도스토옙스키 장편소설 | 이덕형 옮김 | 528면
106 **소유** 앤토니어 수전 바이어트 장편소설 | 윤희기 옮김 | 전2권 | 각 440, 488면
108 **미성년** 표도르 도스토옙스키 장편소설 | 이상룡 옮김 | 전2권 | 각 512, 544면
110 **성 앙투안느의 유혹** 귀스타브 플로베르 희곡소설 | 김용은 옮김 | 584면
111 **밤으로의 긴 여로** 유진 오닐 희곡 | 강유나 옮김 | 240면
112 **마법사** 존 파울즈 장편소설 | 정영문 옮김 | 전2권 | 각 512, 552면
114 **스쩨빤치꼬보 마을 사람들** 표도르 도스토옙스키 장편소설 | 변현태 옮김 | 416면
115 **플랑드르 거장의 그림** 아르투로 페레스 레베르테 장편소설 | 정창 옮김 | 512면
116 **분신** 표도르 도스토옙스키 장편소설 | 석영중 옮김 | 288면
117 **가난한 사람들** 표도르 도스토옙스키 장편소설 | 석영중 옮김 | 256면
118 **인형의 집** 헨리크 입센 희곡 | 김창화 옮김 | 272면
119 **영원한 남편** 표도르 도스토옙스키 장편소설 | 정명자 외 옮김 | 448면

120 **알코올** 기욤 아폴리네르 시집 | 황현산 옮김 | 352면

121 **지하로부터의 수기** 표도르 도스토옙스키 장편소설 | 계동준 옮김 | 256면

122 **어느 작가의 오후** 페터 한트케 중편소설 | 홍성광 옮김 | 160면

123 **아저씨의 꿈** 표도르 도스토옙스키 장편소설 | 박종소 옮김 | 312면

124 **네또츠까 네즈바노바** 표도르 도스토옙스키 장편소설 | 박재만 옮김 | 316면

125 **곤두박질** 마이클 프레인 장편소설 | 최용준 옮김 | 528면

126 **백야 외** 표도르 도스토옙스키 소설선집 | 석영중 외 옮김 | 408면

127 **살라미나의 병사들** 하비에르 세르카스 장편소설 | 김창민 옮김 | 304면

128 **뻬쩨르부르그 연대기 외** 표도르 도스토옙스키 소설선집 | 이항재 옮김 | 296면

129 **상처받은 사람들** 표도르 도스토옙스키 장편소설 | 윤우섭 옮김 | 전2권 | 각 296, 392면

131 **악어 외** 표도르 도스토옙스키 소설선집 | 박혜경 외 옮김 | 312면

132 **허클베리 핀의 모험** 마크 트웨인 장편소설 | 윤교찬 옮김 | 416면

133 **부활** 레프 똘스또이 장편소설 | 이대우 옮김 | 전2권 | 각 308, 416면

135 **보물섬** 로버트 루이스 스티븐슨 장편소설 | 머빈 피크 그림 | 최용준 옮김 | 360면

136 **천일야화** 앙투안 갈랑 엮음 | 임호경 옮김 | 전6권 | 각 336, 328, 372, 392, 344, 320면

142 **아버지와 아들** 이반 뚜르게네프 장편소설 | 이상원 옮김 | 328면

143 **오만과 편견** 제인 오스틴 장편소설 | 원유경 옮김 | 480면

144 **천로 역정** 존 버니언 우화소설 | 이동일 옮김 | 432면

145 **대주교에게 죽음이 오다** 윌라 캐더 장편소설 | 윤명옥 옮김 | 352면

146 **권력과 영광** 그레이엄 그린 장편소설 | 김연수 옮김 | 384면

147 **80일간의 세계 일주** 쥘 베른 장편소설 | 고정아 옮김 | 352면

148 **바람과 함께 사라지다** 마거릿 미첼 장편소설 | 안정효 옮김 | 전3권 | 각 616, 640, 640면

151 **기탄잘리** 라빈드라나트 타고르 시집 | 장경렬 옮김 | 224면

152 **도리언 그레이의 초상** 오스카 와일드 장편소설 | 윤희기 옮김 | 384면

153 **레우코와의 대화** 체사레 파베세 희곡소설 | 김운찬 옮김 | 280면

154 **햄릿** 윌리엄 셰익스피어 희곡 | 박우수 옮김 | 256면

155 **맥베스** 윌리엄 셰익스피어 희곡 | 권오숙 옮김 | 176면

156 **아들과 연인** 데이비드 허버트 로런스 장편소설 | 최희섭 옮김 | 전2권 | 각 464, 432면

158 **그리고 아무 말도 하지 않았다** 하인리히 뵐 장편소설 | 홍성광 옮김 | 272면

159 **미덕의 불운** 싸드 장편소설 | 이형식 옮김 | 248면

160 **프랑켄슈타인** 메리 W. 셸리 장편소설 | 오숙은 옮김 | 320면

161 **위대한 개츠비** 프랜시스 스콧 피츠제럴드 장편소설 | 한애경 옮김 | 280면
162 **아Q정전** 루쉰 중단편집 | 김태성 옮김 | 320면
163 **로빈슨 크루소** 대니얼 디포 장편소설 | 류경희 옮김 | 456면
164 **타임머신** 허버트 조지 웰스 소설선집 | 김석희 옮김 | 304면
165 **제인 에어** 샬럿 브론테 장편소설 | 이미선 옮김 | 전2권 | 각 392, 384면
167 **풀잎** 월트 휘트먼 시집 | 허현숙 옮김 | 280면
168 **표류자들의 집** 기예르모 로살레스 장편소설 | 최유정 옮김 | 216면
169 **배빗** 싱클레어 루이스 장편소설 | 이종인 옮김 | 520면
170 **이토록 긴 편지** 마리아마 바 장편소설 | 백선희 옮김 | 192면
171 **느릅나무 아래 욕망** 유진 오닐 희곡 | 손동호 옮김 | 168면
172 **이방인** 알베르 카뮈 장편소설 | 김예령 옮김 | 208면
173 **미라마르** 나기브 마푸즈 장편소설 | 허진 옮김 | 288면
174 **지킬 박사와 하이드 씨** 로버트 루이스 스티븐슨 소설선집 | 조영학 옮김 | 320면
175 **루진** 이반 뚜르게네프 장편소설 | 이항재 옮김 | 264면
176 **피그말리온** 조지 버나드 쇼 희곡 | 김소임 옮김 | 256면
177 **목로주점** 에밀 졸라 장편소설 | 유기환 옮김 | 전2권 | 각 336면
179 **엠마** 제인 오스틴 장편소설 | 이미애 옮김 | 전2권 | 각 336, 360면
181 **비숍 살인 사건** S. S. 밴 다인 장편소설 | 최인자 옮김 | 464면
182 **우신예찬** 에라스무스 풍자문 | 김남우 옮김 | 296면
183 **하자르 사전** 밀로라드 파비치 장편소설 | 신현철 옮김 | 488면
184 **테스** 토머스 하디 장편소설 | 김문숙 옮김 | 전2권 | 각 392, 336면
186 **투명 인간** 허버트 조지 웰스 장편소설 | 김석희 옮김 | 288면
187 **93년** 빅토르 위고 장편소설 | 이형식 옮김 | 전2권 | 각 288, 360면
189 **젊은 예술가의 초상** 제임스 조이스 장편소설 | 성은애 옮김 | 384면
190 **소네트집** 윌리엄 셰익스피어 연작시집 | 박우수 옮김 | 200면
191 **메뚜기의 날** 너새니얼 웨스트 장편소설 | 김진준 옮김 | 280면
192 **나사의 회전** 헨리 제임스 중편소설 | 이승은 옮김 | 256면
193 **오셀로** 윌리엄 셰익스피어 희곡 | 권오숙 옮김 | 216면
194 **소송** 프란츠 카프카 장편소설 | 김재혁 옮김 | 376면
195 **나의 안토니아** 윌라 캐더 장편소설 | 전경자 옮김 | 368면
196 **자성록** 마르쿠스 아우렐리우스 명상록 | 박민수 옮김 | 240면

197 **오레스테이아** 아이스킬로스 비극 | 두행숙 옮김 | 336면
198 **노인과 바다** 어니스트 헤밍웨이 소설선집 | 이종인 옮김 | 320면
199 **무기여 잘 있거라** 어니스트 헤밍웨이 장편소설 | 이종인 옮김 | 464면
200 **서푼짜리 오페라** 베르톨트 브레히트 희곡선집 | 이은희 옮김 | 320면
201 **리어 왕** 윌리엄 셰익스피어 희곡 | 박우수 옮김 | 224면
202 **주홍 글자** 너새니얼 호손 장편소설 | 곽영미 옮김 | 360면
203 **모히칸족의 최후** 제임스 페니모어 쿠퍼 장편소설 | 이나경 옮김 | 512면
204 **곤충 극장** 카렐 차페크 희곡선집 | 김선형 옮김 | 360면
205 **누구를 위하여 종은 울리나** 어니스트 헤밍웨이 장편소설 | 이종인 옮김 | 전2권 | 각 416, 400면
207 **타르튀프** 몰리에르 희곡선집 | 신은영 옮김 | 416면
208 **유토피아** 토머스 모어 소설 | 전경자 옮김 | 288면
209 **인간과 초인** 조지 버나드 쇼 희곡 | 이후지 옮김 | 320면
210 **페드르와 이폴리트** 장 라신 희곡 | 신정아 옮김 | 200면
211 **말테의 수기** 라이너 마리아 릴케 장편소설 | 안문영 옮김 | 320면
212 **등대로** 버지니아 울프 장편소설 | 최애리 옮김 | 328면
213 **개의 심장** 미하일 불가꼬프 중편소설집 | 정연호 옮김 | 352면
214 **모비 딕** 허먼 멜빌 장편소설 | 강수정 옮김 | 전2권 | 각 464, 488면
216 **더블린 사람들** 제임스 조이스 단편소설집 | 이강훈 옮김 | 336면
217 **마의 산** 토마스 만 장편소설 | 윤순식 옮김 | 전3권 | 각 496, 488, 512면
220 **비극의 탄생** 프리드리히 니체 | 김남우 옮김 | 320면
221 **위대한 유산** 찰스 디킨스 장편소설 | 류경희 옮김 | 전2권 | 각 432, 448면
223 **사람은 무엇으로 사는가** 레프 똘스또이 소설선집 | 윤새라 옮김 | 464면
224 **자살 클럽** 로버트 루이스 스티븐슨 소설선집 | 임종기 옮김 | 272면
225 **채털리 부인의 연인** 데이비드 허버트 로런스 장편소설 | 이미선 옮김 | 전2권 | 각 336, 328면
227 **데미안** 헤르만 헤세 장편소설 | 김인순 옮김 | 264면
228 **두이노의 비가** 라이너 마리아 릴케 시선집 | 손재준 옮김 | 504면
229 **페스트** 알베르 카뮈 장편소설 | 최윤주 옮김 | 432면
230 **여인의 초상** 헨리 제임스 장편소설 | 정상준 옮김 | 전2권 | 각 520, 544면
232 **성** 프란츠 카프카 장편소설 | 이재황 옮김 | 560면
233 **차라투스트라는 이렇게 말했다** 프리드리히 니체 산문시 | 김인순 옮김 | 464면
234 **노래의 책** 하인리히 하이네 시집 | 이재영 옮김 | 384면

235 **변신 이야기** 오비디우스 서사시 | 이종인 옮김 | 632면

236 **안나 카레니나** 레프 톨스토이 장편소설 | 이명현 옮김 | 전2권 | 각 800, 736면

238 **이반 일리치의 죽음·광인의 수기** 레프 톨스토이 중단편집 | 석영중·정지원 옮김 | 232면

239 **수레바퀴 아래서** 헤르만 헤세 장편소설 | 강명순 옮김 | 272면

240 **피터 팬** J. M. 배리 장편소설 | 최용준 옮김 | 272면

241 **정글 북** 러디어드 키플링 중단편집 | 오숙은 옮김 | 272면

242 **한여름 밤의 꿈** 윌리엄 셰익스피어 희곡 | 박우수 옮김 | 160면

243 **좁은 문** 앙드레 지드 장편소설 | 김화영 옮김 | 264면

244 **모리스** E. M. 포스터 장편소설 | 고정아 옮김 | 408면

245 **브라운 신부의 순진** 길버트 키스 체스터턴 단편집 | 이상원 옮김 | 336면

246 **각성** 케이트 쇼팽 장편소설 | 한애경 옮김 | 272면

247 **뷔히너 전집** 게오르크 뷔히너 지음 | 박종대 옮김 | 400면

248 **디미트리오스의 가면** 에릭 앰블러 장편소설 | 최용준 옮김 | 424면

249 **베르가모의 페스트 외** 옌스 페테르 야콥센 중단편 전집 | 박종대 옮김 | 208면

250 **폭풍우** 윌리엄 셰익스피어 희곡 | 박우수 옮김 | 176면

251 **어센든, 영국 정보부 요원** 서머싯 몸 연작 소설집 | 이민아 옮김 | 416면

252 **기나긴 이별** 레이먼드 챈들러 장편소설 | 김진준 옮김 | 600면

253 **인도로 가는 길** E. M. 포스터 장편소설 | 민승남 옮김 | 552면

254 **올랜도** 버지니아 울프 장편소설 | 이미애 옮김 | 376면

255 **시지프 신화** 알베르 카뮈 지음 | 박언주 옮김 | 264면

256 **조지 오웰 산문선** 조지 오웰 지음 | 허진 옮김 | 424면

257 **로미오와 줄리엣** 윌리엄 셰익스피어 희곡 | 도해자 옮김 | 200면

258 **수용소군도** 알렉산드르 솔제니찐 기록문학 | 김학수 옮김 | 전6권 | 각 460면 내외

264 **스웨덴 기사** 레오 페루츠 장편소설 | 강명순 옮김 | 336면

265 **유리 열쇠** 대실 해밋 장편소설 | 홍성영 옮김 | 328면

266 **로드 짐** 조지프 콘래드 장편소설 | 최용준 옮김 | 608면

267 **푸코의 진자** 움베르토 에코 장편소설 | 이윤기 옮김 | 전3권 | 각 392, 384, 416면

270 **공포로의 여행** 에릭 앰블러 장편소설 | 최용준 옮김 | 376면

271 **심판의 날의 거장** 레오 페루츠 장편소설 | 신동화 옮김 | 264면

272 **에드거 앨런 포 단편선** 에드거 앨런 포 지음 | 김석희 옮김 | 392면

273 **수전노 외** 몰리에르 희곡선집 | 신정아 옮김 | 424면

274 **모파상 단편선** 기 드 모파상 지음 | 임미경 옮김 | 400면
275 **평범한 인생** 카렐 차페크 장편소설 | 송순섭 옮김 | 280면
276 **마음** 나쓰메 소세키 장편소설 | 양윤옥 옮김 | 344면
277 **인간 실격·사양** 다자이 오사무 소설집 | 김난주 옮김 | 336면
278 **작은 아씨들** 루이자 메이 올컷 장편소설 | 허진 옮김 | 전2권 | 각 408, 464면
280 **고함과 분노** 윌리엄 포크너 장편소설 | 윤교찬 옮김 | 520면
281 **신화의 시대** 토머스 불핀치 신화집 | 박중서 옮김 | 664면
282 **셜록 홈스의 모험** 아서 코넌 도일 단편집 | 오숙은 옮김 | 456면
283 **자기만의 방** 버지니아 울프 지음 | 공경희 옮김 | 216면
284 **지상의 양식·새 양식** 앙드레 지드 지음 | 최애영 옮김 | 360면
285 **전염병 일지** 대니얼 디포 지음 | 서정은 옮김 | 368면
286 **오이디푸스왕 외** 소포클레스 비극 | 장시은 옮김 | 368면
287 **리처드 2세** 윌리엄 셰익스피어 희곡 | 박우수 옮김 | 208면
288 **아내·세 자매** 안톤 체호프 선집 | 오종우 옮김 | 240면
289 **폭풍의 언덕** 에밀리 브론테 장편소설 | 전승희 옮김 | 592면
290 **조반니의 방** 제임스 볼드윈 장편소설 | 김지현 옮김 | 320면
291 **의무론** 마르쿠스 툴리우스 키케로 지음 | 김남우 옮김 | 312면
292 **밤에 돌다리 밑에서** 레오 페루츠 장편소설 | 신동화 옮김 | 360면
293 **한낮의 열기** 엘리자베스 보엔 장편소설 | 정연희 옮김 | 576면
294 **아바나의 우리 사람** 그레이엄 그린 장편소설 | 최용준 옮김 | 392면
295 **필경사 바틀비** 허먼 멜빌 중단편집 | 윤희기 옮김 | 400면